Alex Bo • Offenes Spiel

Zum Buch:

Der erste Fall, den der alte Hase Sebastian Hochgräber im Dezernat für Wirtschaftskriminalität mit seiner neuen, jungen Kollegin Claudia Pandura aufklären muss, ist der des Großhoteliers Krampitz. Krampitz will seine Hotelkette verkaufen. Die Verträge sind gemacht, aber als die ersten 12 Millionen des Käufers vom Notaranderkonto an den Hotelier überwiesen werden sollen, verschwinden sie auf ein Konto in der Schweiz. Auch dort bleiben sie nicht lange. Hochgräber ist bald überzeugt: Krampitz' Steuerberater Michael Senger hat bei dem Betrug seine Finger im Spiel. Aber der hat ein wasserdichtes Alibi. Inwiefern ist Sengers Zwillingsbruder Andreas in den Fall verwickelt? Und steht die Serie mysteriöser Überfälle auf Postboten vielleicht im Zusammenhang mit dem Verschwinden der Millionen?

Was immer das Ermittler-Duo Hochgräber/Pandura unternimmt, um die Senger-Brüder zu überführen, Michael Senger ist ihnen immer einen Schritt voraus und eröffnet seinerseits ein zermürbendes Spiel gegen Hochgräber.

Alex Bo (Pseudonym) verfügt – außer in der Schriftstellerei – über eine jahrelange Erfahrung in einer Rechtsanwalts- und Notarkanzlei und hat unter richtigem Namen bereits mehrere Thriller und Familienromane veröffentlicht.

www.nwb.de

Offenes Spiel

Wirtschaftskrimi

Von
Alex Bo

nwb

ISBN 978-3-482-67181-4

Umschlaggestaltung: Thomas Weiss, Iris Schell, Joachim Klaws, NWB Verlag

Umschlagabbildungen: AdobeStock_125366199/TSUNG-LIN WU

Satz: Röser MEDIA GmbH & Co. KG, Karlsruhe
Druck: Stückle Druck und Verlag, Ettenheim

Prolog

Die Kellertür des alten Berliner Mietshauses ist unverschlossen. Sehr beruhigend, wie Marion Diefenbach findet. Heißt es doch, dass mindestens noch ein weiterer Mieter dort unten ist. Doch der Keller ist dunkel. Sie schaltet das Licht ein und steigt die steilen, gemauerten Stufen hinunter. Automatisch zieht sie ihren Kopf unter dem viel zu niedrigen Eisenträger ein, der mit rot-weißen Farbstreifen warnend markiert ist.

„Hallo, ist da jemand?“, ruft sie den langen Flur entlang. Warum ist die Beleuchtung in den großen Altbauten eigentlich immer so sparsam installiert?

Irgendwo da hinten am anderen Ende einer der dunklen Gänge ist die zweite Tür, die zum Treppenaufgang der anderen Straße hinführt. Schon deshalb ist man sich nie sicher, allein hier unten zu sein. Ihr Herz klopft schneller, aber sie geht weiter. Das schummrige Licht hinter ihr reicht gerade so weit aus, dass sie den Lichtschalter für den nächsten Gang erkennen kann. Noch bevor ihre Hand ihn erreicht, hört sie ein leises Stöhnen aus der Dunkelheit, mühsam herausgebracht und ohne Kraft. Wie ausgehaucht klingt es. Erschrocken fährt sie zurück und zieht ihr Handy aus der Hosentasche. Nicht ein Hauch eines Netzes hier unten.

„Hallo?“, ruft sie erneut und klappert dabei vernehmlich mit ihrem Schlüsselbund. Wieder antwortet ein leises Stöhnen.

„Okay!“, sagt Marion betont laut, geht zwei Schritte vor, drückt den Lichtschalter und setzt ihre Füße sofort wieder zurück. Nun kann sie bis zum Ende des Ganges sehen, der allerdings nichts Außergewöhnliches zu bieten hat. Ungefähr in der Mitte befindet sich der Kellerverschlag Nummer 14, der zu ihrer Wohnung gehört. Alle Türen links und rechts sind mit Vorhängeschlössern versehen, bis auf die Tür mit der Nummer 15. Ihr Nachbar ist vor drei Wochen ausgezogen.

Ihre Finger zittern und finden dann doch den kleinen Schlüssel an ihrem Bund. Sie nimmt ihren verbliebenen Mut zusammen, und während sie weitergeht, späht sie links und rechts zwischen den Holzbohlen der Verschläge hindurch in die mit Möbeln und Kisten überfüllten Räume ihrer Nachbarn. Durch die Zwischenräume der Holzbohlen hindurch versucht sie, in den Kellerraum Nummer 15 zu sehen. Aber das Licht reicht bei Weitem nicht aus. Sie wagt die letzten Schritte und öffnet die angelehnte Tür einen Spalt breit, gerade weit genug, um das Innere des Raumes mit einem Blick zu erfassen.

Sie schreit laut auf, reißt die Tür vollständig auf, stürzt hinein und beugt sich über den Mann, der dort am Boden liegt. Gekrümmt, halb auf dem Bauch. Sein Kopf seitlich, so dass sie sein Gesicht sehen kann. Aus einer Wunde am Kopf sickert frisches Blut und verklebt die blonden Haare. In dünnen Rinnsalen läuft es über den Hals und das Gesicht des Mannes und bildet auf dem Fußboden eine Blutlache.

Sie tritt dichter an ihn heran und der Stoff ihrer dünnen Hausschuhe saugt sich mit der warmen Flüssigkeit voll. Vorsichtig berührt sie den Mann an der Schulter.

„Hallo! Können Sie mich hören?" Er gibt keine Antwort, nur seine Wimpern flattern. Auf dem Rücken seiner dunkelblauen Jacke erkennt sie ein gelbes Posthorn. Neben ihm liegt ein Handwagen umgekippt, der Großteil der Briefe ist herausgefallen. Wie hat er den die Treppe runterbekommen?

„Ich bin sofort wieder da. Keine Angst! Ich hole nur Hilfe", ruft sie ihm zu. Dann hastet sie den Kellergang zurück. Rote Schuhabdrücke markieren ihren Weg.

Mittwoch, 15. August

Kapitel 1

Als Sebastian Hochgräber an diesem Morgen wach wurde, war er bereits schlecht gelaunt. Volkers Abschiedsfeier gestern Abend war in puncto Alkoholgenuss etwas aus den Fugen geraten.

Er rollte sich aus dem Doppelbett und setzte mühsam die Beine auf den Fußboden. Barfuß tappte er in die Küche, ließ das Wasser in die Spüle laufen und wartete, bis es kalt genug war, um seinen Brand zu löschen.

So, jetzt konnte dieser verdammte Tag kommen. Ohne Volker und mit der Neuen. Er wusste noch nicht einmal ihren Namen. Er trank noch einen schnellen schwarzen Kaffee und verließ dann die Dreizimmerwohnung in der Spandauer Altstadt.

Wie jeden Morgen um diese Zeit war die Stadtautobahn voll, und er brauchte über eine Stunde bis nach Tempelhof. Es wurde wirklich Zeit, sich eine Wohnung näher an der Dienststelle zu suchen. Doch es würde ihm schwerfallen, Spandau zu verlassen. Hier war er aufgewachsen und hier hatte er elf Jahre lang mit Erika gewohnt. Sie war vor zwei Jahren aus- und drei Wasseragamen waren eingezogen. Er hatte ihnen ein großzügiges Terrarium gebaut. Nach seiner Pensionierung würde er sich einen Hund anschaffen, jeden Mittag mit ihm zum Hundeauslaufgebiet Bernauer Straße fahren und dort entlang dem Maschendrahtzaun des Flugfeldes spazieren gehen, um die landenden und startenden Flugzeuge zu beobachten. Sofern es dann den Flughafen Tegel noch geben sollte, dachte er wehmütig, und die Rentenpolitik die Anschaffung eines Hundes finanziell noch möglich machte.

Als er aus dem Fahrstuhl trat, war sein Kopf dank einer Aspirin wieder klar und seine Laune durch eine Oldiemix-CD während der

Autofahrt wesentlich gebessert. Sven und Timo, Kollegen aus dem Dezernat für Kapitalverbrechen, kamen ihm entgegen. Sie hatten ihre Büros auf derselben Etage im LKA Berlin-Tempelhof wie er.

„Seid ihr immer noch an der Postbotensache dran?“, fragte Sebastian.

„Ist sogar noch einer dazugekommen. Vorgestern. Und wieder im gleichen Haus“, antwortete Sven und Timo fügte hinzu: „Den Letzten hat's diesmal bös erwischt. Liegt im Koma.“

Meine Güte! Sebastian hatte bisher gedacht, Briefträger sei ein stinklangweiliger Beruf.

Er betrat sein Büro und es beschlich ihn dasselbe unangenehme Gefühl wie heute Morgen beim Aufwachen. „Na, mein Kleiner, auch schon da?“, war der immer gleiche dumme Spruch Volkers gewesen. Dabei überragte er, der „Kleine“, Volker mit 1,84 Metern um rund zehn Zentimeter und zählte mit inzwischen 47 Jahren ebenfalls schon fast zum „alten Eisen“. Gut, dass er nicht weiter zum Nachdenken kam, denn es war Zeit für den „Runden Tisch“, die tägliche Dienstbesprechung der Kollegen.

Im Schlepptau von Dienststellenleiter Jagusch, der wie üblich als Letzter kam, betrat eine hochgewachsene junge Frau den Raum. Alle Kollegen und Kolleginnen verstummten.

„Ich darf Ihnen vorstellen: die neue Kollegin für die Abteilung Wirtschaftskriminalität, Claudia Pandura. Kriminaloberkommissarin, Studienabschlussnote 1, zwölf Jahre Berufserfahrung, alle Fortbildungsseminare in moderner Technologie. Also, Jungs und Mädels, strengt euch an“, stellte sie Jagusch vor und ließ seinen Blick halb amüsiert, halb lauernd über die Gruppe gleiten.

Claudia Pandura trat näher und sah sich nach einem freien Stuhl um. Die neue Kollegin hatte lange, hellblonde Haare und runde, weiche Proportionen – schlicht eine umwerfende Figur. Ihre neuen Kollegen lächelten sie an, die Kolleginnen weniger intensiv. Aber nur zu Beginn, denn dann fand Claudia Pandura mit warmherziger Stimme ein paar Begrüßungsworte, und schon hatte sie alle Anwesenden für sich eingenommen. Sebastian registrierte es missmutig, auch das sympathische Lächeln auf ihren Lippen, aber ihren weiteren Worten hörte er kaum mehr zu. Stattdessen fragte er sich, wie er den ersten Tag mit einem Computerfreak herumkriegen sollte. Oder, wenn's ganz schlimm kommen sollte, die nächsten Jahre.

Sich weiter mit dem Problem auseinanderzusetzen, blieb ihm in den nächsten Stunden erspart, denn Claudia war mit bürokratischen Hindernissen beschäftigt, ohne deren Überwindung bei einer deutschen Behörde niemand arbeiten durfte. Auch seine neue Kollegin nicht, was ihn irgendwie befriedigte. Er kümmerte sich unterdessen um den liegengebliebenen Schriftkram. Kurz vor Feierabend klingelte Jagusch durch und forderte sofortige Anwesenheit in seinem Büro. Es gäbe einen neuen Fall.

„Eine Notarin Gerda Hoppe hat um 15:42 Uhr in der Zentrale angerufen und mitgeteilt, dass ihr, beziehungsweise einem ihrer Mandanten, ein Betrag von 12 Millionen Euro gestohlen worden sei."

„12 Millionen? Wow! Ist ein schönes Taschengeld", entfuhr es Sebastian. „Ich bin gleich da."

„Ich habe Górniak hingeschickt, weil der gerade in der Nähe war. Aber es wäre mir lieber, wenn Sie und Frau Pandura den Fall übernehmen würden. Unterlagen hat Górniak, Kopie der Festplatte aus der Kanzlei ebenfalls", informierte Jagusch ihn in seiner gewohnt knappen Art, als Sebastian, dicht gefolgt von Claudia, das Büro des Dienststellenleiters betrat.

Jagusch lächelte die Neue an, viel zu herzlich für Sebastians Geschmack, und übergab ihr den Zettel mit den Adressen.

„Der Geschädigte ist irgend so ein Multimillionär aus der Hotelbranche. Also strengt euch an."

Sebastian nahm Claudia das Papier aus ihren schlanken Fingern, warf einen Blick auf Namen und Adressen und gab ihn ihr zurück.

„Haben wir schon eine Akte?", fragte sie.

„Keine Ahnung. Er hat's Ihnen, ähm, dir gegeben."

Sie erreichten Sebastians Büro, das er ab sofort mit Claudia zu teilen hatte. Fast gleichzeitig traf Reinhard Górniak ein. Vor 15 Jahren hatte er in der Abteilung angefangen und war von Stund' an deren Sunnyboy. Jetzt, mit Ende 40, sah er immer noch so verdammt gut aus, dass ihn eigentlich alle männlichen Kollegen hätten beneiden müssen. Vielleicht taten sie es ja auch. Aber in erster Linie liebten sie ihn. Auch Sebastian mochte ihn, logischerweise nicht so sehr wie Volker.

„Und? Hast du sie schon gefunden, die 12 Millionen?", begrüßte er Reinhard.

„Wenn ich ehrlich bin, habe ich noch nicht einmal richtig verstanden, was da gelaufen ist. Hier habt ihr die Akte. Viel Spaß!" Mit diesen Worten warf Reinhard ihnen eine dicke grüne Akte mit der Aufschrift „Krampitz oHG – Prinz AG, UR-Nr. 398/2018" auf den Schreibtisch. Noch bevor Sebastian die Akte greifen konnte, hatte Claudia sie bereits zu sich gezogen und klappte sie auf. Reinhard sah zwischen seinem Kollegen und Claudia hin und her und grinste Sebastian dann an.

Idiot! Nur, weil sie sich, wie früher Volker, die Sachen zuerst nahm, bedeutete dies noch lange nicht, dass sie auch seine Nachfolgerin werden würde. Ganz im Gegenteil.

„Okay. Jetzt verstehe ich dein ‚viel Spaß'", wandte sich Claudia an Reinhard, klappte die Akte zu und schob sie wieder in die Mitte, wo Sebastian sie jetzt allerdings liegen ließ. „Der Vertrag hat über 50 Seiten! Kannst du nicht ein bisschen zusammenfassen? Wer? Wie? Wo? Warum?"

„Aber gern, schöne Kollegin. Dieser Vertrag ist der Verkauf des Firmenimperiums eines gewissen Hartmut Krampitz. Kennt ihr, oder? Die Kramp-Hotels?"

„Ah doch, ja", bestätigte Claudia.

Sebastian ärgerte sich schon wieder, hatte sie doch gerade eben noch, wie er selbst, mit dem Kopf geschüttelt.

„Krampitz verkauft seine gesamte Firma nebst Hotels, Grundstücken und, ich glaube, noch irgendwelchen Baugrundstücken, an die Prinz Hotel AG. Der Kaufpreis beträgt 25 Millionen Euro." Reinhard machte eine Pause.

„Ich dachte, es ginge nur um 12 Millionen?", fragte Claudia das Gleiche, das Sebastian gerade fragen wollte.

„Ja, 25 Millionen sind auf dem Konto der Notarin, aber nur 12 Millionen sollten jetzt ausgezahlt werden. Sind sie auch. Nur eben auf ein falsches Konto."

Claudia schubste sich mit ihrem Drehstuhl vom Schreibtisch weg und setzte sich so, dass sie Reinhard direkt ansehen konnte. „Das muss noch kein Verbrechen bedeuten." Locker legte sie ein jeansbekleidetes Bein auf den Oberschenkel des anderen und hielt es mit beiden Händen fest, ebenso sicher, wie sie Reinhards Blick mit dieser Körperhaltung einfing. So etwas entging Sebastian nie. Er trommelte mit den Fingern auf der Schreibtischplatte, bis Reinhard wieder ihn ansah.

„Der Notarin wurde von Krampitz ein Brief zugestellt mit der Angabe eines Firmenkontos in der Schweiz. Als Einschreiben-Rückschein sogar. Nur Krampitz behauptet, dass er ein anderes Schreiben losgeschickt habe als das, was in der Akte des Notars gelandet ist. Also, alles identisch. Nur eben die Kontonummer soll eine andere sein."

„Ein Zahlendreher?", fragte Sebastian.

„Angeblich hat die Firma Krampitz in ihrer Akte eine Kopie des Schreibens mit der richtigen Kontonummer abgeheftet. Es muss also zwei Schreiben gegeben haben."

„Was sagt die Bank in der Schweiz? Können die das nicht noch stoppen?", fragte Claudia.

„Guckt mal auf die Uhr. Der Fehler ist irgendwann heute am frühen Nachmittag aufgeflogen, nachdem Krampitz die Notarin wohl angemacht hat, dass die Kohle noch nicht auf seinem Konto sei. Krampitz hat bei der Bank gerade noch herausbekommen, dass diese falsche Kontonummer existiert, und zwar tatsächlich auf den Namen der Firma."

„Warum beschäftigen wir uns dann mit dem Fall?“, fragte Sebastian. Das Ganze sah ihm eher nach einem bürokratischen Bearbeitungsfehler aus. Wenn das Geld auf einem anderen Firmenkonto in der Schweiz gelandet war als ursprünglich vorgesehen, meine Güte, dann musste es eben umgebucht werden.

„Krampitz schwört, dass niemand in seiner Firma dieses Konto kennt, und es irgendjemand in betrügerischer Absicht unter falschem Namen eröffnet haben muss. Außerdem scheint das Geld dort auch schon wieder weg zu sein.“ Reinhard stand auf. „Und deshalb, meine Lieben, werdet ihr euch jetzt mit diesem netten Fall beschäftigen. Ich habe nämlich Feierabend.“

Wie Balou, der Bär, tänzelte er aus dem Büro, mit seiner seitlich erhobenen Hand im Takt seiner Schritte winkend. Claudia lachte.

„Ja, er ist ein dufter Typ. Ursprünglich sollte er mein neuer Partner werden.“

Sie hörte auf zu lachen und schlug vor, Sebastian solle allein zu Krampitz fahren.

„Wie jetzt, schon genug von unserer Zusammenarbeit?“

„Ich könnte mich schon mal in die Akte einlesen und mir die Dateien von dem Server des Notarbüros näher ansehen.“ Sie zog ein loses Blatt Papier aus der Akte und hielt es ihm entgegen. „Eine Kopie des mysteriösen Schreibens der Krampitz oHG, in dem das Konto in der Schweiz für die Auszahlung angegeben ist. Ich gebe das Original gleich in die Spurensicherung.“

„Fleißig, fleißig“, spöttelte Sebastian gegen seinen Willen. Dabei war ihr Vorschlag für ihn äußerst angenehm. Das Lesen eines 50-Seiten-Vertrages voller juristischer Termini lockte ihn wenig. Bis gestern hätte er Volker diese Arbeit zugeschoben – und der hätte sie abgelehnt.

„Außerdem müsste sich einer so schnell wie möglich um den Interpolantrag kümmern“, entgegnete Claudia nur und ging zur Tür. „Wo muss ich hin?“

„Folge einfach der Ausschilderung ‚IuK‘ Forensische Abteilung für Information und Kommunikation. Erster Stock und Untergeschoss. Kannst es nicht verfehlen." Die letzten Worte musste Sebastian ihr schon hinterherrufen. Er schloss die Tür, die sie offengelassen hatte, und atmete tief durch.

Jagusch hatte ihm die neue Kollegin verordnet. „Hochgräber, hören Sie auf! Wenn Sie Kriminelle auf diesem Gebiet kriegen wollen, müssen Sie wissen, mit was die inzwischen arbeiten und was geht. Punktum! Sie hatten die Chance und haben so gut wie kein Seminar besucht. Also beschweren Sie sich jetzt nicht."

Es ärgerte ihn besonders, dass Jagusch nicht einmal Recht hatte. Die meisten der Fälle hatte er schließlich erfolgreich abgeschlossen. Und das, weil er auf seinen Bauch hörte, eine gute Menschenkenntnis besaß und seine Intuition ihm sagte, wo er zu suchen hatte. Für den technischen Kram gab es Kollegen. Und Partnerschaft im Job bedeutete für ihn mehr als Abschlussnote eins, und lange sexy Beine waren eher hinderlich. Er fragte sich, warum sie nicht blöd oder wenigstens hässlich sein konnte. Es hätte die Sache leichter gemacht, mindestens heute.

Kapitel 2

Michael Senger betrat das Krankenhaus. Die langgezogene Haupthalle zeigte sich menschenleer, der Zeitungsladen und die Besucherinformationen waren geschlossen. Verlassen standen auch die Chromstühle des Cafés inmitten der Grünpflanzenampeln unterhalb des beeindruckend hohen Glasdaches. Man hatte sich Mühe gegeben, dass die Patienten und deren Besucher sich hier wohl fühlten. Vorausgesetzt, sie konnten umherlaufen. Vorausgesetzt, sie lagen nicht mit einer schweren Kopfverletzung auf der Intensivstation. Am Wegweiser blieb Michael stehen und folgte dann dem dort angegebenen Weg zur Intensivstation der Inneren Medizin.

Nur im Bereich der Aufschriften war die milchige Glastür klar. Michael drückte vorsichtig die Klinke hinunter. Abgeschlossen. Zur Bekräftigung war ein Schild an der Tür angebracht: „Intensivmedizinischer Bereich. Besucher bitte klingeln." Er zog sich zurück zu einer Sitzbankgruppe auf dem Flur. War es wirklich so wichtig zu wissen, wie es um diesen Postboten stand?

Doch, es war wichtig. Er ließ sich nicht gern überraschen. Auf alle Eventualitäten vorbereitet zu sein, war schließlich eine seiner Stärken. Gerade, als er sich setzte, hörte er Schritte und kurz darauf passierte ihn ein junger Mann im offenen weißen Kittel und klingelte an der Tür zur Intensivstation. Er drehte sich zu Michael um und bedachte ihn mit einem geübten Blick für Angehörige, mitfühlend und zugleich aufmunternd.

„Dr. Stemmberg", sagte der Mann in die kleine Gegensprechanlage neben der Tür. Ein Summen ertönte.

Michael beugte sich vor und erwiderte seufzend das Lächeln des Arztes, bevor dieser hinter der Glastür verschwand

Aha, auch Mitarbeiter der Klinik mussten klingeln, hatten also auch keinen Schlüssel. Er wartete, bis der Arzt die Intensivstation wieder verließ, stand in gebührend zeitlichem Abstand ebenfalls auf und kehrte zur Übersichtstafel zurück.

Wie erwartet, lag der Versorgungsbereich im Kellergeschoss. Er wollte den Fahrstuhl nehmen, entschied sich dann dagegen und betrat das Treppenhaus.

Der Anblick der in Plastik eingepackten Krankenhausbetten hatte nichts von seinem Schrecken verloren. Sofort stieg die Erinnerung an das Herzzentrum Nürnberg wieder in ihm hoch. Ängstlich hatte er sich dem Bett genähert, von hinten sanft von der Mutter geschoben, die beruhigend die Hände auf seine Schultern gelegt hatte.

Sein Bruder Andreas drohte in den weißen Kissen und Decken des riesigen Bettes zu verschwinden, hätten ihn nicht die großen Apparaturen an der Wand mit Schläuchen an Mund und Nase festgehalten. Er schlief. In anderer Umgebung hätte Michael ihn jetzt mit einem „Nun mach schon, du lahme Ente" in die Seite geknufft. Aber das hier war nicht die gewohnte Umgebung. Das hier musste ein Irrtum sein. Warum sollte das Herz seines Bruders krank sein, wenn doch seines fehlerfrei in seiner Brust schlug?

„Wird er wieder ganz gesund?", fragte er und hielt nur mit Mühe die Tränen zurück. Doch seine Mutter, zusammengesackt auf einem Stuhl am Kopfende des Bettes, brachte ein aufmunterndes Lächeln zustande und nickte. „Mach dir keine Sorgen. Bald schon wird Andreas dich wieder beim Dauerlauf schlagen."

Michael liebte seine Mutter für diese Lüge; er liebte sie eigentlich immer.

Nach diesem Besuch wäre er so gerne zu seinem Vater statt zur Nachbarin gegangen, um auch von ihm zu hören, dass alles wieder gut werden würde. Doppelt hielt besser. Aber der letzte Brief war aus Singapur gekommen; zu weit weg, um mal eben kurz vorbeizukommen, auch nicht in der vergangenen Woche zu seinem sechsten Geburtstag. Trotzdem war er sich so sicher, dass der Vater bald zurückkommen würde.

Irgendwann verblasste das Bild des Vaters dann doch, obwohl er es so gerne wenigstens vor seinem inneren Auge behalten hätte. Stattdessen wurde das Gefühl immer stärker, sich besser nur noch auf sich selbst zu verlassen.

Michael schüttelte mit einem Ruck die Erinnerungen ab und öffnete verschiedene Türen, die zu Geräteräumen oder Versorgungsanlagen führten. Schließlich fand er doch noch die gesuchten Gitterrollwagen, vollgestopft mit Wäschesäcken. Er musste nicht lange wühlen, bis er einen fand, der die Arbeitskleidung der Angestellten beinhaltete. Mit einem halbwegs knitterfreien Kittel kehrte er zurück zur Intensivstation und klingelte. Durch den kleinen klaren Ausschnitt sah er, wie eine Schwester aus dem einzigen beleuchteten Zimmer in den Flur trat, auf ihn zukam und die Tür einen Spalt öffnete.

„Gutes Nächtl, liebe Schwester Carla." Ihr Name stand auf dem angehefteten Personalschildchen über ihrer linken Brust.

„Guten Abend, Herr Dr. ...?" kam die zögernde Erwiderung.

Michael sah an sich herunter und lachte. „Ich habe erst heute angefangen und noch kein Schild. Deshalb bin ich hier."

„Da müssen Sie sich an die Verwaltung wenden. Wir sind hier auf der ..."

„Intensivstation. Natürlich. Ich weiß aus meinem letzten Krankenhaus, dass hier einer der härtesten Jobs geschoben wird. Ich habe gerade Pause und dachte, ich stell mich mal der Reihe nach vor. Nur eine Minute."

„Na los, kommen Sie rein." Jetzt endlich lächelte Schwester Carla. „Ich gebe Ihnen den Namen der Frau aus der Verwaltung, die sich darum kümmert." Sorgfältig drückte sie die Tür wieder ins Schloss. Michael folgte ihr ins Schwesternzimmer, wo sie sofort begann, in einer Schreibtischschublade zu wühlen.

„Welche Station?", fragte sie.

„Innere. Aber im Moment nichts los. Und bei Ihnen?"

„Auch nicht wirklich Stress."

Sie schien den Namen in einem DIN-A5-Büchlein gefunden zu haben. Jetzt suchte sie nach einem Stift und Zettel. „Darf ich?", fragte er.

„Was?“ Erst jetzt sah sie zu ihm hoch und er zeigte auf einen freien Stuhl.

„Ach so, ja klar. Allerdings muss ich gleich noch meinen Gang machen. Wir haben zwar nur drei Patienten, aber die wollen auch versorgt sein.“

Sie hielt ihm den Zettel mit einem Namen und einer Telefonnummer entgegen.

„Was ist es denn? Unfälle?“

Carla machte sich am Medikamentenschrank zu schaffen und berichtete mit dem Rücken zu Michael mit kurzen knappen Worten.

„Es riecht verführerisch bei Ihnen“, unterbrach Michael scheinbar gelangweilt. Erstaunt sah sie ihn an. Dann lächelte sie, ging zu einem kleinen Sideboard, wo die Kaffeemaschine gerade die gurgelnden Geräusche der letzten durchlaufenden Wassertropfen von sich gab. „Weiß? Süß?“

„Schwarz wie ein Rabe.“

„Aber ich muss jetzt erst einmal. Bin gleich wieder da. Und, Herr Dr. ...“

„Dr. Lehmann. Entschuldigung. Wie unhöflich von mir.“

„Wenn es an der Tür klingeln sollte: Bitte warten Sie auf mich. Wir haben strikte Anweisung. Ich will keinen Ärger haben.“

„Ich geh’ auch nicht ans Telefon, versprochen.“

Lachend verschwand Carla mit dem Medikamenten- und Spritzentablett aus dem Zimmer. Sofort griff Michael nach den Patientenkarten, die ordentlich gestapelt an der Schreibtischkante lagen. Er überflog die Namen und Diagnosetexte. Zwischendurch beobachtete er die Monitore. Schwester Carla war in eines der Zimmer getreten und wechselte eine Infusionsflasche.

„Laterobasaler Schädelbasisbruch“, las er. Das musste er sein. Ullrich Wegner, 32 Jahre, verheiratet, ein Kind, Zusteller bei der Deutschen Post AG. Michael überflog den weiteren Text, gespickt mit medizinischen Termini, von denen er die wenigsten verstand. Was er aber deutlich herauslesen konnte, war die Tatsache, dass Ullrich Wegner im Koma lag, eine Operation zwar überstanden hatte, aber neu aufgetretene Hirnblutungen bisher nicht endgültig gestoppt werden konnten. Auf dem Monitor sah er, dass Schwester Carla dabei war, ihren Rundgang zu beenden. Schnell zog er sein Handy aus der Hosentasche und fotografierte die Karteikarte, bevor er sie schnell wieder mit den übrigen auf ihren angestammten Platz legte.

Als Michael – immer noch im Ärztekittel – das Krankenhausgebäude verließ, war er mit sich selbst äußerst zufrieden, mit dem Ergebnis seiner Recherche allerdings weniger. Er griff zu seinem Handy.

„Hi. Und? Was ist?", begrüßte Andreas ihn mit besorgter Stimme.

„Schädelbruch, Koma, Hirnblutungen, sieht ziemlich böse aus."

„Das war nie geplant."

„Stimmt. Ich hoffe nur, dass sie die richtigen Spuren finden. Du hast bei dir alles in Ordnung gebracht?"

„Ja klar. Ich putz mir hier 'nen Wolf. Morgen fahr ich den Müll weg. Krampitz und seine Aktivitäten hast du im Griff, ja?"

„Du kennst mich. Außerdem habe ich ja noch Susanne."

Als Michael das Gespräch beendet hatte, fügte er leise hinzu: „Nicht mehr lange. So langsam nervt sie."

Das Vertrauen aufzubauen, das Krampitz veranlasste, einen relativ jungen Mitarbeiter der großen Steuerberatungsgesellschaft mit seinen Angelegenheiten zu betrauen, war nur über Susanne möglich gewesen. Und natürlich mit Michaels Sachverstand. Schließlich hatte er die Steuerberaterprüfung als einer der fünf besten bundesweit mit dem außerordentlichen Ergebnis 2,0 bestanden. Sein Chef hätte ihn am liebsten schnellstmöglich zu einem der Vorbereitungslehrgänge für das Wirtschaftsprüfer-Examen geschickt, aber Michael hatte dankend abgewunken. Er habe fürs Erste genug von Prüfungen und wolle sich erst einmal ganz der Berufspraxis widmen.

Den wahren Grund ahnte niemand in der Firma. Längst hatte Michael den Hotelier als späteres Opfer seines genialen Plans ausgemacht und wollte deshalb innerhalb der Steuerberatungsgesellschaft zum möglichst alleinigen Betreuer des Hoteliers werden, was ihm dann auch mühelos gelungen war.

Michael lächelte in sich hinein. Er war eben gut in dem, was er tat, wie er in allem gut war, was er sich vornahm. Als der Verkauf des Hotelunternehmens bevorstand, hatte er den Vorschlag, ihm in der Firma Krampitz einen kleinen eigenen Büroraum zur Verfügung zu stellen, geschickt als Susannes Idee verkauft. Ihr vertraute der Hotelier blind und behandelte sie beinahe wie eine Tochter. Wahrscheinlich auch, weil Krampitz' Familie aus nur zwei Personen bestand: dem 67-jährigen Krampitz selbst und seinem verkorksten 30-jährigen Sohn, der vor einem Jahr nach Südamerika entschwunden war und sich damit diversen Ermittlungsverfahren entzogen hatte.

Michael hatte gründlich recherchiert, denn es war immer gut, etwas über den Auftraggeber zu wissen, was der niemals freiwillig preisgeben würde. Die anderen Dinge, die Susanne ihm im Laufe ihrer elfmonatigen Beziehung anvertraut hatte, langweilten ihn dagegen. Nach ihrem Verständnis sollte ein Paar, das in Kürze heiraten wollte, keine Geheimnisse voreinander haben. Michael war da anderer Meinung, aber er hatte auch keine Heiratspläne. Allein die lange Zeit mit der in seinen Augen hoffnungslos romantischen und naiven Susanne ging ihm auf die Nerven. Aber er hatte für seine Pläne eine ausreichende Vorlaufzeit gebraucht.

Und endlich im vergangenen Mai war es dann so weit gewesen: Ein letztes Mal hatte er seine silbergrau gestreifte Krawatte geradegerückt und hinter Krampitz und Schubert, dem Leiter der Rechtsabteilung in der Firma Krampitz, den Besprechungsraum der Notarin Hoppe betreten und mit Grausen daran gedacht, gleich 50 Seiten trockenes Juristendeutsch über sich ergehen zu lassen, durchsetzt mit den besserwisserischen Erläuterungen Hoppes. Dabei hatten Schubert und er mehr an dem Vertrag gefeilt, nachverhandelt, umformuliert und nochmals geändert als die Notarin.

Die Vorstandsmitglieder der Prinz Hotel AG waren bereits anwesend und Hoppe betrat wie immer als Letzte den Raum und wirkte – ebenfalls wie immer – wie aus einem Modejournal entsprungen. Dunkelblaues Edelkostüm, zartrosa Seidenbluse, hochwertige Lederpumps. Sie öffnete den Knopf ihrer Kostümjacke und nahm am Kopfende Platz. Bei ihrem Anblick musste Michael ein Lächeln unterdrücken. Die hochnäsige Notarin hatte keine Ahnung, dass das Spiel längst begonnen hatte. Schon bald würde es zu Ende sein und er, Michael, einer der Gewinner.

Kapitel 3

Der Feierabendverkehr war längst vorbei und die Stadtautobahn angenehm leer. In sanften Schwüngen zog sie sich durch die Stadt, die gerade ihre Lichter anmachte. Sebastian sehnte sich nach der Hitze der Sommernächte, in der man mit weit geöffneten Fenstern durch die Straßen fuhr, und die alle Kriminalität der Großstadt einzuschläfern schien. Stattdessen neigte sich ein kühler und bewölkter Tag dem Ende zu. In wenigen Wochen hatte Sebastian Urlaub. Er würde sich ein Land aussuchen, in dem die Sonne schien.

Er verließ die Stadtautobahn in Halensee und bog in die Hubertusallee ein. Wie es sich für die westlichen Reichen der Stadt gehörte, wohnte Krampitz in bester Lage *in* Grunewald. Alle Berliner sagten natürlich *im* Grunewald, als ob die Straßen und Häuser noch immer mitten im Wald stehen würden.

Claudia hatte vorhin im Präsidium gegoogelt: Der heute 67 Jahre alte Hartmut Krampitz war mit seinen Eltern 1955 in die USA ausgewandert und hatte dort Ende der Sechziger des letzten Jahrhunderts im „Waldorf Astoria“ in New York als kleiner Hotelangestellter angefangen. Er arbeitete sich zum Leiter der Rezeption hoch, als ihn ein steinreicher Stammgast ohne sein Wissen im Testament bedachte.

Von diesem unverhofften Reichtum von rund 500.000 Dollar rührte Krampitz nicht einen einzigen Penny für private Annehmlichkeiten an. Er kaufte sich stattdessen in der deutschen Heimat seiner Eltern in Frankfurt am Main eine kleine Pension. Im Laufe der Jahre renovierte er das Haus und wählte nur hervorragendes Personal für die Betreuung des kleinen, aber immer feiner werdenden Gästekreises aus. Als er noch einen Sternekoch für sein Restaurant gewinnen konnte, war der Aufstieg seines kleinen Hauses nicht mehr zu stoppen. Bald konnte er ein zweites Hotel in München kaufen. Beide Hotels gehörten heute nicht mehr zur Krampitz-Hotelkette. Er hatte sie verkauft und dafür größere in exponierter Lage neu gebaut. In einem zu Krampitz'

65. Geburtstag erschienenen Zeitungsbericht in der Berliner Morgenpost war zu lesen: *Mit seinen drei Hotels in Frankfurt, Berlin und Zürich hält Hartmut Krampitz erfolgreich der Konkurrenz der großen internationalen Hotelketten stand, die in ihrer anonymen Kälte mit der einladenden Atmosphäre seiner Häuser nicht mithalten können.*

Sebastian hatte das Privathaus des Hoteliers erreicht und parkte sein Auto am Straßenrand. Während er auf das hohe schmiedeeiserne Tor zuschritt, überlegte er, ob dieser Krampitz die Annehmlichkeiten seines Reichtums mit einer Frau teilen konnte oder ebenso Single war wie er.

Sebastian hatte seinen Finger bereits auf den polierten Klingelknopf an dem prächtigen Flügeltor gelegt, als sich die Haustür öffnete und zwei Männer sich voneinander verabschiedeten. Sebastian zog seine Hand zurück. Der Ältere entsprach der Beschreibung des Hoteliers. Der Jüngere passte von seinem Erscheinungsbild allerdings wenig in den Dunstkreis eines Multimillionärs. Seine helle Popelinejacke erinnert vage an Columbos zerknitterten Trenchcoat. Krampitz schlug dem anderen zum Abschied auf die Schulter und lachte laut, bevor der Besucher in Richtung Tor hastete, wo Sebastian rasch ein paar Schritte in die Dämmerung trat. Erst als der Columboverschnitt mit einem weißen Golf davonfuhr, kehrte er zum Grundstück zurück und drückte nun endlich auf den Klingelknopf.

Das Tor öffnete sich automatisch. Ein weißer Kiesweg und englischer Rasen bildeten gestochen scharfe Kreise um einen Marmorspringbrunnen mit Engelsfiguren. Auch die Marmorstufen zur Eingangstür der Villa verliefen halbrund, durch Säulen begrenzt. Hartmut Krampitz stand in der geöffneten Tür und trug einen Freizeitanzug, dessen Farbe zu seinen ergrauten Haaren passte. Der fließende Stoff schmeichelte seinen fülligen Körperproportionen und ließ seinen Träger jünger erscheinen.

„Bitte sehr", sagte der Hotelier, nachdem Sebastian sich vorgestellt und seinen Ausweis gezeigt hatte. Sie durchschritten eine großzügige Eingangshalle und betraten den Wohnraum.

Krampitz wies in Richtung einer weißen Ledercouch vor einem Kamin, der unbenutzt aussah.

Sebastian begann mit seinen Fragen.

„Was ich von Frau Hoppe halte? Nun ja, ich kenne sie seit über 25 Jahren. Sie mag Haare auf den Zähnen haben, aber sie ist korrekt, kompetent, absolut vertrauenswürdig und es gab niemals Klagen über sie."

Krampitz' warme Stimme drückte eine Ausgeglichenheit und Ruhe aus, um die Sebastian ihn angesichts des Ärgers, den zwölf verschwundene Millionen selbst für einen Mann wie ihn bedeuten mussten, mehr beneidete als um seinen Wohlstand.

„Und ihre Mitarbeiterinnen?"

„Persönlich kenne ich nur Frau Blumhard, die Sachbearbeiterin. Eine taffe Person, die allerdings ziemlich im Schatten ihrer Chefin bleibt."

„Wechselt Frau Hoppe öfter ihr Personal?"

„Nicht, dass mir bekannt wäre. Es ist allerdings so, dass ich selbst selten in ihrer Kanzlei bin. Normalerweise kümmern sich die Herren aus meiner Rechtsabteilung um diese Dinge."

„Aber bei diesem Vertragsschluss waren Sie persönlich anwesend?"

„Ja, wie üblich bei einer Beurkundung dieser Größenordnung."

„Herr Krampitz, ich habe hier die Kopie eines Schreibens Ihrer Firma vom 8. August, in dem Sie der Notarin Hoppe ein Konto in der Schweiz mitteilen, auf das sie die 12 Millionen Euro überweisen soll." Sebastian reichte ihm das Papier. „Können Sie mir sagen, ob dies Ihre Unterschrift ist?"

Krampitz sah nur flüchtig auf das Blatt. „Ich kenne das Schreiben. Hoppe hat es mir heute Mittag gefaxt. Die Unterschrift sieht aus wie meine. Aber sie ist trotzdem gefälscht."

„Das vermutete die Notarin auch. Was macht Sie da so sicher? Könnte es nicht ein Fehler Ihrer Sekretärin sein? Das richtige Konto unterschied sich ja nur durch ein paar Ziffern in der Nummer."

„Niemand in meiner Firma kennt dieses Konto. Es existiert in keinen Unterlagen. Woher sollte meine Sekretärin also die Nummer haben?"

„Ein banaler Tippfehler?"

„Wie kommt dann die Abschrift eines Schreibens in unsere Akte, auf dem die korrekte Kontonummer draufsteht?"

Sebastian nickte. Górniak hatte diesen Punkt bereits angesprochen, und alles sprach eindeutig gegen einen Tippfehler.

„Sie haben sich bereits mit der Schweizer Bank in Verbindung gesetzt?"

Krampitz lachte. „Herr Hauptkommissar. Auch wenn es nicht so scheint. Aber auch für mich sind 12 Millionen Euro eine ganze Menge Geld. Da werde ich nicht untätig in meinem Sessel sitzen bleiben. Bei uns in der Firma war heute der Teufel los." Schmunzelnd fügte er hinzu: „Und ich gehe mal ganz stark davon aus, dass bei unserer lieben Frau Hoppe ähnliche Panik herrschte."

Sebastian dachte an die Vermögenshaftpflichtversicherung, die jeder Notar abschließen musste. Hoppe hatte also nichts zu befürchten, falls sie oder ihre Angestellten eine Mitschuld treffen sollte, natürlich abgesehen von dem gewaltigen Schaden an ihrer Reputation. Krampitz dagegen vielleicht eher. Denn es kursierten Gerüchte, nach denen das Kramp-Hotel Zürich kurz vor der Insolvenz stehen sollte. Trotzdem war es Bestandteil des jetzt verkauften Firmenvermögens und war in dem Vertrag mit einer hohen Summe bewertet worden. War etwas dran an den Gerüchten? Hatte der Hotelier vielleicht Angst, der Käufer könne den Vertrag anfechten und den Kaufpreis zurückfordern? Zu dumm, wenn das Geld dann schon weg wäre. Es gab auch sympathische Betrüger.

„Haben Sie bereits eine Antwort erhalten?"

„Nein. Uns wurde nur bestätigt, dass das Konto – also das falsche von Ihrer Kopie dort – tatsächlich auf den Namen unserer Firma existiert. Wann es eröffnet wurde und von wem, konnten sie noch nicht in Erfahrung bringen, weil die entsprechenden Herren bereits Feierabend hatten. Aber ich habe sofort einen meiner Mitarbeiter in die Schweiz geschickt: Frank Schubert, Rechtsanwalt und Leiter meiner Rechtsabteilung." Krampitz sah auf seine goldene Armbanduhr. „Er müsste jetzt eigentlich schon im Flieger sitzen."

Der späte Besucher, den Sebastian vorhin gesehen hatte, konnte also nicht dieser Frank Schubert gewesen sein.

„Das ist wunderbar. Denn mit den Ergebnissen der amtlichen Nachforschungen unsererseits ist bestimmt nicht vor nächster Woche zu rechnen. Weiß noch jemand in der Firma von der Reise in die Schweiz?"

„Natürlich nicht", antwortete der Hotelier.

„Und außerhalb der Firma? Haben Sie mit jemandem über die Sache gesprochen?"

„Nein, ich lebe allein. Nachdem ich heute Nachmittag die Firma verließ, habe ich noch nicht einmal mehr telefoniert, geschweige denn jemanden gesehen."

Bei Gelegenheit würde Sebastian ihn mit dieser Lüge konfrontieren, aber jetzt war nicht der richtige Zeitpunkt dafür.

Krampitz begleitete ihn zur Tür.

„Noch einmal zu der Notarin Hoppe: Was wissen Sie über ihre finanzielle Situation? Geht es ihrer Kanzlei gut?"

Krampitz' Gesicht fuhr ruckartig herum.

„Ich würde sagen, sie geht außerordentlich gut. Meines Wissens beschäftigt Frau Hoppe einen Anwalt und als Notarin hat sie über 1.000 Urkunden im Jahr. Das ist schon eine ganze Menge für ein einzelnes Anwalts-Notariat."

Krampitz hielt die Tür auf. „Haben Sie denn Zweifel an ihrer Integrität, Herr Kommissar?"

„Im Moment habe ich noch Zweifel an jedem Beteiligten."

„An mir also auch?" Krampitz lachte ihn an, während er Sebastians Hand zum Abschied fest drückte und die andere Hand zur Verstärkung noch oben drauf legte. Sebastian lächelte demonstrativ zurück.

„Auf gestohlenes Geld müssten Sie zum Beispiel keine Steuern zahlen. Guten Abend, Herr Krampitz."

Auf der Rückfahrt nach Spandau schmunzelte Sebastian vor sich hin. Dieser Hotelier war ein Schlitzohr. Und möglicherweise bewegte er sich ab und zu in einer rechtlichen Grauzone. Sebastian hätte zu gerne gewusst, welche Kanäle Krampitz mit dem abendlichen Besucher eingeschaltet und warum er diesen Besucher verschwiegen hatte. Aber dennoch war sich Sebastian sicher, dass Krampitz in diesem Fall nur das Opfer war. Ein Opfer, das er allerdings nicht als Feind haben wollte. Und im Gegensatz zu vielen Kriminellen hatte Krampitz seinen Reichtum durch harte Arbeit erworben.

Sebastian musste an seine Eltern denken, die ebenfalls hart hatten arbeiten müssen, um ihn und seine Schwester mit anständiger Schulausbildung und Studium groß zu kriegen. Aber sie waren bis zum Schluss nicht aus der kleinen Mietwohnung in Spandau herausgekommen. Wenigstens hatten sie sich gegenseitig gehabt und waren glücklich gewesen. Trotzdem war es reichlich ungerecht, dass beide viel zu früh gestorben waren, nur ein Jahr hintereinander. Er selbst war erst Mitte Dreißig gewesen und mit einem Mal gab es keine Generation mehr über ihm, die hätte sterben können. Er würde als Nächstes drankommen. Die Tatsache, dass das voraussichtlich noch einige Jahrzehnte dauern würde, änderte nichts an der Brutalität dieser Erkenntnis.

Sebastian schüttelte den Kopf. So sentimental war er doch früher nicht gewesen. Er drehte die Lautstärke des Autoradios hoch und drückte stärker aufs Gaspedal.

Donnerstag, 16. August

Kapitel 4

Andreas Senger klingelte an der Bürotür der Notarin Hoppe. Noch einmal rückte er die ungewohnte Krawatte zurecht. Viel zu eng am Hals. Wie konnte Michael das nur jeden Tag aushalten? Der Türöffner summte und Andreas strich die feuchten Hände am Anzugstoff trocken. Dann drückte er entschlossen die Eingangstür auf und fragte die Sekretärin am Empfangsschreibtisch, ob ihre Kollegin Frau Blumhard bereits im Büro sei.

Sie bejahte. „Einen Moment bitte, ich sage ihr, dass Sie da sind, Herr Senger."

Es schien also zu klappen. Kein erstaunter Blick, kein Stocken. Normalität. Andreas entspannte sich. Kurz darauf kehrte die Sekretärin zurück.

„Frau Blumhard erwartet Sie. Sie kennen ja den Weg", und wies mit dem Arm in Richtung Flur zu den hinteren Büroräumen. Er wusste den Weg natürlich nicht, aber Michael hatte ihn ausführlich beschrieben. Trotzdem schlug sein Herz schneller, als er nach kurzem Klopfen die Bürotür öffnete. Seine Zweifel waren restlos beseitigt, als er das freundliche und anhaltende Lächeln sah.

„Herr Senger, was kann ich für Sie tun? Gibt es weitere Probleme?"

„*Probleme* ist gut. Eine Katastrophe ist es, die hier passiert ist", antwortete er seufzend.

Ihr Lächeln verschwand. „Aber Sie denken doch nicht, dass ich den Fehler bei der Auszahlung, also hier der Fehler ..."

„Aber Frau Blumhard. Natürlich nicht. Ich weiß, wie gewissenhaft Sie arbeiten."

Marlies Blumhard fasste sich an die Brust und atmete vernehmlich ein. „Mein Gott, ich dachte wirklich, Sie könnten ..."

„Sie für eine Diebin halten?" Er lachte. „Völlig ausgeschlossen und, um Ihnen das zu beweisen, bin ich hier."

Ratlosigkeit breitete sich in ihrem Gesicht aus. Mit leicht geöffnetem Mund sah sie Andreas an und wartete, dass er weitersprach.

„Ich wollte fragen, ob Sie mir die Freude machen würden, heute mit mir Essen zu gehen?“ Er hatte den Satz mehrmals geübt.

Marlies machte den Mund wieder zu, um ihn gleich wieder zu öffnen und wieder zu schließen.

„Tun Sie mir den Gefallen“, bat er. „Ich denke, wir beide haben es uns verdient in dieser komplizierten Angelegenheit, nicht wahr?“

„Gewiss, gewiss“, brachte sie nur heraus und strich ihre halblangen Locken zurück.

Andreas machte ein betroffenes Gesicht. „Oder ... möchten Sie vielleicht nicht, also nicht mit mir?“

„Doch, nein, wo denken Sie hin? Ich würde gerne. Also es wäre mir ein Vergnügen. Ich bin nur so überrascht.“

„Wann haben Sie heute Büroschluss?“, fragte Andreas, jetzt endgültig sicher, dass Michael Recht mit seiner Einschätzung gehabt hatte, dass die Mittvierzigerin sich tatsächlich in Michael verknallt hatte. War es die Faszination des Hässlichen oder machte seine Intelligenz ihn für Frau Blumhard so sexy?

Jedenfalls hatte sie ihre übliche Souveränität verloren und stotterte verlegen: „Ich weiß nicht, so gegen 18 Uhr, also denke ich, könnte ich fertig sein, wenn nicht Frau Hoppe ... und die Polizei wollte noch ...“

Sein Bruder hatte der Mitarbeiterin der Notarin gegenüber natürlich nichts von seiner Verlobten Susanne Menzel verlauten lassen, obwohl er nicht das geringste Interesse an Marlies Blumhard hegte, jedenfalls kein privates. Er dagegen war nun bereits seit geraumer Zeit schon ohne Frauenkontakt und würde in dieser Sache nur zu gern das Private mit dem Nützlichen verbinden. Ein romantisches Abendessen in einem guten Restaurant, ein bisschen klassische Musik während der Autofahrt. Diese Marlies war eine Frau mit Stil und Geschmack und so, wie sie da am Schreibtisch saß, hätte man meinen können, sie selbst sei die Notarin.

Aber sie war auch reif. Das sah er auf den ersten Blick. Er würde sich anstrengen und sie würde sich nicht lange zieren. Gewinnend lächelte er sie erneut an. „Fein. Nur eine Bedingung habe ich."

Marlies Lächeln verschwand wieder. Sie beugte sich vor und verschränkte die Arme auf dem Schreibtisch.

„Sie müssen mir versprechen, dass wir ausnahmsweise nicht über unsere Arbeit sprechen. Kein Wort über Verträge, über Beurkundungen, über Steuern. Ich würde mich gerne mit *Ihnen* unterhalten und nicht mit der Mitarbeiterin unserer Notarin. Abgemacht?"

Sie gab ein befreites Lachen von sich. „Abgemacht."

Zufrieden verabschiedete sich Andreas. Beim Verlassen der Kanzlei kontrollierte er sein Handy. Michael hatte versprochen, eine Nachricht zu senden, sobald die Kripo in der Krampitz oHG auftauchte. Das Display zeigte keinen Eingang und er lächelte erleichtert. Er hätte kaum die gleichzeitige Anwesenheit Michael Sengers in der Notarkanzlei und während einer Vernehmung in den Räumen der Krampitz oHG erklären können. Trotzdem war es Zeit, dass er verschwand und die Meldestelle Zehlendorf, seinen eigenen Arbeitsplatz, aufsuchte.

Während er auf der Besuchertoilette der Meldestelle wieder seine eigene Kleidung anzog, musste er neidvoll an den Perfektionismus seines Bruders denken. Gleichzeitig wusste er, dass er selbst niemals so sein wollte wie Michael. Ihm graute noch heute, wenn er an ihre gemeinsame Jugend zurückdachte. In ihrer geheimen Höhle hatten sie einen Schwur geleistet und mit der Vermischung ihres Blutes bekräftigt.

„Wie weit würdest du eigentlich für unseren Schwur gehen? Mord? Totschlag?", hatte er damals Michael gefragt, als der sich mit einem Papiertaschentuch das Blut vom Arm gewischt hatte. Michael hatte in die Flammen ihres Lagerfeuers gestarrt und ohne aufzusehen geantwortet: „Wenn's nicht anders geht. Warum denn nicht?"

Nicht nur, dass ihm die bestimmende Art seines Bruders nicht lag, war auch sein Herz viel zu schwach für eine so dominante

Lebensführung. Als kleines Kind hatte er damals nur knapp überlebt, hatte die Schule hinter sich gebracht und sich danach eine ruhige Ausbildung und einen gemächlichen Job gesucht. Und dank der Tabletten und einer einigermaßen gesunden Ernährung kam er mit seiner Herzkrankheit bisher ganz gut klar.

Seit dieser Irrsinn hier begonnen hatte, klopfte sein Herz allerdings öfter mal in einer Schnelligkeit, die ihm Angst machte. Michael vertröstete ihn jeden Tag damit, dass sie bald in der südlichen Sonne am Strand alle Sorgen und Aufregungen hinter sich lassen konnten, niemals mehr arbeiten müssten und ihr Leben eine einzige Erholung sein würde. Hoffentlich behielt sein Bruder Recht.

Kapitel 5

„Hallo! Wie war's gestern bei Krampitz?", fragte Claudia, als Sebastian das Büro betrat.

Es war erst acht Uhr und er fühlte sich weder für ein Gespräch noch für den Anblick bereit, den sie und ihr Laptop ihm boten. „Hast du hier übernachtet?"

„Nein", lachte sie. „Ich habe nur mal aus unseren Vernehmungsprotokollen ausfüllbare Formulare für den Computer erstellt."

Kein Zweifel: Sie war ein Morgenmensch. Jemand, der die Augen aufschlägt, sich ruckartig aufsetzt und zu reden anfängt oder eine Melodie summt oder, am allerschlimmsten, eine Frage stellt.

„Wieso nimmst du nicht die Formulare, die wir haben?", fragte er eine Spur zu leise, in der Hoffnung, sie wäre zu faul um nachzufragen, weil sie ihn nicht verstanden hatte.

„Ich lauf doch nicht mit einer Schreibmaschine unter dem Arm herum. Oder schreib alles mit der Hand."

Sebastian schrieb vor Ort immer mit der Hand. Er zuckte mit den Schultern.

„Die gedruckten Formulare kann ich nicht am PC ausfüllen", erklärte sie. „Woher soll mein Laptop wissen, wo sich in dem gedruckten Formular die Felder befinden?"

„Hast du gestern den Antrag für die Schweiz noch geschafft?"

Sie nickte. „Womit fangen wir an? Kanzlei oder Krampitz?", fragte sie.

„Die Krampitz oHG hat neben den Hunderten Angestellten in den Hotels vor Ort in ihrer Zentrale 18 Mitarbeiter. Nicht viele, aber wir haben nicht die geringste Ahnung, wer von ihnen den Vorgang und seine Einzelheiten kannte. Also fangen wir in der Firma an. Außerdem muss das entscheidende Schreiben ja irgendwo dort gefälscht worden sein."

„Aber die Notarin hat das Geld überwiesen. Immerhin sind zwölf Millionen Euro ein schönes Rentenpolster. So als Abgang? Und danach gibt sie von sich aus die Zulassung ab, aus Altergründen versteht sich. Sie wäre nicht der erste Notar dieser Art."

„In ein paar Jahren bestimmst du, okay?“ Sebastian griff zum Telefonhörer und wählte die Nummer von Timo Sander. „Sag mal, die Postbotenüberfälle. In welcher Straße und in welchem Haus waren die eigentlich?“ Er wartete die Antwort ab, bedankte sich und legte zufrieden auf. Die fragenden Blicke Claudias ignorierte er. „Lass uns fahren“, sagte er und stand bereits auf.

Während der halbstündigen Autofahrt ließ er Claudia reden. Sie hatte einen kurzen Ablauf des Akteninhaltes und eine Liste über die wesentlichen Punkte im Vertrag erstellt. „Wir können ziemlich sicher davon ausgehen, dass die gesamte bisherige Bearbeitung des Vertrags einwandfrei gelaufen ist. Von den 25 Millionen Euro Kaufpreis werden 13 Millionen benötigt, um die diversen Bankenfinanzierungen abzulösen, die auf den Grundstücken lasten. Die restlichen zwölf Millionen stehen dem Verkäufer, also Hartmut Krampitz, zur freien Verfügung, sobald bestimmte Voraussetzungen des Vertrages vorliegen. Als das der Fall war, hat die Notarin schriftlich angefragt, auf welches Konto das Geld überwiesen werden sollte. Mit Einschreiben-Rückschein, ebenfalls wie es der Vertrag vorsah, hat Krampitz' Sekretärin das Antwortschreiben zurück an Hoppes Kanzlei gesandt. Der Brief ist dort am Montag, den 11. August, zugestellt worden“, berichtete sie und das erste Mal, seit ihm gestern Claudia zwangsweise zugeordnet worden war, konnte Sebastian ohne inneren Widerstand ihre Art der Ermittlung anerkennen.

Sie hatte gründliche Arbeit geleistet und eine Liste mit den wichtigsten Fakten erstellt, eine „Excel-Tabelle“, wie sie ihn belehrte. Er hatte nicht vor, das zuzugeben, aber mit Sicherheit wäre das Ergebnis mit seiner Handschrift-Zettel-Methode nicht so übersichtlich und so vollständig gewesen. Seit seinem Beginn in der Abteilung für Wirtschaftskriminalität schob er bei einem komplizierten Fall die einzelnen Blätter auf dem Wohnzimmerfußboden wie Puzzleteile hin und her. Sein Rekord lag bei

89 Zetteln. Volker hatte dagegen ein festes DIN-A5-Buch für seine Notizen geführt.

Er riskierte einen Seitenblick auf Claudia, dieses Muster an Technik und Organisation, das gerade konzentriert in seinen Unterlagen blätterte. Plötzlich musste er an seine Wasseragamen denken und hätte beinahe laut gelacht. Claudia hätte mit ihrer Art sicher mehr Erfolg. Spätestens heute Abend würde er Gerdas Eier ausgraben und umbetten. Die Arme mühte sich ab und wenn sie dann endlich unter großen Anstrengungen die Eier im Sand vergraben hatte, kam er und grub diese wieder aus, um sie in einen selbstgebastelten Brutkasten zu überführen. Bisher zum siebten Mal und zum siebten Mal ohne Erfolg. Die optimalen Voraussetzungen für eine Nachzucht zu schaffen, stellte ihn vor eine Herausforderung, der er offenbar nicht gewachsen war. Es musste an ihm liegen, denn in seiner Reptilienzeitung wimmelte es von Angeboten an Agamen aus privaten Nachzuchten. Ihm würde es allerdings schwerfallen, seinen Nachwuchs abzugeben, sollte es wirklich einmal dazu kommen.

„Nicht schlecht!“, staunte Claudia und zeigte auf ein wandfüllendes modernes Gemälde in dem mit schwarzem Granit gefliesten Eingangsbereich der Krampitz oHG. Moderne Kunst war nicht Sebastians Fall. Er war noch immer mit der Deutung der bunten Elemente auf dem Bild beschäftigt, als sie abgeholt und in einen Besprechungsraum geführt wurden. Krampitz wartete bereits, gemeinsam mit einer jungen Frau, die er als seine langjährige, persönliche Sekretärin Susanne Menzel vorstellte. Dieses „langjährige“ konnte nur eine von Krampitz gefühlte Dauer sein, denn die Frau war höchstens Ende Zwanzig. Susanne Menzel informierte sie über die wesentlichen Arbeitsabläufe und Kompetenzverteilungen in der Firma. Gerade, als sich alle erhoben, trat nach kurzem Klopfen ein weiterer Mitarbeiter ein und übergab dem Hotelier ein tragbares Telefon.

„Herr Krampitz, Herr Schubert ist am Apparat.“

Krampitz forderte Susanne Menzel mit einem Handzeichen auf, das Büro zu verlassen und deutete dann zu Sebastian und Claudia gerichtet an, dass sie sich wieder setzen sollten. Er selbst blieb stehen. Als die Tür geschlossen war, stellte Krampitz den Lautsprecher des Mobilteils ein. Schubert rief aus einem Büro der Genfer Bank an, wo ihm gegenüber, so teilte er mit, der Filialleiter und ein Mitarbeiter des Kontoservices saßen. Gemeinsam hatten sie Schubert Unterlagen vorgelegt, denen zufolge tatsächlich das Konto, auf das die Notarin Hoppe die Zahlung veranlasst hatte, bereits Mitte Juni, rund einen Monat nach dem notariellen Vertragsschluss, mit entsprechenden notariell beglaubigten Vollmachten von einem Bevollmächtigten der Firma Hartmut Krampitz oHG eröffnet worden war. Sogar eine Kopie des notariellen Kaufvertrages mit der Prinz Hotel AG sei dem kontoeröffnenden Mitarbeiter vorgelegt worden, um den kommenden hohen Zahlungseingang zu legitimieren.

„Wer war es?", presste Krampitz hervor. Jegliche Freundlichkeit war aus seinem Gesicht gewichen. Sebastian wurde in diesem Moment wieder einmal bewusst, dass die herausragende Karriere dieses Mannes nicht nur auf Ausgeglichenheit, Glück und kaufmännischer Umsicht basierte, die er gestern Abend noch bewundert hatte, sondern ebenso auf Härte.

„Schubert! Wer?"

„Alle Unterlagen tragen den Namen und die Unterschrift unseres Steuerberaters Michael Senger", tönte Schuberts Stimme aus dem Lautsprecher.

„Ist das Geld noch da?", fragte Krampitz mit unverändertem Gesichtsausdruck.

„Die gesamte Summe wurde vorgestern nach Luxemburg transferiert. Das Geld war nur knapp eine Stunde hier auf dem Konto. Der Transfer war bereits vorher angewiesen worden."

„Können sie es stoppen?", fragte Krampitz und sah Sebastian dabei an.

Schubert teilte mit, dass die Banker alles versuchen würden, ihm allerdings wenig Hoffnung machten. Erschwerend käme hinzu, dass die Bank auf einen offiziellen Beschluss der Schweizer Interpol warten müsse, da die Kontoeröffnung und die Transferaufträge formal korrekt durch einen Bevollmächtigten der Firma erfolgt seien. Seine eigene Aussage reiche in diesem Fall nicht aus, eine Straftat ausreichend glaubhaft zu machen, da das Ganze sich schließlich auch um einen Bearbeitungsfehler oder Kompetenzstreit innerhalb der Firma Krampitz handeln könne. Erst recht, als er habe bestätigen müssen, dass Michael Senger tatsächlich der Steuerberater der Firma und die Firma Krampitz derzeit der einzige Mandant Sengers sei.

Krampitz wies ihn an, unverzüglich die Kontodaten des Transfers nach Luxemburg zu senden, und wollte gerade das Gespräch beenden, als Schubert hektisch weitersprach: „Herr Krampitz? Noch etwas. Die notarielle Vollmacht für Michael Senger ist übrigens von unserer Notarin."

„Gerda Hoppe?"

„Ja! UR-Nummer 408 aus diesem Jahr."

Ohne ein weiteres Wort beendete Krampitz die Verbindung. Sofort wählte Sebastian auf seinem Handy die Nummer des Präsidiums. Claudia wandte sich zu Krampitz.

„Wir dürfen Ihr Fax benutzen?"

Krampitz stand mit dem Gesicht zum Fenster, nach wie vor seinen Körper kerzengerade aufgerichtet, beide Hände hinter den Rücken zusammengefasst. „Selbstverständlich", antwortete er, ohne sich umzudrehen.

„Ich kümmere mich darum", sagte Claudia und verließ den Raum. Sebastian lächelte. Bei Volker hätte er gehen müssen. Er informierte telefonisch die Kollegen und gab Anweisung, unverzüglich mit den in Kürze gefaxten Kontodaten Europol in Luxemburg um Amtshilfe zu ersuchen.

„Vielleicht haben wir ja doch noch Glück", sagte er mehr zu sich selbst als zu Krampitz.

Dieser wandte sich abrupt um. „Hören Sie auf! Das läuft heute durch die Technik so schnell. Wenn der Typ nicht ganz beschränkt ist, ist das Geld auch in Luxemburg schon wieder weg. Selbst vor

Jahren dauerte ein telegrafischer Transfer dieser Größenordnung nur einen Tag, maximal zwei."

„Mit Typ meinen Sie Michael Senger?"

„Nein, den, der sich für ihn ausgegeben hat."

„Weil Sie Herrn Senger vertrauen?"

„Nein, weil ich Michael Senger heute Morgen, wie auch gestern und vorgestern, die ganze Zeit hier in der Firma gesehen habe. Er kann gar nicht in der Schweiz gewesen sein. Glauben Sie außerdem, dass er bei zwölf Millionen Euro noch brav an seinem Schreibtisch sitzen und für mich arbeiten würde?"

Es sprach für Krampitz' Gradlinigkeit, dass er diese Unschuldsvermutung aussprach. Aber Michael Senger wäre nicht der erste Täter, der sich durch einen unauffällig weiterlaufenden Alltag in Sicherheit wog; meist in einer falschen. Es war an der Zeit, sich diesen Steuerberater einmal selbst anzusehen. Selbst, wenn er die letzten Tage in Berlin gewesen war, hieß das nicht, dass er nicht Komplizen in der Schweiz gehabt haben könnte.

„Erzählen Sie mir etwas über Ihren Steuerberater. Warum unterstützen Sie ihn, indem Sie einem Angestellten der von Ihnen beauftragten Steuerberatungsgesellschaft sogar in der Firma ein eigenes Büro eingerichtet haben?"

„Herr Senger betreut schon seit Langem vorwiegend unsere Angelegenheiten. Und einmal, bei einer schwierigen steuerlichen Angelegenheit, war er es gewesen, der einen blendenden Einfall hatte, auf den keiner der Inhaber der Steuerberatungsgesellschaft gekommen war. Das hat mich mächtig beeindruckt. Und der Verkauf meiner Hotels ist steuerlich gesehen äußerst komplex. Ich wollte nicht jedes Mal einen Termin mit unserem Steuerberatungsbüro vereinbaren müssen, wenn ich etwas mit Senger zu besprechen habe."

„Er versteht also etwas von seinem Beruf."

„Er ist ein sehr kluger Kopf."

Michael Senger betrat den Raum. Der 36-jährige kleine Mann schloss unbeholfen die Tür hinter sich, kam mit langsamen

Schritten bis zur Mitte des Raumes auf Sebastian und Claudia zu und blieb dort stehen. „Guten Tag. Ich bin Michael Senger. Sie möchten mich sprechen?“

„Guten Tag.“ Sebastian wies auf den freien Stuhl ihm gegenüber.

Sah man Michael Senger nur ins Gesicht, hätte man meinen können, einen ausgesprochen gutaussehenden jungen Mann vor sich zu haben. Aber sein kantiges Gesicht wirkte wie aufgesetzt auf einen zu kleinen Körper. Auch sein grauer Anzug schien zu groß. Als Sebastian näher hinsah, erkannte er die optische Täuschung: Der Oberkörper war im Verhältnis zu den kurzen Beinen ungewöhnlich lang. Michael Sengers lange Arme hingen seitlich an seinem Körper herab, als wüssten sie nicht, welche Position jetzt angemessen schien. Er setzte sich und schlug die Beine eng am Körper übereinander; den Oberkörper vorgebeugt, legte er beide Unterarme auf dem Oberschenkel ab. Während er die Fragen zu seiner Person und Tätigkeit in der Firma beantwortete, gab er zweimal diese verkrampfte Haltung auf, aber nur, um die Beine andersherum übereinanderzuschlagen.

„Hatten Sie etwas mit dem notariellen Kaufvertrag dieser Firma an die Prinz Hotel AG zu tun?“, fragte Sebastian.

„Ja, selbstverständlich. Ich habe sehr intensiv an den Vorbereitungen mitgearbeitet. Aber verhandlungsführend mit den Käufern war immer Herr Rechtsanwalt Schubert.“

„Dann müssen Sie sich ja jetzt auch nicht verantwortlich fühlen.“

„Warum und wofür sollte ich denn verantwortlich sein?“

„Sie sind relativ nervös.“

„Das kann gut möglich sein, Herr ..., entschuldigen Sie, wie heißen Sie noch mal?“

„Hochgräber.“

„Danke. Herr Hochgräber. Ich hatte in meinem Leben noch niemals mit der Kriminalpolizei zu tun. Und dann noch sozusagen in eigener Sache. Also, beruflich gemeint.“

„Ich verstehe.“

Sebastian verstand durchaus. Dieser Mann hatte, wie er ihnen gerade erst ausführlich geschildert hatte, in wichtigen Besprechungen und gegenüber den Finanzämtern die Interessen der Firma durchzusetzen. „Er ist ein sehr kluger Kopf", hatte Krampitz ihm wenige Minuten zuvor attestiert. Sengers Nervosität hatte jedenfalls nichts damit zu tun, dass die Polizei ihm ein paar Fragen stellte.

„Warum war die Mitwirkung eines Steuerberaters bei diesem Vertrag erforderlich?"

„Es geht um eine hohe Summe und ich wollte Herrn Krampitz davor bewahren, durch für ihn negative Vertragsregelungen eine Steuerschuld zu produzieren, die möglicherweise einen Großteil des Gewinns an dem Verkauf auffressen würde. Wir haben es hier mit einem ziemlich umfangreichen Firmengeflecht zu tun. Es galt, unter den vielen Gestaltungsmöglichkeiten diejenige mit der geringsten Steuerlast zu finden. Das war meine Aufgabe. Herr Schubert sollte sich um die juristische Umsetzung kümmern."

„Was hatten Sie nach der Beurkundung im Mai noch mit der Abwicklung des Vertrages zu tun?", fragte Sebastian.

„Einige Unterlagen waren noch zu beschaffen, die insbesondere das Baugrundstück betrafen, und mit einer Bank musste wegen der Vorfälligkeitsentschädigung verhandelt werden. Außerdem waren eine Reihe von Geschäftsanteilsübertragungen durchzuführen."

„Na klar", dachte Sebastian. Geschäftsanteilsübertragungen waren eine beliebte Möglichkeit, Gelder von A nach B zu bringen. An der Steuer vorbei. Möglichst zu Firmen im Ausland und möglichst in Länder mit geringer Steuerlast.

„Vorfälligkeitsentschädigung?", fragte Sebastian nach.

„Sofern bei Verkauf einer von der Bank finanzierten Immobilie das Darlehen vor Ablauf der so genannten Zinsfestschreibung abgelöst werden soll, hat die Bank das Recht, den ihr möglicherweise entgangenen Gewinn, in der Regel in Höhe der vereinbarten Zinsen bis zum Ende dieser Festschreibung, als Entschädigung zu verlangen."

Die juristische und steuerrechtliche Sprache war Michael Senger in Fleisch und Blut übergegangen. Seine Sitzhaltung lockerte sich und seine Stimme wurde fester und lauter. Er schien in seinem Metier schier aufzugehen, was Sebastians Eindruck, dass die anfängliche Nervosität des Steuerberaters gespielt gewesen war, nur noch bestärkte.

„Abschließend würde ich gerne noch wissen, wo Sie die letzten drei Tage verbracht haben. Waren Sie hier in Ihrem Büro innerhalb der Firma?"

Michael Senger wartete einen Moment mit seiner Antwort. Er hob beide Hände gespreizt in die Höhe und zog die Schultern nach vorn. Ebenso theatralisch war der Tonfall seiner Antwort.

„Ach so, verstehe, die berühmte Alibi-Frage. Was bleibt Ihnen auch übrig? Also selbstverständlich war ich jeden Tag hier in der Firma, außer am Wochenende versteht sich, so ungefähr von 9 Uhr morgens bis 18 Uhr abends. Und zwar ununterbrochen."

„Danke. Und könnten Sie uns noch, nur der Vollständigkeit halber, sagen, wo Sie die letzten Abende verbracht haben?"

Im Ton einer Gerichtsfilmszene antworte Michael Senger: „Selbstverständlich gern. Mein Mandant, ääh, ich meine ich selbst, Herr Kriminalhauptkommissar, war am Montagabend mit dem Architekten von Herrn Krampitz zum Essen verabredet und wir haben von ungefähr 19 Uhr bis 22 Uhr gemeinsam die noch fehlenden Baugenehmigungsunterlagen für das verkaufte Grundstück erörtert. Vorgestern bin ich direkt von der Firma nach Hause gefahren und habe meine Wohnung, die ich mit meiner Freundin gemeinsam bewohne – diese war auch anwesend – nicht mehr verlassen. Und gestern Abend schließlich war ich – wie im Übrigen jeden Mittwoch – zum Bowlen. So gegen 23 Uhr bin ich nach Hause gefahren, wiederum zu meiner dort anwesenden Freundin. Reicht es, wenn ich Ihnen Namen und Adressen nachher mitgebe?"

„Perfekt", antwortete Claudia.

„Gut einstudiert", dachte Sebastian und widersprach: „Fast. Wissen Sie noch, wo Sie am vergangenen Samstag waren beziehungsweise was Sie gemacht haben?"

Auch diese Antwort blieb Michael Senger nicht schuldig. „Einer unserer Freunde hatte Geburtstag und wir waren bereits um 14 Uhr zum Grillen eingeladen. Ziemlich nass dieses Jahr, aber inzwischen Tradition bei ihm. Es ging bis in den späten Abend. Vormittags waren meine Freundin und ich einkaufen und danach haben wir gemeinsam einige Salate zum Mitnehmen gemacht. Aber darf ich fragen, warum auch der Samstag interessant sein soll? Ist das Geld nicht erst am Montag in Richtung Schweiz gegangen?"

Statt auf die Frage einzugehen, bedankte sich Sebastian für die konstruktive Mitarbeit und begleitete Michael Senger zur Tür. Er konnte noch nicht sagen, woher dieses ungute Gefühl kam, Sengers Alibis würden sich allesamt bestätigen und seine eigenen Zweifel an der Unschuld des Steuerberaters sich trotzdem nicht verflüchtigen.

Kapitel 6

„Geht deine Fantasie da nicht mit dir durch?“, fragte Claudia lächelnd, als Michael Senger den Raum verlassen hatte.

„Du meinst meine Frage wegen Sonnabend?“

Claudia stand von dem niedrigen, aber einzigen Tisch im Raum auf und reckte sich. Sie gähnte und nickte gleichzeitig.

„Die Überfälle waren nur eine Querstraße vom Büro Hoppe entfernt. Und die Postboten haben auch die Kanzlei auf ihrer Tour.“

Sebastian schob seine diversen Zettel zusammen und steckte sie in die Innentasche seiner Jacke.

„Der Brief mit der Angabe des Schweizer Kontos ist aber am Montag zugestellt worden, wie Senger gerade richtig feststellte.“

„Aber Susanne Menzel hat ihn am Freitag zur Post gebracht. Und der erste Überfall auf einen Postboten war am Samstag.“

Claudia sah überrascht auf. „Das wusste ich nicht. Wir könnten auf dem Weg zur Kanzlei die Kollegen nach Details fragen.“

Ein Computerfreak denkt praktisch. Nicht schlecht, dachte Sebastian und fragte: „Wieso hast du eigentlich nicht die Protokolle gleich hier ausgedruckt und unterschreiben lassen? War das nicht dein Ziel heute Morgen?“

„Dieser Laden hier ist ziemlich gesichert. Ich hatte von meinem Laptop aus keine Chance, einen der Drucker zu nutzen, ohne Admin-Rechte. Und der Administrator ist eine Fremdfirma, die das Netzwerk der Firma betreut, war aber nicht erreichbar“, erklärte Claudia.

Sebastian versuchte, sich an die Bedeutung der Begriffe Administrator und Netzwerk zu erinnern. Es gelang ihm nicht. Claudia lachte. Er sah das kleine Grübchen auf der linken Seite ihres Mundes. Es verlieh dem ebenmäßigen Gesicht genau die Asymmetrie, die ihren Gesichtsausdruck so sympathisch machte.

„Ich weiß nicht, wovon du eigentlich redest“, gab er leise zu.

Ins Präsidium zurückgekehrt, suchten sie sofort Sven Bloch und Timo Sander auf, die Kollegen, die die Postbotenüberfälle bearbeiteten. Nur Timo war im Büro, gerade im Aufbruch begriffen. Mit mürrischem Gesicht griff er hinter sich in ein Regal, das vor Leitzordnern und Aktendeckeln überquoll, und zog einen Vorgang heraus. Für Sebastian wundersamerweise die richtige Akte. „Hier! Lies und mach mir dann gelbe Klebezettel an die Unterlagen, die ihr braucht." Er drückte Sebastian den Ordner in die Hand. „Aber verstehen muss ich das nicht, oder? Ihr glaubt doch nicht allen Ernstes, dass unsere Fälle was miteinander zu tun haben?", fügte er hinzu und verschwand aus dem Raum, ohne eine Antwort abzuwarten.

Etwas ratlos stand Sebastian mit der Akte in der Hand. Claudia dagegen hatte sich bereits an Svens Schreibtisch niedergelassen. Ihr Lächeln war neu und drückte eine Überlegenheit aus, die ihm nicht gefiel. Er setzte sich ebenfalls, schlug die Akte auf und blätterte. Als Erstes fand er eine Aktennotiz über das Krankenhaus, die Station und den behandelnden Arzt des am Montag überfallenen Postboten Ullrich Wegener, mit einer handschriftlichen Ergänzung von gestern, dass Wegener nach einer Schädelfraktur mit nachfolgender Hirnblutung unverändert im Koma lag und damit nicht vernehmungsfähig war. Er las Claudia den Inhalt vor und auch den folgenden Zwischenbericht der Ermittlungen zum Überfall selbst, der im Eingangsbereich des Hauses vor den Briefkästen mittels Chloroform stattgefunden und bei dem sich das Opfer offenbar gewehrt hatte. Es gab Kampfspuren im Hausflur. Mit welchem Gegenstand der Täter im Verlauf der Auseinandersetzung dem Opfer die schwere Wunde zugefügt hatte, konnte noch nicht geklärt werden. Nach den Fotos, die vor der Operation gemacht worden waren, zu urteilen, könnte es sich um einen stangenähnlichen schweren Gegenstand gehandelt haben.

„Um in den Besitz eines einfachen Schreibens zu gelangen, war das ziemlich brutal", kommentierte Claudia.

„Einfaches Schreiben? Für den Täter möglicherweise der Schlüssel zu zwölf Millionen Euro", entgegnete Sebastian und las weiter.

Das Opfer Ullrich Wegener war zu Boden gegangen und vom Täter zur Kellertreppe gebracht, hinuntergezogen und die Gänge entlang geschleift worden, bis hinein in einen leeren Verschlag. Danach musste der Täter den Handwagen ebenfalls nach unten gebracht haben. Im Gegensatz zu dem ersten Überfall fehlte ein Großteil der Postsendungen. Eine junge Mieterin des Hauses fand das Opfer in dem leeren Kellerverschlag, als sie ihren danebenliegenden Raum wegen Umzugs räumen wollte. Im Krankenhaus eingeliefert, war der Postbote trotz der Bemühungen der Ärzte aufgrund Gehirnblutungen ins Koma gefallen.

„Aber es gibt doch sicherlich ein Vernehmungsprotokoll des anderen Postboten?“ Claudia lehnte sich bequem auf Svens Stuhl zurück. „Liest du weiter vor? Ich bin von Natur aus neugierig.“

„Wären wir sonst zur Kripo gegangen?“, antwortete er und überflog die Bogen. Dann las er die wichtigsten Passagen der Vernehmung laut:

Name: Hirsch, Peter, geboren: 23.01.1972
Protokoll aufgenommen durch KK Bloch

FRAGE: *„Bitte schildern Sie alle Einzelheiten seit Ihrem Eintritt in den Hausflur.“*

ANTWORT: *„Es war so gegen 10:30 Uhr. Samstags haben wir meistens nicht viele Zustellungen. Die Haustür stand offen ...“*

FRAGE: *„Ist das die Regel, dass es samstags nicht viele Zustellungen gibt? Und wenn ja, gibt es einen besonderen Grund dafür?“*

ANTWORT: *„Naja. Das ist irgendwie inoffiziell. Nicht, dass ich jetzt hier Ärger bekomme. Aber wir behalten viele Zustellungen am Samstag bis zum Montag in der Filiale.“*

FRAGE: *„Warum, und weshalb könnten Sie deshalb Ärger bekommen?“*

ANTWORT. *„Wir machen das bei Postsendungen, die in den Büros zugestellt werden und bei denen wir wissen,* *dass am Samstag keiner da ist. Da schreiben wir keine Zustellbenachrichtigungen, sondern bringen sie am Montag wieder mit. Die müssten sonst alle zum Postamt. Aber so ganz korrekt ist das eben nicht, für die Fristen und so etwas. Aber es schadet eben auch nicht, oder?"*

...

FRAGE:	*„Was geschah dann?"*
ANTWORT:	*„Ich ging wie immer nach hinten durch. Dort sind links an der Treppe nach oben die Briefkästen. Dort werfe ich immer erst alle normalen Sendungen ein."*
FRAGE:	*„Auch an diesem Tag?"*
ANTWORT:	*„Zumindest war ich dabei. Da hörte ich einen Mann aus dem Keller rufen."*
KK Bloch:	*„Wo befindet sich genau der Keller?"*

...

FRAGE:	*„Was sagte der Mann zu Ihnen?"*
ANTWORT:	*„Er fragte, ob ich ihm helfen könne. Es sei ihm ein dummes Missgeschick passiert."*
FRAGE:	*„Was für ein Missgeschick?"*
ANTWORT:	*„Er sagte, sein Fuß sei zwischen den Holzbohlen des Kellerverschlages eingeklemmt und er könne sich allein nicht befreien. Er lachte dabei."*
FRAGE:	*„Und dann sind Sie nach unten gegangen?"*
ANTWORT:	*„Nicht gleich. Erst habe ich die Sendungen, die ich noch in der Hand hatte, eingeworfen und dann bin ich mit meinem Handwagen zur Kellertreppe, hab ihn dort gut sichtbar abgestellt. Schließlich haben wir eine gewisse Verantwortung und bei der offenen Haustür ..."*
FRAGE:	*„Was konnten Sie erkennen, als Sie die Treppe hinuntersstiegen?"*
ANTWORT:	*„Zuerst nichts. Wissen Sie, die Kellerdecken sind ziemlich niedrig in diesen Altbauten. Aber als ich dann fast ganz unten war, sah ich einen Mann mit*

dem Rücken zu mir. Er hielt sich mit beiden Händen an den Holzbohlen des ersten Kellerverschlages fest und stand auf einem Bein. Er lachte immer noch."

FRAGE: *„Was geschah dann?"*

ANTWORT: *„Dann ging alles sehr schnell. Als ich dicht hinter ihm stand, drehte er sich blitzschnell um und drückte mir ein Handtuch oder sowas Ähnliches ins Gesicht. Und da wurde schon alles schwarz um mich herum. Ich fühlte noch, wie ich zu Boden ging."*

FRAGE: *„Herr Hirsch: Es ist extrem wichtig, dass Sie versuchen, sich an alle Einzelheiten dieser Sekunden zu erinnern. Konnten Sie das Gesicht oder andere Merkmale des Täters wahrnehmen, bevor Sie bewusstlos wurden?"*

ANTWORT: *„Also das Gesicht auf keinen Fall. Ich glaube, ich habe ihn gar nicht angesehen, sondern auf seine Hände geguckt, mit denen er dieses Tuch von seinem Körper zog."*

FRAGE: *„Wie sah dieses Tuch aus? Was für ein Material?"*

ANTWORT: *„Weiß nicht. So ein Küchenhandtuch vielleicht. Blauweiß kariert. Ja, ein Küchenhandtuch."*

FRAGE: *„Und bevor der Täter sich zu Ihnen umdrehte: An was erinnern Sie sich da? Seine Größe? Seine Statur?"*

ANTWORT: *„Klein. Auf jeden Fall klein. Viel kleiner als ich. Und schlank. Er hatte Jeans an und Turnschuhe und eine Wildlederjacke. Und er roch nach Rauch. Das war mir gleich aufgefallen. Wissen Sie: ich bin überzeugter Nichtraucher."*

FRAGE: *„Seine Haare?"*

ANTWORT: *„Normal."*

FRAGE: *„Was meinen Sie mit ‚normal'?"*

ANTWORT: *„Kurz, aber nicht ganz kurz. Nicht lang. So, wie die meisten Männer halt. Die Haarfarbe kann ich nicht sagen. Es war so schummriges Licht."*

FRAGE: *„Und seine Stimme und seine Sprache?"*

ANTWORT: *„Deutsch. Also ohne Akzent. Auch normal ansonsten. Sein Lachen war irgendwie, also ich sag das nur jetzt im Nachhinein, hatte etwas ... Gekünsteltes. Aber wie gesagt, nicht so, dass es mir vorher aufgefallen war."*

FRAGE: *„Wann kamen Sie wieder zu sich und was passierte dann?"*

ANTWORT: *„Hören Sie bloß auf. Es war furchtbar. Keine Ahnung, wie lange ich bewusstlos war. Auf jeden Fall war es stockduster, als ich zu mir kam. Ich lag auf dem Boden. Das spürte ich. Und ich fror ganz fürchterlich. Meine Jacke fehlte. Ah, warten Sie! Mir fällt gerade noch etwas zu dem Aussehen ein!"*

FRAGE: *„Zum Aussehen des Täters?"*

ANTWORT: *„Ja. So richtig habe ich ihn ja nur von hinten gesehen, beide Arme ziemlich hoch, weil er sich mit den Händen an den Holzbohlen festhielt. Und ich fand ... also wie soll ich das sagen ... ich fand, er hatte irgendwie Affenarme. Man soll so was nicht sagen. Aber er war ja kein Ausländer. Deshalb sage ich das jetzt doch mal. Ich weiß nicht, wie ich das anders ausdrücken soll. Die Arme waren länger als normal und wie er da so ‚hing', habe ich gedacht: wie ein Affe."*

FRAGE: *„Sie wollen sagen, dass der Täter unproportional lange Arme im Verhältnis zu seinem sonstigen Körper hatte?"*

ANTWORT: *„Ja, so kann man das wohl besser sagen."*

Sebastian konnte sich vorstellen, dass der Zeuge an dieser Stelle ebenso gelacht hatte wie Claudia jetzt. Die Beschreibung passte wie die Faust aufs Auge auf Michael Senger. So viele Zufälle gab es einfach nicht. Sebastian überflog den Rest des Protokolls, aber der Inhalt beschäftigte sich nur noch mit der „Rettung“ des Überfallenen. Auffällig und ebenso zu seinen Vermutungen passend wie die Affenarme war noch die Tatsache, dass der Täter Peter Hirsch die Uniformjacke ausgezogen und mitgenommen hatte.

„Soll ich dich mal ablösen?“, fragte Claudia und zog ihm die Akte unter den Fingern weg.

„Was spricht denn die SpuSi?“ Sie blätterte in der Akte, bis sie offenbar den gewünschten Bericht der Spurensicherung fand. Sie fasste laut zusammen, während sie las.

„In beiden Fällen hat der Täter offenbar Handschuhe getragen und weitere Zeugen, die etwas Verdächtiges bemerkt hatten, gab es keine. Die Zeugin im Fall des zweiten Überfalls, Marion Diefenbach, hat lediglich dünne Stoffschuhe angehabt. Diese waren voller Blut des Opfers und hatten auf dem staubigen Kellerboden Spuren hinterlassen. Das Blut hatte den Großteil eines Schuhabdrucks in unmittelbarer Nähe des Opfers gebunden. Von diesen Schuhabdrücken hat die Spurensicherung noch unzählige mehr gefunden. Aber es handelt sich nur noch um Fragmente, die nahezu wertlos waren. Der herbeigerufene Notarzt und die Ambulanzhelfer hatten sie unweigerlich zerstört. Nur dieser eine konnte analysiert werden. Außerdem haben sie in der Nische des Hauseinganges, ebenfalls nach dem zweiten Überfall, vier relativ frische Zigarettenkippen gefunden, eng beieinanderliegend. Für den Fall, dass sie dem wartenden Täter gehörten, sind sie ebenfalls ins Labor gebracht worden. Weitere Faser- und sonstige Spuren ohne Bedeutung.“

„Keine große Ausbeute“, stellte Sebastian fest. Er wusste nicht, was er überhaupt erwartet hatte. Dass der Täter wahllos Dinge hinterlassen hätte? Vielleicht doch. Die Brutalität dieses zweiten Überfalls passte nicht in das Profil Michael Sengers. „Was war am Montag schiefgelaufen? Peter Hirsch war am Samstag nur betäubt worden und der arme Ullrich Wegener am Montag fast totgeschlagen?", grübelte er.

„Vielleicht war der Schlag auf den Kopf nicht einkalkuliert? Oder Wegener war durch den Vorfall mit seinem Kollegen am Samstag extrem aufmerksam und wollte dem Täter nicht auf den Leim gehen? So ein Überfall geht doch wie ein Lauffeuer unter den Kollegen herum", mutmaßte Claudia.

Er dachte das Gleiche. Sie konnten nur hoffen, dass der Täter in der Aufregung Fehler gemacht und Spuren hinterlassen hatte. Denn wie befürchtet waren Michael Sengers Alibis inzwischen sämtlich bestätigt worden. Nach Aussage mehrerer Mitarbeiter war er jeden Tag im Büro gewesen und zur Pause höchstens eine halbe Stunde aus dem Haus gegangen. Senger hatte ihnen die versprochene Liste mit Namen und Adressen gegeben, und Sebastian hatte die Angaben den Kollegen im Präsidium zur Überprüfung weitergereicht.

Sebastians Verstand sagte ihm, dass der Täter sich mit entsprechendem Insiderwissen die Identität Sengers ausgeliehen hatte. Sein Bauch wusste dagegen, dass Michael Senger mit im Täterboot saß. Als Informant, als Mittäter, als Mitwisser – jedenfalls mit einem Ruder in der Hand.

Kapitel 7

Sie machten sich auf den Weg in die Kanzlei der Notarin Gerda Hoppe. Die Berliner Notare waren gleichzeitig Rechtsanwälte. Erst nach entsprechender Tätigkeit als Anwalt durften sie nach einer umfangreichen Prüfung Notar werden. Inzwischen waren es so viele, dass es weitreichende Zulassungsbeschränkungen für neue Notare gab. Gerda Hoppe musste sich hierüber offensichtlich keine Sorgen machen. Sie führte eine der renommiertesten Kanzleien der Stadt.

Eine junge Mitarbeiterin versprach: „Ich werde ihr sofort Bescheid sagen. Sie ist gerade noch in einer Beurkundung. Bitte nehmen Sie solange Platz."

Tatsächlich kam nach wenigen Augenblicken eine große, schlanke Frau Mitte Fünfzig auf sie zu. Sie streckte ihnen bereits im Laufen ihre rechte Hand entgegen: „Gerda Hoppe. Ich bin die Notarin."

Im Gegensatz zu ihren Mitarbeiterinnen nahm sie die Ausweise entgegen und prüfte sie, bevor sie sie zurückreichte und Sebastian musterte. Das warme Braun ihrer Augen milderte ihre harten Gesichtszüge, aber es war das einzig Warme an ihrer Person.

„Sie müssen mich noch einige Minuten entschuldigen. Wir haben sehr viel zu tun und ich konnte diese Beurkundung nicht absagen. Aber meine Frau Blumhard wird Sie nach hinten in ihr Büro begleiten. Sie ist die Sachbearbeiterin der Akte und kann Sie bereits über das Wesentliche informieren. Ich komme dann sofort dazu. Bitte sehr."

Noch bevor sie etwas erwidern konnten, war Hoppe bereits wieder umgekehrt. Sie folgten der Mitarbeiterin Blumhard. Die großen Schenkelschreibtische in ihrem Büro trugen so viele Aktenstapel in unterschiedlichen Farben, dass kaum Schreibfläche zur Verfügung stand. Auch die Wände waren mit Registerschränken verstellt, auf denen sich ebenfalls die Akten stapelten.

„Bitte entschuldigen Sie. Wir haben im Moment sehr viel zu tun." Offenbar konnte jeder in diesem Büro diesen Satz als

Entschuldigung sagen. Marlies Blumhard war 43 Jahre alt, vollschlank, wie ihre Chefin elegant gekleidet, nur nicht ganz so teuer, und der Typ Mitarbeiterin, der immer ein Stück weit besser, fleißiger und loyaler als alle anderen arbeitete, ohne den gar nichts ging und auf den sich die Chefin tausendprozentig verlassen konnte.

Mit selbstbewusster Stimme erklärte Marlies Blumhard, was in groben Zügen durch Reinhards gestrigen Bericht und Claudias Aktenarbeit bereits bekannt war.

„Und der gesamte Kaufpreis von 25 Millionen wurde bereits von den Käufern überwiesen?", fragte Sebastian.

„Ja, auf das gesonderte Anderkonto", bestätigte sie.

„Und dieses *Anderkonto* ist ein Konto auf den Namen der Notarin Gerda Hoppe, ja?", fragte Claudia.

„Ja, selbstverständlich. Zur Sicherheit für beide Vertragsseiten. Außerdem ist das hier in Berlin auch immer noch üblich. Wenn Sie mich fragen: Es ist und bleibt die sicherste und beste Methode."

„Weshalb denken Sie das? Hätte der Verkäufer nicht ebenso direkt an den Käufer zahlen können?" Es interessierte Sebastian wirklich. Ihm waren diese notariellen Verträge zwar nicht ganz fremd, aber sein tägliches Brot waren sie nicht. Außerdem wollte er das Vertrauen dieser Frau gewinnen.

„Sehen Sie: Oftmals existieren vertragsgemäß für den Zeitpunkt, an dem der Käufer zahlen soll, und für den Zeitpunkt, an dem der Verkäufer das Geld zu seiner freien Verfügung erhalten soll, unterschiedliche formale Voraussetzungen. Und meistens haben die mit der jeweiligen finanziellen und rechtlichen Sicherheit jeder Vertragspartei zu tun. Zahlt der Käufer an die Notarin, kann der Verkäufer sicher sein, dass sein Geld da ist. Der Käufer wiederum kann sicher sein, dass sein Geld erst an den Verkäufer ausgezahlt wird, wenn der ebenfalls seine Pflichten erfüllt hat", erklärte Marlies Blumhard, nicht ohne Stolz in der Stimme.

„Also entscheidet auch nur die Notarin, wann Gelder von ihrem Konto ausgezahlt werden?", fragte Claudia.

„Ich mache natürlich schon selbst die Abwicklung der Akte. Das ist schließlich meine Aufgabe. Aber Auszahlungen, noch dazu in dieser Größenordnung, werden mit meiner Chefin besprochen, und sie muss auch die Anweisung an die Bank eigenhändig unterschreiben."

Gerda Hoppe betrat das Zimmer. „So, ich wäre jetzt so weit. Wollen wir in mein Büro gehen?" Es war mehr eine Feststellung als eine Frage.

„Einen Moment noch", antwortete Claudia und blieb mit ihrem Blick bei Marlies Blumhard: „Wer ordnet in diesem Büro die Posteingänge den Akten zu?"

Marlies Blumhard sah zwischen ihrer Chefin, Claudia und Sebastian hin und her, während sie antwortete: „Ja normalerweise ... also ich nicht ... das macht, wenn sie da ist, Frau Stahl, und wenn sie nicht da ist, dann ..."

„Danke Frau Blumhard. Wir werden gleich Ihre Kolleginnen befragen. Sind Sie nachher noch da?", unterbrach Sebastian.

Marlies sah auf die Uhr. „Eigentlich habe ich eine Verabredung." Überrascht sah die Notarin ihre Mitarbeiterin an. Beinahe trotzig klang deren Stimme, als sie bestätigte: „Eine wichtige private Verabredung. Aber wenn Sie mich noch brauchen?"

Hoppe schüttelte kurz den Kopf und ließ Sebastian und Claudia wissen, dass sie noch jede Menge Termine habe. Als Claudia erneut zum Sprechen ansetzte, kam Sebastian ihrem Eifer mit einem eindringlichen Blick zuvor. Mit einem verkrampften Lächeln nickte sie und stand auf, um ihm und der Notarin in ihr Büro zu folgen.

Über einen dezent gemusterten Orientteppich mit mindestens einer Million Knoten pro Quadratmeter gingen sie vorbei an einem massigen Schreibtisch zu einer Besprechungsgruppe. Ein ovaler Tisch, der Platz für 12 Stühle bot. Hoppe setzte sich an die Kopfseite des Tisches. „Das mit den Vernehmungen und den Beschlagnahmungen: Ich verstehe Sie. Ab und zu bin ich auch Strafverteidigerin. Ich weiß, wie das Ganze läuft."

„Dann wissen Sie ja auch, dass wir unsere Arbeit tun müssen und uns weniger um Ihre Termine sorgen können, wenn Ihrem Mandanten 12 Millionen abhandengekommen sind“, antwortete Claudia.

Sebastian musste unwillkürlich lächeln. In seinem Beruf stieß er häufiger auf Menschen, die sich als die Größten und Wichtigsten vorkamen. Manchmal waren sie es und manchmal hatten sie allen Grund, diese Rolle zu spielen. Hoppe wäre nicht die Erste ihres Berufstandes, die mit dem Geld ihrer Anderkonten einen peinlichen Abgang aus diesem, dem Grunde nach so hoch angesehenen Beruf hinlegte. Sebastian lehnte sich entspannt zurück und verfolgte, wie der Kampf der beiden Alphafrauen weiterging.

Hoppe konterte: „Herr Krampitz ist Vertragsbeteiligter. Nicht mein Mandant, liebe Frau ...“, sie zog die auf dem Tisch liegenden Visitenkarten näher zu sich heran, „Frau Pandura. Wäre er in dieser Sache mein Mandant, dürfte ich den Kaufvertrag gar nicht beurkunden. Ich ging davon aus, dass Ihnen der Unterschied zwischen Anwalt und Notar geläufig ist.“

Damit wandte sie sich zu Sebastian und sprach ohne Pause weiter: „Ich könnte Ihnen einen kleinen Raum im hinteren Bereich des Büros für die Befragungen zur Verfügung stellen. Das würde den normalen Büroablauf am wenigsten stören.“

„Besteht dort eine Möglichkeit, einen Drucker an meinen Laptop anzuschließen?“, fragte Claudia. „Sie kennen ja die Finanzsituation Berlins. Ich bekomme meinen mobilen Drucker frühestens nächsten Monat. Leider.“ Im Gegensatz zu Sebastian schien die Notarin sofort zu verstehen: „Damit Sie die Protokolle und so weiter gleich hier fertigen können und meine Damen nicht noch aufs Präsidium müssten?“

„Und Sie selbst auch nicht“, fügte Claudia hinzu.

Nur den Bruchteil einer Sekunde zögerte die Notarin, bevor sie erwiderte: „Ja, natürlich, eine ausgezeichnete Idee.“

„Ich möchte dann bitte noch Ihre Urkunde Nr. 408 sehen“, mischte sich Sebastian in das kleine technische Tête-à-Tête.

Sichtlich überrascht fuhr Hoppe mit dem Kopf zu ihm herum. „Und weshalb, wenn ich fragen darf?“

„Ich werde Ihnen gerne antworten – sobald ich die Originalurkunde gesehen habe.“

„Haben Sie einen Durchsuchungsbeschluss oder ermitteln Sie gegen mich?“

„Frau Hoppe, zeigen Sie sie mir freiwillig oder müssen wir unser aller Zeit verschwenden? Ich darf Sie erinnern: Sie haben jede Menge Termine.“

Als die Notarin zum Telefon griff und einer Mitarbeiterin entsprechende Anweisungen erteilte, fing Sebastian Claudias Blicke ein, in denen er meinte, eine gewisse Bewunderung und Genugtuung zu lesen. Aber wahrscheinlich bastelte er sich da gerade nur eine Mogelpackung für seine Psyche.

Mit fragenden Seitenblicken auf ihre Chefin legte Marlies Blumhard die gewünschte Urkunde auf den Tisch und stellte sich demonstrativ neben Sebastian, um die wertvollen Originale zu beschützen. Der blätterte die genähten und gesiegelten Seiten durch. Es handelte sich um einen Grundstückskaufvertrag. Er war sich bereits sicher gewesen, dass es sich nicht um die notarielle Vollmachtsurkunde handelte, die unter dieser Nummer der Schweizer Bank und wahrscheinlich auch der Bank in Luxemburg vom Täter als Legitimation vorgelegt worden war. Das Schriftstück hatte noch nicht einmal mit der Krampitz oHG zu tun. Die Vollmacht war also gefälscht worden. Nicht auszuschließen, dass die Notarin das getan hatte, aber doch sehr unwahrscheinlich, da es viel zu offensichtlich wäre. Mehr würde man allerdings erst sagen können, wenn die Originalvollmachten von der Interpol beziehungsweise Europol beschlagnahmt und untersucht sein würden. Im Moment lagen ihnen nur die von Schubert gefaxten Kopien vor.

Mit knappen Worten informierte Sebastian Gerda Hoppe darüber, dass sie nun auch wegen Urkundenfälschung gegen Unbekannt ermitteln würden, da ein Unbekannter den Namen, das Siegel und die Amtsbefugnis Hoppes für eine notarielle

Vollmacht missbraucht habe. Die Notarin konnte sich kaum beruhigen wegen dieser *Unverfrorenheit* des Täters.

„Wer hat einen Schlüssel zur Kanzlei?", fragte Claudia. Hoppe zählte alle Mitarbeiter auf, die über einen Zugang zum Büro verfügten. „Vermisste in letzter Zeit ein Mitarbeiter seinen Schlüssel oder hat ihn verloren?"

„Nein. Oder doch. Frau Blumhard ließ neulich verlauten, sie habe ihren Schlüssel nicht gefunden. Aber sie ist sich ganz sicher, dass sie ihn zu Hause nur verlegt hat. Sie kommt morgens nicht als Erste. Deshalb benötigt sie ihn selten."

„Wissen Sie, ob sie ihn inzwischen wiedergefunden hat?", fragte Sebastian.

„Ich werde sie sofort fragen", antwortete Hoppe und griff zum Telefon. Nach einem kurzen Gespräch mit einer Mitarbeiterin legte sie wieder auf. „Es tut mir leid. Frau Blumhard hat das Büro bereits verlassen. Ich werde das erst morgen klären können."

Kapitel 8

Beinahe gleichzeitig kamen Michael und Andreas an der Tür zum Caféhaus am Mexikoplatz in Berlin-Zehlendorf an. Prüfend beobachtete Michael seinen Bruder, ob es Probleme gegeben hatte. Doch Andreas gab sich unbekümmert. Als sie sich setzten, klingelte Michaels Handy.

„Susanne." Er drückte das Gespräch weg. „Will bestimmt wissen, wie es gelaufen ist."

„Ihr habt noch gar nicht gesprochen?"

„Sie war die ganze Zeit damit beschäftigt, die Kripo durchs Haus zu begleiten und alle möglichen Unterlagen herauszusuchen."

„Hast du schon Nachricht aus der Schweiz?", fragte Andreas.

„Noch nicht, aber ich geh nachher ins Internetcafé. Wir sind im Chat verabredet."

„Ins Internetcafé? Du hast doch zuhause alles."

„Wie wär's, wenn du mal ausnahmsweise nachdenken würdest, bevor du fragst?"

„Ach so, klar, sie könnten ...", Andreas unterbrach, denn die Bedienung kam. Sie sah erst Michael, dann Andreas prüfend ins Gesicht. Offenbar nahm sie erst jetzt wahr, dass ihre einzigen Gäste sich hundertprozentig glichen, und ein Lächeln huschte über ihr Gesicht, bevor sie den Tee und das Bier in die Mitte des Tisches stellte und wieder den Rückzug antrat.

Sie waren daran gewöhnt. Den meisten Menschen fiel ihre Ähnlichkeit erst mit dem zweiten Blick auf, denn ihr sonstiges Erscheinungsbild könnte kaum gegensätzlicher sein. Die Zeiten, als sie sich gleich gekleidet hatten, waren lange vorbei. Im Alter von fünfzehn, sechzehn Jahren hatten sie sich gegen die Mutter durchgesetzt, die aus Gewohnheit bei einem Einkauf in der Stadt mit gleichen oder mindestens ähnlichen Kleidungsstücken nach Hause kam. Seitdem hatten sie versucht, eine jeweils eigene Linie in ihre ansonsten eher unattraktive Gesamterscheinung zu bringen.

Bei Michael hatte der Job keine größere Wahl gelassen. Von einem Steuerberater erwarteten die Mandanten in der Regel Anzug und Krawatte. Andreas dagegen hatte sich so angezogen, dass ihm Michael nur kopfschüttelnd immer wieder Geschmacklosigkeit testieren konnte. Trotzdem hatte sich Andreas richtig hineingehängt, als er vor Monaten den Auftrag erhielt, die wichtigsten Kleidungsstücke im Doppelpack zu kaufen. Die äußere Gleichheit schien jetzt wie ein Schutzwall für ihn zu sein.

Liebevoll betrachtete Michael seinen Bruder, als der sich umdrehte und der jungen, hübschen Bedienung hinterhersah.

„Sie könnten etwas auf deinem PC finden", stellte Andreas fest, als seine Blicke zu Michael zurückkehrten.

„Richtig, und außerdem ist Susanne um diese Zeit zu Hause, wie immer. Wie lief es eigentlich mit der Blumhard? Hat sie den Schlüssel zurück?"

„Noch nicht. Es ging nicht."

„Wie? Es ging nicht?", empörte sich Michael. „Du solltest sie doch um eine Kopie des Anschreibens an die Käufer bitten. Sie hätte aus dem Zimmer gemusst. Der Kopierer steht in einem der hinteren Räume. Genug Zeit also."

„Ich bin so unsicher in diesen Rechtssachen. Was wäre gewesen, wenn sie mich irgendetwas gefragt hätte, von dem ich nicht die geringste Ahnung hab? Nee, ich habe es auf meine Weise gemacht. Keine Sorge, morgen hat sie den Schlüssel und wird ihn – Überraschung! – endlich wiederfinden."

„Könntest du deine Weise mal näher erklären, Brüderchen."

Andreas grinste. „Lass gut sein, davon verstehst du nun nichts. Was ist das denn für ein Typ, dieser Ermittler?"

„Es sind zwei. Eine Frau, schätze Anfang, Mitte Dreißig. Für ein Date mit ihr würdest du in die Knie gehen. Und dieser Hochgräber. Er ist mindestens Mitte Vierzig. Ein alter Hase. Die beiden passen nicht so richtig zusammen. Das stört mich etwas."

„Die beiden müssen doch nicht heiraten. Sie sollen nur zusammenarbeiten", sagte Andreas und lachte.

„Ich denke, für sie zählen nur logische Fakten. Da dürfte es keine Probleme geben. Er ist es, den ich nicht so richtig einschätzen kann. Auf jeden Fall ziemlich arrogant. Bildet sich ein, er kriegt jeden. Wir sollten uns um ihn kümmern."

„Wie meinst du das, *kümmern*?", fragte Andreas ärgerlich. „Mir reichen vollauf die bisherigen Entgleisungen. Nein danke. Nicht mit mir."

„Mach mal halblang. Was hättest du denn in dieser Situation gemacht? Außerdem rede ich nur von recherchieren. Wer ist dieser Hochgräber? Wie hat er bisher gearbeitet? Wo wohnt er?"

„Wofür das?"

„Vorsorglich. Das ist dein Part, Brüderchen. So viele Sebastian Hochgräbers wird's ja in eurem Computer nicht geben."

„Ich sehe morgen früh gleich nach. Aber jetzt muss ich gehen. Hab nämlich eine Verabredung."

„Soll ich raten, mit einer Frau?"

„Richtig", antwortete Andreas lächelnd. „Und mit einer überreifen."

Er stand auf und griff nach seiner Lederjacke. „Erledigst du das?", fragte er mit erhobener Hand, die Finger aneinander reibend.

„Ja, geht schon klar. Aber Moment noch. Schubert müsste morgen aus Luxemburg zurückkommen. Es könnte sein, dass dieser Hochgräber dann auch zu dir kommt."

Erschrocken setzte sich Andreas wieder.

„Was, jetzt schon? Woher weißt du, dass Schubert in Luxemburg ist?"

„Tausendprozentig. Ich kenne Krampitz, und Schubert ist seit gestern *krank*. Ich hoffe nur, keiner von den Bankern konnte eine halbwegs gute Personenbeschreibung geben. Aber wir sollten vorbereitet sein", entgegnete Michael.

Andreas sah aus dem Fenster und sagte leise: „Keine Sorge. Alles ist weggeräumt und sauber."

„Sehr schön, Brüderchen. Denk nur an das Rauchen, okay?" Andreas nickte nur. Michael griff nach der Hand seines Bruders und drückte sie kurz. „Du sollst ja nicht inhalieren, okay?"

Andreas nickte nur und verließ das Café. Michael bezahlte und folgte ihm dann.

Erneut klingelte sein Handy. „Susanne. Ja Schatz, ich bin gleich zu Hause."

In der Wohnung angelangt, nahm er sich keine Zeit, Susannes Fragen und Spekulationen über die Vorfälle im Büro anzuhören. Stattdessen zog er sich wortlos aus und drängte sie dann, das Gleiche zu tun. Nur eine Minute später kniete sie vor ihm. Er umfasste ihren Kopf und stieß ihn rhythmisch gegen sein Becken. Sie gab würgende Geräusche von sich, aber er hielt ihren Kopf weiter in festem Griff. Sie hatte keine Chance, ihren Mund von seinem erigierten Penis zu lösen. Dass sie weg wollte aus dieser Umklammerung, spürte er an ihrem Gegendruck. Es scherte ihn wenig. Sie wollte mit ihm zusammen sein, ihn sogar heiraten. Dann sollte sie sich auch nicht immer so anstellen. Erst, als sie vernehmlich aufstöhnte, gab er ihren Mund wieder frei und forderte sie auf, sich umzudrehen. Kraftvoll stieß er zu und sah im Geiste Isabell vor sich, wie so oft während des Geschlechtsverkehrs.

Diese Isabell, die schon auf ihn wartet und nun, unglaublich, seine Hand nimmt und ihn mit sich in die fensterlose Turnhalle zieht. Er kann kaum atmen. Dieses Traummädchen will sich mit ihm abgeben? Nicht mit Jürgen, der die Beliebtheitsliste der Mädchen anführt, weil er nicht nur gut aussieht, sondern auch, weil er mit 15 Jahren schon ein ganzes Jahr älter ist, nicht mit Hans-Joachim, dem es egal ist, was alle von ihm denken, der sein Ding durchzieht und nur das tut, was ihm gefällt. Nein, mit ihm, dem Streber, dessen einziger Pluspunkt die Möglichkeit ist, von ihm abzuschreiben. Wahrscheinlich will sie nur, dass er eine vergessene Hausarbeit für sie schreibt oder einen Spickzettel für die morgige Mathearbeit.

Ihre Hand fühlt sich samtweich an. Die Wärme ihres Körpers überträgt sich auf ihn und bahnt sich den Weg zu seinem Gesicht. Er fasst sich mit der freien Hand an die Wangen. Richtig, sie glühen. Isabell zieht ihn noch näher. Schon spürt er den Stoff ihrer Bluse, dort wo er sich leicht ausbeult, dort wo er am liebsten mit der freien Hand vorsichtig ertasten würde, ob die Brust eines Mädchens wirklich so weich ist, wie Jürgen es stolz berichtet hat.

„Küss mich", hört er sie sagen. Sein Herz bleibt stehen. Es fängt wieder an zu schlagen und rast, um die verlorenen Schläge wieder aufzuholen. „Küss mich!", wiederholt sie. Sie hat es also wirklich ausgesprochen. Er streckt sich nach oben. Streckt sich, bis er auf den Zehenspitzen steht. Jetzt müsste sein Mund dort sein, wo sich ihr Gesicht befindet. Er beugt sich langsam vor, ganz langsam, die Lippen aufeinandergepresst und leicht vorgeschoben. Endlich spürt er den heißersehnten Widerstand. Er ist rund und weich und er ist ein bisschen feucht. Das muss ihr süßer Mund sein, genauso hat sich Michael den Kuss vorgestellt. Schnell presst er seine Lippen an die ihren. In dieser Sekunde hört er ein Summen und gleich darauf springen nacheinander die Leuchtstoffröhren der Turnhalle an. Er steht im Mittelkreis des Spielfeldes, noch immer hält Isabell seine Hand. Aber sie steht nicht vor ihm, nicht dort, wo sie sein müsste, nicht dort, wo er sie gerade geküsst hat. Sie steht neben ihm und hält mit ausgestrecktem Arm die Schnauze eines geschlachteten Ferkels an seine Lippen gepresst.

Angewidert fährt Michael mit dem Kopf zurück und will sich von Isabells Hand losreißen. Aber sie hält die seine mit aller Kraft umklammert. Ihr Gesicht leuchtet vor Freude und über ihren Mund zieht sich ein hämisches Grinsen. „Küss mich! Küss mich!", ruft der Mund immer wieder und in diesem Moment realisiert Michael, dass fast alle Jungen und Mädchen der Klasse zwischen den Turngeräten stehen. Und alle tun das Gleiche: Sie lachen. Nein, sie lachen nicht. Sie schütten sich aus vor Lachen. Sie beugen sich vor und ihre Münder sind weit geöffnet und grölen und schreien ihre Häme heraus. Endlich gelingt es Michael, sich loszureißen. Er rennt und er hat nicht vor, damit aufzuhören. Er kann keinen klaren Gedanken mehr fassen, rennt, aus dem Dorf, aus dem Kreis, aus dem Land heraus.

Am Wäldchen, dort, wo es hoch zu ihrer geheimen Höhle geht, kann er nicht mehr. Er wirft sich in das feuchte Gras und wartet, bis sich sein Atem beruhige. Zitternd, Michael weiß nicht, ob noch immer vor Scham oder durch die feuchte Kälte des Grases, steht er auf und läuft nach Hause.

Das laute Quieken der Schweine im Stall hatte Andreas den Weg zu ihm gezeigt, wie er im Schweinestall stand, der Unterkörper nackt und die Hose auf seinen Schuhen. Er hatte mit beiden Händen seinen Penis umfasst und hatte die unmenschlichen Schreie um sich herum nicht gehört. Seine letzten Spermatropfen fielen auf das Ferkel, das vor ihm auf dem Rücken lag und aus voller Kehle seine Todesangst heraus quiekte. Bizarr hatte es alle vier Füße vom Körper weggestreckt, weil er sie mit Seilen an den Pflöcken festgebunden hatte, in den Boden eingeschlagen.

„Bist du irre?“, hatte Andreas gebrüllt und die Pflöcke aus der Erde gerissen. Sofort war das Ferkel mit den an seinen Beinen hängenden Holzstücken aus dem Stall geflüchtet.

Ermattet ließ Michael sich auf seine Bettseite fallen. Susanne legte sich neben ihn und schlüpfte unter die Bettdecke.

„Ich mag das so nicht“, sagte sie.

„War es nicht schön für dich?“, fragte er und fasste dabei ihre Hand, ohne den Abstand zwischen ihrem und seinem Körper zu verringern.

„Du bist beim Sex sehr unterschiedlich. Immer, wenn du so in Gedanken bist, ist es so ... jedenfalls nicht gerade liebevoll. Ich fände es wirklich besser, du würdest mir den Grund dafür sagen.“

„Grund für was? Mann, Susanne, Schatz, Männer brauchen eben manchmal harten Sex. Sei nicht immer so tiefgründig.“

Er stand auf, denn er spürte ihre zweifelnden Blicke und hatte keine Lust auf eine Debatte über sein Seelenleben.

„Es ist alles in Ordnung mit mir. Ich geh mich jetzt duschen.“

„Du meinst eher flüchten. Wie immer", rief ihm Susanne hinterher.

Als sie nach ihm ins Bad ging, zog Michael, noch immer nackt, die Gardine zurück und öffnet weit das Fenster des Wohnzimmers. Susanne und er hatten die 80 m² große Wohnung in Zehlendorf gerade erst vor drei Monaten bezogen. Sie verdienten beide gut und konnten es sich leisten, im zweiten Stock einer Villa ein *Domizil für die Zukunft*, wie Susanne es ausgedrückt hatte, zu bewohnen. Einzige Sorge, die Susanne geäußert hatte, war das Alter der Eigentümer der Villa im Erdgeschoss. Sie befürchtete, dass ihre zukünftigen Kinder den alten Leutchen zu viel Krach machen könnten. Michael hatte sie beruhigt, was ihm leichtgefallen war, denn er wusste, dass Susanne und er niemals Kinder haben würden.

Ihm fiel wieder seine Skepsis wegen des Kriminalkommissars Hochgräber ein. Bisher hatte er sich immer auf sein Bauchgefühl verlassen können. Es war besser, sich der Sache anzunehmen und die Ermittlungen dieses Kommissars etwas umzulenken.

Michael zog die obere Schublade des Schreibtisches auf und wühlte darin, bis er das gesuchte Foto fand. Er betrachte es lange und nachdenklich. Das leicht zerknitterte Foto zeigte drei Männer, Arm in Arm am Rand eines Swimmingpools in einem imposant angelegten Garten. Der mittlere Mann war um mindestens die Hälfte jünger als die beiden bereits angegrauten, die ihn flankierten. Michael strich mit dem Finger über die Abbilder und murmelte: „Tarassow. Gut, dass du mir noch was schuldig bist. Das darfst du jetzt einlösen."

„Wer ist dir was schuldig?" Susanne war lautlos an ihn herangetreten und sah über seine Schulter auf das Foto. „Wer ist das?" Ihr ausgestreckter Finger zeigte auf Tarassow. Mit einem missbilligenden Blick auf Michaels nackten Körper zog sie die Gardine vor das geöffnete Fenster. Sie selbst hatte ein Badetuch um den geduschten Körper geschlungen. Ihre Haare waren nass und kringelten sich um ihr hübsches Gesicht. Michael registrierte bei ihrem Anblick einen kurzen Anflug von schlechtem Gewissen.

„Keine Ahnung. Der war bei Krampitz zu Besuch. Und den Jungen in der Mitte kennst du ja." Er hielt ihr das Foto hin.

„Ich wusste gar nicht, dass mein Chef so sportlich aussehen kann", kicherte sie. „Das muss ja schon mindestens ein Jahr her sein, als Krampitz' Sohn noch in Berlin war. Das ist im Garten der Villa aufgenommen, nicht wahr?"

„Warst du mal da?", fragte Michael erstaunt.

„Klar, schon öfter. Den anderen kenne ich nicht."

„Ich nehme an, ein Geschäftsfreund von Krampitz. Ich war nur da, um ein paar Unterlagen zu bringen und der Typ hat mir den Fotoapparat in die Hände gedrückt."

„Was noch nicht erklärt, dass du nun das Foto hast, mein Lieber." Sie war wieder etwas besänftigt und Michael freute sich, dass sie nicht das Gespräch von vorhin fortführen wollte.

„Und?"

„Was?"

„Also, wie kommst du an dieses Foto, wenn du doch nur auf den Auslöser eines fremden Apparates gedrückt hast?"

Manchmal wünschte sich Michael, eine Freundin mit geringerem Intellekt zu haben. Er überlegte kurz. „Der Fotoapparat von denen hat gehakt. Da habe ich es mit meinem Handy aufgenommen und irgendwann mal ausgedruckt. Wahrscheinlich wollte ich es Krampitz mitgeben, habe es dann aber wieder vergessen."

Er nahm das Foto mit ins Schlafzimmer und begann sich anzuziehen. „So wichtig ist das nun nicht, oder?", beugte er weiteren Fragen vor.

Als Susanne sich zum Kleiderschrank wandte, steckte er das Foto in seine Brieftasche. Er musste ein Lächeln unterdrücken bei dem Gedanken an dieses Zusammentreffen. Ihm konnte keiner etwas vormachen. Mit einem Blick hatte er die besondere Beziehung zwischen dem Besucher und Krampitz' Sohn erfasst. Es sollte ihn nicht wundern, wenn die beiden ein Paar wären. Kaum, dass er die Villa verließ, begann er, nachzuforschen. Es war gut, alles über sein Opfer Krampitz und dessen Umfeld zu wissen. Und richtig. Sein erster Eindruck hatte ihn nicht getäuscht und was er darüber hinaus herausgefunden hatte, würde ihm eines Tages sehr nützlich sein. Michael überlegte gerade, ob dieser Tag nicht schon bald da sein würde, als das Telefon klingelte.

„Gehst du mal ran", bat Susanne.

Es war Andreas und rasch verließ Michael das Schlafzimmer.

„Meinst du, die kommen heute Abend schon?", fragte Andreas, hörbar beunruhigt.

„Beruhige dich. Kannst du nicht einfach heute ins Kino gehen oder zu einem Freund? Die gehen dann auf jeden Fall wieder, wenn niemand da ist. Ich denke sowieso, dass sie nicht vor Montag kommen. Morgen werde ich mal versuchen, im Präsidium etwas rauszubekommen."

„Wie willst du das denn anstellen?", fragte Andreas mit unverändert besorgter Stimme.

„Das lass mal meine Sorge sein."

„Michael, wie?"

„Jetzt nicht", beendete Michael das Gespräch.

„Willst du noch einmal weg?", fragte Susanne, als er im Flur zum Wohnungsschlüssel griff. „Ich dachte, wir machen uns einen gemütlichen Abend, wenn du schon mal so früh zu Hause bist?" Ihre Enttäuschung war nicht zu überhören.

Flüchtig gab er ihr einen Kuss. „Es ist doch erst nachmittags. Bin in einer Stunde wieder da. Andreas braucht mich mal wieder. Es geht ihm mit seinem Herzen nicht so gut."

Er benötigte nur 15 Minuten bis zum Internetcafé und mit einem breiten Lächeln verließ er nach einer Weile den Computerplatz.

Kapitel 9

Gerda Hoppe ließ, wie versprochen, in den kleinen Kopierraum ihrer Kanzlei einen Tisch mit Stühlen und einen modernen Drucker stellen. Das erste Mal in Sebastians Laufbahn entstanden dank Claudia gedruckte und unterschriebene Vernehmungsprotokolle vor Ort, die nur noch im Präsidium in der Akte abgeheftet werden mussten. Eine kleine Entschädigung für die Mitarbeiter in der Kanzlei, die wegen der Vernehmungen Überstunden machen mussten. Außer Frau Blumhard, die die Kanzlei wegen einer privaten Verabredung bereits verlassen hatte.

Es gefiel Sebastian und besonders seiner Hand, die bisher das Meiste zu schreiben gehabt hatte, weil Volker sich mit einer alten Verletzung seiner rechten Hand herausgeredet hatte. Merkwürdigerweise hatte ihn die beim wöchentlichen gemeinsamen Squashspielen nie beeinträchtigt. Volkers Versuch, diesen Widerspruch mit einer genauen Analyse der unterschiedlichen Bewegungsabläufe der Handknochen zu erklären, war kläglich gewesen.

Nacheinander riefen Sebastian und Claudia den angestellten Rechtsanwalt und alle übrigen Mitarbeiterinnen der Notarin jeweils einzeln in den Raum und stellten ihnen Fragen zum gewöhnlichen Arbeitsablauf in der Kanzlei. Als Letztes saß ihnen die Sekretärin Monika Stahl gegenüber, die den täglichen Posteingang öffnete und verteilte.

„Der Briefträger hat Handschuhe getragen. Wissen Sie, so dünne Lederhandschuhe mit Löchern drin, wie sie die Fahrradkuriere oft tragen."

„Warum ist Ihnen das aufgefallen? Trägt der Briefträger, der Ihnen sonst immer die Post bringt, keine Handschuhe?"

Frau Stahl lachte. „Nein, niemals. Ist auch viel zu umständlich. Dieser Neue vom Montag hatte richtig Probleme, mit den Handschuhen den Rückschein vom Brief zu trennen. Er hat es auch nicht geschafft, sondern dabei sogar den Umschlag aufgerissen." Wieder lachte die Zeugin.

„Dann hat er die Handschuhe ausgezogen?“, fragte Claudia.

Frau Stahl nickte.

„Können Sie den Postboten beschreiben? Bitte versuchen Sie, sich an alle Einzelheiten zu erinnern.“

„Ein kleiner Mann. Ich schätze, Mitte dreißig. Eigentlich ein ganz sympatisches Gesicht, aber insgesamt trotzdem irgendwie unscheinbar. Und eines fiel mir auf: Sein Körper wirkte komisch. Unproportioniert jedenfalls. Seine Arme waren ellenlang und seine Beine ziemlich kurz.“

Sebastian und Claudia sahen sich an.

Anschließend rief Sebastian die Kollegen der Spurensuche an. Da die Reinigungsfrau des Büros jeden Mittwoch- und jeden Freitagabend kam, und die gesonderte Papiertonne auf dem Hof des Gebäudes nur montags geleert wurde, musste der Briefumschlag des gefälschten Schreibens also noch im Abfall sein. Eine Stunde später fuhren die Kollegen mit dem Umschlag des Einschreibens, den sie in der überquellenden Papiertonne gefunden hatten, ins Labor des Präsidiums. Der Briefumschlag des Schreibens, mit dem die Firma Krampitz das Schweizer Konto mitgeteilt hatte, war neben möglichen Berührungen im Laufe des Postweges nur von dem bewussten Postboten und ansonsten noch von Frau Stahl und danach allenfalls noch von der Reinigungskraft angefasst worden. Es bestand gleichwohl durchaus Hoffnung, dass verwertbare Abdrücke erhalten geblieben waren. Auch der Rückschein, der sich in der beschlagnahmten Akte aus dem Sekretariat der Firma Krampitz befand, wurde nun ebenfalls ins Labor geschickt.

„Wir sollten uns ziemlich bald Sengers Familie anschauen“, schlug Claudia vor, „vielleicht ist das Ganze ja auch eine gemeinsame Sache mit der Notarin Hoppe?“

Sebastian stöhnte vernehmlich auf.

„Entschuldigung, aber so ganz ohne Probleme scheint deine smarte Hoppe auch nicht zu sein.“

Er horchte auf. War ihm etwas entgangen?

Claudia sprach bereits weiter: „Die Auszubildende, mit der ich aus der Kanzleiküche einen Kaffee geholt habe, war sehr redselig und hat sich verplappert. Nach dem Pech, das ihre Chefin an der Börse gehabt haben soll, wäre beinahe die gesamte Kanzlei geschlossen worden. Sie hätten jedenfalls alle Angst um ihren Arbeitsplatz gehabt."

„Was für ein Pech an der Börse?"

„Ich habe natürlich nachgehakt. Aber sie hat wohl gemerkt, dass sie darüber doch lieber nicht sprechen sollte, und redete sich raus. Von wegen, das wäre blöd von ihr formuliert, und es wäre damals nur der Schreck gewesen, und dass ja so etwas theoretisch mal passieren könnte und so weiter."

Hatte er doch zu vorschnell die Notarin aus seinem Fadenkreuz entfernt, fragte sich Sebastian. Doch sein Instinkt sagte ihm etwas anderes. Gerda Hoppe war eine selbstbewusste Frau. Vielleicht über die Maße selbstbewusst. Auf jeden Fall liebte sie den Luxus. Das sah man ihrer Kleidung und ihrem Schmuck an und ebenso dem neuen Mercedes-Cabrio, das sie fuhr. Aber sie schien auch ihren Beruf sehr ernst zu nehmen. Außerdem war sie mit einem Unternehmensberater verheiratet, der ebenfalls gut verdiente. Jedenfalls hatte eine entsprechende Durchleuchtung der finanziellen Verhältnisse der Notarin keine Hinweise gebracht, die sie verdächtig machten, an einem Betrug dieser Größenordnung beteiligt zu sein.

Sie hatten inzwischen alle Aussagen mit Ausnahme der von Gerda Hoppe selbst, die bis zum Abend noch in Beurkundungen saß, und Marlies Blumhard, die heute früher als gewöhnlich gegangen war.

„Hast du morgen Abend schon etwas vor?", fragte Claudia auf dem Rückweg ins Präsidium.

„Morgen ist Freitag. Weiß nicht. Normalerweise wollte ich mich mit Volker treffen. Warum?"

„Ich wollte ein Bier für die Kollegen ausgeben. So als Einstand. Du kannst doch deinen Volker mitbringen. Reinhard hat mir übrigens eine nette Kneipe in der Nähe vom Kottbusser Tor empfohlen. ‚Senseo', kennst du sie?"

Er lachte. Klar kannte er das *Senseo*, den inoffiziellen Treffpunkt aller Kollegen. Dass der Tipp, ihren Einstand in der lockeren Atmosphäre ihrer Stammkneipe zu geben, von Reinhard kam, wunderte ihn wenig. Vielleicht sollte er Claudia sagen, dass Reinhard seit zwei Jahren glücklich verheiratet war?

Ins Büro zurückgekehrt, fanden sie mehrere Blätter im Faxgerät. Claudia studierte sie eingehend. Ohne Sebastian zu beachten, setzte sie sich auf ihre Schreibtischseite, nahm Stift und Notizblock und skizzierte etwas. Er trat hinter sie, aber das, was sie auf ihren Block malte, verstand er nicht.

Sie sah nicht auf und sagte nur: „Lass mir eine Minute, okay?“

Also setzte er sich ihr gegenüber auf seine Schreibtischseite und nutzte die ihm verordnete Geduld, um Claudia zu beobachteten. Eine kluge Frau. Kein Zweifel. In ihrer Auffassungsgabe bei allen technischen Dingen war sie ihm haushoch überlegen. Das beeindruckte ihn zwar nicht übermäßig, aber langsam begann er, ihre Genauigkeit und Präzision zu schätzen. Sie war eine sehr gute Ermittlerin und hatte offensichtlich Spaß an der Arbeit. Logisch und präzise, wie eine Maschine. Alles an ihr schien rund und perfekt. Zu perfekt. Vielleicht machte ihn deshalb ihr Äußeres nicht an? Es wirkte eher wie ein Bild, das man gern betrachtete. Mann oh Mann! Er war wohl schon zu lange allein, dass er sich ständig Gedanken über sie als Frau machte. Sie war seine Partnerin. Punktum.

„Wenn du grinst, darfst du nicht gucken“, riss Claudia ihn aus seinen Gedanken und forderte ihn auf, sich die Skizze anzusehen. Die Faxe waren auf ihre Bitten hin vom Labor geschickt worden und betrafen eine erste Auswertung der Computer in der Firma Krampitz, lange Listen von Buchstaben und Zahlen, die Sebastian nicht das Geringste sagten. Claudia zeigte auf ihre Skizze und erläuterte die Symbole der einzelnen Computer in der Firma Krampitz, die alle mit Strichen untereinander verbunden waren, und erklärte ihm, wie das Netzwerk der Firma funktionierte. Warum hatte sich bisher niemand im „IuK“ mal die Mühe gemacht, es so zu erklären? Stattdessen kam aus dem Mund der Kollegen immer nur ein Staccato an englischen Fachbegriffen.

„Die Kollegen haben festgestellt, dass am Freitag, dem 10. August, auf die Datei des Anschreibens an Hoppe von einer unbekannten IP-Adresse aus zugriffen wurde. Auch am 9. August sind Zugriffe auf ähnliche Schreiben verzeichnet. Alle diese Schreiben stammen von Susanne Menzel und befanden sich auf diesem PC hier.“ Sie zeigte auf ein Symbol.

„IP-Adresse? Das ist das Gleiche wie Computer, oder?“

„Nein, ja, so ungefähr. Jeder Computer hat so etwas wie eine eigene Identifikationsnummer. Die können auch ständig wechseln, aber der Administrator, der dieses Netzwerk bei Krampitz eingerichtet hat, hat den bestehenden Computern, also auch dem von der Menzel, sogenannte statische IPs gegeben.“

Sie sah erwartungsvoll zu ihm hoch. Nur wusste er nicht, was genau sie jetzt erwartete. Er zuckte mit den Achseln.

„Das heißt, sie bleiben innerhalb des Netzwerkes immer dieselben. Der Zugriff auf die Dateien war aber von einer unbekannten IP, also einem Computer, den es normalerweise nicht in diesem Netzwerk gibt.“

„Gut. Aber was sagt uns das? Dass Krampitz selbst oder ein Mitarbeiter vielleicht einen Laptop hat, mit dem er ab und zu auch in der Firma arbeitet?“

„Kann ich mir nicht vorstellen, weil wir das alles in der Firma abgefragt haben. Krampitz kann mit einem Computer nicht umgehen. Sagt, irgendwie sei das an ihm vorbeigegangen und jetzt wäre es zu spät.“

„Ich sagte ja: sehr sympathisch, dieser Mann!“, erwiderte er.

„Selbst, wenn es ein anderer Mitarbeiter war. Guckt der sich dann die Schreiben an, die die Menzel im Vorzimmer geschrieben hat?“

Er stimmte ihr zu: „Was hätte er davon? Die richtige Kontonummer. Ja und? Bei Hoppe angekommen ist jedenfalls die falsche.“

„Aber derjenige hätte die perfekte Vorlage für das gefälschte Schreiben und wüsste auch, wann dieses herausgegangen ist.“ Sie stand auf. „Gehen wir. Ich brauch endlich meinen Feierabend.

Hast du die Personenstandsanfrage für Michael Senger schon gemacht?“

Er nickte erleichtert, denn die fremde Materie strengte ihn an.

„Und dieser Jemand muss im Übrigen ja auch den Netzwerkschlüssel und das Passwort der Menzel kennen“, redete Claudia auf dem Flur weiter.

Er blieb stehen und verzog das Gesicht. So langsam strapazierte sie seinen Vorsatz, Interesse aufzubringen, über Gebühr. Wozu hatte er sich in den letzten Jahren, wann immer er konnte, vor den angebotenen Fortbildungsveranstaltungen über Computer, Telekommunikation und Internet gedrückt? Es reichte, dass er allmählich begann, privat Internet, E-Mail-Verkehr und Google zu nutzen, nach wie vor aber mit starker Abneigung. Noch zu sehr hatte er an der Sache mit seinem Neffen Benny zu knabbern. Außerdem hatte er seine Zettel, seinen Kugelschreiber, wenn es eilig war, sein Diktiergerät. Vor allem aber seinen Kopf.

Claudia musterte ihn ernst. „Ach, ich habe ja noch etwas vergessen, dir zu erklären.“

„Ah. Noch mehr Nachhilfeunterricht im IT-Bereich? Toll. Ich freue mich.“

Noch höher konnte sie ihre Augenbrauen nicht ziehen. Dann ließ sie sie wieder sinken und lachte übermütig. „Reingefallen. Für heute hast du mich überstanden.“

Freitag, 17. August, bis Sonntag, 19. August

Kapitel 10

„Bitte setzen Sie sich." Sebastian zog den Stuhl etwas vor und machte eine einladende Handbewegung zu Susanne Menzel, Krampitz' Privatsekretärin, die pünktlich um 9:00 Uhr zur Vernehmung erschienen war.

„Meine Kollegin, Frau Pandura, kennen Sie ja bereits. Sie wird auch gleich das Protokoll schreiben."

„Im Wesentlichen haben wir ja gestern bereits in der Firma Krampitz über die wichtigsten Dinge gesprochen. Doch ein paar Fragen haben wir noch", sagte Claudia und lächelte Susanne Menzel aufmunternd zu, aber die erwiderte ihr Lächeln nicht. Sie setzte sich schräg auf den angebotenen Stuhl, schlug die Beine übereinander und hielt sich mit beiden Händen am Gurt ihrer ledernen Umhängetasche fest.

„Das ist gut. Denn ich muss so schnell wie möglich ins Büro. Mein Chef ist ohnehin nicht begeistert, dass ich später komme."

„Ihr Chef, Frau Menzel, wird Verständnis haben, denn ihm fehlen seit Montag zwölf Millionen Euro, wie Ihnen ja bekannt sein dürfte", wies Sebastian sie zurecht.

Sofort rutschte Susanne Menzel ein wenig näher an den Schreibtisch heran. Ihre Hände hatten den sicheren Taschengurt verlassen und lagen nun übereinander auf der Schreibtischkante.

„Sie haben ja Recht. Entschuldigen Sie. Aber ich bin so nervös. Schließlich bin ich Herrn Krampitz' direkte Mitarbeiterin. Ich verstehe, dass Sie auch mich verdächtigen müssen." Sie brachte ein schüchternes Lächeln zustande.

„Wir verdächtigen Sie nicht, Frau Menzel, wir möchten Sie gerne befragen, um so viel wie möglich an Informationen zu erlangen, die uns bei der Aufklärung des Falles helfen könnten", beruhigte er sie.

Sie war als Zeugin viel nützlicher, wenn sie redselig wurde und nicht eingeschüchtert schwieg. Vielleicht sollte ihr Freund ihr einmal sagen, wie viel Potential in ihrem Äußeren versteckt vor sich hindämmerte und auf Ablösung der grauen Jerseyhosen und des grauen Rollkragenpullovers wartete. Fehlten nur noch graue Haare. Aber davon war sie mit ihren 27 Jahren noch weit entfernt. Zu einer Art Dutt hatte sie ihre braunen, leicht gewellten Haare allerdings bereits zusammengefasst.

Claudia, die schon begonnen hatte, das Vernehmungsformular im Laptop mit Susanne Menzels Daten auszufüllen, erklärte, ohne vom Bildschirm aufzublicken: „Machen Sie sich keine Sorgen. Sie dürfen bald wieder zur Arbeit."

Sebastian lenkte die Zeugin von den Sticheleien seiner Kollegin ab, indem er mit der Vernehmung begann. Er wiederholte Namen, Anschrift und die Angaben zu ihrer Tätigkeit im Büro der Firma Krampitz. Dann bat er sie, erneut zusammenzufassen, was ihre Aufgaben generell und im Besonderen beim Immobilienverkauf des Hoteliers an die Prinz Hotel AG gewesen waren und über welche Details des Geschäfts sie informiert war. Bereitwillig gab sie Auskunft.

Allerdings wurde aus Susanne Menzel, die sich gerade wieder gefangen hatte, wieder eine ängstliche kleine Maus, als Sebastian fragte: „Stimmt es, dass Sie mit dem Steuerberater Michael Senger privat liiert sind? Sie wohnen sogar zusammen, wenn ich das hier richtig sehe." Er blätterte in der Akte.

„Ja, das stimmt, aber ..."

„Sollte das ein Geheimnis in der Firma bleiben?" Er sah auf ihre Hände, die sich unruhig umfassten, und beobachtete ihren Körper, dessen Anspannung ihn größer auf dem Stuhl aufrichtete. Bevor sie auf die Frage antworten konnte, fuhr Sebastian fort: „Was können Sie uns über die Arbeit Ihres Lebensgefährten sagen? Haben Sie sich privat ausgetauscht über Ihre Tätigkeiten?"

„Nein, also, selten, eigentlich nie. Allerdings, ich meine, doch, bei diesem Geschäft schon. Viele in der Firma wussten davon. Also in der Geschäftsleitung, im Büro. Es hängen ja auch unsere Jobs von diesem Vertrag ab. Immerhin will sich Herr Krampitz jetzt zur Ruhe setzen, und ob das mit der Übernahme der Angestellten zur

Prinz Hotel AG so klappt ...?" Fragend sah sie abwechselnd ihn und Claudia an.

„Sind Sie so freundlich und beantworten die Frage, Frau Menzel?", erwiderte Claudia.

„Welche Frage meinen Sie?" Susanne Menzels Blick suchte bei Sebastian Unterstützung. Doch er wiederholte nur: „Was können Sie uns sagen über die Tätigkeiten Ihres Lebensgefährten? Womit ist er für die Firma betraut? Weshalb hatte er ein Büro im Krampitz-Gebäude, obwohl er Angestellter der Steuerberatungsgesellschaft ist, die ihren Sitz in der Friedrichstraße in Berlin-Mitte hat? Möchten Sie ein Glas Wasser oder einen Kaffee?"

„Nein. Doch. Warum nicht? Ja gerne ein Wasser. Danke." Sie fing sich wieder und erzählte von Michael Sengers Aufgaben in der Firma: „Michael hat den Verkauf entscheidend vorbereitet, und wir haben zu Hause auch ab und zu darüber gesprochen, aber das letzte Wort hatte immer der Leiter der Rechtsabteilung, Frank Schubert, da im Vertrag in erster Linie juristische Regelungen zu beachten waren. Michael ist ja Steuerberater."

„Will sich Herr Senger eines Tages selbständig machen? Ist die Tatsache, dass er momentan nahezu ausschließlich für die Firma Krampitz tätig ist, eventuell eine Vorbereitung für diese Selbständigkeit?"

„Ich weiß es nicht, aber Michael hat mir einmal gesagt, dass er in der großen Firma wegen der noch ziemlich jungen Chefs nie eine Chance haben wird, irgendwann Teilhaber zu werden. Er würde immer der kleine Angestellte bleiben. Jetzt in unserer Firma sei er der einzige, der für alle steuerlichen Dinge zuständig sei, und würde mehr wertgeschätzt. Vielleicht erhofft er sich von der Tätigkeit für Herrn Krampitz wirklich eine Art Sprungbrett, wie Sie vermuten. Mein Chef hat viele Kontakte, auch im Ausland. Wir sind beide ja noch jung und Michael stehen insofern noch alle Türen offen."

Wie konnte man mit Ende Zwanzig nur so geschwollen reden? Sebastian überlegte, inwieweit hier wohl die *langjährige Mitarbeit* bei dem 67-jährigen Krampitz abgefärbt hatte.

„Seit wann sind Sie und Herr Senger bereits befreundet?"

„Seit knapp zwei Jahren."

„Wie haben Sie sich kennengelernt?"

„Über die Zusammenarbeit mit der Steuerkanzlei. Aber privat kennengelernt habe ich ihn über gemeinsame Freunde, besser gesagt, Freunde seines Bruders."

„Könnten Sie uns den Namen und die Anschrift des Bruders nennen?"

„Verzeihen Sie, aber ich verstehe wirklich nicht, was diese ganzen privaten Fragen sollen. Oder besser gesagt, verstehe ich nicht, weshalb Sie das alles nicht Herrn Senger selbst fragen." Sie rutschte unruhig auf ihrem Stuhl hin und her.

„Werden wir, Frau Menzel, werden wir", antwortete Claudia. Sebastian nahm einer Kollegin, die in der Tür zum Nebenbüro erschien, die Mineralwasserflasche ab und holte aus dem Wandregal ein Glas. Er goss ein und schob das Glas Susanne Menzel hinüber.

Er lächelte sie freundlich an.

„Frau Menzel, jetzt versetzen Sie sich doch einmal in unsere Lage. Ohne Ihnen oder Ihrem Lebensgefährten zu nahe treten zu wollen, müssen Sie doch zugeben, dass wir Sie nicht und überhaupt niemanden der Beteiligten kennen, nichts von Ihnen wissen und trotzdem herausfinden sollen, wer die zwölf Millionen Euro gestohlen hat. Irgendwo müssen wir doch anfangen, uns ein Bild zu machen, oder?"

Sie nahm dankbar das Glas und trank ein paar Schlucke, bevor sie ihm zunickte und antwortete: „Burkhard Senger, aber er ist vor drei Monaten gestorben."

„Woran? Krebs?"

„Nein, es war ein tragischer Unfall bei einer Segeltour vor der kroatischen Küste. Zusammen mit meinen Freunden, die ich vorhin erwähnte, über die ich auch Michael kennengelernt habe."

„Sind Ihre Freunde auch ...?"

„Nein, nein. Gott sei Dank. Schlimm genug, dass Michaels Bruder starb. Er hatte sich beim Sturz von der Segelyacht den

Kopf verletzt, war offenbar dadurch bewusstlos geworden und ist ertrunken."

„Wir wollen Sie jetzt auch nicht länger mit diesen tragischen Ereignissen quälen. Wenn es Not tut, können wir uns ja die entsprechenden Akten über den Unfall kommen lassen. Nur eine Frage habe ich noch: Hat der Unfalltod seines Bruders Ihren Lebensgefährten sehr getroffen? Stand er sich gut mit seinem Bruder, und hat es ihn irgendwie – wie soll ich sagen – aus der Bahn geworfen?"

Sie trank ihr Glas leer und zögerte mit ihrer Antwort: „Die Brüder verstanden sich meines Wissens sehr gut, alle drei ..."

„Ah, es waren drei Brüder?", unterbrach Claudia sie und hielt mit dem Schreiben inne.

„Ja, klar", antwortete Susanne. Sie drehte mit ihrer rechten Hand ununterbrochen das leere Wasserglas auf dem Schreibtisch um die eigene Achse und schien völlig in Gedanken zu sein.

„Weshalb ist das ...?", setzte Claudia zu einer weiteren Nachfrage an, doch Sebastian gab ihr mit der Hand ein unauffälliges Zeichen zu schweigen, denn er spürte, dass gerade eine Wandlung mit Susanne Menzel vor sich ging. Sie hatten einen sehr empfindlichen Punkt getroffen, und jetzt wollte die Zeugin weitererzählen, sich jedenfalls nicht mit der Anzahl der Geschwister aufhalten.

„Wissen Sie. Michael und ich wollten heiraten. An dem Wochenende nach dem Unfall sollte unsere Hochzeit sein", fuhr sie fort.

„Dann hat der Unfall Ihr Leben und das Ihres Lebensgefährten doch sehr stark verändert?", fragte er mit der einfühlsamsten Stimme, die er zu bieten hatte, und fügte hinzu: „Können Sie uns über diese Folgen noch etwas erzählen?"

Ihre Hände waren noch immer mit dem Glas beschäftigt, während sie leise weitersprach. Wie er vermutet hatte, vergaß Susanne Menzel die ungewohnte Umgebung und erzählte ausführlich von ihrer Beziehung zu Michael Senger.

„Michael starrte vor sich hin, noch immer das Telefon in der Hand. Ich streichelte ihn über den Rücken, aber er schüttelte meine Hand ab.

‚Wir Brüder wollten etwas gemeinsam erreichen. Verstehst du? Gemeinsam! Wir haben es sogar geschworen', schrie er mich an.

Ich schluckte meinen Schrecken hinunter. Ich hielt es für den falschen Augenblick für einen Streit. ‚Weiß dein Bruder Andreas es schon?', fragte ich ihn.

Michael musterte mich. Dann hastete er in den Flur und nahm Jacke und Autoschlüssel von der Garderobe. ‚Ich muss es ihm sagen ... sein Herz ... bevor die Polizei es tut.'

‚Warte, ich komme mit', sagte ich und folgte ihm. Er tat, als sei ich gar nicht da und öffnete die Wohnungstür. Doch ich machte mir Sorgen um ihn und ließ nicht locker. Ich wollte ihn nicht alleine lassen. Aber er schüttelte den Kopf. ‚Das muss ich allein tun', sagte er und verließ die Wohnung, um Andreas die schreckliche Nachricht zu überbringen. Und ich wusste, dass wir unsere Hochzeit erst einmal verschieben mussten. Er hat mich seitdem immer wieder vertröstet."

Es gab also noch einen dritten Bruder, einen, der offenbar lebte. Sebastian notierte sich den Namen Andreas Senger. Gleich nach ihrem Besuch in der Kanzlei Hoppe würden sie diesen Bruder aufsuchen und sich das familiäre und private Umfeld des Michael Senger einmal genauer ansehen.

Nachdem er die noch immer in Gedanken versunkene Susanne Menzel verabschiedet hatte, schlug Sebastian vor, ein wohltuendes zweites Frühstück in der Kantine zu nehmen. Noch auf dem Weg klingelte Claudias Handy. Sie hörte dem Anrufer schweigend zu.

„Das Labor?", fragte er, als sie aufgelegt hatte. Sie nickte und es ärgerte ihn. Das Labor hatte ihn noch nie auf seinem Handy angerufen, sondern ihn immer eiskalt auf den schriftlichen Bericht verwiesen, der meist noch nicht einmal so verständlich geschrieben war, dass man ohne Nachfragen auskam.

„Keine Überraschungen, aber immerhin: Auf dem Umschlag konnten die Abdrücke von Susanne Menzel und von Monika Stahl und drei weitere identifiziert werden. Auf dem Rückschein die von Susanne Menzel und viele andere. Aber es gibt nur ein Fragment, das auf Umschlag und Rückschein übereinstimmt und damit eventuell vom Täter stammen könnte."

„Wenigstens etwas." Gut, dass sowohl Susanne Menzel als auch Monika Stahl und Marlies Blumhard eingewilligt hatten, ihre Fingerabdrücke zu Vergleichszwecken abnehmen zu lassen. Selbstverständlich war das keineswegs. Die meisten Zeugen hatten ziemlich große Berührungsängste mit der erkennungsdienstlichen Abteilung, und das Gesetz sah keine Möglichkeit vor, Zeugen in einem Ermittlungsverfahren zur Abgabe von Fingerabdrücken, Speichelproben oder Ähnlichem zu zwingen.

Als Claudia in der Kantine zum Tresen ging, blieb Sebastian am Tisch, um den Sitzplatz zu sichern. Wie jedes Mal nahm er mit Erstaunen zur Kenntnis, wie viele Kollegen schon so früh Mittag aßen. Essen um 12 Uhr erinnerte ihn an ein Krankenhaus. Aber da hatte man nichts anderes zu tun, als aufs Essen zu warten. Seine Augen suchten Claudia an der Essensausgabe. Sie war leicht zu finden, denn mit 1,79 Meter überragte sie die meisten ihrer Kolleginnen. Sie hatte ihre glatten Haare lose mit einer Spange hochgesteckt, die nicht erfassten Strähnen hingen links und rechts herunter und umrahmten ihr Gesicht.

Schade, dass sie nicht Kollegin in einem anderen Team geworden war. Er stellte sie sich als junges Mädchen vor. Schön. Aber sicherlich nicht so interessant und auffällig wie jetzt. Heute, mit 38 Jahren, rückte ihr Äußeres den Begriff „reife Frau" wieder ins richtige Licht, gab ihm die Bedeutung zurück, die er gehabt hatte, bevor er eine Umschreibung für „ältere Frau" geworden war. Er wusste bereits, dass sie alleine wohnte, aber ob sie mit einem Typen zusammen war, hatte er sie noch nicht gefragt. Wie sie überhaupt bisher noch so gut wie kein privates Wort miteinander gewechselt hatten.

Sie kam mit einem Joghurt in der einen Hand und eine Tasse Kaffee in der anderen balancierend auf ihn zu. Er schüttelte über sich selbst den Kopf, während er ihr entgegensah.

„Worüber denkst du nach? Über die ‚zufällige' Ähnlichkeit des Postboten mit Senger, deinem Hauptverdächtigen?" Sie schob ihm den Kaffee hin.

„Deinem nicht?"

Er würde Volker fragen, und wenn der Lust hatte, die Kollegen so schnell wiederzusehen, würde er mit ihm zu Claudias Einstand heute Abend gehen.

„Wenn, dann hatte er einen Komplizen", antwortete sie. „Aber intuitiv würde ich sagen, dass es einer von außen war. Und die Hoppe ist bei mir auch noch nicht ganz vom Tisch – wie du ja weißt." Bei ihren letzten Worten erhielt ihr Gesicht einen schelmischen Ausdruck.

Hoppe! Die Notarin hatte er ganz vergessen. Sie hatte gestern keine Zeit mehr gehabt und deshalb zugesagt, für die offizielle Vernehmung einen Termin am heutigen Nachmittag freizuhalten. Und auch Frau Blumhard musste noch ein Protokoll unterzeichnen.

„Wollen wir?" Er stand auf. Doch Claudia steckte genüsslich einen Löffel Erdbeerjoghurt in ihrem Mund und grinste ihn nur kopfschüttelnd an. Mit ausgestrecktem Zeigefinger wies sie auf seinen Stuhl.

„Mann, wir sitzen hier seit gerade mal zehn Minuten. Darf ich noch aufessen?"

Als sie die Kanzlei erreichten, führte Frau Stahl sie direkt in das Zimmer der Notarin. Gerda Hoppe saß an ihrem riesigen Schreibtisch über eine Akte gebeugt und hielt ein Diktiergerät in der Hand. Sie unterbrach sofort und folgte ihnen in das gestrige „Vernehmungszimmer". Die meisten ihrer Antworten zu den Vorgängen des Verkaufs kannten sie bereits und stellten die Fragen lediglich für das Protokoll. Doch dann konfrontierte Sebastian sie mit der Frage, ob sie sich mit Börsenspekulationen beschäftige. Entsprechend lauter als zuvor fiel ihre Antwort aus: „Ich würde mich niemals mit Spekulationen, gleich welcher Art, beschäftigen.“

„Mit Ihrem privaten Geld? Warum nicht?“

„Doch, schon. Aber sobald ich mich in irgendeiner Form damit verschulden würde, wäre es durchaus eine Sache, die bei der Notarkammer zu ernsten Rückfragen führen würde. Als Notarin bin ich eine Amtsperson. Ich darf nicht einmal schuldhaft einen Verkehrsunfall mit Personenschaden verursachen, ohne meine Zulassung zu gefährden.“ Sie fuhr sich durch ihr sorgfältig gefärbtes Haar, lehnte sich auf dem Stuhl zurück und schlug ihre Beine übereinander.

Sebastian bemerkte aus den Augenwinkeln, dass Claudia sich nur mühsam zurückhielt. Doch die Notarin sah ohne Unterlass nur ihm direkt ins Gesicht.

„Wie würde die Notarkammer von solchen ‚Überschuldungen’ erfahren?“

„Nur, wenn es publik würde oder es ein amtliches Verfahren geben würde.“

„Also auch ein Pressebericht würde schon reichen?“

„Ich vermute.“

„Sie haben also nie Spekulationsgeschäfte an der Börse getätigt?“

Hoppe lockerte ihre Sitzhaltung und lehnte sich ein wenig vor: „Wissen Sie, ‚Spekulationen’ und ‚Investitionen’ auseinanderzuhalten, ist selbst für manchen Börsenguru schwierig.“

„Haben Sie solche ‚Investitionen’ an der Börse schon einmal getätigt?“

Hoppe wurde ärgerlich: „Was sollen diese Fragen zu meinen privaten Finanzgepflogenheiten? Was hat das mit dem Fall und dieser Vernehmung zu tun?“

„Frau Hoppe, Sie wiesen uns gerade auf die Bedeutung und die Anforderungen Ihrer Notartätigkeit hin. Sollten Sie beispielsweise privat in finanziellen Schwierigkeiten sein und gleichzeitig in Ihrer beruflichen Tätigkeit viele Millionen zu verwalten haben, würden wir das nur gerne wissen.“

„Ja, ich habe schon einmal Börsengeschäfte getätigt. Aber das liegt bereits ein Jahr zurück und meine privaten Finanzen sind vollkommen in Ordnung."

„Waren Sie vor einem Jahr privat verschuldet?"

„Besorgen Sie sich einen Beschluss. Dann können Sie gerne meine Bank fragen. Ich möchte mich dazu hier und jetzt nicht mehr äußern."

„Verkehren Sie mit Hartmut Krampitz auch privat?"

„Wenn Sie ab und zu ein Arbeitsessen am Abend als privat ansehen."

„Waren Sie schon einmal in der Villa des Hoteliers?"

„Kann sein. Ich kann mich im Moment nicht erinnern."

„In welcher Beziehung stehen Sie zu Michael Senger?"

„In gar keiner. Ich kenne ihn ausschließlich von den Vorbereitungen zu dieser Beurkundung."

Sebastian stellte noch einige Fragen zu den Vertragsbeteiligten, die Hoppe ebenfalls nur noch äußerst knapp beantwortete und bei denen sie wiederholt auf die jeweiligen schriftlichen Unterlagen verwies. Dann war die Vernehmung beendet.

„Wir kriegen bei Jagusch keinen Beschluss durch", kam Claudia Sebastian zuvor und verlor sich in wortreiche Spekulationen über eine mögliche Täterschaft oder zumindest Mittäterschaft, sobald Hoppe außer Hörweite war. Doch Sebastian winkte nur ab. „Lass gut sein. Sie war's nicht. Wir haben nur ihre Achillessehne gefunden, mehr nicht."

Was ihn in ihrer neuen Zusammenarbeit am meisten nervte, war, dass er keine Lust hatte, seine intuitiven Behauptungen und Einschätzungen zu begründen. Sie waren einfach da und er konnte sich sicher sein, dass sie stimmten. Warum? Das war ihm eigentlich egal. Volker hatte sie stets zur Kenntnis genommen, Claudia aber schaute ihn jedes Mal mit einem Gesichtsausdruck an, der eine Erklärung geradezu forderte. Aber oft hatte er gar keine. Außerdem waren sie in Eile. Frank Schubert, der Leiter der Rechtsabteilung in der Firma Krampitz, war gestern Abend von Genf nach Luxemburg weitergeflogen und heute nach Berlin zurückgekehrt. Er wollte vom Flughafen aus sofort ins Präsidium kommen.

Frank Schubert wartete tatsächlich bereits in Reinhards und Dieters Büro. Er war aufgebracht und alles an ihm war in Bewegung, einschließlich seiner dunkelbraunen Locken, die ihm wirr ins Gesicht hingen. Er verlangte, unverzüglich Michael Senger zu verhaften. Denn auch die Luxemburger Bank hatte ihm bestätigt, dass ein Michael Senger, ordentlich bevollmächtigt, bereits vor Wochen das Konto eröffnet und am vergangenen Dienstag nun auch den Transfer veranlasst hatte. Dieses Mal hatte ihm die Bank nicht einmal konkrete Auskünfte über die Empfängerkonten gegeben. Denn das Konto bei der Luxemburger Bank war nur auf den Namen Hartmut Krampitz, nicht auf die Firma, eröffnet worden und die Vollmachten lauteten ausschließlich auf Michael Senger persönlich. Der Filialleiter hatte Schubert entgegenkommenderweise mitgeteilt, dass es sich um vier Nummernkonten in der Schweiz bei unterschiedlichen Banken handelte. Mehr könne er ohne entsprechenden Beschluss der Europol beim besten Willen nicht preisgeben.

Schubert konnte sich nicht beruhigen, als Sebastian ihm erklärte, weshalb er für einen Haftbefehl beim Richter keine Unterstützung finden würde. Denn die Überprüfung der Alibis hatte zweifelsfrei ergeben, dass Michael Senger an dem besagten letzten Dienstag und auch die übrigen Tage weder in der Schweiz noch in Luxemburg hatte gewesen sein können, nicht einmal stundenweise.

„Dann muss er einen Doppelgänger oder einen Zwillingsbruder haben", schrie Schubert. „So viele Zufälle gibt's doch nicht."

Sebastian hätte am liebsten gelacht, denn normalerweise war das sein Spruch.

„Dieses Schwein! Und neben dem habe ich die ganze Zeit gearbeitet. Mann oh Mann."

Schubert war bei seinen letzten Worten aufgestanden, lief vor dem Schreibtisch hin und her und fuchtelte mit den Armen.

„Wieso Doppelgänger oder Zwillingsbruder? Haben Sie ein Foto bei den Banken gesehen?"

„Nein, sie hatten kein Foto. Aber in Luxemburg hatten sie einen sehr aufmerksamen Bankmitarbeiter. Er hat das Schwein beschrieben: Anfang bis Mitte Dreißig, ungewöhnlich klein. Lange Arme und kurze Beine. Dunkle kurze Haare." Schubert war stehen geblieben, beugte sich vor und stützte sich mit beiden Händen auf dem Schreibtisch ab. Er pustete sich eine Locke von den Augen und starrte Sebastian an. „Wollen Sie mir allen Ernstes sagen, dass das neben dem Namen, den Vollmachten und Firmenunterlagen, die er hatte, auch ein Zufall sein soll?", fragte er kämpferisch.

Er konnte nicht wissen, dass er mit seinen Verdächtigungen bei Sebastian offene Türen einrannte.

Sebastian bat Schubert, nicht mehr in die Firma zu fahren, um durch sein aufgebrachtes Verhalten Michael Senger nicht aus dessen Sicherheit aufzuschrecken.

Kaum hatte Schubert die Tür geschlossen, sagte Claudia: „Ich glaube, unser Besuch bei dem Bruder kann doch nicht bis Montag warten, oder?"

„Haben wir seine Anschrift?"

„Nein, nur seinen Namen aus der Vernehmung der Menzel."

Sie blätterte in der Akte. „Hier: ‚Ich fragte Michael, ob sein Bruder Andreas es schon wüsste ...' So ein Mist! Warum haben wir denn vergessen, sie nach der Anschrift zu fragen?"

„Weil wir so fasziniert von dieser Unfallgeschichte waren und die Zeugin mit den Nerven so fertig", stellte Sebastian achselzuckend fest.

Claudia griff zum Telefonhörer.

„Personenauskunft? Die habe ich gestern schon auf den Weg gebracht. Aber vorhin war noch keine Antwort da", sagte er.

„Nein, ich sag nur den Kollegen ab."

„Oh Scheiße! Dein Einstand im ‚Senseo'"

„Eine mögliche Verhaftung ist doch ohnehin lustiger als ein Bier unter Kollegen", seufzte sie.

„Warte mit der Absage noch. Vielleicht treffen wir Andreas Senger jetzt gar nicht an“, riet er, obwohl er darauf brannte, sich den Bruder seines Hauptverdächtigen mit dem bombensicheren Alibi einmal näher anzuschauen.

Kapitel 11

„Ich möchte bitte zu Kriminalhauptkommissar Sebastian Hochgräber“, verkündete Michael höflich dem Pförtner des Präsidiums und zeigte ihm Sebastians Visitenkarte.

„Ein bisschen spät. Ich glaube nicht, dass da noch jemand sein wird. Heute ist Freitag.“

Trotzdem sah der Pförtner auf eine Liste und tippte auf dem Telefon herum.

„Nein, tut mir leid“, bestätigte er seine Vermutung nach einer Weile des Wartens.

„Vielleicht seine Kollegin Pandura?“, fragte Michael.

„Diesen Namen habe ich nicht auf meiner Liste. Soll ich etwas notieren? Ansonsten kommen Sie doch bitte Montag wieder.“

Artig bedankte sich Michael für die Auskunft. Mit einem Lächeln auf dem Gesicht sah er auf die Uhr. Nach Sechs. Er konnte sich nicht vorstellen, dass die beiden jetzt noch immer dienstlich unterwegs waren. Schließlich hatte ihr Tag heute bereits um neun Uhr mit Susannes Vernehmung begonnen. Wenn sie also die Dienststelle bereits verlassen hatten, dann sicherlich in den Feierabend.

Er stieg in seinen Saab und verließ das Gelände. Er sollte Andreas anrufen und ihm Entwarnung geben. Vor Montag würde die Polizei wohl nicht bei seinem Bruder auftauchen.

An der Kreuzung Mehringdamm/Blücherstraße wurde die Ampel gerade rot. Michael ließ den Wagen ausrollen, als er Sebastian Hochgräber mit einem älteren Mann lachend in ein Restaurant gehen sah. Dem Glücklichen schlug jede Stunde. Michael griff nach seinem Handy und rief Andreas an, um ihm die gute Nachricht zu bringen, dass er zumindest für den heutigen Abend unbesorgt in seine Wohnung zurückkehren könne. „Ich habe noch eine gute Nachricht für dich. Unsere Zukunft ist untergebracht wie geplant. Also take it easy, Andy.“

Fröhlich pfiff Michael vor sich hin und bog in die Blücherstraße ein. Hundert Meter hinter der Kreuzung hielt er in zweiter

Reihe. Einen kleinen Blick konnte er sich nicht verkneifen. Dem Gegner immer einen Schritt voraus sein – das war, was ihm gefiel. Aus dem Kofferraum nahm er eine Schiebermütze und eine Brille. Im Vorbeigehen an einem Schaufenster stellte er befriedigt fest, dass beides ausgezeichnet zu ihm passte und zumindest den Eindruck des ersten Blickes auf ihn stark veränderte.

Das *Senseo*, wie das Restaurant hieß, schien eine bessere Kneipe zu sein und war proppenvoll, was ihm nur recht war. In dem langgestreckten Vorderteil hing ein gemischtes Publikum um die Bar herum, nach hinten öffnete sich die Kneipe zu einem breiteren Raum, in dem Gäste an Tischen aßen und tranken. Es bedurfte nur eines kleinen Rundblicks und Michael hatte genug gesehen. Hochgräber und seine Kollegin waren für heute versorgt und die meisten ihrer Kollegen offensichtlich auch. Denn es waren mindestens elf Leute, die sich im hinteren Bereich die Tische zusammengestellt hatten. Hochgräber und der ältere Mann, die kurz vor ihm das Lokal betreten hatten, standen noch immer mit dem Rücken zu ihm. Auch der Kellner hinter der Theke schien Michaels Anwesenheit noch nicht wahrgenommen zu haben. Manchmal war es von Vorteil, klein zu sein. Unauffällig verließ Michael das *Senseo* wieder und war hochzufrieden mit dem Ergebnis dieser ersten Woche eines neuen verheißungsvollen Lebensabschnittes.

Volker hielt Sebastian am Ärmel fest und zeigte auf die zusammengeschobenen Tische im hinteren Bereich der Kneipe, an denen neben Claudia bereits sieben Kollegen und drei Kolleginnen lebhaft in Gespräche vertieft waren. Sie hatten Andreas Senger nicht angetroffen, und da das gestohlene Geld im Ausland ohnehin nicht mehr greifbar und keiner der Verdächtigen flüchtig war, hatte Jagusch entschieden, dass ein weiterer Besuch bis Montag warten könne.

„Das ist sie?" Als Sebastian nickte, fügte Volker hinzu: „Ich bin dir nicht mehr böse."

Verständnislos starrte Sebastian ihn an.

„Für die hätte ich mich auch ausgetauscht." Geradewegs ging Volker auf Claudia zu, während Sebastian ihm trotzig hinterherrief: „Ich hab' dich nicht ausgetauscht!"

Volker begrüßte Claudia mit einem Handkuss: „Ich hätte mir eine schlechtere Nachfolgerin vorstellen können."

Claudia lachte. „Dann können Sie nur Volker sein."

Volker drehte sich zu Sebastian um, noch immer Claudias Hand haltend. „Siezt ihr euch etwa?", fragte er mit hochgezogenen Brauen. Sebastian winkte nur ab, zog einen leeren Stuhl vom Nachbartisch heran und setzte sich zwischen Reinhard und Maria, eine Kollegin aus der Abteilung KAP, die ganz harten Fälle. Trotzdem verfolgte er weiter das Zusammentreffen der beiden.

„Dann gestatten Sie mir den Vorzug des *Du*." Endlich ließ Volker die Hand der verlegenen Claudia wieder los. Doch er kam nicht weiter dazu, sich ausschließlich um Claudia zu kümmern, denn die Kollegen löcherten ihn mit Fragen, wie sein Tagesablauf denn nun aussehen und ob er sich mit seiner Frau noch verstehen würde. Also begrüßte er erst einmal alle übrigen Kollegen mit einem kurzen Winken und alle Kolleginnen auf die gleiche Weise wie Claudia. Volker durfte das. Er war seit 34 Jahren glücklich mit Elke verheiratet. Seine charmante Art der Weiblichkeit gegenüber, ohne Rücksicht auf Alter oder Aussehen, entzog seinen Witzen und seinem gespielten Anbaggern jegliche Anzüglichkeit. Die Frauen genossen seine Komplimente und die Männer seine ruhige, besonnene Freundschaft. Wenn er außerdem noch mit Reinhard zusammentraf, war der Abend gelungen, weil die beiden sich die Witze und Anekdoten nur so zuwarfen und alle ihren Spaß hatten.

Auch Claudia schien begeistert. Sebastian kannte keine einzige, die sich nicht von Volker verzaubern ließ. Sie musste von ihrer bisherigen Dienstelle in Hannover und von ihrer Familie erzählen und fühlte sich sichtlich wohl im Kreis ihrer neuen Kollegen.

Volker nahm Sebastian beiseite und fragte, wie es mit ihr liefe.

„Gut, wie soll es denn laufen? Drei Tage sind nicht so lang."

„Drei Tage mit dieser Frau? Der Himmel. Nein, im Ernst. So langsam glaube ich, Jagusch hat nicht aufgepasst."

„Worauf hätte Jagusch aufpassen sollen?" Sebastian verstand seinen besten Freund heute nur selten.

„Na, sie ist Single. Du bist Single. Alle anderen bei uns sind verheiratet."

Sebastian lachte laut auf. „Nein, mein Alter! Jagusch wird wohl eher daran gedachte haben, dass ich der Einzige bin, dessen direkter Partner sich in die Rente abgesetzt hat. Und außerdem: Nachdem du weg bist, bin ich jetzt der Depp vom Dienst, was Computer & Co. angeht." Er schüttelte den Kopf und lachte immer noch.

Volker ließ sich nicht beirren. „Na, dann waren es eben diese Gründe. Egal. Das Ergebnis zählt."

„Woher weißt du übrigens, dass sie Single ist?"

Er grinste übers ganze Gesicht. „Ist mein Kleiner doch ein bisschen interessiert? Ganz einfach: Ich habe sie gefragt. Sag bloß, du wusstest es noch nicht?"

Nein, tat er nicht, und Volkers Grinsen ging ihm im Moment auch ziemlich auf den Senkel. Er war gar nicht auf die Idee gekommen, sie könnte Single sein. Sie war 38, bildschön, klug und mal abgesehen von ihrem Technikspleen nun sicher nicht unsympathisch. Wenn sie also Single war, zweifelte er langsam an den allgemeinen Attraktivitätsmerkmalen auf dem offenen Markt. Oder aber ihre Ansprüche lagen irgendwo oberhalb des siebten Himmels. Er verteidigte sich: „Ich frag sie doch nicht gleich am ersten Tag aus, ob sie einen Typen hat und so weiter."

„Ich mach das in der ersten Stunde!", antwortete Volker und lachte ihm ins Gesicht.

Dass irgendetwas an der Art und Weise seiner Kommunikation tatsächlich nicht zu stimmen schien, merkte Sebastian in den nächsten Stunden, denn sämtliche Kollegen wussten bereits mehr Einzelheiten von und über Claudia als er, der mit ihr zusammenarbeitete. Und bei allen Äußerungen, die sie von sich gaben, lag bei den Kollegen ein gewisser Neid und bei den Kolleginnen eine süffisante Gewissheit in den Blicken.

Weitere Stunden später schlingerte Sebastian, Arm in Arm zwischen Volker und Reinhard, hinaus auf die Straße zum Taxistand und nahm sich fest vor, zukünftig seiner Partnerin, entgegen seinen bisherigen Absichten, etwas mehr Aufmerksamkeit zu schenken.

Kapitel 12

Anhaltendes Telefonklingeln weckte Sebastian am nächsten Morgen. Er kniff die Augen zusammen und blinzelte gegen die Sonnenstrahlen, die durch das Fenster sein Kopfkissen trafen und ihm das Ablesen des Weckers erschwerten. Nun gut: 11 Uhr vormittags. Da konnte man tatsächlich schon aufstehen. Jedenfalls, wenn man noch irgendetwas Sinnvolles mit einem freien Wochenende anfangen wollte, das man ausnahmsweise dank der nun fehlenden Dringlichkeit des Falles genießen durfte.

Als er das Telefon endlich unter einem riesigen Berg Schmutzwäsche fand, hörte es auf zu klingeln. Er drückte die Taste für die Anruferliste. Ah. Erika. Aber sie würde eine Minute warten müssen. Er öffnete das Fenster und stellte erfreut fest, dass heute der Sommer endlich zurückgekehrt war. Der Duft der Blumen aus dem gegenüberliegenden Park lag in der lauen Luft und der Himmel hätte nicht blauer sein können. Nach einem kurzen Besuch im Bad wählte er Erikas Nummer. Sie wolle kurz vorbeikommen, weil sie etwas „Dringendes“ und etwas „sehr Persönliches“ mit ihm besprechen wolle. Ob ihm heute Abend recht wäre? Sebastian inspizierte seinen Kühlschrank. Das Ergebnis fiel äußerst unbefriedigend aus und er machte seiner Exfrau den Vorschlag, stattdessen Essen zu gehen, um sich das nervige Wochenend-Einkaufen im Supermarkt zu ersparen. Sie verabredeten sich in ihrem einstigen Lieblingsrestaurant am Kaiserdamm in Charlottenburg.

Den Rest des Tages verbrachte Sebastian bei geöffneten Fenstern und lauter Radiomusik mit Hausmannpflichten. Die Zeiten, in denen weiße Unterwäsche rosa wurde, weil er ein rotes T-Shirt übersehen hatte, waren längst vorbei. Volkers Frau Elke hatte ihm in der ersten Zeit nach der Trennung Nachhilfeunterricht im Bedienen von Waschmaschine und Geschirrspüler erteilt und ihm dringend nahegelegt, den Müll ordentlich zu trennen. Er war ein guter Schüler gewesen, auch, weil er viel zu pragmatisch war, um mit diversen Fehlversuchen seine Zeit zu vertun. Heutzutage hätte er es sich auch von Erika erklären lassen. Damals eine für ihn undenkbare Option. Irgendwie hatten sie es dann nach einem Jahr und erstaunlicherweise ohne die Zwangsbindung durch gemeinsame Kinder geschafft, eine freundschaftliche Ebene aufzubauen, die sie zwar selten, aber regelmäßig am Leben hielten. Neue Partner durften wechselseitig noch nicht auf diese Ebene. Er stellte sich beim Putzen des Terrariums vor, wie es sein würde, wenn sich das vielleicht heute Abend schon ändern würde. Die Vorstellung erschreckte ihn nicht. Schließlich war Erika eine attraktive Erscheinung und mit einem anderen Typen als ihm, wer wusste es, würde es vielleicht sogar klappen. Und umgekehrt? Wenn er jemanden Festes hätte? Unwillkürlich musste er lachen. Erika würde ihm über ihre Nachfolgerin Löcher in den Bauch fragen. Sie war schon immer neugierig gewesen. Und sie hätte Angst. Angst um ihn. Deshalb die vielen Fragen. Komisch! Umgekehrt hätte er keine Angst um sie. Er war sich vollkommen sicher, dass sie, im Gegensatz zu ihm, die richtige Wahl treffen würde.

Eigentlich hatte er noch sein Auto abholen wollen, das wegen Claudias Einstandsfeier am Vorabend noch immer am Kottbusser Tor stand. Aber Erika war ihm jetzt wichtiger. Also nahm er die Öffentlichen und betrat pünktlich das Restaurant.

Als er mit Erika über den mexikanischen Tortillas saß und sie ihm eröffnete, dass ihr jetziger Freund „etwas Ernstes" geworden sei, wurde ihm bewusst, dass er sich überschätzt hatte. Tatsächlich erschütterte ihn nicht der neue Partner, wohl aber die Tatsache, dass dieser verwitwet war, seinen regelmäßigen Wohnsitz in Spanien und ein Mädchen und einen Jungen im Alter von sechs und elf Jahren hatte.

„Du bist 43 und dann zwei kleine Kinder, ungeübt wie du bist?"

„Ich habe es mir wirklich gut überlegt. Und um deinen nächsten Fragen gleich vorzugreifen: Ja, er liebt mich wirklich. Und nein, er will nicht nur eine neue Mama für seine Kinder. Und ja, ich freue mich, dass er Kinder hat, weil, wie du weißt, ich gerne welche gehabt hätte. Schon deshalb ist es für mich eine große Chance."

„Du weißt genau, dass ich auch gerne welche gehabt hätte. Sehr gerne. Aber es sind nicht *deine*! Du kannst nicht einfach über Nacht ihre Mutter werden. Sie werden dich hassen. Wie lange ist denn seine Frau schon tot?“

„Knapp zwei Jahre“, antwortete Erika. Sie hatte das Essen auf ihrem Teller kaum angerührt und sah ihn, mit beiden Händen das Glas vor sich haltend, unverwandt an: „Meinst du wirklich, sie werden mich hassen? Auch nach zwei Jahren noch?“

„Ach Scheiß! Ich bin ein Idiot! Nein, wahrscheinlich werden sie sich an dich gewöhnen und bald schon froh sein, dass es dich gibt. Prost.“ Er bemühte sich um ein aufmunterndes Lächeln und stieß mit seinem Bierglas bei ihrem Weinglas an. „Wie lange kennt ihr euch schon?“

„Fast ein Jahr.“

„Auch die Kinder?“

„Erst seit vier Monaten.“

Erika erzählte von ihren diversen Reisen nach Südspanien und seinen kurzen Besuchen bei ihr hier in Berlin. Sie hatte ihn am Flughafen kennengelernt, als eine Iberia-Maschine wieder einmal fünf Stunden Verspätung hatte. Er war Deutscher, den es vor Jahren nach Andalusien verschlagen hatte und der diese Entscheidung durch die tödliche Krebskrankheit seiner jungen Frau nicht lange hatte genießen dürfen.

Sie redeten fünf Stunden lang und Erika hatte nach dem sechsten Glas Weißwein einen Schwips. Sie war durch den Alkohol noch melancholischer geworden als durch den bevorstehenden Abschied. Sie schwelgten in Erinnerungen an ihre gemeinsamen und einzelnen Dummheiten, die sie während ihrer Ehe gemacht hatten, und Erika träumte von der Zukunft unter der Sonne Spaniens mit den beiden Kindern und deren Vater, den sie offenbar aufrichtig liebte. Anschließend setzte Sebastian sie in ein Taxi und schaute diesem den schnurgeraden, nächtlichen Kaiserdamm hinterher, auf dem seine Augen das Taxi bis fast zum Theodor-Heuss-Platz verfolgen konnten.

Dann war Erika endgültig aus seinem Leben verschwunden.

Ihm war flau im Magen und keinesfalls von den Tortillas. Er rief Volker an, ob noch Zeit für ein Mitternachts-Bier sei. Er hätte jetzt auf gar keinen Fall schlafen gehen können.

Elke im rosa Plüschbademantel, Volker in einem abgeranzten Jogginganzug, beides offenbar in Eile übergeworfen, empfingen ihn mit einem Absacker. Dem einen Absacker folgten weitere und schließlich rief Sebastian sich ein Taxi. Zuhause fiel er sofort in einen Tiefschlaf.

Am nächsten Morgen betrachtete er sein verknautschtes Gesicht im Spiegel und sah auf die Packung *Re-Nature for men*, die er bei seinem letzten Supermarktbesuch spontan in den Einkaufswagen geworfen hatte, und die jetzt auf dem Waschbeckenrand lag. Er entknitterte zunächst sein Gesicht mit eiskaltem Wasser und schob dann seinen Kopf prüfend weiter vor den Spiegel. Der Lack war ab, auch wenn ihm Elke gestern Abend das Gegenteil versichert hatte. Klar: Für einen 62-Jährigen sah er noch „knackig" aus, wie sie sich ausdrückte. „Sei froh, dass du so ein rundes Gesicht hast. Die Dürren haben viel mehr Falten." Erneut fiel sein Blick auf die Packung. Dann stellte er sie zurück in den Spiegelschrank. Er wusste nicht genau, ob aus Zweifeln an sich selbst oder an dem Produkt oder weil er die falsche Packung gekauft hatte: die für ehemals schwarze Haare. Also für die Männer, die nicht das Problem wie er hatten, dass seinen blonden Haaren nicht attraktive graue, sondern vergilbte Strähnen folgten. Unter der Dusche würdigte er seinen Körper keines Blickes mehr. Für heute war genug mit einer Oberflächenprüfung. Wozu auch?

Nach einem ausgedehnten Frühstück machte er sich auf den Weg zum Kottbusser Tor ins „Senseo", wo sie am Freitagabend Claudias Einstand gefeiert hatten. Dort stand nicht nur sein Auto, sondern er hatte auch John Grishams Buch *Die Bruderschaft* liegen lassen, das ihm Dieter ausgeliehen hatte. Das würde er heute anfangen zu lesen. Er hätte auch nicht gewusst, was er sonst mit dem restlichen Wochenende anstellen sollte.

Im *Senseo* winkte ihm, kaum war er durch die Tür getreten, Hans zu, der sich vor seinen Gästen Enrico nannte, und streckte ihm das Buch entgegen. „Alkohol beschleunigt Alzheimer, wusstest du das?"

Sie blödelten ein wenig herum und Sebastian trank das angebotene Bier mit dem ausdrücklichen Hinweis, dass sein Magen bereits eine ordentliche Grundlage für eine Ausnahme vom üblichen Tagsüber-Alkoholverzicht habe.

„Wenn du heute nicht gekommen wärst, hätt' ich's übrigens dieser Superfrau, deiner neuen Kollegin, mitgegeben. Mann, du bist zu beneiden!"

Sebastians Blick folgte der Armbewegung des Wirtes und nahm das Bild seiner an einem der hinteren Tische sitzenden Kollegen Reinhard und Claudia wahr, die offensichtlich äußerst vergnügt plaudernd mit einem opulenten Frühstück oder Brunch oder Frühstücksbrunch oder was auch immer beschäftigt waren.

„Grüß sie schön von mir. Ich zieh mir jetzt lieber meine Lektüre hier rein. Ich habe nämlich frei!", rief er, während er sich bereits umdrehte und in die strahlende Mittagssonne hinaustrat.

Er fand seinen Ärger selbst komisch, als er in sein Auto stieg und den langen Weg zurück nach Spandau fuhr. Reinhard, der Sunnyboy des Präsidiums, und Claudia, das Superweib. Bei einem Sonntagmorgenbrunch. Das passte doch! Sah man einmal davon ab, dass Reinhard erst seit zwei Jahren, und nach seiner Aussage glücklich, verheiratet war. Aber er war schließlich nicht deren Moralapostel. Er wusste auch nicht, was ihn mehr ärgerte: die Tatsache, dass es eine verlässliche Liebe offenbar nicht gab und er irgendwie noch immer daran glaubte, oder dass sich Claudia, wenn sie sich schon an einen Kollegen heranmachte, nicht eher ihn, den Single, aussuchte, anstelle eines Kollegen, der bereits eine sehr reizvolle und sympathische Ehefrau hatte. Aber so ein Scheiß, sich darüber Gedanken zu machen! Er sah auf den Beifahrersitz und lächelte das Taschenbuch an. Sonne, ein Stuhl auf dem Balkon, ein spannendes Buch und jede Menge Zeit für seine Wasseragamen.

Er lächelte schon wieder. Dieses Mal, weil ein Mann mit einem kleinen Jungen an der einen Hand und einer Hundeleine in der anderen an der roten Fußgängerampel nicht wusste, ob er zuerst seinem Sohn, wahrscheinlich zum wiederholten Male, die Bedeutung des roten Lichtzeichens erklären oder den tapsigen Golden-Retriever-Welpen am Ende der Leine in den „Sitz" verweisen sollte, wahrscheinlich ebenfalls zum wiederholten Male.

Sebastian hätte sein Leben lang gerne so ein Wollknäuel gehabt. Aber irgendwie war er bei seiner Familienplanung nur bis zu den Wasseragamen gekommen, wechselwarme Tiere, abhängig von der Umgebungstemperatur. War die zu kalt, verfielen sie in eine Bewegungsstarre.

Die Szene spielte sich unmittelbar vor Sebastians Stammvideothek ab. Eigentlich war es nicht wirklich seine Stammvideothek, sondern die einzige, die weit und breit überlebt hatte. Heutzutage *streamte* man, *zog* sich Filme aus dem Netz. Guckte über eine *Mediathek*. Besaß einen *Netflix-Zugang* oder wie immer das hieß. Man hatte Fernseher so groß wie eine Wohnzimmerschrankwand. Natürlich ein internetfähiges Gerät. Sebastian kam sich manchmal vor wie aus der Generation seiner Großeltern, aber wenn es nach ihm ginge, bräuchte die Welt das alles nicht.

Die Ampel wurde grün und er beschleunigte den Wagen. Doch an der nächsten Kreuzung setzte er abrupt den Blinker und wendete. Er fand einen Parkplatz direkt vor der Videothek und lief vorbei an den wenigen Kunden, stoppte vor den Neuerscheinungen, und plötzlich hatte er keine Lust mehr auf einen Spielfilm. Er lief weiter und passierte die Absperrung für die über 18-Jährigen. Nach fünf Minuten verließ er den Laden mit einer DVD und war mit seiner spontanen Entscheidung sehr zufrieden. Schluss mit der Bewegungsstarre.

Montag, 20. August

Kapitel 13

„Hast du den Kollegen Bescheid gesagt?", rief Claudia ihm über das Autodach hinweg zu, bevor sie in den Wagen stieg. Es war acht Uhr und sie hatten das Dienstgebäude gar nicht erst betreten, sondern sich auf dem Parkplatz verabredet, um als Erstes zu Andreas Senger zu fahren. Seinen Arbeitsplatz, die Meldestelle Zehlendorf, hatten sie durch Susanne Menzel erfahren, doch die Mitarbeiterin dort hatte mitgeteilt, dass Andreas Senger krankgemeldet sei.

„Ja, sie folgen uns."

„Was machen wir mit Michael Senger?"

Anstatt zu antworten, wählte Sebastian die Nummer der Firma Krampitz und ließ sich mit dem Hotelier verbinden. Als Krampitz bestätigte, dass Michael Senger bereits in der Firma sei, bat er ihn eindringlich darum, dass Michael weder mit Schubert zusammentreffen solle, noch ihm eine Möglichkeit gegeben werden dürfe, in den nächsten zwei Stunden die Firma zu verlassen.

„Was meinst du? Oder sollten wir beide ...?", fragte er zur Seite an Claudia gerichtet.

„Uuiii! Das ist das erste Mal, dass du mich nach meiner Meinung fragst."

„Und?"

„Nein, ich find' es in Ordnung, dass wir uns erst einmal seinen Bruder vornehmen. Andererseits: ein Schuss vor den Bug würde diesem Michael auch nicht schaden."

„Ich hasse diese Hochhäuser." Sebastian schaute die Hausfassade Fritz-Erler-Allee 120 entlang bis zum obersten Stockwerk und musste dabei den Kopf weit in den Nacken legen. Er hatte irgendwo einmal gelesen, dass hier in der Gegend das höchste Wohngebäude der Stadt stand. Er sah sich um und erkannte kein höheres als dieses. Und er hasste außerdem, dass ihn Claudias Anblick an Sonntagvormittag im *Senseo* erinnerte.

Sie warteten auf die uniformierten Kollegen aus dem Funkwagen hinter ihnen und fuhren gemeinsam im Fahrstuhl in den neunten Stock. Bereits am Freitag hatten sie die langen Gänge, über die jeweils acht Wohnungen ihren Zugang hatten, nach Sengers Tür abgesucht. Nun hoffte er, dass der Bruder Michael Sengers wenigstens jetzt zu Hause sein würde. Er klingelte. Nach wenigen Augenblicken wurde im Inneren der Wohnung der Fernseher oder das Radio ausgeschaltet und Schritte näherten sich der Tür.

Als Andreas Senger öffnete, erschrak Sebastian.

„Ich habe Sie bereits erwartet. Kommen Sie herein. Da haben Sie aber Glück gehabt. Eigentlich wollte ich jetzt zum Arzt gehen."

Der Mann, der sich vor ihnen umdrehte und, ohne eine Antwort abzuwarten, voraus in ein bieder eingerichtetes Wohnzimmer ging, war das vollständige Ebenbild Michael Sengers.

„Jetzt wird mir einiges klar. Zwillinge", flüsterte Claudia. Sie folgten dem Mann und Sebastian fragte: „Sie sind Herr ...?"

„Andreas Senger, Bruder von Michael Senger, den Sie ja bereits kennen. Er sagte mir, dass Sie mit Sicherheit heute Morgen kommen würden."

„Aus welchem Grund vermutete er das?"

„Weil irgend so ein Spinner sich in der Schweiz für ihn ausgegeben und seinen Chef um zwölf Millionen erleichtert hat und Sie nun wissen wollen, ob ich es vielleicht war, nachdem Sie feststellen mussten, dass die Alibis meines Bruders – Gott sei Dank – sehr überzeugend sind."

„Und die nun durch die frappierende Ähnlichkeit mit Ihnen leider relativ wertlos geworden sind, Herr Senger. Ich nehme Sie hiermit vorläufig fest. Bitte folgen Sie den Anweisungen meiner Kollegen." Er winkte über seine Schulter den im Flur wartenden Kollegen.

„Sebastian? Kann ich Dich einen Moment ...?" Claudia zog ihn am Ärmel in den Flur zurück. Er hatte keine Lust, jetzt mit ihr zu sprechen. Aber sie flüsterte eindringlich: „Wir müssen wenigstens nach *seinem* Alibi fragen."

„Wir nehmen ihn mit", erwiderte er nur und ließ sie stehen. Andreas Senger sagte die übrige Zeit kein einziges Wort mehr, sondern sammelte ruhig und gefasst einige Übernachtungsutensilien zusammen und tat im Übrigen, als ginge es ihn nichts an. Als Sebastian und Claudia sich zum Gehen wandten, nickte er ihnen sogar freundlich zu.

„Mann, das ist doch nicht normal! Kein Mensch bleibt so ruhig. Keine Wut, kein gar nichts. Er wusste genau, dass wir kommen und auch warum. Wie abgebrüht sind denn diese Brüder?", versuchte Sebastian sich während der Autofahrt vor Claudia zu rechtfertigen, die die Festnahme für verfrüht und unangemessen hielt. Dabei wusste er, dass sie Recht hatte. Es bestand keine Fluchtgefahr. Es war keine Gefahr im Verzuge. Eine Vernehmung hätte Aufklärung schaffen können und so weiter und so weiter. Aber in dem Moment, als er Andreas als Ebenbild Michaels gegenübergestanden hatte, war es ihm wie Schuppen von den Augen gefallen. Die offensichtlich eineiigen Zwillinge hatten sich gegenseitig gedeckt und außerdem: So viele Zufälle konnte es einfach nicht geben.

Während er zuhörte, durchsuchte Jagusch wahllos einige Blätterstapel auf seinem Schreibtisch. Die erwarteten Vorhaltungen blieben aus; er schien nicht sonderlich interessiert an Sebastians Ermittlungsmethoden zu sein. Auf die Frage, ob Michael Senger ebenfalls vorläufig festzunehmen sei, zögerte Jagusch. Dann gab er sein Einverständnis, sofern nicht innerhalb der nächsten vier Stunden eine erste Überprüfung der Alibis auch Andreas Senger entlastete. „Wir können schließlich die Möglichkeit, dass sich einer, vielleicht sogar eine Gruppe von Tätern der Identität der beiden bedient hat, nicht ausschließen", begründete er.

Sebastian fühlte für einen kurzen Moment Genugtuung Claudia gegenüber. Jagusch setzte bereits seine Suche auf dem übervollen Schreibtisch fort und hielt mit einem Mal triumphierend ein Blatt in die Höhe. „Hier, der neue Fall. Brandheiß. Habe ihn Górniak und Hentschel gegeben. Der Geschäftsführer einer Baufirma hat die Auszahlungen einer gerade bewilligten Baufinanzierung und auch alle anderen Kontoguthaben abgeräumt und ist untergetaucht. Geschätzte 1,8 Millionen. Fahndung läuft auf Hochtouren. Kann also sein, dass ihr euren Fall ein bisschen herunterfahren müsst, falls die Kollegen Verstärkung brauchen."

Sebastian stöhnte und fing sich damit einen strafenden Blick Jaguschs ein. „Wenn sich die Finanzpolitik des Senats mal ändern sollte, können Sie gerne alle Ihre Fälle einer Exklusivbehandlung zuführen. Aber bis es so weit ist, werden sich alle dort reinhängen, wo am meisten Bedarf ist. Und wo das ist, bestimme ich – jedenfalls bis zu meiner Pensionierung – ist klar, oder?"

Sebastians Genugtuung verschwand auf der Stelle.

Zwei uniformierte Beamte führten Andreas Senger in das Vernehmungszimmer. Der Verhaftete hatte auf das Beisein eines Anwaltes verzichtet und wollte aussagen. Claudia fragte nach seinen Tagesabläufen vom Samstag der vorletzten Woche, dem Tag des ersten Überfalls auf die Postboten, bis zum Donnerstag der vergangenen Woche, an dem der letzte bekannte Transfer des Geldes von Luxemburg zurück in die Schweiz erfolgt war.

Sebastian stand am Fenster, Andreas schräg gegenüber, und ließ sich keine Regung des Verhafteten entgehen. Der sah angespannt aus, aber nicht beunruhigt. Nach Aussage der Kollegen hatte er die erkennungsdienstliche Behandlung bei seiner Ankunft schweigsam und gefasst über sich ergehen lassen und auch eine Speichelprobe freiwillig abgegeben. Mit der gleichen, fast schon gelangweilten Ruhe beantwortete er nun Claudias Fragen. Die Melodie seiner Sprache war monoton und die wenigen Ausnahmen wirkten wie einstudierte Passagen eines Schauspielschülers, der seinen Text gut gelernt, aber doch nicht verinnerlicht hatte. Es wurde Zeit, dass er diesen Andreas Senger aus seiner Rolle warf.

Er trat hinter Claudia und gab ihr ein Zeichen, indem er ihr seine Hand auf die Schulter legte, dass er das Verhör übernehmen wollte. Er ließ sich Zeit mit dem Zurechtrücken seines Stuhles und einiger leerer Blätter auf dem Tisch. Umständlich suchte er einen Kugelschreiber und testete, ob er noch ausreichend Tinte hatte.

„Gut, kommen wir zu Ihrer Beziehung zu Ihrem Bruder Michael. Wie würden Sie Ihr Verhältnis zueinander beschreiben?"

„Gut! Sehr gut. Oder meinen Sie etwas Bestimmtes?"

„Nein. Sagen Sie: Möchten Sie einen Kaffee trinken oder möchten Sie rauchen?"

„Rauchen? Ähm, wieso? Darf man das denn hier?"

„Ausnahmsweise. Auch einen Kaffee?"

Andreas schüttelte den Kopf.

„Wissen Sie, ich war selbst viele Jahre Raucher. Sie sind doch Raucher, oder? Ich weiß, wenn man unter Stress steht ..."

Er bat Claudia, von den Kollegen Zigaretten zu holen. Mit verständnislosem Blick kam sie seiner Bitte nach.

„Ich stehe nicht unter Stress."

„Ach so? Wundert mich eigentlich." Sebastian lehnte sich weit zurück, verschränkte die Arme und schwieg.

Mit jeder Sekunde wurde Andreas nervöser. Er rutschte auf seinem Stuhl, wechselte mehrfach seine Sitzhaltung und sah abwechselnd zur Tür und zu Sebastian, der ihn unbewegt musterte.

„Soll das jetzt eine Pause sein?"

„Pause? Ach so. Nein. Wir müssen nur auf meine Kollegin warten. Sie wissen: die Vorschriften."

„Ich muss auch nicht unbedingt rauchen. Bin nicht so ein starker Raucher."

„Das wundert mich ebenfalls sehr. Ihre Wohnung roch ausgesprochen stark nach Rauch und auf dem Küchentisch stand noch ein Aschenbecher mit einigen Kippen."

Andreas zuckte mit den Achseln.

„Sind diese Zigaretten von Ihnen geraucht worden oder hatten Sie Besuch?"

„Nein, ich hatte keinen Besuch. Sie sind von mir."

Claudia kam wieder herein und brachte Zigaretten, Feuerzeug und einen Aschenbecher mit.

„Willst du bitte weitermachen?“ Sebastian war aufgestanden und schob ihr den Stuhl zurecht.

Bevor sie Platz nahm, sah sie ihm lange und eindringlich in die Augen, als erwartete sie dort eine Erklärung. Doch er nahm wieder seine Fensterstellung ein und verfolgte aufmerksam, wie Andreas sich eine der angebotenen Zigaretten griff, sie prüfend in den Fingern drehte und dann anzündete. Als Andreas den ersten Zug machen wollte, bemerkte er, dass sie nicht ausreichend angezündet war und nahm erneut das Feuerzeug zu Hilfe. Sebastian beobachtete seinen Mund und seine Wangen beim Ziehen an der Zigarette und seine Finger, wie sie die Zigarette hielten und die Asche über dem Aschenbecher abklopften.

Auf seine gedankliche To-do-Liste setzte Sebastian, die Kollegen Sengers in der Meldestelle und seine Freunde und Nachbarn zu befragen, ob Andreas Senger ein Raucher war oder nicht. Dabei war er sich sicher, die Antwort bereits zu kennen. Andreas Senger war nie und nimmer ein Zigaretten-Raucher.

Als sie das Verhör nach zwei Stunden beendeten, ging Sebastian zu den Kollegen, die Andreas Sengers Wohnung durchsucht hatten. Mehrere Ordner mit Bankauszügen und privaten Unterlagen hatten sie mitgenommen, ebenso zwei Weingläser aus dem Geschirrspüler, Zigarettenstummel und einige Haare aus der Bürste im Bad. Sie hatten keinerlei Auffälligkeiten in der kleinen Zweizimmerwohnung bemerkt, außer der Tatsache, dass der Verhaftete offenbar sehr reinlich sei. Die normalerweise in jeder Wohnung zu findenden Schmutzstellen in den schwer zugänglichen Ecken und Zwischenräumen in Küche und Bad oder hinter Möbelstücken fehlten. Alles war sauber und wirkte frisch geputzt. Das hatte sie besonders verwundert, weil ihnen, wie auch Sebastian, der starke Geruch nach abgestandenem Rauch aufgefallen war, der sich in den Teppichböden, Gardinen und im Holz der Möbel festgesetzt hatte.

Sebastian grübelte darüber noch immer, als er wieder das Büro betrat. „Ich fand dein kurzes Zwischenspiel übrigens witzig.

Nur verstanden habe ich es nicht“, gab Claudia in anerkennendem Tonfall zu.

„Nur witzig? Ist dir nicht aufgefallen, dass der gar kein Raucher ist?“

Sie verzog skeptisch ihre Mundwinkel. „Nein. Wieso? Er hat doch ganz normal geraucht.“

„Hat er nicht! Weder hat er auf Lunge geraucht, noch sind ihm die Zigaretten angenehm. Jede seiner Bewegungen mit der Zigarette war wie Pflichtprogramm.“

„Was meinst du mit ‚Pflichtprogramm’?“

„Antrainiert, gewollt, keine Ahnung. Wenn ich wüsste, warum, wär’n wir schon ein ganzes Stück weiter“, antwortete er, ärgerlich darüber, dass ihr das nicht selbst aufgefallen war.

Sie konterte: „Wollen wir uns jetzt wieder den wesentlichen Ermittlungsergebnissen zuwenden? Ich hoffe, die Überprüfung seiner Alibis läuft inzwischen. Mir schienen sie jedenfalls glaubwürdig. Und wenn sich das bestätigt, kannst du den Termin beim Haftrichter vergessen und eine Festnahme seines lieben Bruders Michael auch.“

„Alibis! Immer nur Alibis. Klar müssen wir die prüfen. Aber merkst du denn nicht, dass die beiden nicht koscher sind?“

Er tippte sich an die Stirn. Warum konnte man nicht einfach das tun, wovon man aufrichtig überzeugt war, wie die Verhaftung Michael Sengers? Nein, stattdessen musste man an Vorschriften, Gesetzestexte, Haftrichter und Durchsuchungsbeschlüsse denken.

Wütend verließ er das Büro und ging in die Kantine. Bei einem reichlichen Mittagessen reagierte er sich ab. Ein Essen, selbst in der Kantine, konnte Sebastians Sinne so besänftigen, dass sich seine Gedanken wieder auf ein normales Maß verlangsamten. Als er danach ins Büro zurückkam, war Claudia nicht an ihrem Platz. Er telefonierte mit den Kollegen, die unterwegs waren, um die Zeugen zu befragen, die Andreas in seiner Vernehmung am Vormittag angegeben hatte, und nahm sich noch einmal das Vernehmungsprotokoll und studierte die wichtigsten Fakten daraus:

Andreas hatte im Gegensatz zu seinem Bruder Michael kein Abitur gemacht, sondern eine Ausbildung als Verwaltungsfach-angestellter. Nach deren Abschluss bewarb er sich mehrfach bei unterschiedlichen Behörden und landete schließlich bei der Polizei, derzeit im Amt für Meldeangelegenheiten des Polizeiab-schnitts Zehlendorf.

Seine im Protokoll angegebenen Dienstzeiten waren bereits bestätigt worden. Und allein diese machten einen Aufenthalt in der Schweiz und in Luxemburg eigentlich nur noch in den späten Nachmittag- und den Nachtstunden möglich, keinesfalls zu den Öffnungszeiten der beiden fraglichen Banken. Und auch zum Zeitpunkt des Überfalls auf den Postboten am Montag war er in der Meldestelle gewesen. Dennoch hatten die Kollegen auch seine restlichen Angaben hinsichtlich der freien Zeit, insbeson-dere an dem fraglichen Samstag überprüft, an dem er mit einem Freund und dessen Freundin in einem Café in Berlin-Mitte ge-frühstückt und bis mittags mit ihnen zusammen gewesen war. Was Sebastian beinahe am meisten wurmte: Die Kollegen hat-ten bestätigt, dass Andreas Senger seit einigen Monaten wieder begonnen hatte zu rauchen.

Für den Nachmittag hatte Interpol Schweiz die Übersendung der beschlagnahmten Kontoeröffnungsunterlagen und die Pro-tokolle der Befragungen der Bankangestellten per Kurier ange-kündigt. Claudia war immer noch nicht zurück und Sebastian suchte die Abteilung LKA 741 auf, die zuständige Dienststelle für internationale Zusammenarbeit, die im selben Gebäude im Tem-pelhofer Damm 12 untergebracht war. Die Unterlagen waren tat-sächlich bereits angekommen und er veranlasste die Weiterga-be der Kontokarte wegen eines Unterschriftenvergleichs an das Labor.

Ihm war klar, dass die Laboruntersuchungen nicht mehr als ein weiterer formaler Schritt waren, lästig, ohne dass sie etwas bringen würden. Denn nach den Ergebnissen der Alibiüberprüfung war be-reits klar, dass weder Michael noch Andreas Senger die Kontoeröff nungen tatsächlich unterschrieben hatten. Eine weitere Hoffnung, ein Foto von einer der Überwachungskameras der Banken, als der Täter das Konto eröffnet hatte, erfüllte sich ebenso wenig. Sowohl beim Betreten als auch beim Verlassen der Bank war die einzige Person, die von der Beschreibung her in Frage kam, in einem Pulk von anderen Besuchern des Bankhauses und dadurch so verdeckt, dass die Kamera keine verwertbaren Fotos liefern konnte.

Für heute hatte Sebastian genug. Vorher erteilte er den Kollegen den Freilassungsbefehl für Andreas Senger, denn eine Vorführung vor dem Haftrichter würde es nicht geben. Sebastian hätte Senger gerne ein paar Tage schmoren lassen, aber er wusste auch, wann er verloren hatte. Er legte eine kurze Notiz auf Claudias Schreibtisch, dass er für heute Feierabend machte und sie ihn anrufen könnte, wenn es noch etwas Wichtiges gäbe.

Sebastian nahm sich ein Bier aus dem Kühlschrank, streifte die lästigen Schuhe ab und warf sie in Richtung Flur. Dann setzte er sich auf den hellen Holzdielenfußboden seines Wohnzimmers, wie schon viele Male zuvor in seiner Ermittlertätigkeit. Nur mit dem Unterschied, dass er in den letzten Jahren ein Kissen von der Couch unter seinen Hintern legte, seitdem er wusste, was Hämorrhoiden waren. Nach einer Weile tat ihm der Rücken weh und wieder einmal nahm er sich vor, eine große Standtafel mit Pinnwandmagneten zu kaufen, auf der er seine Zettel im Stehen hin und herschieben konnte.

Das Bier schmeckte bitter. Er hatte das Falsche gekauft. Trotzdem nahm er einen großen Schluck in der Hoffnung, dass an dem Spruch „sich den Ärger hinunterspülen" irgendetwas dran sein könnte.

Zuerst brachte er auf allen Papierstückchen ein rotes Kreuz an, auf denen Fakten des Tatablaufs notiert waren, die so gut wie bewiesen waren, alle Zeugen ohne Tatverdacht nebst Angaben zur Person und zu ihren Aufgaben bekamen ein gelbes und schließlich alle Fakten, die er nicht oder noch nicht einordnen konnte, eines mit Bleistift. Im Fall Krampitz hatte er bisher 29 Zettel, alle in der Größe DIN A 6. Sein Rekord lag bei 89 mit einer Ausdehnung über den gesamten Fußboden. Anfangs hatte Erika öfter mit ihm gepuzzelt. Aber dann hatte sie das Interesse daran verloren. Wahrscheinlich, weil er auch kein Interesse an ihrem Beruf als Lehrerin gezeigt hatte.

Die Postbotenüberfälle bekamen ein rotes Kreuz. Er war sicher, dass der Austausch des Anschreibens, mit dem Krampitz dem Notar die Kontonummer in der Schweiz mitgeteilt hatte, bei dem Überfall am Montag geschehen war. Der Überfall am Samstag war ein Fehler oder eine reine Vorsichtsmaßnahme des Täters gewesen.

Ebenfalls ein rotes Kreuz bekam die Erstellung des Austauschbriefes vor den Überfällen. Der ermittelte Zeitunterschied zwischen der gewaltsamen Unterbrechung der Zustellroute und dem Besuch des angeblichen Postzustellers in der Kanzlei des Notars war zu gering, als dass der Täter sich großartig vom Tatort hätte entfernen und das Schreiben mit Briefkopf und allem Drumherum hätte kopieren, ändern und ausdrucken können. Also musste der Täter bereits im Besitz des vorbereiteten Briefes gewesen sein, als er dem Postboten aufgelauert hatte. Offen war nun noch, wo und wann der Brief samt Unterschrift des Hoteliers gefälscht worden war.

Bei den Festplattenanalysen der beschlagnahmten Geräte der Firma Krampitz hatten sich die Vermutungen bestätigt, dass von unbekannter Seite aus ein Zugriff erfolgt war. Die Reichweite der WLAN-Verbindung begrenzte den Tatort somit auf das Gebäude der Firma Krampitz oder seine unmittelbare Umgebung. Der Täter musste außerdem Kenntnis von dem Netzwerkschlüssel und vom Passwort der Zeugin Susanne Menzel gehabt haben oder aber so ein Computerfreak gewesen sein, dass er in der Lage war, diese Sicherungen zu knacken. Die Reichweite der Funkverbindung verhinderte leider, dass der Kreis der Verdächtigen auf die Mitarbeiter der Firma begrenzt werden konnte. Die Beamten hatten bei Versuchen vor Ort festgestellt, dass bei einem Laptop selbst von zwei direkten Nachbargrundstücken und vom Gehweg aus das drahtlose Netzwerk, zwar schwach, aber dennoch angezeigt wurde.

Die Zettel mit den Namen Michael und Andreas müssten eigentlich ein gelbes Kreuz erhalten. Noch. Nach den bisherigen Ermittlungen war es unmöglich, dass einer oder beide an den eigentlichen Tatvorgängen persönlich beteiligt waren. Aber Sebastian war nicht gewillt, ihnen ein gelbes Kreuz zu verleihen. Er rückte ihre Zettel untereinander neben die rot markierten Blätter und starrte die Namen an. Krampfhaft suchte er die Lücke, die er übersehen hatte. Dann nahm er ein neues Blatt und schrieb „Komplize“ darauf und markierte es mit einem roten Kreuz. Anschließend suchte er alle Zettel, auf denen Hinweise zu der Täterperson standen, und schrieb neue Zettel mit einem möglichen zeitlichen Ablauf der einzelnen Handlungen des Komplizen.

Als er fertig war, lag vor ihm auf dem Fußboden eine Linie von 18 rot markierten Zetteln untereinander. Sebastian kontrollierte noch einmal alle Schritte auf ihre Schlüssigkeit hin und nummerierte sie dann. Er musste nur noch den Komplizen finden und der Fall war gelöst. Ab morgen würde er damit beginnen, das private Umfeld der Brüder systematisch zu durchforsten.

Er holte sich aus der Küche ein weiteres Bier. Dabei hörte er aus dem Flur sein Handy piepen. Wahrscheinlich war der Akku wieder einmal leer. Er suchte das Ladekabel und hängte das Handy damit in die Steckdose. Danach fläzte er seinen strapazierten Rücken auf die Couch und schaltete den Fernseher ein, auf dem leider nichts Interessantes zu sehen war. Also holte er Gerda aus dem Terrarium, setzte sie auf seine Schulter und fütterte sie mit Heimchen. Das musste er vorsichtig und mit der Hand tun, denn sonst würde er bald mehr von diesen zirpenden Futtertieren in seinem Wohnzimmer haben als Zettel auf dem Fußboden. „Deine Namensvetterin ist eine ehrbare Notarin, weißt du das eigentlich? Obwohl – ganz so ehrbar ist sie vielleicht nicht, glaubt man jedenfalls meiner neuen Kollegin, diesem Superhirn mit Einsernote.“

Gerda zeigte sich unbeeindruckt und nach Verzehr des dritten Heimchens setzte Sebastian sie zurück ins Terrarium und verschloss sorgfältig die Tür.

Um vor dem Schlafengehen frische Luft in die stickige Wohnung zu lassen, öffnete Sebastian die Balkontür und trat hinaus. Voller Genuss sog er die kühle Luft tief ein. Als er sich gerade von der Brüstung wegdrehen wollte, fiel ihm ein junger Mann auf der gegenüberliegenden Straßenseite auf; er trug einen grauen Anzug und war auch von seiner sonstigen Erscheinung eher unauffällig. Dennoch fühlte sich Sebastian deutlich an jemanden erinnert. In diesem Moment sah der Fremde zu ihm hoch, zu kurz, als dass Sebastian sein durch die Straßenlaterne spärlich beleuchtetes Gesicht vollständig ausmachen konnte. Blitzschnell senkte der junge Mann den Kopf, beschleunigte seine Schritte und stieg in einen schwarzen Saab.

Jetzt wusste Sebastian, an wen ihn der Mann erinnerte. Seine schlaksigen Körperbewegungen, sein wiegender Gang, seine langen Arme. Er war sich sicher, dass es einer der Senger-Brüder war, der jetzt den Wagen startete und losfuhr. Instinktiv sah Sebastian nach dem Nummernschild, aber der Fahrer machte das Licht erst an, als er um die Ecke in die Hauptstraße bog, zu spät, als dass Sebastian mehr sah, als dass das Nummernschild mit einem B für Berlin begann.

Er glaubte nicht an Zufälle, jedenfalls nicht an solche. Seine Wohnung lag in einer kaum befahrenen Seitenstraße in einer reinen Wohngegend ohne jegliche Büros oder Geschäfte. Er fragte sich, woher einer der Senger-Brüder seine Privatanschrift haben konnte. Er schloss die Balkontür und grübelte ergebnislos, was Senger bewogen haben könnte, ihn, den Ermittler, zu beobachten, anstatt sich still im Hintergrund zu halten, um nicht noch verdächtiger zu werden, als er es ohnehin schon war. Das erste Mal seit langer Zeit vergewisserte sich Sebastian, ob die Kette vor seiner Tür geschlossen war. Als er sich ins Bett legte, deponierte er seine Dienstwaffe griffbereit unter dem Bett.

Michael beeilte sich. Es war nach 22 Uhr und Andreas würde bereits warten. Zwar fühlte sich Michael bestätigt, dass man seinen Bruder nicht über Nacht in der U-Haft behalten hatte. Es gab nicht die geringsten Anhaltspunkte für seine Täterschaft. Aber gleichzeitig war er sehr beunruhigt. Hochgräber war sehr früh aus dem Präsidium verschwunden. Michael hatte beobachtet, dass er zu Hause war, und trotzdem hatte Andreas erst sehr viel später anrufen dürfen, um zu sagen, dass sein Bruder ihn bitte abholen solle. Der Aufsichtsbulle hätte etwas verlauten lassen von mehrfach gegensätzlichen Anweisungen hinsichtlich der Freilassung des Verhafteten. Was war da gelaufen? Wieso hatte sich die Entlassung verzögert, während der Kommissar seelenruhig seinen verfrühten Feierabend genoss? Hochgräbers Partnerin musste damit zu tun haben.

„Du hättest pünktlicher sein können“, maulte Andreas, als Michael in die Wohnung kam. „Ich weiß. Tut mir leid. Aber ich war noch vor Hochgräbers Wohnung.“

„Und, was bringt mir das? Mein Tag war wirklich scheiße, und du lungerst völlig nutzlos vor irgendeinem Haus rum und lässt mich ein Taxi nehmen?“

„Es wird sich noch herausstellen, ob das wirklich nutzlos war. Erzähl erst mal“, forderte Michael ihn auf. Er wollte alle Einzelheiten des Tagesablaufs und des Verhörs erfahren.

Dienstag, 21. August

Kapitel 14

Als Sebastian ins Präsidium kam, trafen ihn gleich zwei Peinlichkeiten. Die erste in Form von Reinhard, der ihm, wie immer, dynamischen Schrittes entgegenkam. „Ey, warum bist du denn am Sonntag so schnell abgehauen? Karin hätte dich gern mal wiedergesehen."

„Karin?"

„Ja, Karin! Meine Frau. Du erinnerst dich?" Kopfschüttelnd lächelte ihn Reinhard an.

Reinhard war also gar nicht allein mit Claudia zum Brunch im *Senseo* gewesen. Obwohl weder Reinhard noch Claudia seine falschen Rückschlüsse kennen konnten, beschlich Sebastian das Gefühl, sich lächerlich gemacht zu haben.

Claudia saß bereits an ihrem Laptop am Schreibtisch, als er das Büro betrat. Seine freundliche, weil schuldbewusste Begrüßung wurde von Claudia mit einem leisen, unverständlichen Wort erwidert. Sie sah nicht einmal auf. Also setzte er sich an seinen Schreibtisch und betrachtete sie so lange schweigend, bis sie ihren Kopf hob und ihm ins Gesicht sah.

„Was issen los?", fragte er vorsichtig.

„Das interessiert dich?"

„Sollte es das nicht?"

„Du bist gestern um drei Uhr schon abgehauen", stellte sie fest und sah wieder auf den Monitor.

„Und hatte dir einen Zettel hingelegt. Ich habe Überstunden ohne Ende."

„Und ich hatte dir eine SMS geschrieben."

Claudia hämmerte auf die Tasten. Er suchte in seiner Tasche nach seinem Handy, fand es und studierte das Display. Da war sie, die zweite Peinlichkeit.

„Deshalb hat das gestern gepiept?"

„Sehr lustig!"

Wenn Claudia normalerweise ihren Laptop schloss, tat sie dies mit langsamen parallelen Bewegungen der Hände, wobei sie zum Abschluss ihre Hände sanft entlang der Vorderkante des Gerätes bis zu den jeweiligen Außenkanten gleiten ließ und erst losließ, wenn sie die Ecken erreicht hatten. Heute klappte sie den Laptop mit einem harten Ruck zu, stopfte ihn geradezu in ihre Tasche und forderte Sebastian auf, sich auf den Weg zu machen.

„Ich werde dich während der Fahrt unterrichten, was noch war. Können wir los?"

„Los? Ja sicher. Aber wie soll ich das denn wissen? Mir hat noch nie jemand eine SMS geschickt." Er fühlte sich schon wieder schuldbewusst.

„Weil es gepiept hat und dein Handy mit Sicherheit, wie alle Handys im Übrigen dies zu tun pflegen, dir eine neue Nachricht angezeigt haben wird", antwortete sie gestelzt.

Er war viel zu neugierig, als dass er jetzt Lust hatte, sich anzuhören, dass er zu blöd sei, ein Handy zu bedienen. Doch während der Autofahrt, dessen Ziel er auch noch nicht kannte, ließ sich Claudia dieses Mal Zeit. Betont gelangweilt zählte sie die Ergebnisse des gestrigen Nachmittags auf. Er hütete sich, irgendwelche Anmerkungen zu machen oder Zwischenfragen zu stellen. Er beobachtete sie nur von der Seite.

Sie wollte fahren, obwohl sie sich unmöglich nach den paar Tagen in Berlin bereits zurechtfinden konnte. Dementsprechend hatte sie alle Konzentration nötig, um neben ihren Erzählungen auch noch an den jeweiligen Straßenkreuzungen richtig abzubiegen. Ihr langes Haar war eilig oben am Kopf mit einer Spange zusammengefasst, wie fast jeden Tag. Sie klemmte die Spange vom Hinterkopf her in die Haare, so dass der gesamte Haarschopf gezwungen war, sich zunächst in den Himmel zu strecken, bevor er unordentlich in Strähnen nach allen Seiten wieder herunterfiel. Ihm gefiel diese Frisur besser, als wenn sie die Haare offen trug wie am Sonntag beim Brunch. Offene lange Haare hatten etwas von Party, wo die Frauen sie lasziv aus dem Gesicht streichen konnten.

Er konzentrierte sich wieder auf ihre Worte. Denn einmal mehr überwog bei Claudia endlich die Freude darüber, neue Puzzleteile sinnvoll in den Fall einzubringen. Ihre Sprechpausen wurden immer kürzer, ihre Stimme immer lebendiger.

„Ich hatte doch die beiden Weingläser sicherstellen lassen aus der Wohnung Andreas Sengers. Du erinnerst dich? Ich hatte den richtigen Riecher. Im Geschirrspüler waren nämlich alles nur einzelne Teile, außer den beiden Weingläsern. Sah nach Besuch aus. Und ich hatte Recht."

„Womit?"

Claudia sah stolz zu ihm herüber und betonte jedes ihrer Worte: „Die Fingerabdrücke auf dem zweiten Weinglas sind von – Marlies Blumhard."

Das saß! In Sebastians Kopf flogen die Zettel von seinem Wohnzimmerfußboden hoch, wirbelten wild durcheinander und er überlegte krampfhaft, wie Marlies Blumhard, die Sachbearbeiterin des Kaufvertrags, in seine roten und gelben Kreuze passte.

Claudia hatte die Freilassung Andreas Sengers revidieren wollen. Aber die Kollegen, die die vorläufig Festgenommenen in den Zellen des Präsidiums betreuten, bevor sie dem Haftrichter vorgeführt und im Falle eines Haftbefehls dann zur Untersuchungshaftanstalt Moabit gebracht wurden, hatten wegen der so kurz hintereinander eingehenden widersprüchlichen Anweisungen Zweifel. Sie hatten eine entsprechende Anweisung vom Dienststellenleiter gefordert. Jagusch war nicht im Haus gewesen, sondern zu einer Dienstbesprechung auf höherer Ebene. Und so war Andreas Senger nach Hause geschickt worden. Wegen der auf Hochtouren laufenden Ermittlungen der Kollegen in dem neuen Fall hatte Claudia keine Kollegen finden können, um zu einer schnellen Vernehmung Marlies Blumhards zu fahren.

„Hast du sie bereits befragt?"

„Ja, telefonisch. Sie gab ziemlich widerwillig zu, sich mit Michael Senger privat getroffen zu haben."

„Michael?"

„Ja. Ich beließ es erst einmal dabei. Wir müssen mit ihr persönlich sprechen. Aber erst einmal mit Andreas Senger selbst."

Diese Erkenntnis eröffnete einen neuen Blickwinkel auf den Fall. Und sie unterstützte eine Täterschaft der Brüder oder zumindest die Andreas'. Sebastian schoss durch den Kopf, dass dem Postboten nach Aussage des medizinischen Gutachtens mit voller Gewalt auf den Kopf geschlagen worden war, und er fragte sich, wie eine zierliche Person wie die Blumhard das bewerkstelligt haben sollte.

Der Gedanke an die Unwahrscheinlichkeit ihrer Täterschaft ärgerte ihn, denn eine Mithilfe Marlies Blumhards hätte eine Menge unklarer Details im Tathergang auflösen können. Vielleicht gab es noch einen weiteren Komplizen, einen, der sozusagen die Drecksarbeit erledigte.

„Herr Senger, können Sie uns bitte erklären, weshalb Sie eine Beziehung zu Frau Marlies Blumhard, der Mitarbeiterin der Notarin Hoppe, aufgenommen haben?", fragte Sebastian.

„Wie meinen Sie das? Warum beginnt man wohl eine Beziehung?"

„Sagen Sie es mir."

Sie saßen in einem Aufenthaltsraum für die Mitarbeiter der Meldestelle Zehlendorf, in der Andreas Senger arbeitete.

„Ich find' sie ziemlich attraktiv und ich bin Single. Was spricht dagegen?"

„Nur die Tatsache, dass Marlies Blumhard davon ausging, dass Sie Michael und nicht Andreas Senger sind. Könnten Sie uns erklären, wie Frau Blumhard darauf kommt, das anzunehmen? Haben Sie sie absichtlich getäuscht?"

„Sie haben schon Recht. So ganz sauber war das nicht. Aber diese Beziehung hatte ja sowieso keine Chance auf Dauer. Und da dachte ich eben, diese kleine Notlüge? Mein Gott! Wem hat's geschadet? Marlies sicher nicht." Er grinste anzüglich.

„Frau Blumhard sah das ebenso?"

„Natürlich! Die war doch total scharf auf meinen Bruder und hat ihn bei den Besuchen und Anrufen in dieser Vertragssache regelrecht angemacht.“

Das glaubte Sebastian ihm absolut nicht. Marlies Blumhard war eine viel zu elegante Frau, um einen Typen offen *anzumachen*; sie kannte wahrscheinlich nicht einmal diesen Ausdruck.

„Ich hatte leichtes Spiel, glauben Sie mir. Ich musste nur die bereits geknüpften *zarten Bande* meines Bruders mit der Einladung in die Oper mit anschließendem Abendessen in einem teuren Restaurant ausbauen. Und schon lag sie mir zu Füßen“, kommentierte Andreas Senger weiter seinen Erfolg. Wahrscheinlich war es der einzige Erfolg in den letzten Jahren gewesen, jedenfalls auf diesem Niveau. Dabei vermutete Sebastian, dass sich Andreas wahrscheinlich nicht einmal mehr an den Namen der Oper erinnerte.

„Weshalb haben Sie nicht unter Ihrem eigenen Namen die Beziehung versucht auszubauen? Ich meine, Sie sehen doch exakt so aus wie Ihr Bruder, der angeblich Frau Blumhard gefallen hat.“

„Sie werden ja inzwischen den Ausbildungs- und Berufsunterschied zu meinem schlauen Bruder festgestellt haben, oder?“, fragte Andreas mit provozierendem Unterton und fügte hinzu: „Und sehen Sie ihn, also uns, doch an. Mit besonderer körperlicher Attraktivität können wir nicht gerade aufwarten. Also muss was anderes herhalten. Und Marlies hätte sich niemals mit einem kaufmännischen Angestellten der Meldestelle eingelassen. Steuerberater, und dann noch tätig für einen Millionär oder sogar Milliardär, wer weiß. Das ist dagegen schon was!“

Das nun wiederum glaubte Sebastian ihm.

„Eine letzte Frage, Herr Senger: Wusste Ihr Bruder von dieser Beziehung?“

„Michael?“

„Haben Sie denn noch mehr Brüder?“

„Selbstverständlich wusste er davon. Bei seinen Besuchen und Anrufen in dem Anwaltsbüro musste er ja so tun, als ob. Er hat mir sogar zugeraten – und sich köstlich amüsiert.“

„Haben Sie noch mehr Brüder als Michael Senger?“, wiederholte Sebastian.

„Ich hatte noch einen Bruder, Burkhard, aber er ist vor gut einem Vierteljahr bei einem Segelunfall ums Leben gekommen.“

„Das wissen wir, Herr Senger. Deshalb verwundert es, dass Sie soeben den Namen ‚Michael‘ als Frage formulierten.“

„Ach so. Nein, das war nur ein Versehen. Drillinge zu haben, reichte unseren Eltern offenbar.“

„Drillinge? Ihr verstorbener Bruder Burkhard, Michael Senger und Sie sind Drillinge?“

„Ja, wussten Sie das noch nicht?“

Die Unfallakte aus Kroatien war noch nicht eingetroffen, daher hatten sie das Geburtsdatum des verunglückten Bruders noch nicht gesehen. Sebastian war sich sicher, dass Andreas Senger diese Information absichtlich platziert hatte und die Überraschung mit Genugtuung zur Kenntnis nahm.

„Eineiige Drillinge?“, fragte Claudia.

„Keine Ahnung. Das ist nie untersucht worden. Aber nur unsere Mutter konnte uns auseinanderhalten. Alle anderen haben uns immer verwechselt.“

Wieder dieses überhebliche Grinsen.

„Aber müssten Sie das nicht inzwischen wissen?“, fragte er und sah Claudia herausfordernd an. Doch sie wandte ihren Blick wieder auf den Bildschirm und stellte dabei die Gegenfrage: „Wie kommen Sie darauf?“

„Ich nehme doch stark an, dass Sie inzwischen DNA-Material meines Bruders und auch meines sichergestellt und untersucht haben.“

„Von Ihnen schon. Wir hatten einen Durchsuchungsbeschluss für Ihre Wohnung und für die entsprechenden Proben. Bei ihrem Bruder hatten wir für derlei Maßnahmen bisher keinen Grund“, nahm Sebastian die Führung der Vernehmung wieder an sich.

„Ach kommen Sie! Als ob euch Kripoleute das jemals gestört hätte.“

„Sie haben zu viele Krimis im Fernsehen gesehen oder zu viele schlechte Bücher gelesen, Herr Senger. Wir haben unsere Vorschriften, an die wir uns im Übrigen auch strikt halten“, wies Claudia ihn zurecht, noch bevor Sebastian etwas erwidern konnte.

Dabei hatte Andreas Senger nicht ganz Unrecht. Der Ausnahmetatbestand der „Gefahr im Verzug“ ließ eine Menge Spielraum, die Proben auch ohne Beschluss zu nehmen. Und bei gewünschtem Ergebnis musste man sich den Beschluss dann eben nachträglich besorgen.

Während der Fahrt in die Kanzlei Hoppes spukte Sebastian ständig das Wort Drillinge im Kopf herum. Sie suchten einen Täter, der Michael und Andreas Senger außerordentlich ähnlich war und der über das entsprechende Insiderwissen der Firma Krampitz verfügte. Und es gab einen dritten Bruder, einen Drilling. Perfekt. Der Fall wäre gelöst. Wäre da nicht der missliche Umstand, dass Burkhard Senger tödlich verunglückt war.

Langsam bekam Sebastian Angst. In diesem Fall verließ ihn jetzt schon wiederholt sein Bauchgefühl, auf das er sich bisher immer so sicher hatte verlassen können. In der Sache mit der Blumhard zum Beispiel. Denn Marlies Blumhard war 43 Jahre alt. Die Sengers waren Mitte 30 und ihr Äußeres war alles andere als elegant oder gutaussehend. Er hätte nicht vermutet, dass Marlies zu der Gruppe von Frauen gehörte, die sich mit einem sieben Jahre jüngeren Mann einließen. Er hätte sie eher in die etwas altmodischere Schublade gepackt, in der die Frauen sich Männer suchten, die ebenso stark und selbstbewusst in mindestens gleich hoher Position waren wie sie – und älter. Aber offenbar hatte er sich hier getäuscht.

Marlies Blumhard stand im Kopierraum, als eine Auszubildende Sebastian und Claudia in das hintere Büro führte. Schlank mit halblangen braunen Locken und elegantem Kostüm unterschied sich ihre Erscheinung wenig von der bei ihrer ersten Begegnung. Sie drehte ihren Kopf zu ihnen, ohne den Kopiervorgang zu unterbrechen, und fragte freundlich, ob es etwas Neues gäbe. Sie teilten ihr umgekehrt ebenso freundlich mit, dass sie sie bitten müssten, mit ins Präsidium zu einer erneuten Aussage zu kommen.

Sie hätte auch in der Kanzlei vernommen werden können, aber aus psychologisch-taktischen Gründen waren Sebastian und Claudia ausnahmsweise einer Meinung gewesen, sie besser mitzunehmen.

„Aber warum? Was habe ich denn noch mit der Sache ...? Wieso können Sie nicht hier? Können Sie mir denn nicht sagen, was konkret passiert ist?" Aufgeregt, wie sie war, hatte sie Mühe, die Worte hinreichend zu artikulieren. „Ich kann doch hier nicht einfach weg!"

„Wir werden Ihre Chefin informieren."

Es fiel ihr sichtlich schwer, während der Autofahrt nach Tempelhof ihre Fragen zurückzuhalten. Immer wieder bat sie um Aufklärung über die Gründe dieser Fahrt. Die Frau tat Sebastian beinahe leid. Vielleicht wusste diese höchstens 1,65 Meter große Frau tatsächlich nichts, was allerdings sehr ärgerlich wäre, denn dann stünden ihre Ermittlungen wieder ganz am Anfang.

Als er Marlies Blumhard im Präsidium eröffnete, dass ihre Fingerabdrücke eindeutig auf einem Weinglas in der Wohnung Andreas Sengers gefunden worden waren, sah sie ihn verdutzt an.

„Sie meinen Michael Senger? Ja, das kann gut sein." Nachdem sie die Adresse bestätigt hatte, wollte sie nicht glauben, dass sie anstelle einer Verabredung mit Michael Senger bei seinem Bruder zu Hause gewesen sein sollte. Sie erzählte ihnen, wie sehr Michael Senger sich mit Komplimenten, Blicken und rein zufälligen Berührungen ihrer Hände um sie bemüht hatte. Allein die Tatsache, privaten Verkehr, und wie sie jetzt widerwillig zugab, auch intimen Verkehr gehabt zu haben, war ihr außerordentlich peinlich. Aber der Verdacht, den Sebastian und Claudia ihr nun mitteilten, dass die Senger-Brüder möglicherweise Betrüger waren und sie nicht nur *privat* missbraucht worden war, gab ihr förmlich den Rest.

Sebastian war sich sicher: Wenn Marlies Blumhards Auftreten während des Verhörs gespielt gewesen sein sollte, hatte er seinen Beruf verfehlt. Auch Claudia schien ihr problemlos völlige Ahnungslosigkeit abzunehmen.

„Eine letzte Frage noch, Frau Blumhard“, wandte sich Sebastian an die in sich zusammengesunkene Frau. „Haben Sie eigentlich Ihren Büroschlüssel inzwischen gefunden? Erinnern Sie sich? Wir hatten Sie gebeten, nach ihm zu suchen.“

Mit abwesendem Blick sah Marlies Blumhard auf. „Ja, ich habe ihn gefunden.“

„Wo haben Sie ihn gefunden?“

„Im Futter meiner Handtasche war ein Loch. Das hatte ich nicht bemerkt. Er ist zwischen Futter und Leder gerutscht.“

„Haben Sie in der Regel immer diese Handtasche mit?“

Mit verständnislosem Gesichtsausdruck erklärte sie: „Nein, natürlich nicht. Ich besitze mehrere Handtaschen.“

„Hatten Sie diese Handtasche bei Ihrem Besuch in Andreas Sengers Wohnung mit?“

Sie schüttelte den Kopf. „Ich weiß es nicht mehr. Kann sein. Ich muss überlegen.“

Nach der Vernehmung übergaben sie eine völlig verstörte Frau in die Obhut zweier uniformierter Kollegen, die sie in die Kanzlei Hoppe zurückfahren sollten.

Sebastian war ratlos, was er von den Ergebnissen des Gespräches halten sollte. Claudia ging es offenbar ähnlich. „Verstehst du, was das Ganze für einen Sinn haben sollte, also für Andreas Senger?“, fragte sie.

„Informationen? Zugang zur Akte? Austausch des Schreibens? Fälschung der Vollmachtsurkunde?“

Claudia schüttelte den Kopf: „Ein Austausch scheitert aber ganz klar an seinem Alibi. Der Brief wurde gegen halb zwölf im Büro zugestellt und eine Stunde später ging schon das Fax mit der Überweisung an die Bank. Das Bestätigungsfax über den Eingang des Geldes kam nachweislich aus der Schweiz selbst. Während der gesamten Zeit war Andreas Senger aber auf seinem Amt in Berlin.“

„Stimmt! Und die Informationen hatte sein Bruder Michael schließlich aus erster Hand.“

„Na gut, der muss ja nicht mit ihm gemeinsame Sache gemacht haben."

„Das glaubst du doch nicht im Ernst?"

„Was ich glaube, spielt keine Rolle. Ich halte mich nur an die Fakten und die daraus resultierenden Möglichkeiten."

Er grinste sie abschätzig an: „Mach das mal. Ich benutze dazu aber lieber noch meinen gesunden Menschenverstand."

„Den du natürlich gepachtet hast, klar", konterte Claudia beleidigt. Der Apfelgriebsch, an dem sie die ganze Zeit über weiter knabberte, war für Sebastian seit Minuten schon ein klarer Fall für den Mülleimer. Aber er musste vorsichtig sein. Er wollte Claudia weder noch mehr reizen noch überrumpeln. Er brauchte sie noch.

Er redete sich damit heraus, dass er noch etwas mit Reinhard zu besprechen hatte, und ließ sie für ihre weitere Apfelpause allein. Während eines ausgiebigen Toilettenganges versuchte er, seine Gedanken zu ordnen und sich einen Plan zurechtzulegen. Denn seit der Vernehmung von Andreas Senger und der Erkenntnis, dass sie es bei den Brüdern mit ursprünglichen Drillingen zu tun hatten, ging ihm ein Gedanke nicht aus dem Kopf. Doch ohne Claudias Unterstützung würde er die Sache bei Jagusch nicht durchkriegen.

„Dann lass uns jetzt Nägel mit Köpfen machen!", rief er voller Zuversicht, als er wieder ihr gemeinsames Büro betrat, wo Claudia immer noch über der Akte grübelte, während er bei Reinhard gerade eben noch einen frischen Kaffee geschnorrt hatte.

Sie sah auf und Desinteresse lag in ihren Augen.

„Lass uns überlegen, was wir bisher haben und was wir wollen."

„Was du willst, ist ziemlich klar, oder?" Sie beantwortete umgehend ihre eigene Frage: „Andreas oder Michael Senger. Am besten beide."

„Wär' nicht schlecht", lachte er. „Lieferst du mir die fehlenden Beweise?" Er schob sich mit seinem Stuhl dicht an den Schreibtisch heran, richtete den Oberkörper auf und saß schuljungengleich, seine Augen auf ihr Gesicht gerichtet. Er musste nicht lange warten. Mit einem vernehmbaren Ruck schloss sie die Akte, schob sie weg und beförderte den Apfelgriebsch – war es der zweite oder dritte Apfel gewesen? – mit einem gekonnten Bogenwurf in den Papierkorb.

„Okay. Los! Ich höre." Erwartungsvoll verschränkte sie die Arme auf dem Schreibtisch und sah ebenso herausfordernd zurück.

„Ich wollte dir einen Vorschlag machen, wie wir weiter vorgehen könnten. Aber erst einmal zusammenfassen: Wir haben eine Tat, die Insiderwissen voraussetzt. Also muss der Täter aus dem Umfeld der Vertragsbeteiligten sein ..."

„Einschließlich Notarin und ihre Mitarbeiter", unterbrach sie ihn.

„Richtig, einschließlich Notarin und ihrem Büro, insbesondere Marlies Blumhard, die immerhin einen One-Night-Stand mit dem Drillingsbruder des Hauptverdächtigen Michael Senger hatte. Der wiederum ist der Steuerberater des Opfers und hatte Zugang zu allen Informationen und Unterlagen."

„Auch wahrscheinlich Zugang zu dem Netzwerk innerhalb der Firma, in dem die zugehörige Korrespondenz geführt wurde", fügte sie hinzu.

„Genau. Nicht zu vergessen: die Personenbeschreibung aus Luxemburg und die Beschreibung des Postboten. Aber auch nicht zu vergessen: die absolut zuverlässigen Alibis für alle wesentlichen Zeiten."

„Die er neben seinem Aussehen mit seinem Drillingsbruder Andreas teilt."

Langsam begann es Sebastian Spaß zu machen. Wenn er mit Volker Brainstorming hatte machen wollen, um irgendwo das Loch zu finden, durch das sie einen neuen Weg gehen konnten, war der unkonzentriert gewesen und hatte fahrig geantwortet. Um Sebastian spätestens am nächsten Tag damit zu überraschen, dass er sowohl zugehört als auch nachgedacht hatte. Nur hatte er offenbar Letzteres schlecht mit Sebastian gemeinsam tun können. Mit Claudia funktionierte das sofort und hervorragend.

„Wenn also beide, zugegebenermaßen meine Lieblingsverdächtigen, unumstößliche Alibis haben, wer ist dann der Täter? Es bleiben: ein anderer Angestellter, die Notarin, ihre Mitarbeiterin Marlies Blumhard oder eine andere Person aus der Kanzlei, ein Dritter aus dem privaten oder geschäftlichen Umfeld Krampitz', Krampitz selbst und das Gleiche noch einmal aus dem Umfeld der Brüder. Und schließlich ein großer Unbekannter. Also, wen würdest du am ehesten ausschließen?"

Sie überlegte keine Sekunde: „Marlies Blumhard ist für mich raus. Viel zu korrekt, zu gradlinig, zu ehrlich. Weiß der Geier, warum sie sich zu jüngeren Männern hingezogen fühlt. Aber das ist ja auch völlig in Ordnung."

Sie hatte also doch so etwas wie Menschenkenntnis, denn genau diese Einschätzung teilte Sebastian auch.

Claudia fuhr fort: „Ebenso raus sind meiner Meinung nach Krampitz' Leute aus der Buchhaltung und der Hotelorganisation. Erstens wussten sie keinerlei Einzelheiten, hatten keine Zeit zu planen und sind auch sonst irgendwie überhaupt nicht die Typen ..."

Er unterbrach sie: „Und wie siehst du Krampitz selbst?"

Sie verzog ihre Mundwinkel nach unten und schwang den Kopf langsam hin und her. „Bin mir nicht so sicher. Er ist mit allen Wassern gewaschen. Für mich Geschäftsmann der Oberklasse, absolut. Aber ich trau es ihm zu. Allerdings sehe ich kein richtiges Motiv. Sich selbst zu beklauen wegen Steuern auf 12 Millionen? Das sind zu kleine Brötchen für ihn. Ich habe schon überlegt, ob da noch was ganz anderes dahinterstecken könnte. Irgendeiner, der Anspruch auf das Geld erheben kann, aber mit der Sache direkt gar nichts zu tun hat? Vielleicht hat Krampitz Schulden Eventuell welche, die er nicht gerne begleichen möchte? Oder er wird erpresst und braucht das ganze Geld? Aber alles ganz schön weit hergeholt, oder?"

Sie hatte vollkommen Recht. Sie hatten Krampitz' geschäftliches Umfeld, soweit es ging, durchleuchtet. Gleich am Anfang. Er war angesehen, integer, steuerlich sauber. Sollte er finanzielle Probleme gehabt haben oder zu derartigen Machenschaften fähig gewesen sein, konnte er es jedenfalls sehr gut verstecken. Auch die Sache mit der angeblichen Pleite des Züricher Hotels hatte sich aufgeklärt. Es waren tatsächlich nur Gerüchte gewesen, möglicherweise gestreut von verprellten Kaufinteressenten. Der einzige schwarze Fleck auf seiner Weste war sein Sohn. Langes Vorstrafenregister, in der Homosexuellen- und Drogenszene des Öfteren polizeilich aufgefallen und immer wieder von Papa rausgehauen. Aber Krampitz' Sohn weilte seit einem Jahr in Südamerika.

„Ich sehe es ähnlich wie du", erwiderte er, „Nur Gleiches gilt, jedenfalls für mich, bei Gerda Hoppe. Ich weiß, du magst sie nicht. Aber meiner Meinung nach setzt sie nicht ihre Reputation aufs Spiel. Ich halte sie für ganz schön eitel. Aber dass die ach so viel beschäftigte Frau Notarin sich aus ihrem ehrenwerten Beruf so verabschiedet und ganz Berlin davon erfährt, passt nicht zu ihr. Außerdem denke ich auch, sie ist zu klug. So plump hätte sie es nicht durchgeführt."

„Wieso plump?"

„Na ja, letztendlich ist die ganze Tat, also neben den Vorbereitungen und so weiter, nichts anderes als ein gefälschtes Schreiben."

„Aber ein entscheidendes Schreiben!", widersprach sie.

„Meinst du allen Ernstes, dass sie selbst Krampitz' Unterschrift gefälscht hat? Es gab niemand anderen im Büro zwischen der Ankunft des Briefes am Vormittag und der Auszahlung aufgrund dieses Schreibens am Mittag, der in Frage käme. Sie würde Gefahr laufen, dass ihr das durch ein Unterschriftengutachten ziemlich simpel nachgewiesen werden würde. Haben wir überhaupt schon das Ergebnis des Schriftvergleichs erhalten?", wollte Claudia wissen.

„Ja. Negativ bei allen bei uns geführten Beteiligten. Was hat eigentlich dein Besuch in Krampitz' Steuerberatungsgesellschaft gebracht?", wollte Claudia wissen.

„Senger soll ein Streber sein. Hat alle Fortbildungsmaßnahmen mitgenommen, die er kriegen konnte. Ein kluger, aber ansonsten langweiliger, unauffälliger Mitarbeiter nach Aussage aller drei Partner. Sie sind alle in etwa gleichaltrig und ihre gesamte Firma macht einen völlig integren Eindruck. Wenn ich eine komplizierte Steuererklärung abzugeben hätte, würde ich mich jedenfalls ohne Zögern dorthin wenden."

„Ich glaube, du leidest unter einer gewissen Obrigkeitshörigkeit. Notare, Steuerberater, alles ehrenwerte Berufe. Für dich sind wahrscheinlich auch Ärzte Götter in Weiß, oder?" Claudia lachte ihn spöttisch an.

„Stimmt ja auch irgendwie. Die Moral bei diesen Berufsgruppen ist schon ziemlich hoch. Leider haben wir es nur immer mit den wenigen schwarzen Schafen zu tun", verteidigte er sich.

„Also, was ist denn nun dein Vorschlag? Doch der große Unbekannte?"

„Um das herauszufinden, könnten wir für ein paar Tage getrennt ermitteln."

Er ließ seine Worte erst einmal auf sie wirken. Wenn es sich nicht gerade um Routinebefragungen handelte, waren die Ermittler normalerweise im Team unterwegs.

„Getrennt?", fragte sie dann auch hörbar erstaunt.

„Du könntest dir noch ein paar kleine Pröbchen besorgen." Er lächelte sie gewinnend an. „Also eigentlich, soviel du kriegen kannst."

„Pröbchen? – Du meinst Unterschriften, DNA-Material und so weiter? Aber wir kriegen bei der jetzigen Beweislage doch überhaupt keinen ..."

„Keinen Beschluss. Ich weiß. Daran dachte ich auch nicht."

„Hochgräber. Hochgräber. Ich bin entsetzt." Sie schüttelte den Kopf und grinste ihn dabei an, über die gesamte Breite, die ihrem wunderschönen Mund zur Verfügung stand.

Er mimte den Schuldbewussten und zuckte mit den Achseln. „Wäre das ein Problem für dich? Wir bräuchten ja nur einen Anhaltspunkt. Finden wir den, können wir ja dann noch mal ..."

„Gut! Machen wir's so. Ich lass mir mal ein paar neue Fragen einfallen und stochere ein wenig herum."

Er nickte.

„Und was bitte tust du?"

„Ich nehme mir die Unfallsache von diesem Bruder Burkhard vor."

Claudia, die gerade ihren Blick auf ihren Monitor gesenkt hatte, fuhr mit dem Kopf ruckartig hoch. Ihre warmen braunen Augen wurden noch größer und ihr Grinsen verschwand. „Du denkst doch nicht allen Ernstes das, was ich jetzt denke, dass du es denkst, oder? *Das* ist dein großer Unbekannter?"

Er musste unwillkürlich lachen. Er wusste nicht, ob über seine Idee oder über ihre Formulierung. „Es wäre perfekt! Michael und Andreas Senger können's nicht gewesen sein. Beide haben Alibis, die wir nicht knacken können. Aber die Personenbeschreibung, die Schubert und die Sekretärin Stahl uns geliefert haben, alle Details, die der Täter gewusst haben muss, der Zugang zu den Vollmachten für Michael Senger. Das Fälschen des Auszahlungsschreibens und so weiter und so weiter."

„Aber der Unfall?", wandte Claudia ein. Sie hatte beide Ellenbogen auf dem Schreibtisch aufgestützt und ihren Kopf in die offenen Handflächen gelegt. Sie schien keine Antwort von ihm zu erwarten. Sie überlegte. Aber offenbar fand sie seine Idee nicht so abwegig, wie er befürchtet hatte.

Sie sprach weiter, mehr zu sich selbst als zu ihm: „Drillinge. Ein gefakter Unfall und die beiden übrig gebliebenen Brüder besorgen sich bombensichere Alibis, während der tot geglaubte Bruder schalten und walten kann, wie er will."

Plötzlich lehnte sie sich auf ihrem Schreibtischstuhl weit zurück und schlug mit beiden Händen auf die Tischplatte. „Blödsinn. Außerdem: Hast du dir mal überlegt, dass dann irgendein anderer tot sein muss? Wenn es nicht Burkhard Senger war? Und – bei aller Liebe – aber die Brüder Michael und Andreas als Mörder?" Sie schwieg.

Sebastian schwieg ebenfalls, obwohl er darauf brannte, sie weiter zu überzeugen.

Sie entschied: „Nehmen wir es doch einfach mal an – du befragst alle Zeugen?"

Er nickte grinsend.

„Und machst Dampf, dass sie endlich die Akte aus Kroatien schicken? Und sprichst mit den Nachbarn?"

Sebastian kam aus dem Nicken und Grinsen gar nicht mehr heraus. Mit einem Mal schüttelte Claudia kräftig ihren Kopf. Aber dabei lachte sie herzhaft.

Es war beschlossene Sache. Vielleicht jagten sie ja ein Hirngespinst. Aber vielleicht auch die Täter.

Das Telefon klingelte. Die Kollegen vom LKA 741 teilten mit, dass die Akte der Europol aus Luxemburg da sei. Claudia wollte sie abholen, aber Sebastian schlug vor: „Ich wollte sowieso zu Michael Senger fahren. Ich hol die Akte auf dem Weg."

Sie nickte geistesabwesend. Offenbar schmiedete sie ihrerseits schon Pläne, welche Proben von wem und wo am besten zu organisieren waren. Jedenfalls schrieb sie eine neue ihrer berühmten Excel-Tabellen.

Die Informationen aus Luxemburg waren spärlich. Die beschlagnahmten Kontounterlagen waren bereits ins Labor weitergereicht worden, und in dem Bericht war eine chronologische Abfolge der Aktivitäten rund um das Konto dargestellt. Von Luxemburg aus war das Geld in vier Teilbeträgen auf unterschiedliche Inhaberkonten, die den früheren Nummernkonten ähnelten, in die Schweiz zurückgegangen. Die Zeit der vollständig anonymen Nummernkonten war zwar auch in der Schweiz lange vorbei, und die Banken mussten, insbesondere im Rahmen von Strafverfolgungen, uneingeschränkt Auskunft geben, aber die Konten waren von vier verschiedenen Personen eröffnet worden, und die Überprüfung der Personendaten der Kontoinhaber hatte ergeben, dass diese Personen allesamt nicht existierten; die vorgelegten Identifikationspapiere waren gefälscht gewesen.

Das Geld war anschließend in Teilbeträgen jeweils in bar abgehoben worden.

Eine nochmalige Legitimation der geldabhebenden Person entfiel bei einem Inhaberkonto; zudem waren die vier Konten bei unterschiedlichen Kreditinstituten eröffnet worden. Die Schweizer Bankangestellten waren Barabhebungen solcher Größenordnung durchaus gewohnt und hatten sie nur zu melden, wenn sie verdächtige Aktivitäten vermuteten. Daher hielt sich die Skepsis der Bankangestellten über Barabhebungen bis zu vier Millionen, noch dazu in Teilbeträgen, in Grenzen. Einige der häufigsten angegebenen Gründe waren der Barkauf eines Edelautos, einer Yacht oder eines Schmuckstücks für die Ehefrau oder Geliebte, die Anzahlung einer Immobilie im Ausland, der Verhandlungsvorteil von Bargeld bei allen möglichen Geschäften. Der Fantasie war keine Grenze gesetzt. Hauptsache, das Ganze schien dem Banker seriös und wurde vorher angekündigt. Finanzkräftige Kunden vergraulte man nicht, indem man genauer nachfragte.

Sebastian veranlasste die Weitergabe der übermittelten Originalunterlagen in die IuK, auch die vermeintliche notarielle Vollmacht der Notarin Hoppe war dabei. Dann hakte er gedanklich das Ergebnis aus Luxemburg als erledigt ab, denn der Bericht bestätigte, was allein in diesem Moment wichtig war: Das Geld war weg. Auf dem Bankenweg gab es keine Möglichkeit mehr, es zurückzuholen. Er musste an die Worte des Hoteliers bei seinem ersten Besuch in der Firma denken. Krampitz hatte das Geld bereits abgeschrieben gehabt, als Schubert aus Zürich angerufen hatte.

Als er Krampitz' Firma erreichte, war es 17 Uhr und der Hotelier hatte sein Büro bereits verlassen. Aber Michael Senger saß noch in seinem kleinen Büro, das ihm Krampitz zur Verfügung gestellt hatte. Der Jurist Frank Schubert war dagegen noch immer beurlaubt.

Michael Senger war in keiner Weise verwundert, als Sebastian ihm eröffnete, dass er ihm noch einige Fragen zum Tod seines

Drillingsbruders Burkhard stellen wolle. Offenbar funktionierte die Kommunikation unter den lebenden Brüdern hervorragend.

Sebastian befragte ihn nach dem Unfallhergang und der Vorgeschichte und ließ ganz nebenbei einfließen, dass er die Unfallakte aus Kroatien bereits angefordert hatte.

„Haben Sie sich um die Überführung Ihres Bruders selbst gekümmert?"

„Das brauchte ich nicht."

„Wieso? Ließen Sie Ihren Bruder dort in Kroatien bestatten?"

„Nein. Aber ohne Leiche braucht man keine Überführung."

Sebastian starrte Michael an, der seinem Blick mit unbeweglichem Gesicht standhielt.

Wow! Das war ja mal eine Nachricht. Ein triumphierendes Gefühl breitete sich in Sebastian aus. Schade, dass Claudia nicht hier war. Das war's, wonach er die ganze Zeit gesucht hatte. Es gab keine Leiche, weil Burkhard Senger bei dem Unfall gar nicht zu Tode gekommen war.

„Gehe ich recht in der Annahme, dass Sie sich in diesem Moment der Auflösung des Falles gerade sehr nahe fühlen?" Michael Senger lächelte ihn in einer Art an, als ob er sich gerade nach Sebastians Wohlbefinden nach einer überstandenen Grippe erkundigt hätte, und holte ihn damit zurück auf den Boden der bisherigen Ermittlungsergebnisse.

Sebastian setzte gerade zum Sprechen an, als Michael weiter fragte: „Sie wissen schon, dass die DNA bei eineiigen Drillingen identisch ist, oder?" Dieser Mann fragte nicht mehr nach Sebastians Wohlbefinden. Er verhöhnte gerade die Grippe, die ihn heimgesucht hatte.

„Danke, Herr Senger, für diesen Hinweis. Aber wer sagt uns denn, dass Ihr Bruder Burkhard und Sie eineiig sind? Es gibt bei Drillingen auch andere Konstellationen."

Michael Senger bewegte seinen Kopf zögernd hin und her: „Sie haben Recht, aber das Meer wird Ihnen wohl kein DNA-Material von Burkhard wieder herausgeben. Schade aber auch. Versuchen Sie's doch mal mit irgendwelchen Sachen von meinem verstorbenen Bruder. Wir haben eine Menge persönlicher Dinge von ihm aufgehoben."

‚Damit du Arsch uns weiter manipulieren kannst?', dachte Sebastian und sagte: „Das ist freundlich von Ihnen, Herr Senger. Bei Bedarf werden wir darauf zurückkommen."

Wieder im Auto, rief er sofort Claudia an und berichtete ihr. Sie war so begeistert wie seine Mutter früher, wenn er mit einer Drei nach Hause kam, die er als Eins empfunden hatte.

„Meinst du nicht, dass du dir diese Zwischentöne nur einbildest, weil du dich so auf ihn eingeschossen hast?"

Nein, das meinte er nicht. Seine Wut verrauchte auch nicht, als er nach dieser Vernehmung Feierabend machte und in seine Wohnung fuhr. Es lag so klar auf der Hand, dass Michael Senger schuldig war. Noch nie war er sich dessen sicherer gewesen als in diesem Moment.

Natürlich hatte es auch schon andere ungelöste Fälle in seiner Laufbahn gegeben. Aber das hier war etwas anderes. Dieses Mal hatte er Angst. Angst davor, dass die Brüder Senger besser und gewiefter waren als er. Angst davor, dass das Ganze sich zu einem Fall entwickelte, in dem er das erste Mal versagen würde. Und durch seine überhebliche und sichere Art hatte Michael Senger ihn heute wissen lassen, dass sie bei dieser neuen Spur wieder gegen eine Wand rennen würden. Und doch würde es ihm, Sebastian Hochgräber, gelingen zu beweisen, dass Burkhard Senger nicht tot war. Dann stünden alle Fahndungs- und Ermittlungswege offen, die auch ein Michael Senger nicht schadlos überstehen würde.

Mittwoch, 22.August

Kapitel 15

Sie nutzten die Zeit am Morgen, um sich auszutauschen. Claudia hatte ganze Arbeit geleistet und war den gestrigen Nachmittag über in der Firma Krampitz, in der Wohnung des beurlaubten Schuberts, in der Kanzlei Hoppes und abends in den Wohnungen von Andreas Senger und von Susanne Menzel und Michael Senger gewesen; hatte teilweise völlig unwichtige oder wiederholte Fragen gestellt, um dabei unbemerkt einiges für das Labor einzusammeln. Heute wollte sie ihre Fahrt fortsetzen und Krampitz' Privatvilla und die Büros der übrigen Angestellten der Firma aufsuchen. Erstaunen spiegelte sich in ihrem Gesicht, als Sebastian sie deswegen lobte.

Aber seit gestern, als sie beschlossen hatten, getrennt zu ermitteln, hatte sich sein Gefühl ihrer Partnerschaft gegenüber geändert. Er vermochte nicht zu sagen, was genau anders war. Auf jeden Fall aber fühlte es sich angenehm an, und das erste Mal spürte er so etwas wie Zusammengehörigkeit als Team und als Partner. Paradox, das wusste er. Aber wenn er ehrlich war, hatte er einer so schönen Frau nicht zugetraut, dass sie auch kumpelhaft sein konnte und sein Hirngespinst mit dem gefakten Unfall mittrug. Sie tranken noch einen Kaffee zusammen und dann fuhr Claudia los, während er selbst sich um Andreas Senger kümmerte. Andreas Senger war einverstanden gewesen, in seiner Mittagspause noch einmal ins Präsidium zu kommen. So ersparte er Sebastian den Weg in die Meldestelle Zehlendorf.

Sebastian schaltete das Aufnahmegerät ein.

„Was wissen Sie von den Ereignissen in Kroatien im Zusammenhang mit dem Unfall Ihres Bruders Burkhard?"

„Nicht viel. Ich war nicht dabei. Michael auch nicht."

„Erzählen Sie das Wenige, das Sie wissen."

Sebastian stand auf und lief im Zimmer auf und ab. Eigentlich war er nur aufgestanden, um den Lamellenvorhang zu verstellen.

Die durch die Fenster scheinende Sonne hatte ihn geblendet. Aber sein Aufstehen ärgerte und verunsicherte Andreas offenbar, und deshalb lief Sebastian weiter herum. Während Andreas Senger ihm mit einem Blick und seiner Körperhaltung folgte, wiederholte er holprig, was gestern bereits sein Bruder ausgesagt hatte. Mit einem Mal ging ein Ruck durch Andreas' Körper. Als ob er sich selbst ermahnte, saß er plötzlich aufrecht und ruhig und sah nur noch die gegenüberliegende Wand an. Seine Sätze wurden glatter und die Wortwahl präziser. Sebastians Herumlaufen hatte seine Wirkung verloren und er setzte sich wieder.

„War Ihr Bruder ein erfahrener Segler?", fragte er.

„Ja, er segelte seit unserer Kindheit, obwohl unsere Mutter jedes Mal stöhnte über die Vereinsbeiträge. So dicke hatten wir es nicht zu Hause."

„Wie erklären Sie sich, dass einem so passionierten Segler dieses Kentern vor der Küste passieren konnte? Kannte er die Gewässer dort nicht?"

„Er war das erste Mal dort. Keine Ahnung. Ich könnte mir vorstellen, dass er abgelenkt war."

„Durch was abgelenkt?"

„Durch diese Simone. Simone Ahrend. Das ist die Schwester von Kerstin. Die ist wiederum die Freundin, also inzwischen die Frau von Dirk, einem unserer ältesten Freunde."

Sebastian blätterte in der Akte und verglich die eben gehörten Namen mit denen, die Michael Senger angegeben hatte.

„Diese Simone war die Freundin Ihres Bruders Burkhard?"

„Nein, aber sollte sie wohl werden oder sie wollte es. So genau bin ich da nicht durchgestiegen."

„Sie meinen, dass Dirk Hoffmann und Kerstin Ahrend Ihren Bruder mit dieser Frau verkuppeln wollten?"

„Könnte sein."

„Aber Sie wissen nicht, ob dieses Unterfangen erfolgreich war?"

„Ich könnt's mir vorstellen. Jedenfalls bin ich ganz sicher, dass irgendjemand meinen Bruder so gestört haben muss, dass er einen Moment nicht aufgepasst hat. Er hatte das Segeln einfach zu gut drauf. Es wäre sonst nie passiert."

Der letzte Satz kam nur noch stockend aus Andreas' Mund. Dabei rückte er seinen Stuhl etwas vom Tisch ab, stützte die Ellenbogen auf die Knie und bedeckte das heruntergebeugte Gesicht mit den Händen. Seine Gesten und die Mimik waren an Theatralik kaum zu überbieten.

Sebastian beobachte ungerührt, wie Andreas nach einigen Momenten sein Gesicht wieder hob und Tränen die hervorstehenden kantigen Wangenknochen herunterliefen. Seine Vorstellung war grottenschlecht und doch wieder gut, weil er es irgendwie geschafft hatte, Tränen zu produzieren. Er bat um ein Papiertaschentuch.

Sebastian schob ihm eine Packung aus Claudias Schublade entgegen. In diesem Moment klingelte das Telefon. Als er abnahm, hörte er Claudia, ihre Stimme ungewöhnlich laut. Sie schrie fast. „Du kannst dir nicht vorstellen! Das Labor! Die haben mich angerufen. Was machst du gerade?"

„Vernehmung", antworte er nur.

„Andreas Senger?"

„Ja."

„Lass den Typen. Wir haben unseren Mann. Bin gleich da. Wir müssen dann direkt wieder los. Also mach dich fertig."

„Claudia?"

Sie hatte das Gespräch einfach beendet und einigermaßen fassungslos legte er den Hörer auf den Apparat. Was sollte das denn? Hätte sie ihm nicht wenigstens sagen können, wer und warum?

„Danke Herr Senger. Das war's für heute. Wenn wir noch weitere Fragen zum Unfalltod Ihres Bruders haben, melden wir uns."

Ungläubig, dass seine Theatereinlage so ins Nichts verpufft war, starrte Andreas ihn an. Dann stand er auf und verließ mit knappem Gruß das Büro. Er musste am Fahrstuhl eigentlich noch Claudia getroffen haben, denn wenige Momente später riss sie die Tür auf.

„Kannst du nicht nächstes Mal …“, wollte er sie gerade zur Rede stellen, als sie schon lossprudelte: „Ja, entschuldige. Ich hatte mich durch das Telefonieren nur beinahe verfahren. Deshalb. Also, ich habe doch gestern mein ganzes Sammelsurium ins Labor gebracht und natürlich unter ‚Eilt‘ und so weiter. Sie haben noch längst nicht alles untersucht.“

Ungeduldig unterbrach er sie: „Und? Komm mal auf den Punkt, verdammt noch mal.“

Claudia lachte. Sie war noch immer etwas außer Atem. Den wiederum verschlug es Sebastian mit ihren nächsten Sätzen. „Sie haben angefangen mit den Zigarettenstummeln, die sie am Hauseingang des Tatortes gefunden hatten. Und stell dir vor: die DNA stimmt überein mit der DNA von …“ Sie ließ sich auf ihren Schreibtischstuhl fallen und holte tief Luft. „Frank Schubert. Der Mann ist gut. Wirklich gut. Er war so überzeugend in seiner Empörung. Niemals wäre ich auf den gekommen.“

Sie sah ihn abwartend an. Offenbar sollte er ihre Überraschung mit ihr teilen. Sie half nach: „Freu dich doch. Mann, Sebastian! Wir haben unseren ersten gemeinsamen Fall gelöst, und das nach nur einer Woche!“

Sebastian aber fiel keine sinnvolle Antwort ein, und von Freude war er weit entfernt. Schlimmer als diese Nachricht hätte ihn kaum etwas treffen können. Damit war schlagartig klar, dass er sich verrannt hatte. Dass er ein Narr gewesen war. Er hatte sich so foppen lassen, wie noch kein einziges Mal in seiner gesamten Laufbahn. Frank Schubert hatte er als harmlos, unschuldig, gradlinig und durch und durch ehrlich eingeschätzt.

Was ihn beinahe noch mehr irritierte, war, dass er sich schämte. Und zwar Claudia gegenüber. Die ganzen Tage ihrer Zusammenarbeit hatte er seine überhebliche Art vor sich selbst damit gerechtfertigt, dass er einfach auf dem richtigen Weg war, den richtigen Riecher hatte. Wie fast jedes Mal bisher. Jetzt fühlte er sich so spießig und unbelehrbar wie sein 86-jähriger Onkel, der jeden zweiten Satz anfing: „Glaub mir! Ich kann das beurteilen. Das habe ich alles schon erlebt.“ Es war ein schwacher Trost, dass

Claudia von einer Täterschaft Schuberts ebenfalls überrascht schien und sich ehrlich über ihren gemeinsamen Erfolg freute.

„Haftbefehl schon raus?“, fragte er. Sie nickte.

„Müsste jeden Moment hier sein.“

Richtig. Sie hatte noch nicht zu Ende gesprochen, als ein uniformierter Kollege mit dem ausgestellten Haftbefehl in der Hand fragte, ob sie ihn bei der Verhaftung Frank Schuberts begleiten wollten. Sie nickten und 25 Minuten später klingelte Sebastian an der Haustür eines tristen hellgrauen Bungalows in Mariendorf. Im Vorgarten standen ein Dreirad und ein buntes Kinderfahrrad. Frank Schubert war Vater von zwei kleinen Kindern.

Niemand öffnete die Tür. Er gab den uniformierten Kollegen ein Handzeichen, sich im Garten rund um das Haus umzusehen. Die offenstehende Garage war leer. Sie zogen wieder ab und Sebastian gab zuvor die Anweisung, dass die Beamten vor dem Haus warten sollten, bis einer seiner Bewohner nach Hause kam. Schubert war zwar immer noch beurlaubt, aber Sebastian hielt es für unmöglich, dass er mit seiner gesamten Familie geflüchtet war.

Claudia und er fuhren ins Präsidium zurück, aber er begleitete sie nicht mehr ins Büro. Heute Morgen beim Runden Tisch hatte Jagusch ihn angewiesen, bei der kommenden nächtlichen Observation in dem Fall des flüchtigen Geschäftsführers eine Schicht zu übernehmen. Das bedeutete: Sebastian hatte jetzt erst einmal frei, obwohl es erst kurz nach 12 Uhr war. Durch die überraschenden Ermittlungsergebnisse zu Lasten Frank Schuberts war es ihm sowieso egal.

Gerade, als er sich in seiner Küche eine Dose mit Linsensuppen öffnete, rief Claudia an. „Schubert ist verhaftet worden. Ich geh’ jetzt gleich in die Vernehmung. Soll ich dich anrufen oder willst du lieber schlafen?“

„Ich denke, ich schlafe ein bisschen. Ich ruf dich heute Abend auf dem Handy an. Geht das?“

„Schaffst du das?“

„Was?“

„Mich auf dem Handy anzurufen. Schlaf schön.“ Sie lachte übermütig und legte auf.

Jahrelanges Training hatte es ihm möglich gemacht, zu jeder Tages- und Nachtzeit bei Bedarf zu schlafen. Einer der schwierigsten Gewöhnungsprozesse in der Anfangszeit seines Jobs. Heute allerdings ähnelte sein Hinlegen im abgedunkelten Schlafzimmer eher einem Kampf. Einem Kampf zwischen denjenigen Gehirnpassagen, die für einen tiefen Schlaf plädierten, und denen, die Bilder vom Kentern einer Segelyacht und von im Meer schwimmenden Passagieren zeichneten. Beinahe meinte Sebastian, die Wasserbewegungen zu spüren. Die Gehirnregionen siegten wechselseitig und dementsprechend gerädert stand er um 20 Uhr auf.

Während Sebastian gerade den Schalter der Kaffeemaschine drückte, klingelte es. Am Summton erkannte er, dass der Besucher bereits vor der Wohnungstür stand. Warum kam der Kollege, der ihn abholen sollte, so früh? Seine Schicht begann erst um 21 Uhr 30. Und warum um Himmels Willen vergaßen einige Mieter ständig, die Haustür ins Schloss zu ziehen, obwohl sie alle eine Gegensprechanlage hatten? Angesäuert öffnete er die Tür. Eine vollschlanke Frau, ungefähr Anfang Vierzig, stand vor ihm. Ihre hochhackigen schwarzen Pumps täuschten nur wenig darüber hinweg, dass sie höchstens 1,60 groß war. Sie hatte einen roten, knielangen Rock an und ein eng anliegendes, tief ausgeschnittenes T-Shirt. Die dunklen kurzen Haare wurden mit Haargel in der richtigen Form gehalten und die Wimpern waren einen Tick zu stark getuscht worden.

„Entschuldigung. Sie sind Sebastian Hochgräber?“

„Das steht zumindest auf dem Schild hier“, erwiderte er und forschte in seinem Gedächtnis, ob er die Frau kennen müsste, als sie sich bereits vorstellte: Sabine Schubert, Ehefrau Frank Schuberts, der seit gestern in U-Haft saß. Woher hatte sie seine private Anschrift? Das war der erste Gedanke, der ihm nach der Überraschung durch den Kopf schoss.

„Bitte! Darf ich hereinkommen?“ Sie drehte ihren Kopf nach links und nach rechts, um zu unterstreichen, dass das, was sie ihm zu sagen hatte, nicht für seine Nachbarn, sondern ausschließlich für ihn bestimmt sein sollte.

„Eigentlich nicht“, erwiderte er und schob trotzdem seine Tür weiter auf. Sie zögerte keine Sekunde. Als er die Tür wieder geschlossen hatte, wurden ihre Bewegungen unsicherer und ihre Blicke gehetzter.

„Bitte.“ Er zeigte geradeaus zur Wohnzimmertür und ging voraus. „Warum sind Sie nicht ins Präsidium gekommen? Woher haben Sie meine Adresse?“

„Von Michael Senger, dem Steuerberater der Firma, in der mein Mann angestellt ist“, antwortete sie.

Sebastian hatte Mühe, sich seine erneute Überraschung nicht anmerken zu lassen.

„Er war ja wohl auch im Kreuzfeuer der Ermittlungen und deshalb riet er mir, mit Ihnen persönlich zu sprechen. Im Präsidium habe ich Sie nicht angetroffen und zu meinem Mann lassen die mich noch nicht.“ Ihre Stimme wurde zunehmend lauter und kieksiger. „Ich verstehe das nicht. Es gibt keinen Menschen auf der ganzen Welt, der ehrlicher ist als mein Mann. Es muss einfach ein Irrtum sein, dass Sie ihn verhaftet haben. Es muss. Verstehen Sie?“

„Beruhigen Sie sich. Niemand wird irrtümlich verhaftet, und wenn Ihr Mann unschuldig sein sollte, wird sich das auch herausstellen.“

„Aber irgendetwas muss doch passiert sein, dass Sie ihn jetzt verdächtigen? Er hat mir von der Sache erzählt. Alles.“

„Haben die Kollegen Sie denn bereits vernommen?“

„Nein.“

„Waren Sie bei einem Anwalt? Hat Ihr Mann einen Anwalt?“

„Ja, ja. Er war auch schon in der Haftanstalt.“

Sie hatten sich gesetzt, sie auf die Couch, er auf den Sessel, und er bemühte sich, die Frau zu beruhigen: „Dann sollten Sie jetzt nach Hause gehen und auf die Nachricht Ihres Anwaltes warten. Er wird Ihnen mit Sicherheit alles erklären. Ich kann Ihnen jetzt am wenigstens helfen."

„Weil Sie ihn haben verhaften lassen?" Ein neuer Tonfall unterstrich die merkwürdige äußere Wandlung, die gerade mit dieser Frau geschah. Ihre Gesichtszüge und ihr Körper spannten sich an. Sie schlug ihre Beine übereinander und wippte mit dem freien Fuß in seine Richtung. Dann lehnte sie sich mit dem Rücken tief zurück in seine Couch. Mit fester Stimme bat sie um ein Glas Wasser. Während er in die Küche ging, um es zu holen, sprach sie mit lauter Stimme weiter: „Sie sind trotzdem ein verständnisvoller Mann. Das hat auch Michael Senger gesagt. Er war es ja auch, der mir riet, Sie unbedingt privat aufzusuchen. Sie seien trotz Ihres Jobs sehr menschlich geblieben und hätten ein gutes Gespür dafür, wer unschuldig sei und wer nicht."

„Hat er Recht damit?", fragte sie, als Sebastian mit einem Glas Selters in der Hand zurückkehrte und das Glas beinahe hätte fallen lassen.

Auf ihre schwarze Spitzenunterwäsche war er nicht vorbereitet gewesen. Auch nicht darauf, dass sie aufstand, sich mit betont lasziven Bewegungen auf ihn zubewegte, ihm das Wasserglas aus der Hand nahm, einen Schluck trank und dann das Glas an ihr Dekolleté hielt und das restliche Wasser im Zeitlupentempo über ihre vollen Brüste laufen ließ. Währenddessen schob sich ihr Körper immer näher an den seinen.

Kurz bevor die Berührung zustande kam, hatte Sebastian das Überraschungsmoment überwunden und seine Sicherheit wiedergewonnen. Also so gut wie. Ein Rest an Verlegenheit blieb, als er mit großen Schritten am anderen Ende des Zimmers angekommen war und sie aufforderte, sich sofort wieder anzuziehen. Gleichzeitig kamen wirre Überlegungen, wie er in dieser Situation wohl reagiert hätte, wäre sie nicht die Frau des derzeitigen Hauptverdächtigen gewesen. Er verscheuchte diese Gedanken, indem er sie anbrüllte. „Was versprechen Sie sich denn von diesem Mist? Hat Ihnen das ebenfalls Michael Senger empfohlen, oder hat es Ihnen Ihr Mann für den Notfall ans Herz gelegt?“

„Mein Mann ganz sicher nicht. Er ist nämlich unschuldig.“ Als sie sich notgedrungen vorbeugen musste, um in den Rock zu steigen, den sie weit geöffnet vor sich hielt, sprangen ihm ihre großen Brüste förmlich entgegen. Wenn Frank Schubert, dieser unauffällig, langweilige Büromensch auf große Brüste stand – gab es überhaupt einen Mann, der nicht darauf stand? –, war er jedenfalls zu beneiden.

„Als ob Sie das nicht wüssten!“, eröffnete sie die dritte Variante ihres Besuches: die empörte Ehefrau, während sie eilig das T-Shirt wieder überzog. „Michael Senger hat es mir empfohlen, wenn Sie's genau wissen wollen. Er war völlig überzeugt, dass Sie meinem Mann dann helfen würden. Er sagte, das hätte schon einmal funktioniert. Mit seiner Freundin. Die wäre auch bei Ihnen gewesen. Und danach hätten Sie ihn in Ruhe gelassen.“

Sebastian hatte genug gehört. Er nahm ihre Handtasche vom Tisch, drückte sie ihr in die Hand. Dann packte er sie unsanft am Arm und schob sie durch den Flur zur Wohnungstür. „Ich denke, das Beste ist, wir vergessen Ihren Besuch ganz schnell wieder. Beide! Bitte seien Sie morgen um zehn Uhr pünktlich zur Vernehmung im Büro meiner Kollegin Claudia Pandura. Den Weg ins Präsidium kennen Sie ja. Auf Wiedersehen.“

Er schob sie vollends aus der Wohnung und schloss die Tür. Aus dem Fenster beobachtete er, wie sie in einen schwarzen Polo einstieg und davonfuhr. Kaum hatte der schwarze Polo den Straßenrand verlassen, startete auch der Fahrer eines schwarzen Saabs den Motor, scherte aus der Parklücke aus und folgte dem Polo. Das Fenster war heruntergekurbelt und kurz steckte der Fahrer den Kopf aus dem Fenster und sah hoch zu Sebastian. Selbst aus der Entfernung konnte Sebastian das Grinsen auf Michael Sengers Gesicht sehen. In diesem Moment lachte Sebastian hysterisch auf, über diese skurrile Szene, über seine eigene Überraschung, über die endlose Naivität dieser Frau und die Unverfrorenheit Sengers.

Sebastian schüttelte den Kopf und wischte die Holzdielen im Wohnzimmer trocken. In sein Lachen mischte sich Wut. Michael Senger war es gelungen, die Rollen zu tauschen. Okay! Wenn er spielen wollte. Das konnte er haben. Aber nicht Katze und Maus. Nein! Hase und Igel. Künftig würde er, Sebastian, jeweils schon da sein, wo immer Senger meinte, das aktuelle Ziel festzusetzen. Keine Ahnung, wie es Senger gelungen war, Frank Schubert mit hineinzuziehen. Aber der Besuch soeben hatte Frank Schubert in Sebastians Augen mehr entlastet, als jedes Ermittlungsergebnis es konnte. Was allerdings seine Wut in eine gewisse Hilflosigkeit steigerte, war die Tatsache, dass Senger offensichtlich genau dies beabsichtigt hatte.

Kapitel 16

Andreas strahlte, als er seinem Bruder berichtete: „Ein Bekannter arbeitet in der Asservatenabteilung. Hab ihn mal gebeten, sich umzuhören. Und anscheinend hat diese Pandura ihre Sammelleidenschaft entdeckt. Sie muss an allen möglichen Stellen Proben mitgenommen haben, und für die gibt es noch keine Papiere. Man munkelt, niemand könne ihr etwas abschlagen, weil sie so schön ist."

Spontan klopfte Michael ihm auf die Schulter und sagte voller Anerkennung in der Stimme: „Hey Andy, du hast ja mal richtig mitgedacht. Super. Und so einen wichtigen Kontakt verschweigst du mir?"

Peinlich berührt über das ungewohnte Lob seines Bruders winkte Andreas ab. „War mal ein Kollege in der Meldestelle. Hab mich halt an ihn erinnert und bin gestern mit ihm ein Bier trinken gegangen."

Michael war längst wieder ernst geworden. „Zeit für eine Vorsorge unsererseits."

„Wieso? Soll sie doch machen. Wir haben an alles gedacht."

„Haben wir das?"

Andreas nickte. „Jahrelang. Bis ins kleinste Detail."

Das stimmte. Noch immer schlug Michaels Herz vor Stolz etwas schneller, wenn er an ihre jahrelangen Vorbereitungen dachte. Zu Beginn hatten sie noch nicht gewusst, für welchen Fall sie das alles einmal brauchen würden. Aber ein Grundstein war gelegt für alle möglichen Gelegenheiten, die sich ihnen irgendwann einmal bieten würden.

Natürlich hatten sie es leichter als andere gehabt, Behörden und Personen zu täuschen. Sie legitimierten sich einfach mit dem Ausweis des Bruders und hinterließen die jeweils eigenen Unterschriftsproben. Welcher Bankangestellte hätte erkennen können, welcher der Brüder gerade tatsächlich unterzeichnete? Und jetzt? Jetzt bissen sich die Ermittlungsbeamten die Zähne daran aus, und ihre Schriftvergleichsgutachten würden immer nur das beweisen können, was sie auch beweisen sollten: Zum Beispiel, dass weder Andreas noch er selbst bei den Banken in Luxemburg und der Schweiz unterschrieben hatten.

„Worüber machst du dir Gedanken?“

Lächelnd wandte sich Michael wieder seinem Bruder zu. „Du hast Recht. Wahrscheinlich sehe ich schon Gespenster. Ich muss gehen. Mach's gut, mein Kleiner.“ Noch einmal klopfte er Andreas wohlwollend auf die Schulter. Warum sollte er seinen herzkranken Bruder mit seinen weiteren Plänen beunruhigen.

Auf der Straße wählte er die Nummer, die Frau Schubert ihm „für den Notfall“ wie er es genannt hatte, gegeben hatte. Auf seine Frage, ob sie bei Hochgräber erfolgreich gewesen war, schrie sie ins Telefon: „Rufen Sie mich nie wieder an.“

Michael grinste. Offensichtlich war Hochgräber nicht so leicht zu verführen gewesen, wie Michael es ihr hatte einreden wollen. Er griff erneut sein Handy und teilte Susanne mit, dass er später kommen würde. Sie solle schlafen gehen und nicht auf ihn warten. Zufrieden stieg er in sein Auto. „Tarassow. Es wird Zeit für einen Besuch bei dir.“

Es war bereits 23 Uhr, aber er sah noch Licht im Haus des Russen und klingelte.

„Was soll das, dass Sie hier vor meinem Privathaus auftauchen? Sie haben Glück, dass meine Frau schon nach oben gegangen ist“, herrschte Tarassow ihn im Vorgarten seiner Doppelhaushälfte an, doch Michael zeigte sich ungerührt. „Ich habe Glück? Sie kennt Ihr kleines Geheimnis also noch immer nicht? Alle Achtung.“

„Warum kommen Sie jetzt nach über einem Jahr? Was geht Sie das an?“

„Nichts“, gab Michael wahrheitsgemäß zu. Was interessierten ihn die sexuellen Gepflogenheiten dieses Russen, der ab und zu hinter der Fassade einer jungen hübschen Ehefrau mit drei Kindern hervortrat, um sich heimlich in der Szene zu vergnügen.

Aber Krampitz dürfte es umso mehr interessieren, wer seinen damals 17-jährigen homosexuellen Sohn drogenabhängig und kriminell gemacht hatte.

„Krampitz würde Sie vernichten. Das wissen Sie. Aber lassen wir das. Ich bin hier, weil Sie Leute kennen, die ich nicht kenne."

„Welche Leute?"

„Ich brauche einen solchen Mann. Und Sie werden sich netterweise darum kümmern."

„Die gibt es zu Hauf. Sie müssen nur in die Szenelokale gehen. Wozu brauchen Sie mich dafür?"

„Nicht solche, Sie Idiot!", fuhr Michael ihn an. Der Gedanke, sich mit einem Mann einzulassen, verursachte ihm Übelkeit. Er würde Tarassow noch nicht einmal die Hand geben.

„Ich meinte das andere Lager, die harten Jungs, die den Mumm haben, sich durchzusetzen, und die notfalls auch mal ihre Fäuste oder Ähnliches benutzen."

Tarassow tippte sich mit dem Finger an die Stirn. „Sie spinnen ja."

Michael zog aus seiner Anzugjacke einen zusammengefalteten Zettel und reichte ihn dem Russen. „Hier ist eine Adresse und ein paar Informationen über einen Betrugsfall, Zeitungsauschnitte etc. Der Hausbesitzer, ein Banker namens Schirowski, fährt dieser Tage mit seiner Familie in Urlaub, besser gesagt, er wurde endlich von der Bank suspendiert. Das Haus wird also leer sein. Sorgen Sie dafür, dass die Direktion Wirtschaftskriminalität überschüttet wird mit anonymen Hinweisen auf dieses Haus, konspirative Treffen, Beute im Garten vergraben, andere Treffpunkte – lassen Sie Ihrer Fantasie freien Lauf. Nur überzeugend muss es sein."

„Das ist alles? Ein paar Anrufe? Senger, was wollen Sie noch?", fragte Tarassow sichtlich zweifelnd.

„Erst einmal nur, dass Sebastian Hochgräber und seine Kollegin Pandura nicht mehr wissen, wohin mit der Arbeit an diesem Betrugsfall Schirowksi, und keine Zeit mehr für andere Fälle haben. Es kommt also nur darauf an, wie effektiv Ihre Leute arbeiten. Ich werde es Sie wissen lassen, wenn ich noch etwas mehr brauche.“ Michael wollte sich zum Gehen wenden.

„Moment!“, Tarassow hielt ihn am Ärmel fest, „was heißt mehr? Ich pflege keinen Umgang mit Schwerverbrechern. Wie soll ich an die rankommen?“

„Keine Ahnung. Ihnen wird dann schon was einfallen. Noch ist es ja nicht so weit. Und denken Sie daran: Die Fotos liegen nur so lange auf Eis, wie Sie brav tun, was ich sage. Anderenfalls finden sie den Weg zu Krampitz, der Presse, Ihrer Frau, Ihren russischen Freunden ... Das ist Ihnen klar, oder?“

Kapitel 17

Sebastian saß neben Robert im Auto in knapper Sichtweite zu einem Einfamilienhaus in Hermsdorf. Hier wohnte ein Banker, langjähriger Mitarbeiter der Bank, die die Auszahlungen an den flüchtigen Geschäftsführer vorgenommen hatte. Der Banker hieß Schirowski und hatte bis gestern noch auf seinem Bürostuhl gesessen. Heute erst hatte der Vorstand eine Suspendierung für richtig erachtet, nachdem die Verantwortlichen tagelang der Presse hatten weismachen wollen, dass alle Vorwürfe gegen ihren Mitarbeiter Franz Schirowski völlig haltlos seien und ausschließlich der Fantasie der wirklichen Täter entsprängen. Sie hatten einen Tipp erhalten, dass der Banker an dem Betrug der Baufirma beteiligt war und dass angeblich in seinem Haus ein Treffen unmittelbar bevorstand.

„Scheinbar ist was dran an diesem Schirowski. Sonst würden wir hier ja nicht sitzen, oder?", fragte Sebastian seinen Kollegen Robert, aber nicht, weil es ihn sonderlich interessierte – er war mit seinen Gedanken bei Frank Schubert und den Brüdern Senger –, sondern weil er merkte, dass er dringend Unterhaltung brauchte. Seit über vier Stunden saßen sie schon beisammen. Sein Arbeitstag hatte früh begonnen und er hatte nur wenige Stunden am Nachmittag schlafen können. Jetzt war es drei Uhr nachts.

„Reinhard und Dieter haben die Gespräche geführt. Ich weiß nur, dass sie noch ziemlich im Dunkeln tappen. Von dieser Observation versprechen sie sich nicht allzu viel. Aber du weißt ja, die Sache mit dem Strohhalm."

Sebastian könnte in seiner Drillingsgeschichte auch ganz gut einen neuen Strohhalm als Anhaltspunkt gebrauchen. Verhaftung Schubert hin oder her. Er würde auf jeden Fall die Befragungen der Zeugen des Segelunfalls fortsetzen.

Es klopfte an die Scheibe und zu Sebastians großem Erstaunen stand dort Claudia anstelle des Kollegen, der Robert ablösen sollte. „Na, das ist ja eine nette Überraschung", flüsterte Robert zum Fenster hinaus und stieg aus.

Obwohl in dem Haus des Bankers alles ruhig und dunkel war, ging er mit Claudia ein Stück die Straße hinunter aus der Fenstersichtweite etwaiger Hausbewohner hinaus, die doch noch nicht schlafen gegangen waren. Sebastian ärgerte, dass sie so unaufmerksam gewesen waren und Claudia nicht gesehen hatten, bevor sie den Wagen erreicht hatte. Ein paar Minuten später sah er sie im Rückspiegel zum Fahrzeug zurückkehren. Sie stieg ein und strahlte ihn an. Sie roch nach Duschgel. Ihre hochgesteckten Haare waren noch ein wenig feucht oder sie hatte Haargel benutzt. Er unterdrückte einen Impuls seiner Hand, ihre Haare prüfend zu berühren. „Wieso du?"

„Bodo ist krank. Darmgrippe mit allem Drum und Dran. Hat angerufen, kurz nachdem du weg warst. Da bin ich nach der Vernehmung Schuberts nach Hause und hab noch ein paar Stunden geschlafen."

„Wie war's mit Schubert?", fragte er.

„Bestreitet natürlich alles vehement. Sagt, Michael Senger versuche, ihm etwas unterzujubeln."

„Alibis?", fragte er gespannt.

„Keine richtigen. An den beiden Tagen der Kontoeröffnung in Genf und Luxemburg war er auf Geschäftsreise. In München. Da sind sie noch dran. Und für die Postbotenzeiten nur seine Ehefrau."

„Sabine Schubert?"

„Hast du schon mit Jagusch gesprochen oder was?"

Er schüttelte den Kopf und erzählte von dem abendlichen Besuch Frau Schuberts in seiner Privatwohnung. Er erwartete, Claudia würde amüsiert reagieren. Aber ihre Augen wurden weit, und sie richtete ihren Oberkörper starr auf und drehte ihn komplett zu Sebastian. „Was? Michael Senger hat sie geschickt?"

„Ja. Er spielt Spielchen."

„Weißt du, zuerst hatte ich mich wirklich gefreut, als wir Schubert verhaftet hatten. Aber ..." Sie schwieg und lehnte sich wieder in den Beifahrersitz zurück.

„Du überraschst mich", stellte er fest.

„Weshalb?“

„Ich dachte, du würdest dich totlachen.“ Sie drehte ihr Gesicht zu ihm und lächelte ihr Grübchenlächeln. „Würde ich auch. Wenn nicht Michael Senger sie zu dir geschickt hätte.“ Wieder lehnte sie sich zurück und fragte: „Magst du was essen? Ich habe uns frisches Krustenbrot und Mett mitgebracht. Wie sagt ihr hier in Berlin? Hackepeter?“ Sie griff nach dem kleinen Rucksack, den sie beim Einsteigen auf die Rückbank geworfen hatte.

„Hat schon was. Eine Frau als Kollegin“, grinste er sie an und sah ihr gierig zu, wie sie die Brotscheiben aus einer Tüte nahm und eine Tupperschüssel öffnete.

„Ha ha! Noch so ein Spruch und du bekommst gar nichts davon.“

„Sag mir bitte: Welcher Mann hat um drei Uhr nachts frisches Brot und Hackepeter im Kühlschrank?“

„Der, der auf dem Weg nach Hause beim Supermarkt angehalten hat“, antwortete sie. Dabei klang ihre Stimme genau so, als wenn sie eine ihrer spöttischen Bemerkungen zu seinem Handy- oder Computergebrauch machte. Sie lachte.

Der säuerliche Duft des Krustenbrotes überlagerte sogar den Geruch ihres Duschgels, und Sebastian biss herzhaft in die Brotscheibe.

Eine Weile aßen sie nur. Er schlug die Wolldecke enger um seinen Unterkörper und genoss, was seinen Geschmacksnerven da so überraschend geboten wurde. Er wusste nicht, nach wie vielen Scheiben – die Tupperdose war auf jeden Fall fast leer – er Nachschub dankend ablehnte und sich den Bauch hielt. Um sie herum war die erste Form der Morgendämmerung zu sehen, die sich dadurch auszeichnete, dass eine Unterscheidung der Grautöne der Nacht objektiv nicht möglich war, und die man trotzdem sah, roch und spürte. Genauso wie die Vögel diese Ahnung hatten. Gleich würden sie ihr Morgengezwitscher beginnen. Er lehnte sich zurück und sah in den Himmel. Dabei fragte er: „Was meintest du vorhin? Dass du zuerst zufrieden mit Schuberts Verhaftung warst, aber dann doch nicht?“

Claudia hatte ebenfalls irgendeinen Punkt jenseits der Windschutzscheibe anvisiert. „Dass wir beide eine andere Denkart haben, ist ja inzwischen klar. Aber meine Freude über unseren Ermittlungserfolg verflog überraschend schnell. Zuerst dachte ich: Okay, Sebastian und ich haben uns beide geirrt. Schubert hat uns an der Nase herumgeführt. Aber als ich ihn vernommen habe, war ich mir mit einem Mal gar nicht mehr sicher. Und dann erzählst du auch noch diese Story, dass Michael Senger Schuberts Frau zu dir geschickt hat. Das Ganze geht mir ganz schön gegen den Strich."

„Und ich dachte, die Sache sei mit der Verhaftung Schuberts für dich erledigt. Ich habe mir schon Gedanken gemacht, wie ich es dir sagen kann, dass ich weiter an den Brüdern Senger dranbleiben will."

„Dann hast du dich geirrt. Aber wir wissen ja ohnehin noch viel zu wenig voneinander."

Schlagartig war ihm seine Wolldecke zu warm. Er nahm sie von seinen Beinen, bot sie Claudia an, die zwar mit dicker Jacke und Schal gekommen war, aber ansonsten nur eine normale Stoffhose trug. Zu dünn nach seiner Erfahrung mit einer durchsessenen Nacht in einem Auto ohne Standheizung. Da half auch nicht, dass es August war. Nächte ohne Bewegungen blieben trotzdem kühl. Sie schüttelte den Kopf. „Thermohose", sagte sie nur. Ein bisschen umständlich warf er die Decke auf die Rückbank. Thermohose. Hätte *Mann* eigentlich auch darauf kommen können. Stattdessen fror er sich nicht das erste Mal bei einer Observation den Arsch ab.

Sie schwiegen erneut, bestimmt eine halbe Stunde lang. Inzwischen war der Himmel hellgrau und er überlegte, auf welcher Seite gleich das blasse Gelb der bald aufgehenden Sonne hinzukommen würde. Ob Claudia, wie alle Frauen, auf so etwas stand? Verstohlen versuchte er, sich durch Seitwärtsbewegungen der Pupillen einen Eindruck zu verschaffen. Sie sah immer noch geradeaus irgendwo auf die vor ihnen geparkten Autos am Straßenrand. Mit einem Mal fragte sie: „Du warst verheiratet? Reinhard hat mal so etwas erwähnt."

„Hmm hmm“, bestätigte er.

„Geschieden?“

„Vor zwei Jahren.“

„Ich erst in fünf Wochen.“

Hatte Volker nicht getönt, er wisse, dass sie auch Single sei? Außerdem fiel Sebastian erst in diesem Moment auf, dass Reinhard und sie über ihn, also ihn privat, gesprochen haben mussten. Wieso hatte Reinhard ihm nichts erzählt?

„Habe privat offenbar ein Faible für kaputte Typen“, fuhr sie fort.

„Hast du dich deshalb nach Berlin versetzen lassen?“, fragte er nach und angelte sich die Decke zurück. Er besaß schließlich keine Thermohose.

Claudia lockerte ihre starre Kopfhaltung und sah ihn direkt an. „Ja, auch. Aber nicht nur. Ist so ein allgemeiner Neuanfang.“ Sie lächelte. Aber es war nicht ihr übliches sicheres Lächeln. Es zeigte das erste Mal bittere Anzeichen einer Verletzbarkeit.

Er wusste nicht so richtig, ob er Weiteres überhaupt hören wollte. Er begann gerade erst, sie als Partnerin in ihrem gemeinsamen Job anzunehmen. Und Scheidung, Trennungsschmerz und all die netten Dinge, die Mann und Frau sich gegenseitig antaten, waren alles andere als beruflich. Sie waren privat und intim. Doch Claudia hatte es sich wohl in dieser Nacht in den Kopf gesetzt, dass sie sich auch menschlich ein wenig näherkommen sollten.

„Verkrachter Künstler, Klammerer, Alkoholiker und schließlich ein Ehemann, dem die Hand locker sitzt. Nicht gerade eine Glanzleistung an Partnerschaften, die ich zu bieten habe.“

Wahrlich nicht! Sebastian konnte sich beim besten Willen nicht vorstellen, warum bei ihr nicht reihenweise die absoluten Gewinnertypen Schlange gestanden hatten.

„Schläger? Du meinst aber nicht, dass er auch dich ...?“

Sie nickte. „Doch, öfter. Zu oft. Nach zweieinhalb Jahren bin ich dann gegangen.“

Sie schwiegen wieder ein paar Minuten. Aber während sie berechtigterweise schwieg, mussten seine fehlenden Fragen mit jeder Minute mehr als ein Beweis seines Desinteresses bei ihr ankommen. Was nicht richtig war. Aber: Was um Himmels willen fragte man eine wunderschöne Frau, die jeden Mann haben konnte und stattdessen offenbar nur mit Scheißtypen zusammen gewesen war? Wie hatte sie es zulassen können? Wieso hatte sie diese Demütigungen ertragen?

Als ob sie seine letzten Gedanken hatte hören können, sah sie ihn an und sagte: „Du musst nicht fragen, warum. Ich wüsste sowieso keine Antwort darauf. Wenn ich die hätte, bräuchte ich keinen Neuanfang."

„Entschuldige. Ich bin nur so geplättet", versuchte er stümperhaft, sein Schweigen zu erklären. Doch sie lächelte erneut, dieses Mal aber ihr gewohntes Grübchenlächeln.

„Aber einen Freund könnte ich gut gebrauchen." Betont lustig fügte sie hinzu: „So allein in der fremden, großen Stadt." Sie streckte ihm mit einem Mal die Hand entgegen.

Er wusste nicht, ob er ihr ein Freund sein wollte, aber er schlug natürlich ein. Wohler fühlte er sich dadurch keinesfalls.

Sie starrten durch die Windschutzscheibe. Wie verhielt man sich als Freund gegenüber einer Frau, die man als Partner eigentlich nicht gewollt hatte und von der man außerhalb des Berufs an alles andere als an Freundschaft dachte? Ein Freund hätte nachfragen müssen, wenn sie schon ihre private Seite geöffnet hatte. Hätte sie animieren müssen, weiter zu reden, hätte ein Zuhörer sein müssen, ein Tröster. Wenigstens ein cooler Spruch sollte ihm einfallen. Die Vorstellung, Claudia zu trösten, also freundschaftlich, überstieg im Moment komplett seine Vorstellungskraft. Allerdings könnte er ihr etwas von sich erzählen. Etwas Privates. Sozusagen als Antwort auf ihren Vertrauensbeweis. Doch Erika hatte ihn nicht geschlagen, und ihr Betrug lag schon ewig zurück, und irgendwie hatte er daran auch eine gewisse Mitschuld gehabt.

„Ich habe keine Kinder, aber einen Neffen. Benny heißt er", hörte er sich mit einem Mal sagen.

„Ja?" drang ihre weiche Stimme an sein Ohr.

Und so erzählte er von seiner alleinerziehenden Schwester Doris und ihrem Sohn Benjamin und kam sich vor wie im Kino. In einem schlechten Film, in dem der ach so schweigsame, verschlossene Protagonist sich endlich einer Frau öffnen kann und ihr etwas erzählt, was er noch niemand zuvor verraten hat.

So ein Quatsch! Er hatte stundenlang mit Erika darüber gesprochen und diskutiert. Aber in einem Punkt stimmte der Film: Noch niemals mit einem Fremden. Und noch etwas war eingetreten: Er fühlte sich tatsächlich in gewisser Weise erleichtert. Es war gar nicht so wichtig, dass aller Wahrscheinlichkeit nach Claudia seine Antipathie gegen Internet und Handys jetzt besser verstehen konnte. Nein. Er verstand sich selbst mit einem Mal besser. Bei den Gesprächen mit Erika und Doris waren sie alle viel zu dicht dran gewesen, in Unverständnis und Hilflosigkeit gefangen. Heute, mit zeitlichem Abstand und Claudia neben sich, die er erst seit genau einer Woche kannte, konnte er sich selbst im Umgang mit diesem Konflikt quasi nachträglich beobachten.

„Und Bennys Vater?"

„Kein Kontakt."

„Aber wie meintest du es, es habe alles mit den Handys angefangen?", wollte Claudia wissen.

„Nee. Eigentlich nicht mit den Handys. Aber das war das Erste, das auffällig war. Alle paar Monate ein neues. Immer die neueste Technik. Die Dinger waren teuer und mit fünfzehn Jahren hatte er nur sein normales Taschengeld. Und schon auf denen hat er Spiele gespielt. Aber so richtig zum Problem wurde es erst mit den Computern. Weil alle einen hatten und wegen der Schule, hatte meine Schwester sich das Ding sozusagen vom Munde abgespart. Nach einem halben Jahr war der PC kaputt. Also das hatte Benny zumindest behauptet. Heute denke ich, dass er ihn manipuliert hatte, damit er einen neuen, einen besseren kriegen konnte. Erika und ich haben damals die Hälfte zu seinem Geburtstag zugeschossen."

„Was für Spiele?"

„Na, was schon? Ballerspiele natürlich. Und alles, was neu herauskam. Zu jedem Geburtstag, zu jedem Weihnachtsfest stand eine neue Grafikkarte oder neue Speicherriegel ganz oben auf seiner Wunschliste."

Claudia lachte leise.

Erstaunt sah er sie an. Auch mit dem heutigen Abstand fand er nichts Lustiges an der Geschichte.

„Entschuldige. Ich hätte nur nie gedacht, dass dir Worte wie Grafikkarte und Speicherriegel geläufig sind."

Sie hatte Recht. Diese Begriffe hatte er später absichtlich verdrängt. „Am Anfang dachte Doris natürlich, das sei eben sein Alter und alle Jungs würden sich für diese Spiele interessieren. Sie nahm ihren Sohn in Schutz, wenn Erika oder ich uns mal wunderten, dass Benny nur noch in seinem Zimmer vor diesem Kasten saß, sogar bei 30 Grad, im Sommer, und auch, wenn er keine Lust mehr hatte, mit mir Tischtennis zu spielen oder Schwimmen zu gehen."

„Was geschah dann mit ihm?"

„Im Nachhinein wussten wir, dass kam, was kommen musste. Er ging immer später schlafen, weil es ihm nicht gelang, mit einem begonnenen Spiel aufzuhören. Kontrollierte ihn seine Mutter, tat er so, als läge er schon im Bett. Dann stand er heimlich wieder auf und spielte weiter. Morgens bekam ihn Doris kaum aus den Federn. Seine Konzentration in der Schule ließ nach. Seine Leistungen wurden immer schlechter. Schularbeiten machte er so notdürftig, dass Doris bis zu einem Elternsprechtag nicht auffiel, dass er viel mehr aufgehabt hätte. Für Arbeiten lernte er nicht mehr. Und so weiter. Doris und er stritten sich nur noch. Dann haute Benny in einer Nacht- und Nebelaktion von zu Hause ab."

„Und ihr wusstet natürlich nicht, wo er war?"

„Nein. Seine Mutter ist tausend Tode gestorben vor Angst. Wir auch. Ich weiß nicht, wie das bei euch in Hannover ist. Aber Berlin ist nachts nicht gerade ideal für einen pubertierenden 16-jährigen Jungen. Nach drei Wochen stand er plötzlich wieder auf der

Matte. Aber er veränderte sich immer mehr, begann zu kiffen, ich denke auch zu stehlen. Wenn Doris ihm den Computer wegnahm, tobte er und ging zu einem Kumpel. Schließlich schmiss er auch noch die Schule, und seine Mutter war nur noch ein Nervenbündel."

„Du hast vorhin angedeutet, dass dein Neffe seine Computerspielsucht überwunden hat. Weißt du, was der Auslöser dafür war?"

Sebastian musste lachen. Ein befreiendes Lachen. Denn Bennys Heilung hatten weder seine Mutter noch er in die Wege leiten können, sondern die natürlichste Entwicklung der Welt, die für Benny zum großen Glück im Unglück geworden war. „Ein Mädchen! Sarah hieß sie. Sie zog mit ihren Eltern nach Berlin in die Wohnung gegenüber. Benny verknallte sich in sie und sie sich offenbar genauso in ihn. Seine Hormone spielten verrückt. Aber auch da gelang es ihm nicht, zum Beispiel ein begonnenes Computerspiel zu beenden, um eine Verabredung mit ihr einzuhalten. Und sein Kiffen machte ihn so vergesslich, dass er wichtige Dinge im Zusammenhang mit Sarah vergaß. Du kannst dir vorstellen, dass ein junges Mädchen das nicht lange mit sich machen lässt. Benny war so frustriert über sich selbst, dass er eines Tages vor seiner Mutter stand und sagte: *Mama, bitte hilf mir. Kann ich nicht irgendwo eine Therapie machen*?"

„Wie lange ist das jetzt her?"

„Ich werde diesen Tag nie vergessen. Genau vor zehn Jahren. Ein Jahr lang dauerte die Therapie. In diesem Jahr wird er sein Biologiestudium abschließen."

„Er ist also wieder zur Schule gegangen?"

„Nein, wir haben ihm verschiedene Jobs besorgt und dann besuchte er eine Schule für den zweiten Bildungsweg. Er machte erst seine mittlere Reife und dann das Abi nach. Benny ist ein kluger Junge."

„Und du liebst ihn sehr, richtig?"

Er nickte.

Um sie herum war es lebhafter geworden. Die ersten Anwohner hatten ihre Häuser verlassen und fuhren mit dem Auto in ihren Arbeitsalltag. Der Himmel zeigte keine Wolke und so ließ die Sonne ungehindert den neuen Tag erstrahlen. Sebastian erkannte Reinhards Auto hinter ihrem und sah, wie der ihnen kurz zuwinkte. Dann klingelte auch schon sein Handy.

„Guten Morgen!“, rief Reinhard so kraftvoll, dass Sebastian sein Handy einige Zentimeter vom Ohr weg riss. „Was gibt's Neues bei euch beiden Nachtschwärmern? – Nichts? Super. Dann hau dich mal aufs Ohr. Jetzt darf ich neben der schönen Frau sitzen. Sag Claudia, sie kriegt gleich das beste Frühstück, dass ihr je ein Mann gebracht hat.“

Seine gute Laune schmerzte, und Sebastian stieg widerwillig aus dem Auto. Claudia sah dagegen wieder ganz fröhlich aus. Wahrscheinlich würde sie jetzt Reinhard mehr von ihrem Schlägerehemann erzählen. Oder sie erzählte ihm vielleicht etwas Lustigeres, etwas, was man einem Typen erzählte, nicht einem Freund.

Donnerstag, 23.August

Kapitel 18

Als Sebastian zu Hause ankam, galt sein erster Blick wie jeden Tag dem Brutkasten mit Gerdas Eiern. Drei von den zwölf der ovalen Eier waren eingefallen. So ein Mist! Er kontrollierte die Temperatur: 28,5 Grad. Vielleicht sollte er ein Grad höherstellen? Vorsichtig nahm er den Deckel ab und prüfte mit der Fingerkuppe die Feuchtigkeit des Granulats. Auch in Ordnung. Er verstand es nicht und tröstete sich damit, dass vielleicht die drei eingefallenen Eier nicht befruchtet gewesen waren. Dann halfen auch die besten Brutbedingungen nicht. Na gut. Er hatte ja noch neun weitere, vielleicht befruchtete Eier. Deshalb drehte er die Temperatureinstellung vorsichtig um ein halbes Grad hoch. Nur nicht zu schnell. Krasse Wechsel vertrugen sie auf keinen Fall. Dann legte er sich angezogen aufs Bett, schloss die Augen und fiel sofort in einen traumlosen Schlaf.

Am späten Mittag kam er im Präsidium an. Als Erstes rief ihn Jagusch in sein Büro, der die Verhaftung Schuberts am gestrigen Tage zum Anlass nahm, das Ermittlungstempo im Krampitzfall herunterzuschrauben und Claudia und ihn als Zusatzkräfte Reinhards Geschäftsführerfall zuzuweisen.

„Aber ich habe da noch diverse Befragungen wegen der Unfallangelegenheit Burkhard Senger zu erledigen“, bemühte sich Sebastian, wenigstens einige Kapazitäten für ihren Fall freizuhalten.

„Ja, kein Problem. Ich sag nur, dass Sie ein bisschen aufs Bremspedal drücken sollen. Górniak braucht ein paar Mann mehr für den Fall Tischler. Jedenfalls gehen Sie erst einmal zu Hentschel und lassen sich sagen, wo’s brennt.“

„Wer ist Tischler?“

Jagusch rollte mit den Augen. „Der flüchtige Geschäftsführer.“

Sebastian machte sich also auf den Weg zu Dieter Hentschel, Reinhards Partner. Ein stiller und zurückhaltender Endzwanziger, der bei Reinhards Erscheinung und Temperament leicht vergessen werden konnte. Von ihm holte sich Sebastian eine Liste mit Adressen der Zeugen und Ämter, von denen sie sich noch weitere Hinweise im Fall des flüchtigen Geschäftsführers Tischler und des offensichtlich korrumpierten Bankers Schirowski erhofften.

Bevor er sich auf den Weg machte, ging er noch rasch in seinem eigenen Büro vorbei und notierte sich die Adressen der Unfallzeugen im Fall Burkhard Senger. Den Zettel steckte er zu seinen übrigen in die Jackentasche. Im Wagen nahm er den Stadtplan und prüfte, wie er seine Zeugen möglichst sinnvoll in die Route einbauen konnte, um diesen Tag nicht nur für Reinhards Fall zu verplempern. Vielleicht sollte er sich doch einmal so ein Smartphone zulegen mit Navigationsapp? Aber allein bei der Vorstellung vom Anschaffungspreis und von der Schwierigkeit, sich mit der Benutzung auseinandersetzen zu müssen, graute es ihm.

Der erste Zeuge im Fall Tischler war nicht da, der zweite auch nicht. Also fuhr Sebastian als Erstes zu der Bank, die an Tischler die hohen Summen aus der Baufinanzierung überwiesen hatte, ungeprüft wohlgemerkt, ob der entsprechende Bautenstand erreicht war. Aber er hatte das Gefühl, die Zeit rann ihm durch die Finger. Seine Gedanken und seine Konzentration galten ausschließlich den Namen auf der Liste seines Krampitz-Falls.

Endlich war der Erste dieser Namen bei seiner Tour quer durch Berlin an der Reihe, und er hatte sogar Glück. Kerstin Ahrend, jetzt verehelichte Hoffmann, wohnte mit ihrem Ehemann Dirk Hoffmann in einem wunderschön sanierten Altbau in Schöneberg, und sie war zu Hause. Verdientes Glück, wie er fand, nach der langweiligen Arbeit, die er in den Stunden zuvor hatte erledigen müssen.

Als sie ihm öffnete, erkannte Sebastian den Grund für ihre Abwesenheit von der Arbeitsstelle. Kerstin Ahrend war hochschwanger und befand sich daher sicherlich bereits im Mutterschutz.

Sie schien mäßig erstaunt, als er ihr den Grund seines Besuches erläuterte, und erzählte, dass sie noch Kontakt zu den Senger-Brüdern hätte und über die Ermittlungen Bescheid wüsste. So gelassen, wie es einer Hochschwangeren in ihrer eingeschränkten Bewegungsfreiheit überhaupt möglich war, ging sie den Flur entlang vor ihm her und betrat eine geräumige Wohnküche. Dort bot sie ihm Platz und einen Kaffee an. „Oder darf es auch ein Tee sein? Würde mir helfen."

„Ich trinke, was Ihnen hilft", nahm er ihren Plauderton auf, „wenn Sie mir verraten, warum Ihnen das helfen würde."

„Ich bin eine ausgesprochene Kaffeetante. Und jetzt ...", sie umfasste mit beiden Händen ihren Kugelbauch, der sich trotz lockerem Pullover in Übergröße deutlich abzeichnete, „Jetzt darf ich kaum welchen trinken. Sonst spielt der da drinnen verrückt."

„Ein Junge?"

Sie nickte und ihre stolzen Gesichtszüge verrieten, dass dieses Baby willkommen sein würde.

„Es tut mir sehr leid, dass ich Sie noch einmal wegen der furchtbaren Ereignisse von damals behelligen muss. Ich werde mich auch so kurz wie möglich fassen, nur leider ist die Akte aus Kroatien noch immer nicht da. Die Bürokratie dort scheint noch schlimmer als unsere zu sein."

Sie lachte und goss aus dem elektrischen Wasserkocher zwei Becher mit je einem Teebeutel darin voll. Sie reichte ihm den Becher. Dem Geruch nach zu urteilen, handelte es sich um eine Kräutermischung. Aber Sebastian war so begierig darauf, Näheres von dem Unfall zu erfahren, dass er ihre Wahl widerstandslos akzeptierte.

Als sie sich ebenfalls gesetzt hatte, ein schwieriges Unterfangen in ihrem Zustand, bat er sie: „Könnten Sie mir Ihre Erinnerungen an den Unfall schildern, möglichst detailliert?"

„Ich werd's versuchen. Obwohl es mich noch immer sehr mitnimmt, nur daran zu denken." Sie nahm einen vorsichtigen Schluck aus der Teetasse.

In diesem Moment hörten sie jemanden die Wohnungstür aufschließen. Kurz darauf stand ein Mann in der Küchentür, mit erstauntem Blick auf Sebastian, die Schlüssel und eine Aktentasche noch in den Händen. Kerstin lachte und stellte Sebastian und ihren Mann Dirk einander vor. Dirks freundliches Lächeln verschwand allerdings von seinen Lippen, als er erfuhr, weshalb Sebastian seine Frau besuchte.

„Können Sie meine Frau in ihrem Zustand nicht mit diesen schlimmen Ereignissen in Ruhe lassen? Ich bin froh, dass wir das alles einigermaßen gut überstanden haben", fuhr er Sebastian an. Er warf Tasche und Schlüsselbund neben sich auf den Boden und setzte sich an den Küchentisch, seiner Frau gegenüber. Mit der Art, wie er Sebastian ansah, schien er Sebastian aufzufordern, ab sofort nur noch ihn mit seinen Fragen zu behelligen und seine Frau zu verschonen.

Sebastian lächelte in sich hinein. Entweder liebte dieser Mann seine Frau so sehr, oder er war ein Typ, der es gewohnt war, im Vordergrund zu stehen. Sebastian kramte in seinem Gedächtnis nach den Daten, die er über ihn hatte. Dirk Hoffmann arbeitete als Deutschlehrer in derselben Berufsschule, in der auch sein Freund Burkhard bis zu dessen Tod das Fach Informatik unterrichtet hatte. Bei den Jugendlichen und Halberwachsenen war er es also gewohnt, sich durchzusetzen. Wahrscheinlich traf einfach beides auf ihn zu und seine Sorge um den Zustand seiner Frau war schließlich ein sympathischer Zug an ihm. Also richtete Sebastian seine ganze Aufmerksamkeit nur noch auf Dirk und bat ihn um seine Version der Geschehnisse in allen Einzelheiten.

„Für uns war es Abenteuer pur. Wir waren noch niemals zuvor auf einem Segelboot gewesen. Obwohl ich zugegebenermaßen ein wenig Angst um das Baby hatte. Meine Frau war ja bereits Anfang des fünften Monats. Aber trotzdem fanden wir an dem bewussten Abend Burkhards Vorschlag toll, keinen Hafen anzusteuern, sondern zu Füßen der atemberaubenden Felslandschaften einen Ankerplatz zu suchen. *Dann lasst uns mal die Segel einholen*, rief uns Burkhard zu. Dabei war das *uns* natürlich hoffnungslos übertrieben, denn wir drei hatten vom Segeln null Ahnung. Burkhard musste uns jeden Handgriff erklären. Und meine Frau sollte sich sowieso schonen. Aber dafür gab sich unsere Freundin Simone besonders viel Mühe, und ich stellte amüsiert fest, dass Kerstins und mein Plan, Simone und Burkhard zusammenzubringen, offensichtlich funktionierte. Jedenfalls himmelte Simone ihn an, wie er da mit nacktem Oberkörper die Arbeit verrichtete.

Als das Segel eingeholt war und die Seile vertäut, lief Burkhard zum Steuer und startete den Motor. *Macht ihr inzwischen schon mal einen leckeren Sundowner,* forderte er mich auf.

Als ich mit den Gläsern aus der Kombüse wieder hochkam, bat er mich, kurz das Steuer zu übernehmen. Er wollte sich seine Windjacke überziehen.

Ich hatte ein richtig schlechtes Gewissen, dass er fast alle Arbeiten alleine verrichtete, während wir uns amüsieren sollten. Also frotzelte ich ein wenig mit ihm herum und fragte, ob ich ihm Simone schicken solle. Sie würde vielleicht dafür sorgen, dass ihm wärmer wurde. Aber er lehnte lachend ab und griff nach einem der von mir vorbereiteten Caipirinhas. *Der tut's auch*, sagte er, trank einen großen Schluck und verzog das Gesicht. Er hatte den alkoholfreien Cocktail für Kerstin erwischt. Ich gab ihm ein Glas mit dem echten Caipirinha und balancierte mit den restlichen Gläsern nach vorn zu den Frauen. Wir waren inzwischen bereits sehr dicht an der Küste und ich dachte, Burkhard könne seine ganze Konzentration gut brauchen.

Simone und Kerstin saßen an der Kante und ließen die Beine herunterbaumeln, die Oberkörper über das unterste Relingseil gehängt. Simone sah hinter sich und legte den Kopf weit in den Nacken, um mit ihren Augen den steil aufragenden Felsen bis oben hin folgen zu können. Plötzlich stand sie auf, ging nach Steuerbord und rief zu Burkhard nach hinten: *Hey, du weißt, was du tust, ja? Ich find die Felsen ziemlich nah – zu nah.*

Ich beruhigte sie noch, denn Burkhard schien die Gegend wie seine Westentasche zu kennen. Wir sahen über das Wasser. Es war klar, und wenn die Sonne hoch am Himmel stand, konnte man mehrere Meter tief hineinsehen. Doch inzwischen hatte das Wasser eine dunkelblaue Farbe, verstärkt noch durch den Schatten, den das Boot an Steuerbord auf das Wasser warf. Die Sonne war inzwischen dicht am Horizont angekommen und zu einem warmen orangen Ball geworden, der auf der Meeresoberfläche zu hüpfen schien. Gebannt sahen wir dem schnell wechselnden Farbspiel der Wolken zu, bis uns ein schwerer hölzerner Schlag aus unserer Bewunderung riss. Ich verlor sofort das Gleichgewicht und konnte mich erst wieder fangen, als meine Hände eine der Verstrebungen der Reling zu fassen bekamen. Dem Schlag folgte ohrenbetäubendes Knirschen. Das Boot kippte nach backbord. Die Gläser, die Handtücher und meine Sonnenbrille rutschten an mir vorbei und fielen ins Wasser. Ich konnte mich nicht mehr halten und folgte den Dingen mit einem Sprung ins Wasser. Kaum wiederaufgetaucht, schrie ich zu Simone und Kerstin, die sich mit beiden Händen an den Relingseilen festklammerten und deren Unterkörper unter den Seilen hindurch zu rutschen drohten, sie sollten ebenfalls ins Wasser kommen und schnellstmöglich vom kippenden Boot weg in Sicherheit schwimmen. Simone und Kerstin ließen sich ins Wasser gleiten und schwammen in meine Richtung. Die Yacht neigte sich immer weiter, bis sie in der Schieflage plötzlich stehen blieb. Wieder hörten wir das knirschende Geräusch, berstende Holzplanken und Kunststoffteile. Das Boot ruckte weiter nach unten. Dann war Stille.

Wir riefen nach Burkhard, paddelten hektisch und suchten die Wasseroberfläche um uns herum ab. Kerstin holte Luft und tauchte in Richtung Boot ab, gerade als ich Burkhards rote Jacke dicht unter der Wasseroberfläche am Heck der Yacht erkannte. Dann tauchte Burkhard aus dem Wasser auf. Seine Augen waren verdreht und am Kopf und an der Stirn blutete er stark. Sein Gesicht glich einer grotesken roten Maske und tauchte nach Sekunden wieder unter.

Sofort schwammen wir zu der Stelle, wo Burkhard untergegangen war. Am Boot vorbei konnten wir nicht schwimmen; wie in einer Wiege lag es eingekeilt zwischen den Felsen. Ich tauchte mehrere Male unter dem Boot hindurch, während Kerstin und Simone versuchten, über die Felsen zur anderen Seite der Yacht zu klettern, aber von Burkhard fehlte weiterhin jede Spur. Inzwischen war es unter Wasser tiefschwarz und auch oberhalb konnten wir nur noch schemenhaft die Umgebung erkennen.

Es hat keinen Sinn, rief Kerstin, die Mühe hatte, ihre Worte trotz Zähneklapperns zu artikulieren. Ich hatte Angst um sie und das Baby und schlug vor, die beiden Frauen sollten wieder zu mir zurückschwimmen. Ich wollte erst einmal testen, ob man auf das Boot klettern konnte, ohne dass es weiter zur Seite kippte. Also schwamm ich zum Bug zurück, der beinahe vollständig unter Wasser lag. So konnte ich ohne Probleme auf das Deck gelangen und zum Heck klettern. Das Boot bewegte sich nicht mehr. Deshalb zog ich Kerstin und Simone aus dem Wasser. Wir öffneten die Notfallkiste und holten die Leuchtpistole und Munition heraus. In einem Abstand von wenigen Minuten feuerte ich die Notrufsignale in den inzwischen nachtschwarzen Himmel.

Ich hatte eine starke Taschenlampe gefunden und schaltete sie ein. Mit Hilfe des Lichtstrahls untersuchte ich den Bereich um das Steuer und drückte einige Knöpfe. Beim dritten Knopf hatte ich Glück. Die Außenbeleuchtung funktionierte.

Mach wieder aus!, forderte Simone mich auf. Sie hatte sich die Taschenlampe gegriffen und ließ deren Schein über die schwarze Wasseroberfläche gleiten. Sie hoffte, dass sich Burkhard an irgendeinem Felsen hatte festhalten können. Ich trat zu ihr und nahm sie tröstend in den Arm, obwohl ich mir natürlich ebenfalls große Sorgen um meinen Freund machte. *Gib her. Ich versuch es noch mal*, sagte ich und ließ mich am Heck ins Wasser. Ich leuchtete jeden Uferfelsen ab, aber Burkhard blieb verschwunden."

„Wie lange hat es eigentlich gedauert, bis Sie selbst dann gerettet wurden?", fragte Sebastian den von der Erzählung sichtlich erschöpften Dirk.

„Zwei oder drei Stunden ungefähr. Als wir auf dem Boot saßen und warteten, hörten wir etwas oben von den Klippen. Autogeräusche. Dort musste eine Straße oder wenigstens eine Piste gewesen sein. Kerstin und ich warteten, bis wir das nächste Geräusch hörten, und schossen dann nochmals eine von den Leuchtraketen ab. Offenbar hatte uns jemand da oben auf der Straße bemerkt, denn ungefähr eine halbe Stunde später sahen wir mehrere Männer an der Klippenkante, die mit starken Lampen die Küste absuchten. Als man uns gesichtet hatte, rief man uns Worte zu, die wir aber nicht verstanden. Circa noch einmal eine Stunde später kamen zwei Motorboote von der Küstenwache und holten uns an Bord. Simone wollte erst nicht und schrie mich an, dass wir doch Burkhard nicht im Stich lassen könnten. Aber im Stockdunkeln ..."

„Haben die Behörden am nächsten Morgen mit der Suche nach Burkhard Senger begonnen?"

„Ja, selbstverständlich. Aber obwohl sie drei Tage von morgens bis abends suchten, wurde Burkhards Leiche nie gefunden."

„Gaben die Suchtrupps Auskunft darüber, wie wahrscheinlich das Auffinden der Leiche in diesen Gewässern sein würde?"

„Das war das Merkwürdige. Denn am ersten Tag hieß es noch, es sei überhaupt kein Problem. In diesem Bereich, so dicht an der Küste gäbe es höchstens einige kleinere Strudel, auf keinen Fall aber eine größere Strömung, die eine Leiche wegspülen könnte. Aber mit jedem Tag wuchsen dann die Ausreden, weshalb sie nun doch wieder nicht Burkhards Körper gefunden hatten."

„Hätte Ihrer Meinung nach Burkhard die Klippen hochklettern können, um sich zu retten?"

Dirk Hoffmann schüttelte den Kopf. „Ohne Hilfsmittel auf keinen Fall und wir hatten nichts dergleichen an Bord. Außerdem hätten wir es sicherlich bemerkt."

Er trank einen Schluck Tee aus der Tasse seiner Frau und verzog das Gesicht, den Kopf zur Tischplatte hinuntergebeugt. Kerstin schien in Gedanken versunken. In die Stille stellte Sebastian seine letzte Frage an das Ehepaar: „Ihre Frau erzählte, Sie wüssten bereits von den aktuellen Ermittlungen. Sie haben also noch regelmäßig Kontakt zu Michael und Andreas Senger?"

Kerstin Hoffmann antwortete als Erste: „Nur gelegentlich. Wenn wir uns mehr oder weniger zufällig treffen. Andreas Senger wohnt ja hier ganz in der Nähe."

Und Dirk Hoffmann fügte hinzu: „Aber das letzte private Treffen war zur Trauerfeier für Burkhard, die die Brüder initiiert hatten. Das war vor ungefähr zwei Monaten."

Als Sebastian die drei Etagen des stuckverzierten Treppenhauses wieder hinunterstieg – wie schaffte die hochschwangere Frau diese Treppen ohne Fahrstuhl? –, fühlte er sich in jeder Hinsicht in seiner Idee bestätigt, dass der Unfall Burkhard Sengers gefakt war. In Gedanken ergänzte er seine Zeugenliste um alle Nachbarn im Umkreis der Wohnungen der Senger-Brüder. Besonders mit dieser Simone würde er unbedingt sprechen. Wenn Burkhard Senger lebte und er der tatausführende Teil der Drillinge gewesen war, musste er bis vor Kurzem in Kontakt mit seinen Brüdern gestanden und wahrscheinlich auch in ihrem Umfeld gewohnt haben.

Doch nun kam erst einmal wieder ein Zeuge für Reinhards Fall an die Reihe: Ein ehemaliger Kollege des Bankers, in dem Reinhard ein weiteres Mitglied der kriminellen Vereinigung sah. Sebastian hoffte, dass der Zeuge nicht zu Hause war. Dann könnte er vielleicht heute noch einen der Nachbarn Andreas Sengers befragen. Obwohl er andererseits wenigstens ein paar der Zeugen in Reinhards Fall abarbeiten sollte, um Jaguschs obligatorischen Ärger am täglichen Runden Tisch nicht zu viel Futter zu geben.

Freitag, 24. August

Kapitel 19

Der Zeuge war zu Hause gewesen und der nächste auf der Liste auch. So hatte Sebastian doch noch sein Pensum ganz ordentlich erfüllt, allerdings ohne nennenswerte inhaltliche Ergebnisse. Reinhards Enttäuschung über den Bericht war an seinem Gesicht deutlich abzulesen, was Sebastian durchaus ein schlechtes Gewissen machte. Allerdings nicht besonders lange, dann wünschte er sich das Ende des Runden Tisches herbei, um seine geplante Tour wiederaufzunehmen.

Wie der Zufall es wollte oder Reinhard es drehte, so genau konnte er das nicht ausmachen, gingen sie Seite an Seite aus der Tür des Besprechungsraumes. „Vielleicht war ja wirklich nichts zu holen. Aber irgendwie hattest du schon mal mehr Biss, oder?“

Reinhards Bemerkung ärgerte ihn. Was konnte er denn dafür, wenn die Zeugen nichts hergaben? Aber er schluckte eine patzige Antwort hinunter und antwortete: „Ich bin mir sicher, dass ich heute mehr erreichen kann. Ich treffe mich jetzt gleich mit einem ehemaligen Geschäftspartner Tischlers.“

Ein Andrej Michail Tarassow hatte sich überraschend telefonisch bei Sebastian gemeldet und durchblicken lassen, wichtige Informationen für ihn zu haben. Sebastian hatte sich gewundert, woher der Anrufer über die Ermittlungen Bescheid wusste, aber Tarassow hatte angegeben, aus den Zeitungen über die angeblichen Machenschaften Tischlers erfahren zu haben. Sebastian nahm an, dass die angekündigte Aussage nur ein Entlastungsversuch unter ehemaligen Kollegen werden würde, und hatte vergessen, Reinhard davon zu erzählen.

„Häh? Wieso hast du denn eben drinnen nichts gesagt, dass du noch einen weiteren Kontakt zu unserem Hauptverdächtigen gefunden hast?“, fragte Reinhard dann auch überrascht.

„Ich hab’s vergessen.“

„Vergessen?“ Reinhard zog die letzten Silben als lange Zischlaute durch die Zähne. „Na gut. Kannst mir ja heute Nacht erzählen, was rausgekommen ist.“

„Heute Nacht?“

„Mann, bist wirklich nicht gut drauf, oder? Wir beide machen heute Abend die Observation von Schirowskis Haus. Wir haben einen anonymen Hinweis erhalten, dass dort heute Nacht ein konspiratives Treffen stattfinden soll.“

„Schon wieder?“, rief Sebastian ehrlich entsetzt. „Ich war doch erst vorgestern dran!“

„Ja und?“

„Dafür wird man Hauptkommissar?“ Eine Frage, die bescheuert war. Das wusste er auch. Dafür musste Reinhard ihn gar nicht so vorwurfsvoll von der Seite anschielen, der seit letztem Jahr den gleichen Berufsrang hatte. Trotzdem ärgerte es Sebastian maßlos, dass sie ständig einspringen mussten, nur weil nicht genügend Kräfte vorhanden waren. Der öffentliche Haushalt Berlins war immer noch eine einzige Katastrophe und der Senat schuf keine neuen Stellen.

Er ließ Reinhard mit einem kurzen Bestätigungsnicken allein weitergehen, drehte um und suchte im Besprechungsraum an der Tafel seinen Namen. Um 23 Uhr sollte er Reinhard an der S-Bahn Hermsdorf treffen, damit sie mit dessen Auto zum Einfamilienhaus Schirowskis weiterfahren konnten. Nun gut. Jeder hatte mal einen schlechten Tag, und er würde die ganze Nacht Zeit haben, das mit Reinhard wieder geradezubiegen. Den Rest des Tages jedenfalls wollte er nutzen, um noch einige Informationen zu sammeln, in Reinhards Fall und in seinem eigenen.

Doch sein Überraschungszeuge Andrej Michail Tarassow war nicht anwesend, weder in seinem Haus noch in seinem neuen Tätigkeitsfeld als Geschäftsführer einer weiteren Baufirma, die sich als kleine Hinterhofbaracke in Neukölln entpuppte. Also steuerte Sebastian wieder in Richtung Gropiusstadt, zum höchsten Wohnhaus Berlins. Es war erst ein Uhr mittags und er hoffte, dass wenigstens einige der Nachbarn Andreas Sengers Rentner, Hausfrauen oder Arbeitslose waren und somit vielleicht zuhause.

Es gab acht Wohnungen auf der Etage, auf der Andreas Senger wohnte. Gleich die erste Tür der sieben Nachbarn wurde geöffnet. Eine alte Frau in einem modernen Nicky-Trainingsanzug sah bei vorgelegter Sicherheitskette durch den Türspalt. Sebastian zeigte seinen Ausweis. Sofort entriegelte sie die Tür und machte sie weit auf.

Eine Mischung aus Misstrauen und langjährigem Zigarettenkonsum färbte ihre Stimme rau. Als sie bemerkte, dass er weder an ihrer Person direkt interessiert war noch an einer Berechtigung der sozialen Bezüge, die sie vermutlich erhielt, verschwand das Misstrauen. An seine Stelle trat Übereifer. Sebastian vermutete, dass sein Besuch wesentlich zur Abwechslung ihrer sonst wohl eher eintönigen Nachmittage beitrug.

Als sie das Wohnzimmer betraten, schaltete sie sofort den Fernseher ab und hing mit ihren Augen förmlich an seinen Lippen. Volltreffer! Er wollte nur nicht, dass sie heute Abend hinter dem Spion der Wohnungstür wartete, bis Andreas Senger nach Hause kam, und ihn postwendend über das Interesse an seinem Umfeld unterrichtete. Deshalb griff er zu einer Notlüge und erzählte von einer jugendlichen Einbrecherbande, die versuche, die einzelnen Wohnungen als geeignete Objekte auszuspähen, um anschließend in sie einzubrechen.

„Oh mein Gott. Aber ich schließe immer ab. Und lege die Kette vor. Meinen Sie, die Kette reicht? Bei mir ist ja auch nichts zu holen. Aber natürlich: Man muss vorsichtig sein. Immer vorsichtiger."

Er beruhigte sie: „Machen Sie sich bitte nicht zu große Sorgen. Nach unseren Informationen wird ausschließlich versucht, in Wohnungen einzubrechen, deren Bewohner voll berufstätig sind, und in denen deshalb tagsüber niemand zu Hause ist. Wissen Sie zufällig, wer Ihrer Nachbarn hier auf Ihrer Etage den ganzen Tag außer Haus ist?"

„Ja, selbstverständlich. Ich wohne schon seit 14 Jahren hier. Da kennt man die meisten. Also nicht im ganzen Haus, ja. Das nicht. Wissen Sie, der Fahrstuhl, ja, und dann ist das ja auch ein Kommen und Gehen mit den einzelnen Mietparteien. Ich bin 76 Jahre und wissen Sie ..."

Bevor sie dazu kam, ihm ihre Lebensgeschichte zu erzählen, bremste er sie aus: „Frau Martens. Gehen Sie doch am besten der Reihenfolge nach. Ganz rechts außen. Wer wohnt da? Kennen Sie die Leute?"

„Ach, den jungen Mann meinen Sie, ja? Ja, den kenn ich. Das ist der Senger." Sie hielt ihm mit einer Hand einladend die Zigarettenschachtel hin, während ihre andere nach dem Feuerzeug griff, um sich die nächste Zigarette anzuzünden, die bereits in ihrem Mundwinkel hing. Er winkte ab und freute sich bei ihrem Anblick zum wiederholten Male darüber, dass er es vor vier Jahren geschafft hatte, das Rauchen endgültig aufzugeben; nach über zwanzig Jahren und nach diversen deprimierenden Fehlschlägen.

„Wissen Sie, ob dieser Andreas Senger allein in der Wohnung lebt?"

„Ich denke schon, ja."

„Aber Sie sind sich nicht sicher?"

Sie blies den Rauch gegen die Zimmerdecke und sah zu, wie er sich langsam mit der Zimmerluft vermischte, bevor sie antwortete: „Doch, doch, ja, er lebt wohl allein."

„Sie zögern. Warum?"

„Ach Blödsinn! Ich bin eine alte Frau, ja. Und allein, ja. Da bildet man sich schon mal was ein."

„Sie machen aber noch einen sehr fitten und wachen Eindruck auf mich. Sie können ruhig von Ihren Vermutungen sprechen."

Sie richtete sich im Sessel gerade auf. „Ich habe gar keine Vermutungen. Es ist nur mit diesem Nachbarn manchmal etwas merkwürdig, ja. Wissen Sie, man kennt ja inzwischen die Art von jedem. Also das Türklappen und die Schritte zum Fahrstuhl. Und manchmal, ja, war ich mir sicher, dass Herr Senger zur gewohnten Zeit zur Arbeit gegangen ist, ja, und dann, meist nur eine halbe

Stunde später, habe ich ihn im Flur getroffen, ja, wie er wieder am Fahrstuhl wartete. Aber ich sage ja, alles Einbildung. Oder er ist zurückgekommen, weil er was vergessen hatte? Es konnte ja nicht anders sein nach dem schrecklichen Unfalltod seines Zwillingsbruders. Mein Gott. Wie tat er mir damals leid."

Sebastian nickte nur. Keinesfalls wollte er ihren Redefluss unterbrechen.

„Einmal, ja? Einmal habe ich ihn sogar angesprochen."

„Wegen seines Bruders?"

„Nein. Nein. Danach. Also wegen den Geräuschen, ja? Ich war ganz sicher, dass er morgens aus dem Haus gegangen war, ja? Und als ich am späten Vormittag zu meiner Freundin ging. Die wohnt den Gang hoch neben seiner Wohnung, hab' ich ganz deutlich Geräusche aus der Wohnung gehört, ja?"

„Was hatte er für eine Erklärung?"

„Er meinte, er sei so ein Morgenmuffel, dass er öfter mal vergessen würde, den Fernseher oder das Radio auszumachen."

„Nun, das könnte ja so sein."

„Hmm hmm. Aber wissen Sie. Unsere Bäder, ja? Das sind sogenannte Innenbäder und sie liegen hier an dieser Wand, ja?" Sie zeigte auf die Wand, die die Wohnung vom Hausflur trennte. „Und was ich gehört habe, das waren Duschgeräusche. Ganz sicher. Glauben Sie mir, ja? Und die Dusche wird er ja wohl nicht auch vergessen haben auszumachen. So verschlafen kann doch gar keiner sein. Und es war auch nicht das einzigste Mal, ja? Nun sind Sie dran."

Sie kam langsam in Fahrt. Aber nach einer weiteren Rederunde merkte Sebastian, dass sich der Informationsgehalt der Zeugin erschöpft hatte. Pro forma fragte er noch nach den übrigen Nachbarn im Gang und unter einem Wortschwall zur Dankbarkeit der Bürger über die aufmerksamen Polizisten dieser Stadt begleitete sie ihn schließlich zur Tür.

Er konnte seine Geschichte mit der jugendlichen Einbrecherbande noch bei einem weiteren Nachbarn, einem arbeitslosen

45-jährigen Schlosser ausprobieren. Der hatte keine Angst, denn er hatte gleich drei hochwertige Sicherheitsschlösser an seiner Wohnungstür angebracht. Auch er konnte sich noch an die Zeit erinnern, als die Zwillingsbrüder – er wusste ebenfalls nicht, dass es noch einen dritten Bruder gab – zusammen in der Wohnung gewohnt hatten. Er ließ sich unter breitem Grinsen darüber aus, wie lächerlich er die Tatsache fand, dass Zwillinge, noch dazu männliche, im Alter von Mitte Dreißig noch die gleichen Klamotten trugen.

„Wie? Sie waren immer gleich angezogen?", fragte Sebastian, nicht minder erstaunt.

„Nein, nicht immer, aber sie hatten auf jeden Fall die gleiche Kleidung und manchmal war es eben derselbe Pullover, manchmal dieselben Schuhe und so weiter. Und das sah schon irgendwie komisch aus."

„Konnten Sie sie denn auseinanderhalten?"

„Ja, ich denke schon. Meistens jedenfalls."

„Woran? Gab es ein äußerliches Zeichen?"

Er überlegte und antwortete dann: „Nein, nicht dass ich wüsste. Aber ihre Art war völlig anders. Der, der lebt, also der jetzt noch da wohnt, war immer höflich und freundlich, wenn man sich traf. Fast schon übertrieben. Ließ einem zum Beispiel den Vortritt, wenn man zusammen auf den Fahrstuhl wartete. Der andere, der tote Bruder, nie. Brachte kaum mal den Mund auf. Nickte meist nur oder sah einen gar nicht. Ich wusste jedenfalls immer, wen ich vor mir hatte."

„Und der Lebende ist der freundliche?", vergewisserte sich Sebastian.

„Na ja, so freundlich ist er auch nicht mehr immer. Mal so, mal so. Aber so ein Verlust macht einem ja auch ganz schön zu schaffen. Immerhin Zwillinge. Das ist ja irgendwie noch naher als Bruder. Also, ich nehm's ihm nicht übel."

Dann wandte sich der Nachbar wieder seinem eigenen Schicksal zu und erzählte, dass er wöchentlich an die zwanzig Bewerbungen schrieb, ohne Erfolg, und dass seine Hoffnung schwände, jemals wieder aus diesem „Loch“, wie er seine Wohnung nannte, herauszukommen. Bevor die Frustration des Schlossers auf ihn übergreifen konnte, verabschiedete sich Sebastian.

Während der Rückfahrt ins Präsidium drehte er die Musik auf die Frequenz 98,2, Radio Paradiso, ein Sender, der fast ausschließlich Oldies, Schmusesongs und Balladen spielte. Ab und zu musste man sich zwischen den Stücken einen christlichen Spruch anhören, aber das tat dem Musikgenuss keinen wirklichen Abbruch, denn die Sprüche waren weniger aufdringlich als so mancher Werbespruch der übrigen Kanäle. Sebastian summte die Lieder laut mit und überlegte dabei, ob seine Vermutungen, dass Burkhard Senger noch lebte, bei Jagusch inzwischen ausreichend Gehör finden würden.

Ganz offensichtlich hatten die beiden Brüder früher in der Wohnung gemeinsam gelebt, jedenfalls bis zu dem gefakten Unfall, der Auftakt des späteren Betrugs an Krampitz war. Danach war Burkhard wahrscheinlich im Ausland untergetaucht. Gleichzeitig hatte Andreas Senger seinen Nachbarn weisgemacht, dass sein angeblicher Zwillingsbruder tödlich verunglückt war. Mit einem erneuten Durchsuchungsbeschluss in den Wohnungen der Senger-Brüder müsste es mit dem Teufel zugehen, wenn sie nicht irgendetwas fänden, was diesen Verdacht erhärten würde.

Außerdem musste er sich unbedingt einen Beschluss für die Handy- und Telefonverbindungen besorgen. Wenn Burkhard Senger noch lebte, hatten die Drillingsbrüder so sicher Kontakt miteinander gehabt, wie es sicher war, dass sie die Täter in seinem Fall waren, in ihrem Fall. Er wollte Claudia keineswegs vergessen. Im Gegenteil. Es freute ihn, sie gleich wiederzusehen. Sie waren sich nach der gemeinsamen Schicht im Auto außer heute Morgen kurz am Runden Tisch nicht mehr begegnet und hatten nur zweimal telefoniert. Claudia müsste jetzt im Präsidium sein.

Während er auf den Parkplatz fuhr, schoss ihm plötzlich die Erinnerung an die letzte Vernehmung Michael Sengers durch den Kopf. Er war es gewesen, der Sebastian direkt aufgefordert hatte, noch einmal bei ihnen nach den Sachen seines Bruders Burkhard zu suchen. War er sich wirklich so sicher, dass Andreas und er alles beseitigt hatten? Oder ging er nur davon aus, dass ein erneuter Durchsuchungsbeschluss nach dem Fiasko der ersten Verhaftung Andreas' keine ausreichende Unterstützung durch einen Richter finden würde? Ihm fielen die Worte aus dem Bericht der uniformierten Kollegen ein, die besonders darauf hingewiesen hatten, dass Andreas Sengers Wohnung auffallend gründlich geputzt war. Er würde gleich mit Claudia darüber sprechen und sich anhören, wie sie darüber dachte.

Sebastian hatte sich umsonst gefreut. Claudia war nicht da. Er rief sie unter ihrer Handynummer an und sie teilte ihm mit, dass sie noch immer unterwegs in der leidigen Geschäftsführersache sei.

„Du, ich würde wirklich gern mit dir sprechen. Kommst du heute noch mal rein?", fragte er.

„Eher nicht. Ich fahr hier gerade irgendwo in Köpenick herum. Am Ende der Welt. Reinhard ist bei mir. Wir hatten eine Durchsuchung bei Tischlers Steuerberater und haben eine Menge Kisten dabei. Ich wollte heute wenigstens noch einen Teil der Unterlagen durchgehen."

„Hast du schon etwas gegessen?"

„Ähh – nein?"

„Na super. Dann treffen wir uns im *Senseo* in einer Stunde? Essen musst du sowieso. Also keine verlorene Zeit, kein schlechtes Gewissen."

„Soll das so etwas wie eine Einladung sein?"

„Einladung? Ja, warum nicht."

Sie lachte und er hörte im Hintergrund Reinhards Lachen.

„Aber tu mir einen Gefallen. Lass Reinhard im Präsidium, ja? Oder sonst wo. Es geht um unseren Fall, nicht um seinen."

Er legte auf, obwohl sie noch etwas hatte sagen wollen. Mit einem Mal erschrak er. War Claudia gefahren? Und bedeutet das nicht, dass sie die Freisprechanlage ihres Handys nutzte?

Hatte Reinhard nicht an einer Stelle ihres Gesprächs gelacht, wo sie auch gelacht hatte? Sebastian nahm sich vor, morgen früh ganz sicher nicht neben Reinhard am Runden Tisch zu sitzen. Soviel stand fest. Sofort erschrak er erneut, denn siedend heiß fiel ihm ein, dass er Reinhard gar nicht aus dem Weg gehen konnte und sie beide morgen früh überhaupt nicht am Runden Tisch sitzen, sondern in ihren Betten liegen würden. Er hatte ihre bevorstehende gemeinsame Nachtschicht völlig vergessen.

Zehn Minuten vor der Zeit traf er im *Senseo* ein und setzte sich an einen der hinteren Tische. Enrico war nicht da, und der Kellner fragte gelangweilt nach Sebastians Wünschen. Ebenso gelangweilt nahm Sebastian die Karte in die Hand und schickte den Ober erst einmal weg. Der Kerl hatte nichts zu tun. Wer ging auch schon mittags ins *Senseo*. Daran änderte auch das preisgünstige Tagesmenü nichts, das Enrico seit Kurzem anbot.

Sebastian vertrieb sich die Zeit, indem er die Wandmalereien des fensterlosen Raumes studierte. Wie viele Male war er schon hier gewesen? Kaum zu zählen. Aber er hatte sie sich noch nie wirklich angesehen. Er kam nicht mehr dazu, eine Erklärung für dieses Versäumnis zu finden, denn endlich, mit zehn Minuten Verspätung, trat Claudia ein und kam den vorderen Bereich des Restaurants entlang, der aus nicht viel mehr als der langen Theke und ein paar Tischen an den Fenstern des schlauchförmigen Raumes bestand.

Draußen schien die Mittagssonne, und er wusste, dass ihn Claudia, vom Hellen in den dunkleren Raum blickend, wesentlich später erkennen konnte als er sie. Sie trug ihre langen Haare offen. Wie jeden Tag hatte sie blaue Jeans und eine Bluse an. Ihre Jacke hatte sie wegen der Wärme lässig über die Schulter geworfen und hielt sie mit einem Finger fest. Ebenso lässig saß ihre breite Sonnenbrille in ihren Haaren. Sie sah toll aus.

„Hallo! Tut mir leid. Aber aus diesem Köpenick herauszukommen, ist eine Wissenschaft für sich."

„Kannte Reinhard keine Schleichwege?"

„Keine Ahnung. Er hatte es ja nicht so eilig wie ich."

„Wieso eilig?"

„Weil mir eine Verabredung mit einem Sebastian Hochgräber aufgedrängt wurde. Deshalb!" Sie lachte und kramte aus ihrer Jackentasche eine Haarspange, griff sich mit beiden Händen ins Haar und steckte es gekonnt gebündelt nach oben. Er fragte sich, wieso sie die Haare offen trug, wenn sie mit Reinhard unterwegs war.

„Was ist?"

„Wie?"

„Du starrst mich so an. Gibt's was dramatisch Neues?"

Er fing sich wieder – hatte er überhaupt Haltung verloren? – und erzählte ihr von seinem Besuch bei den auskunftsfreudigen Nachbarn von Andreas Senger.

„Verstehe!", bestätigte Claudia. Verstand sie wirklich? Doch! Denn sie sprach gleich weiter, während sie mit einer Hand dem Kellner zuwinkte: „Vielleicht sollten wir mal einen konkreten Plan machen. Ich ahne nämlich, dass Jagusch unsere Sache auf Eis legen will. So ganz passt mir das auch nicht. Ich weiß im Moment nur nicht, wie wir ihn überzeugen könnten."

Der Ober kam und sie bestellten beide die Tagespasta und je ein Mineralwasser. Ein Bier wäre ihm bei Weitem lieber gewesen. Anschließend versuchte er, Claudia von seinem bereits eingeschlagenen Weg der Integration der Zeugenbefragungen für den Kampritz-Fall in die Ermittlungen von Reinhards Fall zu überzeugen.

„Vergiss es!", war ihr Kommentar und eigentlich war es überflüssig, denn er wusste ja selbst, dass Jagusch oder mindestens Reinhard ihm auf die Füße steigen würde. Deshalb hatte er Claudia um dieses Treffen gebeten und gehofft, dass sie eine zündende Idee in ihrem schönen Kopf produzieren würde. Hatte Reinhard eigentlich Sebastians unfreundliche Ausladung vorhin über den Lautsprecher wahrgenommen? Er unterließ es zu fragen, denn Claudia zog ihre Stirn hoch, wie sie es oft tat, wenn sie angestrengt nachdachte.

Dann fragte sie: „Habe ich dir schon die ersten Ergebnisse des Labors in Sachen meiner Wundertüte erzählt?"

Er wusste sofort, was sie mit *Wundertüte* meinte: ihre diversen Proben, die sie ohne Beschluss eingesammelt hatte.

„Claudius, aus dem Labor, kann sich nur immer zwischendurch darum kümmern und auch nur um das, was er selbst machen kann. Wir müssten ihm übrigens mal ein Bier ausgeben."

Sebastian würde ihm auch drei Biere ausgeben, denn das Ganze war nur durch Claudias Verbindung zu den Leuten bei der IuK überhaupt möglich. Er bezweifelte, ob dieser Claudius, den er nicht einmal kannte, Derartiges für ihn getan hätte. Wenn es in seinen bisherigen Fällen einen persönlichen Kontakt zu diesen Technikleuten gegeben hatte, war der immer nur über Volker gelaufen. Aber auch der war nicht gerade ein Freak. Und nun kam diese Kollegin aus Hannover, war gerade mal eine Woche da und schon kriegte sie von den Göttern der IuK alles, was sie wollte. Was doch so ein paar Fachbegriffe ausmachten.

Vielleicht war das bei den Computer- und Laborleuten so wie bei Hundebesitzern und Eltern von kleinen Kindern? Man kam ins Gespräch, zwangsläufig und ohne Hemmungen, die normalerweise zwischen Wildfremden bestanden. Bildete sozusagen eine Schicksalsgemeinschaft und ließ dann so schnell keinen Außenstehenden mehr hinein. Er, Sebastian, war ganz klar ein solcher Außenstehender und hörte begierig die Neuigkeiten der Insiderin Claudia.

„Die DNA von Michael und Andreas Senger sind identisch. Bedeutet also, sie sind eineiig. Keine der Spuren am Tatort des Überfalls stimmt mit ihrer DNA überein. Wenn Burkhard Senger, was zu befürchten ist, ebenfalls die gleiche hat, sehe ich schwarz für ein Abnicken Jaguschs zu weiteren Maßnahmen. Wenn aber nicht ..."

„Hast du eine Ahnung, wie hoch die Wahrscheinlichkeit bei Drillingen ist?"

„Ich habe bisher nur gefunden, dass alles möglich ist: trizygotische, also alle drei aus einzelnen Eizellen, wie normale

Geschwister, bis hin zu komplett monozygotischen Drillingen, alle drei durch Teilung aus ursprünglich einer Eizelle. Und alle Formen dazwischen. Oftmals soll es wohl so sein, dass zweimal Zwillinge heranwachsen und einer im Frühstadium abstirbt. Dann hätte man einmal eineiige Zwillinge und einmal ein genetisch unterschiedliches Geschwisterkind. Aber über die Häufigkeit habe ich noch nichts Verlässliches gefunden."

„Würde uns ja auch nicht wirklich weiterhelfen. Unsere Senger-Brüder könnten die Ausnahme sein oder der Normalfall."

„Richtig! Deshalb wäre mein Vorschlag, dass wir als Erstes herausfinden müssten, wie Burkhards DNA wirklich war."

„Ist!", stellte Sebastian richtig.

Claudia schmunzelte und nickte. Sollten sie einen Beweis finden, dass Burkhard Senger genetisch gesehen ein Einzelkind war und die Spuren am Tatort von ihm stammen könnten, hätten sie ausreichend Futter für Jagusch.

„Wenn nicht, können wir den Fall erst einmal abhaken."

„Nicht so schnell", protestierte er. Aber er wusste, dass sie absolut Recht hatte.

Das Essen, das der Kellner ihnen gerade vorsetzte, sah gut aus. „Macht's dir was aus, mit mir die Tomatenabteilung hier zu tauschen?" Claudia zeigte auf das rote Pasta-Drittel auf ihrem Teller. „Vielleicht gegen einen Teil von der Käsetheke?" Sie lächelte ihn gewinnend an.

„Du magst keine Tomaten?"

„Ich hasse sie."

Er aß Pasta mit Käsesauce auch gerne, aber eigentlich war's ihm egal. Hauptsache, er konnte Claudia auf seine Seite ziehen. Also verschoben sie gegenseitig das Gewünschte und ihre Teller sahen jetzt weniger appetitlich aus.

„Und wie finden wir es heraus?", fragte er mit einer Kostprobe aus der dritten Pastasorte im Mund, Spagetti à la Enrico mit Filetspitzen.

„Keine Ahnung! Wir müssten irgendetwas finden, das definitiv Burkhard gehört hat."

„Und das seine lieben Brüder nicht manipuliert haben können.“

„Hmm Hmm!“

Sie hatte bessere Manieren als er. Sie sprach nicht mit vollem Mund. Eine Weile aßen sie nur. Sie gehörte augenscheinlich zu den Frauen, die das Essen genießen konnten und bei denen es Spaß machte, ihnen dabei zuzusehen. Volker stopfte immer alles in sich hinein. „Der Hunger treibt's rein“, war einer seiner Lieblingssprüche. Aber Claudia aß mit der richtigen Geschwindigkeit, weder piepsig stochernd noch schlingend. Dabei war sie durchaus schlank. Model konnte sie mit der Figur zwar nicht mehr werden, aber das wollte sie wohl auch nicht. Im Gegensatz zu der der Senger-Drillinge war ihre gesamte Figur jedenfalls äußerst wohlproportioniert. Er ermahnte sich selbst, endlich mit diesen privaten Gedanken über seine Partnerin aufzuhören und sich wieder auf den Fall zu konzentrieren.

„Deshalb sollten wir versuchen, Quellen außerhalb der Brüder zu finden und wenn uns kein DNA-Material in die Hände fällt, dann wenigstens alles andere, was geht“, nahm sie mit inzwischen leerem Mund den Faden wieder auf.

„Da fällt mir einiges ein: Die bei der Bank hinterlegte Unterschrift eines Girokontos? Unterlagen beim ehemaligen Arbeitgeber? Fingerabdrücke und Schriftproben von Briefen an Freunde, besser Freundinnen?“, schlug er vor.

„Gute Idee. Fahr doch mal zu dieser Simone Ahrend. Die, die ihre Schwester und ihr Schwager mit Burkhard verkuppeln wollten. Vielleicht lief da schon vorher was.“

„Die steht heute sowieso auf meiner Liste.“

„Ich muss jetzt wieder los. Wie war das? Ich war eingeladen, oder?“ Unvermittelt war Claudia aufgestanden. Sie trank im Stehen ihr Wasserglas leer, griff sich die Jacke und legte ihm die Hand auf seine Schulter, minimal kurz.

„Sebastian! Kümmere dich trotzdem um den Fall Tischler! Reinhard ist schon ziemlich sauer. Ich kann nicht alles für dich wettmachen.“

Er holte tief Luft und wollte etwas erwidern, ließ es dann aber. Sie hob noch einmal kurz die Hand zum Abschied und ging. Er winkte dem Kellner, um zu zahlen. Claudia war schon aus der Tür auf den Bürgersteig getreten, als sie ihre Sonnenbrille herunter schob und die Klammer aus ihren Haaren zog. Mit wenigen Griffen schüttelte sie ihre Mähne aus und ging mit schnellen Schritten aus seinem Blickfeld.

Kapitel 20

Es kotzte ihn an, dass er schon wieder zur nächtlichen Observation eingeteilt war. Und bis eben gerade hatte er diesen unangenehmen Gedanken erfolgreich verdrängt. Jetzt sah er auf die Uhr. Ein wenig Zeit hatte er noch, also bat er den Kellner um ein Telefonbuch. Der blickte ihn an, als hätte Sebastian ihn um eine weitere kostenlose Portion Pasta gebeten.

„Tut mir leid, aber haben wir nicht. Schon lange nicht mehr. Soll ich im Internet für Sie nachsehen?“

„Nein danke.“ Er rief im Präsidium an und ließ sich mit Henna, einer quirligen, stets hoch motivierten Sekretärin aus der Poststelle verbinden. Bereitwillig versprach sie, telefonisch seinen Besuch beim Direktor des Oberstufenzentrums Bürowirtschaft und Verwaltung in Lichterfelde anzukündigen, der Berufsschule, an der Burkhard Senger bis zu seinem Tod tätig gewesen war. „Sebastian, schaff dir endlich ein Smartphone an!“, forderte sie und lachte, bevor sie das Gespräch beendete.

Es war gerade Schulschluss und er hatte Mühe, sich einen Weg durch die Jugendlichen zu bahnen, die den gesamten Bereich zwischen Gebäudeeingang und Bürgersteig füllten, und war froh, dass er die Zeiten von Massenausbildungsstätten hinter sich hatte. Im ersten Stock waren die Verwaltungsbüros untergebracht. Er nahm die Treppe und klopfte an die Tür des Sekretariats. Eine freundliche Endfünfzigerin geleitet ihn in ein Nachbarbüro, wo der Rektor des OSZ, Herr Dr. Kirchhoff, ebenfalls kurz vor Eintritt ins Pensionsalter, hinter seinem Schreibtisch saß und telefonierte.

Er nickte Sebastian zu und wies ihm mit der Hand einen der Stühle ihm gegenüber zu. Lehrer, besonders Rektoren, hatten eine merkwürdige Ausstrahlung. Sie wirkte noch Jahrzehnte nach und Sebastian setzte sich sofort. Dr. Kirchhoff beendete sein Telefongespräch und bat Sebastian um seinen Dienstausweis.

„Wissen Sie, ich bin froh, dass Sie nicht wegen eines Schülers hier sind. Das macht mich immer sehr traurig."

Sebastian konnte sich nicht vorstellen, dass ein Schulrektor wegen eines Schülers traurig sein könnte. Das passte in seinen Augen in etwa so, wie die Freude über den Gewinn des Gegners beim Tischtennis. Er bestätigte, dass es ausschließlich um den verstorbenen Informatiklehrer Burkhard Senger ginge.

„Herr Senger. Ja, das war ein schwerer Schlag für uns. Auch für seine Schüler. Ein sehr beliebter Lehrer."

Sebastian hatte während seiner gesamten Schul- und Studienlaufbahn keinen einzigen beliebten Lehrer genossen. Seine Kategorien gingen von *absolutes Arschloch* über *Arsch* bis zum höchsten Lob *ganz okay*. Wenn er mehr Zeit gehabt hätte, hätte er gerne noch einige Schüler des letzten Ausbildungsjahres befragt, die Burkhard Senger noch gekannt hatten. Aber so musste er schnell zum Punkt kommen.

„Herr Dr. Kirchhoff, ich wäre dankbar, wenn Sie mir einiges zur Person Ihres ehemaligen Kollegen erzählen könnten. Wie war das Verhältnis innerhalb des Kollegiums? Wie lange war er an dieser Schule tätig? Waren Ihnen zum Beispiel seine Segelleidenschaft oder andere Dinge seines Privatlebens bekannt?"

Dr. Kirchhoff hatte während der Fragen die Personalakte aufgeschlagen, die augenscheinlich für diesen Termin bereitgelegt worden war. Sehr umsichtig. Der Direktor referierte beim Blättern, was ihm als Informationen über den ehemaligen Kollegen als ausreichend wichtig erschien. Danach war Burkhard Senger drei Jahre an der Schule tätig gewesen, nachdem er bereits sein Referendariat dort absolviert hatte, überall beliebt, ansonsten unauffällig und nach Kenntnis der Schule hatte er bei seinem Bruder gelebt.

„Kannten Sie seine Drillingsbrüder?"

„Kannten? Nein. Aber natürlich wussten wir alle, dass Herr Senger ein Drilling ist. Ist ja doch eine recht seltene Sache. Den Schülern hatte er wohl einige Male von den Vorzügen und Nachteilen in der Kindheit und Jugend erzählt."

„Die da waren?"

„Na, die üblichen Verwechselungsspiele. Die sind nicht erst seit Kästners Doppeltem Lottchen immer wieder ein lustiges Gesprächsthema, besonders wenn es darum geht, die Lehrer zu foppen."

„Und die Nachteile?"

„Sie kennen seine Brüder?", stellte Dr. Kirchhoff die Gegenfrage.

„Ja, natürlich."

„Dann wissen Sie ja auch, dass die Sengers nicht gerade, sagen wir mal vorsichtig, mit körperlicher Attraktivität gesegnet sind. Burkhard Senger hat mit seinen Schülern ganz offen auch über seine Probleme als Jugendlicher bei den Mädchen seiner Generation gesprochen. Ich denke, diese Offenheit wurde ihm hoch angerechnet. Mir ist nie zu Ohren gekommen, dass sie über ihn irgendwie gelästert oder etwa einen hässlichen Spitznamen benutzt hätten. Was ich zu meinem Bedauern nicht über alle Kollegen sagen kann", seufzte der Direktor und Sebastian stellte sich gerade vor, was er sich für Dr. Kirchhoff ausgedacht hätte, aber er war inzwischen wohl zu alt und zu ungeübt, denn ihm fiel auf die Schnelle kein geeigneter Spitzname ein.

„Wie sahen Sie die fachliche Kompetenz des Kollegen?", fragte er stattdessen.

Er hätte nicht gedacht, dass der Rektor ein so herzhaftes Lachen zustande bringen konnte. „Soweit ich das beurteilen konnte – und das ist nicht viel –, war er sehr gut in dem, was er tat. Typischer Techniker. Pragmatisch und tüftlerisch zugleich. Aber ich sage meinen jungen Leuten immer: Es ist gut und es ist wichtig, dass Sie wissen, wie diese Maschinen funktionieren. Aber ich lehre Sie die richtigen Worte und Inhalte, die Sie darauf schreiben können."

Selbstgefällig fuhr sich Dr. Kirchhoff durch sein schütteres Haar und kreuzte dann die Arme vor der Brust. Sebastian hatte doch Recht: Es gab noch immer keine beliebten Lehrer.

„Herr Dr. Kirchhoff. Was ich eigentlich am dringendsten benötige, ist ein Schreiben, der Anstellungsvertrag oder Ähnliches, das von dem verstorbenen Kollegen stammt."

Der Rektor lehnte sich abrupt in seinem Ledersessel zurück, beide Hände an der Tischkante und bildete so augenblicklich eine Wand. „Und weshalb, wenn ich fragen darf?“

„Keine Sorge. Wir benötigen dieses ausschließlich für Vergleichszwecke.“

„Vergleichszwecke? Bei einem Mann, der seit über drei Monaten tot ist? Würden Sie mir bitte nähere Gründe erläutern?“

Eine Krähe hackt der anderen kein Auge aus, kam es Sebastian in den Kopf. Den Spruch hatte auch Volker immer gebracht und er schien nicht nur bei Ärzten zu stimmen.

„Es tut mir leid. Aber über die laufenden Ermittlungen darf ich Ihnen leider keine Auskunft geben.“

„Ich nehme an, Sie haben den Beschlagnahmebeschluss mitgebracht?“

„Ist der nötig? Ich dachte, wir könnten die bürokratischen Wege etwas abkürzen. Immerhin geht es um ...“ Der Direktor unterbrach ihn, während er gleichzeitig zur geöffneten Bürotür zeigte: „Sehen Sie dieses Schild dort?“

Sebastian folgte mit seinem Blick seinem ausgestreckten Arm und zuckte dann mit den Achseln.

„Ja?“

„Dort steht ‚Rektor'. Meinen Sie allen Ernstes, dass ich als Rektor einer Schule einfach mal die bürokratischen Wege, die im Übrigen, lieber Herr Hochgräber, rechtlich-demokratische sind, überspringen werde?“

„Ich habe auch die Möglichkeit, wenn bei dem Fall Gefahr im Verzuge ist ...“

Weiter kam Sebastian wieder nicht. Der Direktor war aufgestanden und herrschte ihn an: „Machen Sie sich doch nicht lächerlich. Und jetzt entschuldigen Sie mich bitte. Ich habe zu tun.“

Sebastian fühlte sich wie ein Zehntklässler und war zu nichts anderem imstande als zu nicken. Gleichzeitig kochte es in ihm.

„Ich werde wiederkommen, Herr Rektor“, sagte er, als er an ihm vorbei aus der Tür ging. Im selben Moment kam die Sekretärin, und sie stießen beinahe zusammen.

Irritiert versuchte sie kurz, die Situation zu erfassen, dann wandte sie sich an Dr. Kirchhoff. „Herr Direktor, wenn Sie bitte mal sofort kommen könnten. Es gab wieder einmal eine unschöne Auseinandersetzung.“

Sie verließen zu dritt das Sekretariat und der Schulleiter und seine Sekretärin eilten Sebastian voraus in Richtung Treppenhaus.

„Gewalt an den Schulen. Darum sollten Sie sich mal lieber kümmern, statt gegen einen Verstorbenen zu ermitteln“, hörte er den Rektor noch deutlich schimpfen.

Sebastian blieb stehen und sah aus dem Fenster auf die Straße. Der Vorplatz der Schule war bis auf eine kleine Gruppe leer. Fünf Jugendliche gestikulierten untereinander und ein Erwachsener, offenbar ein Lehrer, blickte in Richtung Eingangstreppe, die in diesem Moment Dr. Kirchhoff eilig hinunterstieg.

Millisekunden brauchte Sebastians Gehirn, eine Idee zu entwickeln, eine knappe Minute benötigte sein Gewissen, sie als angemessene Maßnahme zu beurteilen. Er drehte um und ging zurück ins Büro. Er würde die gewünschten Unterlagen wahrscheinlich ohnehin bekommen. Nicht jetzt. Aber später. Ganz sicher. Er würde nur zeitlich etwas vorgreifen. Wenn er genug Indizien zusammengetragen hatte, könnten sich auch Jagusch und ein Richter nicht seinen Argumenten verschließen.

Er blätterte in der Akte, die noch immer auf dem Tisch des Rektors lag. Kurz war er versucht, den in einer Klarsichthülle abgehefteten Anstellungsvertrag zu wählen, heftete dann doch lieber nur eine Krankmeldung nebst entsprechendem Anschreiben Sengers aus dem Jahr 2015 heraus. Es würde niemandem auffallen. Er klappte die Akte wieder zu und verließ den Gang mit den Verwaltungsbüros in Richtung Treppenhaus des linken Seitenflügels. Die Krankmeldung würde später nicht mehr als Beweismittel dienen können, aber das war Sebastian egal. Sie würden dann genügend andere, rechtmäßig erworbene, Beweisstücke besorgen können.

Im Auto steckte er die Papiere zufrieden in eine Plastikhülle und nahm Kurs auf die Wohnung von Simone Ahrend. Sie war

Reisebürokauffrau und wohnte nach Angaben ihrer Schwester Kerstin noch immer allein. Es war jetzt erst 15 Uhr und er hoffte, sie würde bereits zu Hause sein. Sie wohnte in Steglitz, also nicht allzu weit entfernt von der Schule, die er gerade verlassen hatte, während ihre Arbeitsstelle irgendwo hoch oben im Norden der Stadt lag.

Seine Hoffnung erfüllte sich nicht. Er rief sie im Reisebüro an und verabredete sich mit der erstaunten Simone für halb acht am Abend in ihrer Wohnung. Anschließend fuhr er ins Präsidium, brachte seinen gestohlenen Schatz ins Labor, wo sich alle bereits in Wochenendaufbruchsstimmung befanden, und fragte nach einem Claudius, dessen Nachnamen er nicht kannte. Gott sei Dank gab es nur einen Claudius.

Dieser sah ihn verständnislos an und schüttelte dann energisch den Kopf, als er ihm seine brandeilige Fingerabdruckanalyse an Herz legte. „Mann! Weißt du eigentlich, dass ich mir hier schon mehrfach den Arsch für euch aufgerissen habe? Irgendwann ist mal finito. Und zwar jetzt, guter Kollege. Ich habe Feierabend und seit drei Wochen das erste Mal keine Wochenendbereitschaft. Verstehst du? Wenn ich keine Bereitschaft habe, werde ich wohl erst recht nicht hier bleiben für irgendwas, für das ihr ..." er fuhr deutlich seine aufgebrachte Stimme herunter, „... gar keine Akte habt."

Sein Empörungsausbruch war endlich zu Ende. Hätte er Claudius an anderer Stelle kennengelernt, wäre Sebastian der kleine schwarzhaarige Mann mit südländischem Aussehen und Temperament bestimmt sympathisch gewesen.

„Meinst du, du könntest gleich Montag früh ...?", wagte er einen Vorschlag zur Güte, der eigentlich immer noch eine Frechheit war. Schade, dass Claudia nicht da war. Hätte ein Claudius für eine Claudia eher ...? Grimmig nahm Claudius ihm die Hülle ab, ging zu einem Registerschrank und packte das wertvolle Teil in die oberste Schublade. „Du kriegst das Ergebnis am Montagmittag – gegen ein Essen."

Sebastian grinste ihn dankbar an und nickte.

„Und nicht aus der Kantine. Ich esse gern Sushi!“, rief Claudius und ließ ihn einfach stehen. Sein älterer weißbekittelter Kollege, der während des Gespräches beschäftigt zwischen einem langen Arbeitstisch auf der einen Seite und diversen technischen Geräten auf der anderen hin und her gelaufen war, blieb mitten im Raum stehen und wartete mit böser Miene darauf, dass der Eindringling die heiligen Hallen nun auch tatsächlich ebenfalls verließ.

Erleichtert erreichte Sebastian wieder die ihm vertrauten Bereiche des großen Gebäudes. Es war halb fünf und an der Zeit, die liegen gebliebene Schreibtischarbeit zu erledigen. Der Geruch des gerade durchlaufenden Kaffees entschädigte ihn ein wenig für den Frust, dass er einen Bericht im Fall Tischler schreiben musste und nicht die geringste Ahnung hatte, welchen Inhalt der haben sollte. Sebastian hatte seit heute Morgen, als der russische Geschäftsfreund des Hauptverdächtigen weder in seiner Wohnung noch in seiner neuen Firma anzutreffen gewesen war, nicht mehr einen Gedanken an den Fall verschwendet.

Jetzt konzentrierte er sich auf Reinhards Fall. Die Personenauskunft über Tarassow ergab ein buntes Bild. Bauskandale und einige Berührungen mit dem Rotlichtmilieu. Sebastian betrachte das Foto des Russen. Ein kräftiges, männliches Aussehen und nicht die Spur eines Hinweises in seinen Gesichtszügen, dass Tarassow sich gemäß den Einträgen in seiner Akte zur homosexuellen Szene hingezogen fühlte. Sein Name tauchte im Zusammenhang mit zwei Razzien in stadtbekannten Schwulenlokalen und im Zusammenhang mit pornografischen Guy-Seiten im Internet auf. Dabei war der Russe verheiratet, hatte drei Kinder und sein sonstiges Umfeld war eher machogeprägt.

Sebastian ging ins Nebenbüro, wo ein PC mit Internetzugang stand, und suchte über Google eine Weile nach dem Namen Tarassow und der Neuköllner Baufirma. Claudia hätte für diese Minirecherche sicher nicht mehr als zehn Minuten gebraucht, er brauchte eine halbe Stunde. Aber immerhin.

Über eine neue Firma fand er nichts. Über Tarassow dagegen einen interessanten Artikel über geprellte Subunternehmer eines Bauskandals in Leipzig vor acht Jahren. Hier schien also der Zusammenhang zu Tischler zu sein, weswegen der Russe sich telefonisch bei ihm gemeldet und seine Aussagebereitschaft bekundet hatte. War der Russe damals als Subunternehmer ebenfalls ein Opfer Tischlers gewesen?

Sebastian druckte den Artikel aus und nahm ihn als Grundlage, seinen Bericht etwas aufzubauschen, der aber dennoch spärlich blieb. Also nahm er sich vor, nach dem Treffen mit Simone Ahrend noch einmal bei der Privatanschrift Tarassows vorbeizufahren.

Während er die Personenauskunft und den Handelsregistereintrag in der Interimsakte abheftete, klingelte sein Telefon. Der Pförtner teilte mit, dass ein Herr Michael Senger ihn zu sprechen wünschte, und ob er ihn nach oben schicken könnte.

Guck einer an! Sebastian war nicht sonderlich gut vorbereitet auf so einen Überraschungsbesuch, aber viel zu neugierig, um Senger wieder wegzuschicken.

„Geht in Ordnung. Schicken Sie ihn hoch."

Wenig später klopfte es. Nach seinem „Ja bitte?" trat Michael Senger ein.

„Störe ich?"

Sebastian ordnete schnellstmöglich seine Gesichtszüge, um überzeugend lässig zu antworten: „Nein. Kommen Sie herein. Was kann ich für Sie tun?"

„Ich wollte mich nur mal erkundigen, wie der Sachstand so ist."

„Anrufen hätte genügt. Außerdem bin ich nicht befugt, Ihnen Auskunft zu geben. Die Ermittlungen laufen noch."

„Auch gegen mich?"

„Haben Sie einen Anwalt?"

„Selbstverständlich."

„Fragen Sie ihn."

„Warum so unfreundlich?"

Sebastian hatte ihm keinen Platz angeboten. Michael setzte sich trotzdem auf Claudias Stuhl, was Sebastians Laune nicht verbesserte. Er forderte ihn deshalb auf: „Setzen Sie sich bitte hier auf den Besucherstuhl."

Michael lächelte ausführlich und folgte dann der Anweisung. „Hatten Sie Erfolg bei Ihrem Besuch in der Schule meines toten Bruders?"

Sebastian überlegte kurz, ob er ihn rausschmeißen sollte. „Sie wissen also von meinem Besuch dort?"

„Ich habe Sie zufällig dort gesehen."

„Zufällig? In etwa so zufällig wie der Besuch Sabine Schuberts in meiner Privatwohnung?"

„Sabine Schubert? Wer soll das sein?"

‚Übertreib nur nicht so', dachte Sebastian und antwortete: „Sabine Schubert ist die Ehefrau von Frank Schubert. Wollen Sie mich jetzt auch fragen, wer das ist?"

„Natürlich nicht. Ah, ich erinnere mich. Frau Schubert suchte mich in der Firma auf. Das war an dem Nachmittag, an dem ihr Mann verhaftet wurde, nicht wahr? Die arme Frau. Sie war völlig verzweifelt."

„Ach, und deshalb haben Sie sie ausgerechnet zu mir geschickt?"

„So würde ich das nicht nennen."

„Woher hatten Sie eigentlich meine Privatanschrift?"

„Habe ich die?"

„Senger! Hören Sie auf Spielchen zu spielen. Sie haben Frau Schubert sogar begleitet."

„Ich spiele grundsätzlich nicht."

„Das ist eine Lüge und das wissen Sie. Vergessen Sie nicht: *Ich* stehe auf der richtigen Seite. *Sie* auf der falschen."

Michael Senger stand auf. Aus seinen blassblauen Augen stach unverhohlene Verachtung hervor: „Überschätzen Sie sich nur nicht. Sie tun das nicht für die Gerechtigkeit. Sie arbeiten nur für Ihr Ego!"

Ohne ein weiteres Wort verließ er das Büro.

Sebastian wollte ihm souverän irgendetwas hinterherrufen, aber ihm fiel nur ein: *Wer zuletzt lacht, lacht am besten*! Einer der dämlichen Volker-Sprüche. Auf keinen Fall cool genug, um auf Michael Sengers Auftritt angemessen zu reagieren. Aber schließlich hatte der Zeit gehabt zu üben. Sollte er, Sebastian, demnächst den Besuch erwidern, würde er die besseren Karten haben. So viel stand fest.

Er nahm sich noch einen Kaffee. Aber die Zigarette dazu fehlte plötzlich. Hörte das denn nie auf? Er schnappte sich seine Jacke, seine Adressenliste und ließ den gefüllten Kaffeepott und die Schreibtischarbeit zurück, um sich auf den Weg zu Simone Ahrend zu machen. *Wer zuletzt lacht, lacht am besten!*

Zehn Minuten vor dem mit ihr verabredeten Termin klingelte er an der Wohnungstür im zweiten Stock eines typischen 70er-Jahre-Mehrparteien-Flachgebäudes in der Althoffstraße in Steglitz. Um es aufzuwerten, hatten die Eigentümer das Haus in sonnengelb und weiß angestrichen. Es half nicht viel. Es blieb hässlich. Aber um die Häuseranlage herum standen viele Ahorn- und Kastanienbäume. Die Höfe hatten Kinderspielplätze und grüne Rasenflächen. Dafür, dass die Althoffstraße nur wenige Fußminuten von der Schlossstraße, einer belebten Geschäfts- und Einkaufsstraße, entfernt war, nicht die schlechteste Umgebung für kinderreiche Familien. Nur war Simone Ahrend weder liiert noch Mutter.

Sie empfing ihn freundlich und bot ihm etwas zu trinken an. Er entschied sich für einen Kaffee, der sicherlich besser schmecken würde als der in seinem Büro. Außerdem war er seit heute Morgen um halb sieben auf den Beinen und eine lähmende Müdigkeit machte sich in ihm breit. Während sie den Kaffee in der Küche zubereitete, plauderte sie über ihre baldige Stellung als Tante dank ihrer Schwester Kerstin und deren Mann Dirk und über ihre Beziehung zu Burkhard Senger.

Die war jedoch noch nicht so weit gediehen gewesen, wie Sebastian gehofft hatte, was er überhaupt nicht verstand.

Simone war eine hübsche schlanke Frau mit einer warmherzigen Ausstrahlung, vielleicht ein wenig mädchenhaft. Aber mein Gott! Was hatte Burkhard mit seinem Aussehen denn erwarten können? Warum hatte er nicht zugegriffen bei so einem Angebot? Vielleicht, weil er bereits gewusst hatte, dass die Beziehung ein zu jähes Ende finden würde? Ein Mann, der brutal einen Postboten ins Koma schlägt, gleichzeitig aber rücksichtsvoll mit einer Frau umging, die ganz offenbar, glaubte man Kerstin und Dirk, in ihn verknallt gewesen war? Auch das schien Sebastian keine sonderlich überzeugende Idee.

Als sie mit den gefüllten Tassen ins Wohnzimmer gewechselt waren, holte Simone aus dem Schrank ein Fotoalbum und nahm es mit an den Tisch. Es waren Fotos von einer Geburtstagsfeier bei einem gemeinsamen Freund und Fotos vom Start in den Urlaub, der mit dem vermeintlichen Tod Burkhards geendet hatte. Vom Urlaub selbst gab es naturgemäß keine Fotos mehr, da nahezu sämtliches Gepäck, das hatte geborgen werden können, und auch die Handys durch das Meerwasser unbrauchbar geworden waren. Er nahm die Fotos von der Party zum Anlass, im Gespräch herauszufinden, ob es irgendetwas gab, einen Brief, ein Foto, etwas, das von Burkhard stammte. Simone schüttelte traurig den Kopf. „Nein, ich habe nur eine einzige Sache von ihm. Seinen blau-weiß-gestreiften Lieblingspullover, den er auf dem Boot abends immer anhatte."

Sebastian war wie elektrisiert. Auf etwas mit verwertbaren Fingerabdrücken hatte er ja gehofft, aber DNA-Material wäre natürlich der Hammer. Er hätte heute an einem einzigen Tag beide Proben eingesammelt, die der Schlüssel zu der weiteren Ermittlungsarbeit sein würden.

„Ich dachte, die meisten Sachen seien durch den Wassereinbruch in der Kajüte verdorben gewesen?"

„Nein, dieser Pullover nicht. Er lag hinten am Heck auf der Sitzbank. Nur der Bug und die Kajüten standen unter Wasser. Ich habe ihn mir übergezogen, als wir von der Küstenpatrouille aufgesammelt wurden."

Er hielt die Luft an, aber sie sprach nicht weiter. Deshalb fragte er: „Und Sie haben ihn dann als Andenken behalten."

„Nein! Ja. Selbstverständlich hatte ich den Pullover hier in Deutschland zurückgegeben. Aber Andreas, das war wirklich sehr nett von ihm, hat ihn mir bei der Trauerfeier für Burkhard als Andenken zurückgegeben."

„Frau Ahrend, ich weiß, diese Frage muss Ihnen jetzt merkwürdig anmuten: Aber wurde dieser Pullover gewaschen oder gereinigt?" Er hatte Verwunderung erwartet, aber stattdessen war ihr diese Frage peinlich. Ihre Hände arbeiten noch mehr beim Sprechen als vorher und sie sah ihn nicht an, sondern fixierte die Kaffeetassen auf dem Tisch. „Hmm, ich glaube nicht, dass Andreas ihn gewaschen hatte. War ja vielleicht Einbildung, aber irgendwie roch der Pullover noch immer nach Burkhard, obwohl das Ganze da schon mehrere Wochen her war und da habe ich ihn ..."

„Auch nicht gewaschen. Ich hätte das auch nicht getan."

Jetzt erst war sie überrascht und er lächelte sie verständnisvoll an. Er hätte es wirklich auch nicht getan. Erika hatte nach ihrem Auszug ein T-Shirt bei ihm vergessen, das unter das Bett gerutscht war. Er hatte es wochenlang unter seinem Kopfkissen liegen. Simone Ahrend war ihm sympathisch und er wusste nicht recht, wie er erklären sollte, dass er diesen Burkhard-Erinnerungs-Pullover gerne mitnehmen würde. In diesem Moment kam auch bereits ihre Frage: „Sagen Sie, was wollen Sie denn mit den Sachen?"

Wenn sie ihm nicht vorhin in der Küche erzählt hätte, dass sie gerade eine Beziehung begonnen hatte und nach ihren eigenen Worten endlich wieder glücklich war, hätte er jetzt gestottert oder geschwiegen, jedenfalls nicht die Antwort gegeben, mit der er sich trotz ihrer neuen Liebe ziemlich mies vorkam: „Ich möchte Ihnen keinesfalls irgendwelche falschen Hoffnungen machen. Aber es könnte sein, nur unter Umständen, wir wissen es nicht wirklich, dass Burkhard Senger vielleicht doch noch lebt."

Ihre Augen wurden groß und sie beugte ihren Oberkörper ruckartig nach vorn. „Was? Das ist doch nicht möglich! Meinen

Sie, dass er sich doch retten konnte? Mein Gott. Unvorstellbar. Und hat er sein Gedächtnis verloren? Ich meine, muss er doch. Er hätte sich doch sonst gemeldet. Vielleicht nicht bei mir, aber bei seinen Brüdern. Ach so. Sie meinen, er hat sich dort gemeldet und sie haben mir nur noch nichts gesagt? Aber ich habe doch neulich Andreas getroffen ..."

Er beendete ihre Vermutungen. „Nein, er hat sich nicht gemeldet. Wir wissen noch nichts Genaues. Aber wir könnten durch eine DNA-Analyse eines Gegenstandes, der zweifelsfrei ihm gehört hat, unter Umständen feststellen, ob er noch lebt."

„Das verstehe ich nicht. Wieso? Wie kommen Sie denn dann überhaupt darauf, dass er noch lebt? Sie müssen doch irgendeinen Anhaltspunkt haben?"

Er schüttelte den Kopf und griff nach seiner leeren Kaffeetasse, um Zeit zu gewinnen. Er fühlte ihre nachdenklichen Blicke auf sich ruhen. Als er wieder aufsah, wandte sie den Blick ab, nahm seine leere Tasse und stand auf. „Ich hole Ihnen einen neuen."

Er blieb sitzen und überlegte krampfhaft eine Formulierung, die nicht gelogen und dennoch überzeugend und nicht abschreckend klang. Der Pullover war vielleicht der einzige Gegenstand, der – im Moment jedenfalls – eine Chance war, die Eineiigkeit der Drillinge zu widerlegen. Wenn er diese vermasselte und die Untersuchung unter falschen Voraussetzungen erfolgte, war sie später wie die in der Berufsschule entwendete Krankmeldung vor Gericht nicht mehr zu verwerten. Nicht einmal im Abschlussbericht für den Staatsanwalt. Bei den anderen Proben wäre das kein großes Problem. Fand dieser Claudius im Labor etwas, das ihnen weiterhalf, konnten sie gezielt für eine weitere Probe einen Beschluss erwirken und das Ganze noch einmal ganz offiziell durchlaufen lassen. Aber es gab nur diesen einen Pullover. Auf Proben, die die Brüder ihm aushändigten, vertraute Sebastian nicht mehr. Ganz abgesehen davon, dass sie ihm wohl keine mehr freiwillig herausgeben würden. Simone Ahrend kam zurück und enthob ihn jeder weiteren Überlegung einer Strategie. Mit fester Stimme fragte sie: „Sie brauchen die Untersuchung im Rahmen der

Ermittlungen in dieser Betrugssache Krampitz. Sie glauben gar nicht, dass Burkhard noch lebt, oder?“

„Doch, ich glaube, dass Burkhard Senger lebt“, widersprach er und es war die reinste Wahrheit.

„Bekomme ich ihn wieder?“

„Den Pullover? Selbstverständlich. Ich kann nur noch nicht sagen, wann. Das hängt vom Ergebnis ab.“

„Nehmen Sie ihn mit.“

Sebastian hielt den Atem an. Er hatte mehr Glück als Verstand. Doch er durfte sich nicht verkneifen, sie darauf hinzuweisen: „Sie wissen, dass Sie das nicht müssen. Ich wäre dann gezwungen, einen Beschlagnahmebeschluss zu erwirken und ich habe ehrlich keine Ahnung, ob ich den im Moment überhaupt bekommen würde.“

„Ihre Ehrlichkeit ehrt Sie.“ Sie lächelte ihn an. „Es ist in Ordnung. Erstens bin ich mir ziemlich sicher, dass es nichts gibt, was Burkhard oder seine Brüder belasten könnte. Ich glaube nicht, dass ich mich so in einem Menschen getäuscht haben soll. Aber zweitens, wenn ich mich geirrt haben sollte, dann ist es gut, dass Sie ermitteln.“

Sein „Danke!“ kam aus tiefstem Herzen. Er schrieb ihr eine Quittung über den Erhalt des Pullovers und sie bestätigte mit ihrer Unterschrift, dass sie ihr Eigentum freiwillig und nach entsprechenden Belehrungen über ihr Verweigerungsrecht zur Untersuchung übergeben hatte.

Als er mit dem sorgsam von Simone Ahrend verschnürten Beutel ins Auto stieg, wusste er, dass von diesem Pullover auch die weitere offizielle Ermittlungstätigkeit abhing. Sollte sich an den hoffentlich zur Genüge vorhandenen Hautschuppen oder Körperhaaren in der Wolle beweisen lassen, dass auch Burkhard die gleiche DNA gehabt hatte wie seine Brüder, war Sebastian mit seinem Latein am Ende. Schluss. Aus. Es gäbe keinerlei Rechtfertigung mehr für seine Alleingänge, die bereits jetzt in Jaguschs Augen mehr als zweifelhaft sein dürften. Er spürte, wie sich bei dem Gedanken an den kommenden Dienstag – früher konnte er auf keinen Fall mit einem Ergebnis rechnen – ein Gefühl in ihm ausbreitete, das er – wäre er ehrlich zu sich selbst – durchaus als Angst bezeichnen könnte.

Kapitel 21

Es war inzwischen kurz vor 22 Uhr, als Sebastian den Zeugen Tarassow, der ihn von sich aus angerufen und um ein Gespräch gebeten hatte, aus seinem wahrscheinlich unverdienten Feierabend in dessen kleinen, aber feinen Doppelhaushälfte in Grunewald klingelte. Erstaunlich offen begrüßte ihn der gebürtige Russe, der seit zwölf Jahren in Deutschland lebte und nach Aussage des Handelsregisters und des Gewerbeamtes in dieser Zeit bereits sieben Firmen geführt hatte. Bei allen handelte es sich um Import-Export-Gesellschaften oder Firmen im Baugewerbe „Trockenbau-Ausführungen, Entrümpelungen, Abriss", für die keine weitergehende Ausbildung, Meisterprüfung oder sonstige Zulassung des Geschäftsführers nachgewiesen werden musste.

Im Gegensatz zu der sogenannten Russen-Mafia, gegen die Sebastians Kollegen von der organisierten Kriminalität kämpfen mussten, war Tarassow nach Sebastians Ermittlungen nur ein kleines bis höchstens mittleres Rad in einer internationalen Geschäftswelt, die über viel, viel Geld verfügte und deren Praktiken sich oftmals im großen grauen Randbereich der Legalität bewegten. Die Angaben über eine Berührung mit der Homoszene Berlins, die Sebastian gefunden hatte, passten nicht sonderlich in dieses geschäftliche Umfeld.

Auf dem großen Tisch seines Wohn-/Esszimmers standen Überreste eines Abendessens; eines leckeren, dem Geruch nach zu urteilen, der noch immer im Raum hing. Eine junge blonde Frau erhob sich vom Tisch, als Sebastian und Tarassow den Raum betraten. Überrascht sah Sebastian, dass die drei Söhne der Familie im Alter von ungefähr zwei bis sieben Jahren noch um den Couchtisch herum saßen und neugierig aufblickten. Dann fiel ihm ein, dass die Sommerferien noch immer andauerten und damit wahrscheinlich auch Kindergarten und Hort geschlossen hatten, und die Tarassows schienen daher großzügiger zu sein, was die Zu-Bett-geh-Zeit ihrer Sprösslinge betraf.

Der Russe bot Sebastian an, das Essen gemeinsam mit ihm fortzusetzen. Noch bevor Sebastian antworten konnte, gab Tarassow seiner Frau Anweisungen in russischer Sprache. Sie brachte aus der Küche einen Teller und Besteck, stellte das Gedeck auf den Tisch und zog den davorstehenden Stuhl einladend etwas zurück. In diesem Moment wurde Sebastian bewusst, dass er seit der Pasta heute Mittag noch nichts gegessen hatte. Nicht ganz ohne schlechtes Gewissen nahm er Platz und nickte. Eigentlich durfte ein Ermittlungsbeamter außer einem Glas Wasser oder einem Kaffee nichts annehmen. Aber sein Magen knurrte und heute war in gewisser Weise ein Notfall.

So kam er durch Reinhards Fall zu einem ebenso überraschenden wie schmackhaften Abendessen, gewürzt mit jeder Menge offenherziger Informationen über die damalige Zusammenarbeit zwischen Tarassow und dem flüchtigen Geschäftsführer Tischler. Mit der Vermutung, Tarassow wollte dem ehemaligen Geschäftspartner durch eine freiwillige Aussage helfen, hatte er offenbar falsch gelegen. Umso besser. Natürlich war Sebastian klar, dass sein Gegenüber sein Geld nicht nur mit einer kleinen Neuköllner Hinterhoffirma verdiente, und dass keine einzige der vielen „Geschäftsgeheimnisse" des früheren Partners, die Tarassow ihm da anvertraute, auch nur den geringsten strafrechtlich relevanten Inhalt für ihn selbst besaß. Aber das hatte Sebastian auch nicht erwartet, und er konnte in angenehmer Atmosphäre ein wenig Futter für den morgigen Bericht sammeln.

Den Wodka, den ihm Tarassow nach dem Essen anbot, lehnte Sebastian allerdings ab. Bevor er in seinem Job regelmäßig auch mit russischen Geschäftsleuten zusammengetroffen war, hatte er diesen andauernden Wodkakonsum für Nonsens aus Film und Fernsehen gehalten. Russe gleich Wodkatrinken. Aber er war eines Besseren belehrt worden. Dieses Klischee bediente sich tatsächlich der Realität wie auch zum großen Teil das der schönen russischen Ehefrauen. Zumindest im Fall Tarassow.

Tarassow schob ihm schließlich einen Zettel mit einem Namen, Alexander Lange, und einem Ortsnamen, der spanisch klang, zu. „Das ist der Aufenthaltsort eines ehemaligen deutschen Partners, der mit Tischler noch immer Kontakt hat", erklärte der Russe.

Sebastian horchte auf. „Danke. Vielen Dank." Er lächelte Tarassow freundlich an.

„Das habe ich einem Freund zu verdanken. Einem Steuerberater. Feiner Kerl."

Sebastians Puls beschleunigte sich. Was wollte der Russe ihm da gerade durch die Blume mitteilen? Weshalb erzählte er, von wem er die spanische Adresse erhalten hatte? Und konnte es wirklich ein Zufall sein, dass dieser jemand ausgerechnet ein Steuerberater war?

Auch Tarassow lächelte. „Wissen Sie, Steuerberater, das ist ein ehrbarer Beruf. Nur leider, wie bei den Notaren, Anwälten, Polizisten und Ärzten gibt es hin und wieder auch in diesen Berufsgruppen schwarze Schafe. Dieser besagte Steuerberater gehört zu den Guten und ich glaube, er will sein Berufsbild und die Berufsehre wieder etwas geraderücken."

Das schien nun endgültig eine klare Anspielung auf Michael Senger zu sein. Und diesen Zusammenhang bildete sich Sebastian nicht ein. Dafür war das Bauchgefühl, das sich gerade in ihm ausbreitete, viel zu stark, auch wenn er noch nicht die geringste Ahnung hatte, was Reinhards Fall des flüchtigen Geschäftsführers mit dem eigenen Fall der Senger-Brüder zu tun haben könnte. So oder so hatte er jetzt eine ernsthafte neue Spur. Reinhard würde begeistert sein.

Reinhard! Nein! Ach du Schei... ! Reinhard würde alles andere als begeistert sein! Die Schreckwelle schob sich vom Gehirn aus in alle Gliedmaßen, und Sebastian verabschiedete sich überstürzt von der gastfreundlichen Familie. Es war kurz vor 23 Uhr. Er befand sich gerade in Grunewald und sollte vereinbarungsgemäß in wenigen Minuten am S-Bahnhof Hermsdorf, der etwa 25 km entfernt lag, in Reinhards Auto steigen. Das letzte Mal hatte er die Überwachungsschicht heute Nachmittag im Kopf gehabt. Danach war es – wusch – weggewesen. War ihm das schon jemals passiert?

Er rannte zu seinem Auto und rief dabei Reinhard an, dessen Stimme wieder ganz normal schien. Offenbar hatte er den Ärger von heute Morgen vergessen.

„Wartest du schon? Ich bin gleich da." Er sagte Reinhard wahrheitsgemäß, dass er auf dem Weg von Grunewald sei und circa 15 bis 20 Minuten später kommen würde. Er hörte Reinhard seufzen und „Mann oh Mann" sagen. Aber, als er erklärte, woher er gerade kam, und dass Tarassow tagsüber nicht greifbar gewesen war, kam jedenfalls kein weiteres Grummeln vom anderen Ende der Leitung. Sebastian dachte an die Stadtautobahn, die um diese Zeit leer war, erst recht stadtauswärts, und versprach Reinhard, zu fliegen.

Reinhard nahm kein Blatt vor den Mund, als Sebastian um fünf Minuten vor halb zwölf endlich an ihrem Treffpunkt eintraf. Wenn Reinhard besonders wütend war, flocht er polnische Worte ein, bei denen man der Betonung nach nur vermuten konnte, dass es sich um Schimpfworte handelte. Weil sein Vater Pole und seine Mutter Deutsche waren, sprach er fließend beide Sprachen und außerdem ein wenig Schulrussisch.

Reinhard war in Ostberlin aufgewachsen, hatte nach dem Abitur zunächst eine Ausbildung als Zimmermann gemacht und einige Jahre auf Baustellen verstreut in der ehemaligen DDR gearbeitet, bevor er im wiedervereinigten Deutschland das Studium bei der Kriminalpolizei begonnen hatte. Ursprünglich kam Reinhard aus der Jugendkriminalität. Mit seinen jungenhaften Gesichtszügen und seinem Jeans-mit-T-Shirt-und-Lederjacken-Outfit schien er damals, nach Abschluss seiner Ausbildung, seinen Vorgesetzten wohl dafür prädestiniert, sich in den Kreisen von jugendlichen Straftätern als eine Art Übersetzer zu bewegen.

Heute sparte er sich bei Sebastians Eintreffen polnische Vokabeln. Im Gegenteil: Netterweise hatte er bereits über Handy die Kollegen verständigt, die das Haus mehrere Stunden überwacht hatten, so dass deren Ärger über den verspäteten Feierabend nicht mehr direkt Sebastian traf.

Das Haus des Bankers Franz Schirowski, das seit Tagen observiert wurde, und das ihnen zunächst ein anonymer Anrufer und nun auch ein bisher stets zuverlässiger Informant glaubhaft als konspirativen Treffpunkt der Clique um den Geschäftsführer Tischler identifiziert hatte, lag in einer der vielen hübschen Seitenstraßen mit Vorstadtcharakter. Böse Zungen konnten auch behaupten, dass sich hier die Füchse „Gute Nacht" sagten, und die Bürgersteige um neun Uhr abends hochgeklappt wurden. So hätte Volker es beschrieben.

Tatsächlicher Nachteil aber war die Tatsache, dass die Bewohner dieser Einfamilienhäuser in den letzten Jahrzehnten immer öfter einen Zweit- oder Drittwagen ihr Eigen nannten, und die Garagen auf den Grundstücken nicht mehr ausreichten. Deshalb hatte Reinhard Probleme, einen geeigneten Parkplatz zu finden, der eine optimale Sicht auf das Haus ermöglichte. Der durch die Kollegen freigewordene Parkplatz wurde gerade durch einen Nachbarn des Bankers besetzt.

Reinhard blieb im Wagen, darauf hoffend, dass sich noch ein günstigerer Parkplatz bot, und Sebastian unternahm einen unauffälligen Abendspaziergang durch die friedlichen Straßen. Sie wollten herausfinden, ob sich außer dem Banker, dessen Familie nach ihren Informationen nach Mallorca verreist sein sollte, noch jemand im Haus aufhielt.

Die frische Luft tat Sebastian gut. Ihm begegneten zu dieser späten Stunde ausschließlich Anwohner, die „Gassi gingen". Sie sahen ihn jedes Mal misstrauisch an, wenn sie realisierten, dass ihm kein Vierbeiner folgte. Selbst die Hunde erwarteten einen Artgenossen. Er konnte es daran sehen, dass ihre Ohren noch aufgestellt waren und ihre Augen den Grünstreifen absuchten, wenn sie ihn längst schon passiert hatten. Er grüßte auch ohne Hund freundlich und streichelte sogar einige besonders kommunikationsfreudige Vierbeiner. Und schon war das Misstrauen von Frauchen oder Herrchen weg.

Im Erdgeschoss des observierten Objektes brannte Licht. Die Jalousien waren noch nicht heruntergelassen und Sebastian konnte sehen, dass eine – vermutlich männliche – Person durch eines der Zimmer lief. Wegen der relativ dichten Vorhänge waren aber nur ungenaue Konturen zu erkennen. Das Obergeschoss lag im Dunkeln.

Sebastian spazierte um das gesamte Karree. Das observierte Haus lag inmitten von insgesamt sieben ebenfalls jeweils mit einem Einfamilienhaus bebauten und nahezu gleich großen Grundstücken. Als er in die Parallelstraße einbog, parkte gerade ein schwarzes Mercedes-Cabrio ein. Zwei Männer stiegen aus. Einer von ihnen trug einen Aktenkoffer, der andere eine Collagetasche.

Ziemlich spät geworden für die beiden Geschäftsleute, dachte Sebastian im ersten Moment. Dann realisierte er, dass sie das Gartentor zu dem Grundstück öffneten, das etwa im Rücken des observierten Objektes lag, und sofort erwachte sein berufsmäßiges Misstrauen. Er war noch ungefähr zweihundert Meter von beiden Männern entfernt, die gerade das Gartentor hinter sich schlossen. Einer der zwei blickte den Gehweg entlang in seine Richtung. Sofort drehte Sebastian sich um und rief laut nach seinem imaginären Hund Anton. Er pfiff und drehte seinen Kopf suchend. Als er sich wieder umdrehte, waren beide Männer verschwunden.

Langsam lief Sebastian weiter und freute sich zum wiederholten Male über die spärliche Beleuchtung der Berliner Stadtrandstraßen. Sein Begleiter Anton war schwarz und konnte daher leicht übersehen werden, sollte jemand am Eingang oder hinter den Fenstern des Hauses darauf warten, dass er das Grundstück passierte.

Die Außenbeleuchtung, die offenbar durch Bewegungsmelder ausgelöst worden war, erlosch. Auch sonst blieb alles dunkel. Zwar waren Jalousien vor den Fenstern, aber der Hauseingang befand sich in einem kleinen Vorbau. Einige Stufen führten hinauf zu einer Tür mit einem bleiverglasten Kassettenfenster im oberen Bereich. Außerdem gab es seitlich in der Hauswand ein kleines rundes Fenster, das zwar über Gitter verfügte, nicht aber über Jalousien. Wenn die beiden Herren in dieses Haus gegangen sein sollten, hätten sie das Licht blitzschnell in der Diele wieder löschen und zudem alle Türen zu den übrigen Räumen fest verschließen müssen, damit jetzt kein Lichtschimmer nach außen drang.

Sebastians Misstrauen war endgültig geweckt. Er rief noch einmal nach Anton, er solle sich beeilen und spazierte in gleichbleibender Geschwindigkeit weiter zur Straßenecke. Als er in der Seitenstraße außerhalb jeglicher Sichtweite war, rief er Reinhard an und informierte ihn über seine Beobachtungen. Er gab ihm die Namen, Hubert und Ingeborg Nagel, die er am Klingelschild neben dem Gartentor erkannt hatte, und die Hausnummer sowie den Straßennamen durch.

„Bleib, wo du bist“, erwiderte Reinhard. „Hier ist gerade ein Parkplatz mit besserem Blick auf das Haus von Schirowski frei geworden. Ich fahr ein paar Runden um den Block. Hoffe mal, dass der Parkplatz dann noch frei ist.“

Als Sebastian um die Ecke bog, sah er gerade, wie Reinhard davonfuhr. Er stellte sich in den dunklen Schutz einiger Büsche an den Straßenrand und war froh, dass die Hundebesitzer der Umgebung nun offenbar alle ihre Abendrunde hinter sich gebracht hatten. Als er Reinhards Auto sich nähern hörte, ging er ihm bis zur Ecke entgegen und stieg ein. Gemeinsam fuhren sie zu dem glücklicherweise noch freien Parkplatz.

Reinhards Handy klingelte. Weil er gerade einparkte, nahm Sebastian ab. Die Kollegen gaben das Ergebnis der Abfrage durch. Gemeldet unter der Adresse des Grundstücks, das Rücken an Rücken mit dem von ihnen observierten lag, war ein Ehepaar mit zwei kleinen Kindern, die allerdings seit einem halben Jahr berufsbedingt in London lebten. Das Haus stand leer und seine Alarmanlage war an den Polizeiruf angeschlossen. Es hatte keine Vorkommnisse gegeben. Eine Rufnummer der Schwester des Hauseigentümers lag als Kontakt vor.

„Was hältst du davon?“, fragte Reinhard. Er hatte über die Freisprechanlage mitgehört.

„Die Alarmanlage sichert nur das Haus, nicht das Grundstück."

„Die beiden sind hinten herum in Schirowskis Haus."

„Liegt auf der Hand, oder?"

„Wir sollten noch einen Kollegen für die Parallelstraße ordern", schlug Reinhard vor.

„Wen denn? Ist doch keiner da."

Reinhard griff zum Handy. „Dann soll wenigstens die normale Streife öfter vorbeifahren oder Kollegen in Zivil. Noch besser: beides."

Sebastian musste an die häufigen Begegnungen seines Neffen Benny mit den zivilen Drogenfahndern denken. Seit jener Zeit mochte er diese Kollegen nicht sonderlich.

Das Sitzen war gerade sehr bequem für seine müden Knochen, und er sehnte sich nach über sechzehn Stunden Dienst nach einem Moment der Entspannung. Wer wusste, was die Nacht noch bringen würde. Während er wie Reinhard auf das Grundstück des Bankers starrte, kehrten seine Gedanken zu Doris und Benny zurück. Sie wohnten hier ganz in der Nähe. In Waidmannslust, einem Stadtteil neben Hermsdorf und von der Menge der kleinen Straßen in etwa vergleichbar, wenn auch die Grundstücke vorwiegend mit Mehrfamilienhäusern bebaut waren. Unglaublich, wie viele Kollegen in Zivil offenbar nichts anderes zu tun hatten, als nachts durch die Straßen der Außenbezirke zu fahren, auf der Jagd nach Jugendlichen, die in ihrem Rucksack vielleicht ein Grämmchen Gras oder ein paar Pillen hatten.

Sebastian hatte absolut nicht das Geringste gegen eine starke Drogenabteilung. Sie war mit Sicherheit nötig, da Berlin unter Drogenproblemen ebenso litt wie alle anderen Großstädte. Aber es war absolut lächerlich, dass Benny damals innerhalb eines Jahres auf dem Weg von der Bushaltestelle Waidmannsluster Damm bis zu der vier Fußminuten entfernten Wohnung, in der er mit seiner Mutter lebte, sieben Mal gefilzt wurde. Jetzt war August und sie hatten in Berlin bereits reichlich Drogentote zu verzeichnen, aber die wichtigsten Dealer ausgerechnet unter pubertierenden Kindern der wohlsituierten Stadtrandbewohner zu suchen, schien ihm nicht sonderlich effizient.

Reinhard hatte inzwischen das Telefongespräch mit der Zentrale beendet. „Sie schicken Wagen vorbei, wann immer welche frei sind. Wir kriegen Nachricht, wenn sich auf der anderen Seite etwas tut."

„Sofern die Kollegen zufällig Zeit haben und just in dem Moment, wenn sich etwas tut, vor Ort sind", spottete Sebastian und schloss für einen kurzen Moment die Augen. Reinhards Autositze waren bequemer als seine. Sie hatten eingepolsterte Rückenstützen.

„Was war denn nun bei diesem Tarassow?" Auch Reinhard rutschte ein wenig tiefer in seinen Sitz, ohne die Augen vom Haus abzuwenden, während Sebastians Augen jetzt am liebsten wieder zugefallen wären. Es war noch nicht einmal eine besonders kühle Nacht, so dass auch keine niedrigen Temperaturen ein Schlafen ungemütlich machen würden. Er erzählte Reinhard von seinen Recherchen und seinem Besuch bei dem Russen Tarassow.

Als er den Namen Alexander Lange aussprach, setzte sich Reinhard augenblicklich wieder aufrecht hin und sah ihn überrascht an. „Alexander Lange? Sieh einer an! Den haben wir bei den Akten des Steuerberaters und in Tischlers Unterlagen andauernd gefunden, aber Lange ist in Deutschland offiziell abgemeldet und auch offenbar sauber. Selbst beim Finanzamt."

„Das erzählte Tarassow auch."

„Und? Weiß er, wo er sich aufhält?"

Sebastian kramte in der Innentasche seiner Jacke, fingerte einen Zettel hervor und reichte ihn wortlos hinüber. Er hatte das siegreiche Gefühl, dass er in diesem Moment bei seinem Lieblingskollegen einiges wettgemacht hatte. Und richtig. Reinhard war begeistert über die Adresse in Spanien, die Tarassow Sebastian als zusätzliches Gastgeschenk gemacht hatte.

„Sag mal. Kann ich ein paar Minuten die Augen zu machen?", fragte Sebastian.

„Wie lange hast du denn heute gearbeitet?"

„Zu lange", antwortete er nur, in der Hoffnung, Reinhard würde nicht näher nachfragen.

Reinhard hatte ihn eine Stunde schlafen lassen. Nachdem er ihn geweckt hatte, sagte er: „Die haben's gerade mal geschafft, einen Zivilwagen vorbeizuschicken; der musste jetzt wieder weg. Ich mach mal die Runde. Bist du richtig wach? Du siehst nämlich ziemlich fertig aus." Er lachte und knuffte Sebastian übermütig in die Seite. Woher nahm Reinhard um diese Stunde nur die gute Laune?

Mühsam hielt Sebastian die Augen auf das Haus gerichtet. Im Erdgeschoss drang durch die Ritzen einer nicht ganz geschlossenen Jalousie ein wenig Licht. Keine Ahnung, ob der Banker schlafen gegangen und eine kleine Lampe hatte brennen lassen oder ob er noch in dem Raum saß, vielleicht gemeinsam mit den beiden Freunden aus dem Mercedes-Cabrio.

Reinhard ließ sich mit seiner Runde um den Block Zeit und Sebastian ging derweil eine ungeordnete Themenmischung durch den Kopf: sorgenvolle Gedanken an Gerdas seit fast 24 Stunden unkontrollierte Eier, lustvolle an Tarassows hübsche Frau und grüblerische an Claudias offene Haare, wenn sie mit Reinhard unterwegs war. Die Gedanken wiederholten sich, wurden zunehmend passiv, zogen wie Bilder vorbei und mischten sich mit denen von Michael Senger, der wie ein Affe am Kellerverschlag hing. Nicht ein Bein eingeklemmt, sondern vom Boden gelöst mit den Händen am Holz festgekrallt. Dann stieß Michael sich ab und sprang mit einem großen Satz direkt vor ihn und grinste ihn hämisch an.

Sebastian erschrak fürchterlich, als Reinhard die Autotür öffnete und mit einem Seufzer einstieg. „Nichts! Absolut nichts zu sehen. Nach hinten raus haben die auch Jalousien. Ich war gerade auf dem angrenzenden Grundstück und habe rübergeschaut. Ich glaube, oben in einem der Zimmer läuft ein Fernseher."

„Den hätte ich jetzt auch gern."

„Langweilig?"

„Siehst du irgendetwas Interessantes?“

„Nein. Hast du dich vielleicht vertan und die beiden sind ein Gartentor weiter durchgegangen?“

„Für wie bescheuert hältst du mich?“

„Schon gut. Schon gut. Warten wir eben. Normalerweise gilt unser Informant als zuverlässig.“ Nach einer Pause fragte Reinhard: „Möchtest du einen Kaffee? Du hast nichts mit, oder?“

„Nein. Vergessen. Gerne. Sehr gerne.“ Sebastian setzte sich wieder aufrecht und drehte den Zündschlüssel so weit, dass er den elektrischen Fensterheber betätigen konnte, um das Fenster ein wenig zu öffnen.

„Hmmm. Ich hatte gerade genug frische Luft.“

„Ja. Du.“

„Na gut. Aber nicht lange. Es ist reichlich kühl geworden.“ Reinhard hatte den Becher aus der Thermoskanne gefüllt und reichte ihn Sebastian.

Der Kaffee war heiß, schwarz und süß und er half Sebastian, jedenfalls für kurze Zeit, wach zu bleiben. Aber im nächsten Moment hätte es den Kaffee dazu nicht mehr gebraucht, denn völlig unvermittelt fragte Reinhard: „Wie läuft's eigentlich bei dir mit Claudia? Ich glaube, sie steht auf mich.“ Sebastian war froh, dass der Becher bereits halb leer war und er den Inhalt nicht vor Schreck verschüttete.

„Wie kommst du darauf?“

„Sowas merkt man doch.“

„Ah. – Sie weiß, dass du verheiratet bist?“

„Ja klar. Ist ja nicht unbedingt ein Hinderungsgrund für Gefühle.“

„Für Gefühle vielleicht nicht. Aber für deren Ausleben schon, oder?“

„Reg dich doch nicht auf. Ist doch noch gar nichts passiert.“

„Noch? Hast du denn was vor?“

„Komm ich dir damit in die Quere? Claudia meinte, du wärst nicht an ihr interessiert.“

Sebastian blieb die Luft weg. Die beiden unterhielten sich darüber, ob er an ihr *interessiert* war oder nicht? Und wieso dachte

Claudia, dass er es nicht sei? Also, sie hatte ja Recht. Aber sie konnte unmöglich wissen, was er über sie dachte, oder was er empfinden würde, wäre sie nicht seine Teampartnerin.

„Keine Antwort ist auch eine Antwort." Reinhard lachte. Laut. Viel zu laut.

„Nein, ich würde niemals was mit meiner direkten Partnerin anfangen. Aber du siehst das Ganze ja ziemlich locker. Gilt das Gleiche für Karin?"

„Quatsch. Die würde mir die Augen auskratzen. Oder besser gesagt, Karin würde Claudia die Augen auskratzen."

„Ach so. Na dann ist ja gut."

Reinhard sah ihn verwundert an und fragte: „Wieso bist du denn sauer? Ich denke, du hast kein Interesse."

Sebastian hatte keine Lust, weiter über Claudia zu diskutieren. Er lehnte sich wieder bequem zurück und grübelte über seine immer schlechter werdende Menschenkenntnis. Er hatte gedacht, Reinhard und Karin seien glücklich. Mein Gott. Was waren denn zwei Jahre? Erika und er hatten es wenigstens auf elf Jahre gebracht, von denen acht wirklich toll gewesen waren. Nicht einmal, als sie nach den drei schlechteren Jahren gegangen war, hatte er die wiedergewonnene Freiheit genossen. Sie hatten beide etwas verloren, und er war nicht stolz darauf gewesen. Wusste Reinhard eigentlich, was er da so leichtfertig aufs Spiel setzte?

Die nächsten zwei Stunden schwiegen sie und starrten mehr oder weniger vor sich hin. Im Radio lief ein Kriminalhörspiel und es war spannend genug, die Gedanken festzuhalten und nicht an den heiß ersehnten Schlaf zu verlieren. Noch einmal wechselten sie den Parkplatz, um nach dem Sonnenaufgang, der nun bevorstand, nicht durch die Fenster des Hauses als Fahrzeuginsassen beobachtet werden zu können.

Kurz nach fünf, der Kaffee und eine von Reinhard mitgebrachte Kekspackung waren aufgebraucht, machte sich Sebastian auf zu einer letzten Runde ums Karree. Um sieben Uhr würde ihre Ablösung kommen. Das Mercedes-Cabrio stand nach wie vor an der Stelle, an der es in der Nacht geparkt worden war. Auch sonst konnte er nichts erkennen, was nicht in einen verschlafenen Berliner Randbezirk passte, in dem die meisten Bewohner Angestellte oder Selbständige waren, die samstags nicht arbeiten mussten und demzufolge alle noch schliefen.

Er ging ein wenig schneller als in der Nacht, als liefe er zielgerichtet zu einem geparkten Auto oder einer Haltestelle, denn einen Hund konnte er in dem Morgenlicht nicht mehr glaubhaft machen. Das Einzige, das er über das Grundstück in der Parallelstraße hinaus sehen konnte, war eine offene Terrassentür an Schirowskis rückwärtiger Hauswand. Er war sich nicht sicher, ob sie nicht schon in der Nacht offen gestanden hatte und er es in der Dunkelheit nur nicht hatte erkennen können. Er würde Reinhard fragen, ob er sich daran erinnern konnte. Eigentlich hätten sie eine offene Terrassentür doch durch das Licht der vorderen Räume erkennen müssen, was also eher dafür sprach, dass in der Nacht die Terrassentür geschlossen gewesen war.

Zurück im Auto berichtete er Reinhard davon, der den Vorschlag machte, selbst ebenfalls nochmals eine Runde zu laufen und bei dieser Gelegenheit einen frischen Kaffee und Brötchen von einem Bäcker zwei Straßen weiter zu holen.

„Ich habe den Laden gestern Abend bereits gesichtet und vorausschauend auf die Öffnungszeiten geachtet: Ab fünf Uhr dreißig." Reinhard gähnte, während er aus dem Wagen stieg und streckte sich. „Eine unerwartete Dienstleistung inmitten dieses ansonsten verschlafenen Nestes." Er drückte leise die Autotür zu und entfernte sich schnellen Schrittes in die dem Haus entgegengesetzte Richtung.

Die wunderbare Aussicht auf einen heißen Kaffee und ein noch ofenfrisches Brötchen hob Sebastians Laune erheblich. Er suchte am Radio einen Musiksender, lehnte sich zurück und richtete seine Aufmerksamkeit auf das Haus Schirowskis. Er war gespannt, wann ein Banker, der zurzeit Strohwitwer war, an einem Samstag die Jalousien öffnen würde.

Erschrocken fuhr Sebastian hoch. Ein dumpfes Gefühl machte sich in ihm breit. Etwas stimmte nicht. Er blickte neben sich.

Reinhard war nicht da. Er sah auf seine Armbanduhr. Sie zeigte 6:10 Uhr und sein Herz fing an zu rasen. Es bestand kein Zweifel: Er war eingeschlafen.

Sonnabend, 25. August

Kapitel 22

Sebastian konnte sich nicht daran erinnern, jemals so schnell hellwach geworden zu sein. Er rechnete nach, wie viele Minuten Reinhards Rückkehr überfällig war. Dann rutschte er auf die Fahrerseite und startete den Wagen. Er fuhr als Erstes um das Karree herum. Sofort fiel ihm auf, dass das Mercedes-Cabrio weg war. Auf den beiden Grundstücken konnte er nichts Auffälliges sehen. Die Terrassentür von Schirowskis Haus stand noch immer offen.

Er fuhr weiter und bog in die nächste Straße ein. Hier irgendwo musste der Bäcker sein. Als er ihn fand, ließ er den Wagen auf der Straße stehen und lief in den Laden. Ein leichtes Panikgefühl machte sich breit, als ihm das junge Mädchen hinter der Theke bestätigte, dass ein Mann seiner Beschreibung vor ungefähr einer halben Stunde da gewesen sei, sie hätte gerade erst die Tür aufgeschlossen und die Kaffeemaschine angeschaltet gehabt. „Er hat sich ein paar Minuten mit mir unterhalten, bis der Kaffee durchgelaufen war“, sagte das Mädchen.

Sebastian stürzte auf die Straße zurück, wendete den Wagen und fuhr langsam die Straßen ab, die Reinhard zum observierten Haus zurückgegangen sein musste. Kurz bevor er die Straße kreuzte, in der sie geparkt hatten, sah er in der Hecke des Eckgrundstücks deutlich zwei Pappbecher und eine Brötchentüte im Geäst kurz über der Erde hängen. Offenbar hatte sich Reinhard oder, schlimmer, jemand anderes, vor lauter Eile nicht einmal die Mühe gemacht, die Sachen ordentlich abzustellen. Das bisher leichte Panikgefühl wuchs sich zu einem richtig heftigen aus. Gleichzeitig liefen aber geordnete Gedankengänge ab, wie sie durch viele Dienstjahre hindurch antrainiert worden waren.

Sebastian analysierte die Situation: Von der Hausfront her konnte er nicht auf das Grundstück des Bankers gehen. Die Jalousien waren noch immer geschlossen. Er hatte keine Sicht, war selbst hingegen meilenweit im Voraus zu sehen. Blieb nur, über das andere Grundstück von hinten her die Vorgänge in dem Haus auszukundschaften.

Er lenkte den Wagen wieder in die Parallelstraße und ließ ihn am Straßenrand stehen. Dann entsicherte er seine Dienstwaffe und öffnete das Gartentor. Vorsichtig schlich er am Haus vorbei. Eine breite Terrasse ging in eine großzügige Rasenfläche über, nach allen Seiten hin mit Büschen und Stauden begrenzt. Er hielt sich ganz dicht an den Bepflanzungen, bis er das Ende des Grundstücks erreicht hatte. Durch den Stamm einer dicken Tanne und ihre tief hängenden Äste geschützt konnte er nun auf die volle Rückfront des observierten Hauses sehen. Die Terrassentür stand nach wie vor offen.

Alle Jalousien bis auf die der Tür waren geschlossen. Jemand, der im Dunkeln im Zimmer stand, würde ihn also durch die Tür sehen können, sobald er den Schutz des Nachbargartens verließ. Vor der Terrasse bestand der Garten nur aus Rasenfläche. Links waren mehrere Spielgeräte und ein Buddelkasten aufgebaut. Daneben stand ein Holzgartenhäuschen.

Sebastian verließ den Schutz der Tanne und schlich gebückt, immer entlang der bewachsenen Grundstücksgrenze, die ihn ohne Unterbrechung einigermaßen deckte, bis er das Gartenhäuschen in der Ecke des Anwesens des Bankers erreicht hatte. Er ging in die Knie, kauerte sich mit dem Rücken an die Holzwand des Gartenhäuschens und nahm sein Handy aus der Jacke. Das Display zeigte an, dass jemand in Abwesenheit angerufen hatte. In Abwesenheit? Er hatte es die ganze Zeit bei sich gehabt. Er drückte die Anzeige. „Claudia“ stand da. So langsam glaubte er, den Verstand zu verlieren. Was wollte Claudia um diese Zeit? Wieso rief sie ihn an? Gott sei Dank war der Anruf nicht von Reinhard gekommen. Nicht auszudenken, dass er über Handy ihn noch um Hilfe rufen wollte und er ...

Hatte es geklingelt, als er geschlafen hatte? Der Klingelton war auf Vibration gestellt. Er hätte es doch merken müssen. Gut. Jetzt war nicht die Zeit, um sich darüber Gedanken zu machen. Er wählte den Notruf, schilderte den Kollegen die Situation und forderte, dass wegen der Örtlichkeiten und der entgegengesetzten Fluchtmöglichkeiten mehrere Einsatzfahrzeuge benachrichtigt würden, die sich vorsorglich ohne Alarm nähern sollten. Dann richtete er sich wieder auf, holte tief Luft und rannte, so schnell er konnte, das freie Stück entlang des Zaunes.

Es passierte nichts. Aber das hieß noch lange nicht, dass ihn niemand von innen gesehen hatte. Vorsichtig näherte er sich dicht an die Fassade gepresst und mit der gezogenen Waffe in der ausgestreckten Hand Meter für Meter der Terrasse. Kurz vor der Tür hielt er inne und horchte. Aber es war absolute Stille im Haus.

In seiner Abteilung, die sich mit Betrug und Wirtschaftskriminalität beschäftigte, war er niemals in solchen gefährlichen Situationen, in denen möglicherweise Schusswaffen zum Einsatz kamen. Dennoch mussten auch er und seine Kollegen regelmäßige Schießübungen absolvieren. Trotzdem hatte Sebastian in diesem Moment eine Heidenangst. Nur die Gewissheit, dass die Kollegen binnen weniger Minuten hier sein würden, und das Gefühl, in diesem Moment persönlich alles für Reinhard an Kraft einsetzen zu müssen, halfen ihm.

Obwohl er nicht wusste, was wirklich passiert war, hatte er das unbestimmte Gefühl, dass es seine Schuld war, dass sein Freund in einem Schlamassel steckte. Eigentlich hoffte er sogar, dass Reinhard da drinnen war, denn die Alternative, die Typen hätten ihn im Mercedes oder einem anderen Fahrzeug mitgenommen, war wesentlich erschreckender.

Mit einem Sprung war er durch die Tür und sicherte mit seiner Waffe in alle Richtungen des großzügigen Wohnraumes. Es war niemand da. Eine Tür war angelehnt. In dem Moment, als Sebastian auf sie zugehen wollte, wurde sie von der anderen Seite mit dem Fuß aufgestoßen. Der Schock ließ Sebastian in seinen Bewegungen erstarren.

„Guten Morgen Herr Hochgräber. Wir haben Sie schon kommen sehen." Ein junger Mann, fast zwei Meter groß, grinste ihn breit an. Er hatte als Deckung vor sich Reinhard, den er mit seinem linken Arm am Hals umklammerte und dem er mit der rechten Hand die Pistole an die Schläfe gesetzt hatte.

„Ihr Kollege war so freundlich und hat mir Ihren Namen verraten. Ich finde, Höflichkeit ist wichtig." Er kam, Reinhard vor sich herschiebend, durch den Türrahmen, bis sie nur noch maximal drei Meter auseinander standen.

„Finden Sie einen Pistolenlauf an der Schläfe höflich?", antwortete Sebastian in dem selbstbewusstesten Ton, der ihm trotz des Schocks möglich war.

Reinhards Augen suchten den Kontakt zu seinen, das konnte Sebastian deutlich sehen.

Er musterte den breitschultrigen ungefähr 30-jährigen Mann. Nur kein Detail entgehen lassen. Fieberhaft suchte Sebastian in seinem Kopf alle Vorschriften und Empfehlungen zusammen, die Bestandteil seiner Ausbildung gewesen waren. Oberste Priorität: Ausschalten der größten vorhandenen Bedrohung, also die Pistole, ohne das eigene Leben oder das der Kollegen zu gefährden.

Reinhard und Karin wollten Kinder.

Stufenweises Vorgehen. Mehrfache Aufforderung an den Täter, die Waffe fallen zu lassen und sich zu ergeben.

So, wie Erika und er auch welche gewollt hatten.

Psychische Deeskalationsversuche jeglicher Art. Bei Misserfolg auf der ganzen Linie Gebrauch der Schusswaffe, nur im angemessenen Ausmaß. Bei Vorliegen einer akuten Bedrohung des eigenen Lebens oder das der Kollegen auch Ausschalten mittels gezieltem tödlichen Schuss auf den Täter.

Scheiße! Alles Scheiße! Denn der Finger des anderen brauchte die gleiche Zeit ab Abzug wie sein eigener. In diesem Moment war Sebastian froh, keine Kinder zu haben.

„Mein Name ist übrigens Meyer. Mit ‚ey'. Ich kann mich Ihnen ruhig vorstellen. Denn Sie werden keine Gelegenheit mehr haben, meinen Namen weiterzugeben."

„Wollen Sie uns beide gleichzeitig erschießen? Die Kollegen sind bereits alarmiert. Sie haben keine Chance!", betete Sebastian herunter.

„Wissen Sie, wie oft ich das schon gehört habe? Und? Ich stehe jetzt hier. Mit einer Waffe auf Ihren lieben Kollegen – wie heißt er doch gleich? – Reinhard gerichtet.“

Meyers Grinsen verschwand und seine Stimme wurde härter. „Sie kommen zu spät, Herr Hochgräber. Die Herren sind bereits ausgeflogen. Vor gut 20 Minuten. Ich glaube, da schliefen Sie noch. Hatten Sie nette Träume? Leider kam Ihr Kollege Reinhard gerade vorbei. Das hat unsere Pläne etwas durcheinandergebracht, als die Herren abreisen wollten.“

Sebastians erhobener Arm schmerzte vor Anspannung. Meyers Armhaltung war bedeutend bequemer. Er musste mit ihm reden. Deeskalation. Aber wie bitte sollte man eine solche Situation entschärfen?

„Meyer, oder wie immer Sie wirklich heißen: Wenn die anderen weg sind, was soll das dann hier noch? Wollen Sie Ihren Arsch für die hinhalten oder was? Ich nehme an, Sie sind nicht gerade ein gleichberechtigter Teilhaber der ganzen Sache oder? Was hat man Ihnen denn an Brotkrumen für den Job hingeschmissen?“

„Ich bin nur einer, der saubermacht. Egal wo.“

„Ja, und der einzige, der sein Gesicht zeigen muss.“

„Wem? Zwei Polizisten, die gleich tot sind?“

„Meyer. Seien Sie vernünftig. Wollen Sie wirklich wegen Mordes hinter Gitter, während Tischler und seine Partner sich die Sonne auf den Bauch scheinen lassen?“

„Tischler? Wer ist Tischler“, fragte Meyer ungerührt. Sebastian spürte, dass die Muskeln seines Armes kurz davor waren zu zittern. Er wagte nicht, seinen Blick von Meyers Gesicht zu nehmen. Der schwieg und starrte ihn mit seinen dunklen Augen an. Kein Gesichtsmuskel bewegte sich. Kein Wimpernschlag. Nur ein paar Schweißperlen auf der Stirn. Sebastian hoffte, sie würden größer werden und Meyer in die Augen laufen. Er lauerte auf diese Chance und darauf, dass sich klitzekleine Zweifel in Meyers Gehirn breitmachten, an seinen feinen Partnern, die sich aus dem Staub gemacht hatten und ihn als Einzigen das Problem beseitigen ließen. Das Problem, das Reinhard hieß und das es ohne ihn und seinen verdammten Dickschädel vielleicht gar nicht gegeben hätte.

Beides trat nicht ein. Stattdessen sagte Meyer: „Lassen Sie das mal meine Sorge sein, Herr Hochgräber. Sie werfen jetzt erst einmal Ihre Waffe weg. Ihnen tut doch bestimmt der Arm schon weh, oder? Und dann kommen Sie ganz langsam zu uns herüber. Bitte."

Reinhards Körper deckte Meyer nahezu vollständig ab. Nur die rechte Schulter, der Arm und die Hand, die die Pistole hielt, wären ein Ziel gewesen – und Meyers Kopf. Der ragte über Reinhards hinaus, weil dieser durch die eiserne Umklammerung mit dem Oberkörper eine leicht gebückte Haltung einnehmen musste.

Sebastian sah Reinhard in die Augen. Augen konnten sprechen. In diesem Moment wusste er, dass es wirklich funktionierte. Reinhard machte seine Lider eng und wieder weit, ganz weit. Seine Pupillen zeigten nach rechts, weg von Meyer. Er forderte ihn auf, sich so zu verhalten, wie sie es alle irgendwann einmal geübt hatten: Aufforderung an den Täter, die Waffe fallen zu lassen. Ankündigung, zu zählen, nochmalige Aufforderung. Zählen: „Eins", „Zwei" und bevor man die „Drei" aussprach, gezielt schießen, während der bedrohte Kollege im selben Moment mit aller Kraft seinen Körper aus der Schusslinie bewegte.

Er sah den Arm dieses fast Zwei-Meter-Mannes fest um Reinhards Hals geschlungen, die Hand verkrampft in den Kragen von Reinhards Hemd und Lederjacke gleichzeitig. Wie sollte Reinhard sich aus der Schusslinie bewegen? Reinhard überschätzte sich oft. Er meinte immer, es ginge alles. Aber hier war der Preis zu hoch für einen Irrtum. Dieser Meyer wandte ganz offensichtlich seinen eisernen Griff nicht das erste Mal an einem Gegner an. Sebastian schätzte den Erfolg einer Abwärtsbewegung Reinhards, heraus aus dieser muskelharten Armschlinge, gegen null ein.

„An Ihrer Stelle würde ich mich langsam beeilen. Meine Geduld ist nicht unbegrenzt. Werfen Sie endlich Ihre Waffe auf den Boden", befahl Meyer. Seine Stimme war leiser geworden, aber nicht minder eindringlich. Im Gegensatz zu Sebastian schien er nicht sonderlich unter Stress zu stehen.

„Ich würde vorschlagen, dass *Sie* jetzt Ihre Waffe wegwerfen."

Mit allerletzter Kraft widerstand Sebastian dem Reflex, sich spontan nach der Person umzudrehen, die diesen letzten Satz laut und im Plauderton ausgesprochen hatte. Claudias Stimme! Er sah Reinhard in die Augen. Aber der blickte nicht zurück, sondern stattdessen an Sebastian vorbei, dorthin, von wo Claudias Stimme kam. Sebastian sah, wie sich Meyers Arm um Reinhards Hals um Millimeter lockerte, sah Reinhards konzentrierte und eindringliche Blicke und die Meyers, die dieser grenzenlosen Überraschung offenbar nicht standhalten konnten und flackerten. Die Schweißperlen auf seiner Stirn setzten sich in Bewegung.

„Und warum sollte ich das tun, schöne Frau?"

Sekundenbruchteile Schweigen. Dann Claudias Antwort „Deshalb! Ich zähle jetzt bis drei. Lassen Sie die Waffe fallen, sonst werde ich schießen." Meyer brachte ein kurzes, trockenes Lachen zustande.

„Eins ... zwei ..." In der Sekunde des Schusses drückte Reinhard mit aller Kraft seinen Kopf mitsamt den ihn umschlingenden Arm Meyers in Richtung Fußboden. Beim Eintritt der Patrone in Meyers linke Schädelseite lockerte sich der Arm. Reinhard entzog ihm seinen Kopf und warf sich blitzschnell auf den Boden. Fast gleichzeitig drehte er sich um seine eigene Achse. Noch bevor die Patrone aus Sebastians Pistole Meyers Kopf von vorn traf, sank dessen Hand mit der Pistole hinunter, und der Schuss löste sich.

Reinhard, der es mit dem Großteil seines Körpers bereits neben den noch immer stehenden Meyer geschafft hatte, zuckte stöhnend zusammen und seine Bewegungen wurden langsamer. Meyers Körper, der im Zeitlupentempo zusammensackte, drohte Reinhard unter sich zu begraben. Aber Meyers Waffe war bereits vor ihm zu Boden gegangen. Gleichzeitig war Sebastian nach vorn gesprungen und kickte die Pistole in sichere Entfernung von Meyers eventuell noch lebendiger Hand. Schon erschien Claudia neben ihm und gemeinsam befreiten sie Reinhard von Meyers Oberkörper.

„Reinhard! Wo hat er dich getroffen. Es tut mir leid ... ich hab' mein Bestes versucht." Claudias Stimme kippte beinahe, als sie Reinhard beim Aufstehen half.

„Claudia-Schätzchen. Danke. Es war eine tolle Leistung. Ich glaub, es ist nur ein Streifschuss. Tut verdammt weh, aber nur ein Streifschuss, bestimmt", antwortete Reinhard ihr stockend unter leisem Stöhnen.

Sebastian vergewisserte sich des Zustandes von Meyer. Aber niemand von ihnen erwartete, dass der Mann zwei Kopfschüsse überlebt hatte. Meyer war tot. Sebastian suchte sein Handy in seiner Jackentasche und fingerte es unbeholfen heraus. Dann wählte er zum zweiten Mal an diesem Morgen den Notruf, dieses Mal die 112. Während er einen Krankenwagen anforderte, stützte sich Reinhard auf Claudia, die ihn zur Haustür führte. Sie öffnete den inzwischen eingetroffenen Kollegen. Reinhards Jeans waren am linken Oberschenkel blutdurchtränkt und er humpelte trotz ihrer Hilfe nur mühsam durch die Tür zur Außentreppe des Hauseinganges, um sich dort zu setzen.

Keiner von beiden würdigte ihn eines Blickes, was Sebastian nur lieb war. Er war völlig durch den Wind. Und das nicht in erster Linie wegen der Gefahr, in der sie gewesen waren, sondern weil er nicht im Geringsten wusste, wie er sich gegenüber Reinhard verhalten sollte. An dessen Stelle hätte er eine Riesenwut im Bauch und sich wahrscheinlich einen Tritt gegeben.

Sebastian kehrte in das schummrige Wohnzimmer zurück und starrte durch die Terrassentür. Die Kollegen sicherten das Grundstück. Er wäre dankbar gewesen, wenn es jetzt jemand gegeben hätte, der ihm einfach sagte, was er zu tun hatte. In seinem Kopf formulierte er sein Kündigungsschreiben an Jagusch.

„Willst du mir erzählen, wie es dir geht?", fragte Claudia hinter ihm und tippte ihm auf die Schulter. Er drehte sich zu ihr um. Neben ihnen am Fenster stand eine Lampe und sie suchte den Schalter. Warmes gelbes Licht bestrahlte Claudia, als sie ihn gefunden hatte.

Bisher hatte Sebastian nicht wirklich wahrgenommen, wie sie an diesem Morgen aussah. Der seidige Vorhang ihrer langen blonden Haare gab das Gesicht nur unvollständig frei. Sie trug ein hautenges schwarzes Minikleid, das ihre schwarz bestrumpften Beine noch länger erscheinen ließ. Die hochhackigen Schuhe hatten den gleichen Farbton wie der rote Seidenschal um ihren Hals. Sie sah perfekt aus. Selbst Spuren von Lippenstift waren von dem sicherlich Stunden zuvor perfekten Make-up noch übriggeblieben. Nur viele kleine rötliche Flecken in ihrem Gesicht zeigten die soeben erlebte Aufregung und Anspannung. Er roch ein Parfum, das ihn an Caipirinha erinnerte, und das ihn irgendwie beruhigte.

„Wie geht es Reinhard?", fragte er.

„Er hält sich ganz tapfer."

Sie hörten die Sirene des Krankenwagens.

„Lass uns zu ihm gehen", sagte er.

Während sie sich beeilten, hinauszugehen, fragte sie ihn: „War es dein erster Toter? Also den du erschossen hast?"

Er nickte und sie sagte: „Für mich auch." Sie blieb stehen und hielt ihn am Arm fest. „Es war richtig, oder?"

Er wusste keine Antwort, weil sich wirre Fragen in seinem Kopf förmlich überschlugen. Hätte er selbst auch den ersten Schuss abgegeben, wenn Claudia nicht aufgekreuzt wäre? Hätte Reinhard es überlebt? Und hätte sie sich genauso um ihn gekümmert, wenn ihn der Schuss Meyers getroffen hätte? Hätte er verdammt noch mal nicht wach bleiben können? Wann würde Reinhard es ihr erzählen? Und wann müsste er selbst mit ihm darüber reden?

Die notwendigen Arbeiten am Tatort verhinderten alle weiteren Fragen. Sebastian holte Reinhards Rucksack aus dem Auto und brachte ihn zum Krankenwagen. „Rufst du bitte Karin an, sobald die sagen, wohin sie mich bringen? Danke." Reinhard sah ihn nicht an. Sebastian war sich nicht sicher, ob der Schmerzen wegen oder aus Verachtung.

„Selbstverständlich. Ich hol sie ab und fahr sie hin. Ist besser, wenn sie nicht selbst fährt."

„Stimmt. Wäre gut."

Er sah dem abfahrenden Krankenwagen hinterher. Claudia stellte sich neben ihn.

„Soll ich dich nach Hause bringen?", fragte er.

„Danke. Geht schon." Sie lächelte.

Er fragte sich, ob sie ihn jemals wieder anlächeln würde, wenn sie erfahren hatte, wie es zu den heutigen Ereignissen gekommen war.

„Wieso bist du hier? Woher wusstest du? Und dein Kleid?"

„Ich hatte ein Date." Sie lachte ein wenig zu laut für diese Aussage. „Es war ganz nett und wir haben ziemlich gebechert. Deshalb sehe ich auch noch so aus. Irgendwie overdressed, ich weiß, aber bei diesem Meyer hat's wohl seine Wirkung getan." Sie kicherte. Aber es klang so unnatürlich wie dieser ganze Morgen schien.

„Um fünf Uhr haben die uns in der Bar rausgeschmissen. Da habe ich an euch gedacht, wie ihr euch wohl gerade zu Tode langweilt, während ich ziemlich gut drauf war, und da habe ich aus einer blöden Laune heraus Reinhard auf seinem Handy angerufen. Aber nur die Mailbox ging an. Ich habe dann deine Nummer gewählt. Und als auch du nicht rangegangen bist, hatte ich ein komisches Bauchgefühl und bin einfach losgefahren." Ihre Stimme bekam einen ironisch bitteren Ton. „Eigentlich hätte ich weder fahren noch schießen dürfen. Andererseits: ich bin schlagartig nüchtern gewesen, als ich mitbekam, in welcher Situation ihr wart. Also so viel Promille waren es dann wohl doch nicht."

„Woher wusstest du, dass du hinten hereinkamst?"

„Reinhards unverschlossenes Auto direkt vor dem hinteren Grundstück, mitten auf der Straße?" Sie lachte und er umarmte sie. Er hoffte, flüchtig genug, dass kein Raum für Missverständnisse blieb, schließlich hatte sie Reinhard zuerst angerufen.

Dann verabschiedete er sich: „Ich muss los. Karin abholen und zu ihrem Mann bringen. Ich frage die Kollegen, in welche Klinik er kommt. Wir reden morgen, ja?"

Sie verschränkte ihre Arme über der Brust, als fröstelte sie. Wahrscheinlich tat sie es, denn für ihr dünnes Kleidchen waren die Morgentemperaturen definitiv zu niedrig. Sie nickte ihm zu. Bevor er in Reinhards Auto stieg, drehte er sich noch einmal zu ihr um. Sie stand unverändert da. „Claudia?", rief er.

„Ja?"

„Danke! Danke, dass du auf dein Gefühl gehört hast." Sie hob den Arm und winkte kurz. Dann ging sie zurück ins Haus zu den Kollegen der Spurensicherung.

Es war noch schwerer, mit Karin von Angesicht zu Angesicht zu sprechen, als Sebastian es sich während der Fahrt vorgestellt hatte. Sie reagierte ziemlich ruhig und gefasst. Aber erst, nachdem er ihr mehrfach versichert hatte, dass absolut keine Lebensgefahr für Reinhard bestand. Als sie im Auto saßen und zum Rudolf-Virchow-Krankenhaus fuhren, stellte sie die Frage, die er am meisten fürchtete. „Wie kam es überhaupt dazu, dass dieser Typ euch überwältigen konnte. Ihr wart doch zu zweit?"

Er holte tief Luft. So tief, dass Karin offenbar instinktiv merkte, dass ihr das, was sie jetzt hören musste, nicht gefallen würde. Aus den Augenwinkeln sah er, wie sie zu ihm herüberblickte. Er konzentrierte sich auf den Samstagmorgenverkehr um sie herum.

„Es war meine Schuld. Reinhard wollte uns etwas vom Bäcker holen, den wir in der nächsten Seitenstraße gesehen hatten. Und ich bin ..."

Verdammt noch mal, ja! Er war eingeschlafen und deshalb wusste er überhaupt nicht, was genau dann geschehen war. Dazu müsste er mit Reinhard sprechen oder hätte vorhin mit ihm sprechen müssen. Stattdessen hatte er sich im Haus verkrochen. „Ich bin eingeschlafen."

„Du bist waaas?" Sie waren beim Pförtnerhäuschen des Krankenhauses angekommen.

Er begleitete Karin bis zur Station, auf die Reinhard gebracht werden sollte, sobald seine Behandlung in der Notaufnahme beendet sein würde. Dort setzten sie sich bei geöffneter Tür in den Patientenaufenthaltsraum. Karin hatte kein weiteres Wort mehr mit ihm gesprochen. Ihr Gesicht war bleich. Er wusste nicht, ob wegen der abgebrochenen Nachtruhe, der Sorge um Reinhard oder auf Grund des kalten Neonlichts, das vom Stationsgang in ihr Gesicht schien.

Als sie das Klappen von Türen hörten und das Geräusch von Gummirollen auf dem frisch gebohnerten Linoleum, erhoben sich gleichzeitig und liefen in den Flur. Zwei Pfleger schoben das Bett, in dem Reinhard lag, in eines der Zimmer. Karin stürzte zu ihrem Mann. Sebastian ging ins Wartezimmer zurück.

Eine halbe Stunde später kam Karin zurück. „Er schläft jetzt. Das Projektil saß sehr oberflächlich im Muskel. Ein paar Fasern sind getrennt. Aber nichts, was die Ärzte nicht wieder hinbekommen. Morgen werden sie ihn wieder entlassen, wenn nichts Unvorhergesehenes passiert. Also alles in Ordnung. Soweit. Du solltest jetzt gehen."

Er fing ihre Hände ein, die ruhelos vor ihrem Körper hin und her flatterten, und drückte sie dankbar. „Ich rede morgen mit ihm."

Sie nickte. „Ich bleibe noch hier."

Er gab ihr Reinhards Autoschlüssel und fuhr mit dem Taxi nach Hause.

Sebastian hätte jemanden zum Reden gebraucht, als er seine Wohnung betrat. Jemanden wie Erika. Sie hatten nie besonders gut reden können. Sie immerhin noch besser als er. Aber bis sie gegangen war, hatte sie ihm zugehört. Und sie hätte ihm gesagt, dass sie sich Sorgen um ihn gemacht hatte. Es war schön, wenn sich jemand Sorgen um einen machte. Sie hatten sich geliebt und dann, ohne es richtig zu merken, ihre Liebe leichtfertig verschenkt.

Er setzte sich aufs Bett und ließ die Gardinen offen. Er hätte die Dunkelheit jetzt nicht ertragen. Durch die Tür schien das Licht der Leuchtstoffröhre im Terrarium, die gerade angegangen war.

Zu dem künstlichen Lebensraum seiner Wasseragamen gehörte es eben, dass die Sonne per Zeitschaltuhr aufging. Jeden Tag zur gleichen Minute.

Kapitel 23

Unter Aufbietung aller Willenskraft schaffte es Sebastian, nach sechs Stunden traumlosen Schlafs aufzustehen und eine Dusche zu nehmen. Teilnahmslos entfernte er danach zwei weitere eingefallene Eier aus dem Brutkasten. Ebenso teilnahmslos verrichtete er die notwendigen Arbeiten im Terrarium: Wasserwechsel der Badeschüssel, Gießen und Besprühen der Pflanzen. Er gab Gerda, Max und Emma die letzten vorrätigen Futtertiere. Eigentlich Irrsinn. Er fütterte die Heimchen, Grillen und Heuschrecken in einem gesonderten kleinen Terrarium mit täglich frischem Gemüse und Obst, damit er sie dann Tage später, mit Kalk und Vitaminen bestäubt, an Max und seine Frauen verfüttern konnte. Warum fraßen die Viecher denn nicht gleich das Gemüse selbst? Dann müsste er nicht jetzt noch zur Zoohandlung fahren.

An der U-Bahnstation Spandau-Altstadt war kein Fahrscheinschalter offen. Er mühte sich mit der Bedienung des Automaten ab, bis ihm eine Rentnerin behilflich war. Erst nahm er die U-Bahn, dann fuhr er weiter mit der S-Bahn nach Hermsdorf, um sein eigenes Auto abzuholen. Der rollende Zug mit seinen leicht vibrierenden Bewegungen und den einlullenden Fahrgeräuschen beruhigten ihn. Solange der Zug oberirdisch fuhr, blickte er aus dem Fenster und versuchte, Gebäude, Straßen oder andere Merkmale der Stadt aus dieser ungewohnten Perspektive wiederzuerkennen. Fuhr der Zug unterirdisch, beobachtete er die Leute, die ein- und ausstiegen, und freute sich an ihrer Unterschiedlichkeit. Er lebte gerne in Berlin und war fast traurig, als er aussteigen musste. Die Fahrt hatte seiner aufgewühlten Seele gutgetan und er wusste, dass er jetzt genug Kraft geschöpft hatte, sein Verhalten und die Ereignisse des frühen Morgens ungeschönt zu analysieren.

Es war bereits nach 18 Uhr, als er an diesem Samstag im Präsidium eintraf und sich an den Bericht setzte. Als er an die Stelle kam, an der er eingeschlafen war, stockte er. Keine Ahnung, wie man so etwas formulieren sollte. Ließ er die Zeit einfach offen, war klar, dass sofort eine entsprechende Nachfrage Jaguschs kommen würde. Er grübelte noch, als sein Handy klingelte. Claudia fragte mit verschlafener Stimme, ob sie sich im Krankenhaus treffen wollten. Er wollte auf gar keinen Fall, also eigentlich doch. Aber er musste erst mit Reinhard alleine sprechen. Er schlug vor, sich erst bei Karin zu erkundigen, ob und wann ein Besuch passte, und Claudia dann wieder anzurufen.

Karin hatte nichts gegen eine Ablösung, denn sie war von heute Morgen an ununterbrochen bei ihrem Mann gewesen. Er versprach, in einer halben Stunde da zu sein. Dann rief er Claudia an und verabredete sich mit ihr in einer Stunde in der Klinik. So würde er genügend Zeit haben, mit Reinhard allein zu sprechen.

Mit hastigen Bewegungen schrieb er seinen Bericht zu Ende und formulierte wahrheitsgemäß, dass er in der Zeit von ca. 5:30 Uhr bis 6:10 Uhr im Fahrzeug sitzend geschlafen hatte und daher zu den Vorfällen, wie der Kollege Górniak in die Gewalt des erschossenen Meyer gekommen war, selbst keine Aussage machen könne. Als er auch noch den Rest der morgendlichen Geschehnisse formuliert hatte, setzte er Unterschrift und Datum darunter, kopierte den Bericht und legte die Kopie in Jaguschs Fach, in dem alle wesentlichen Berichte landeten, die der Chef der Abteilung Wirtschaftskriminalität zur Information und zur Vorbereitung des Runden Tisches am folgenden Morgen benötigte. Erleichtert beeilte er sich, zum Virchow-Krankenhaus zu fahren.

Karin war schon fort, als er in das Zimmer trat. Reinhard hatte die Augen geschlossen, öffnete sie aber, als Sebastian an sein Bett trat.

„Hallo. Wie geht's dem großen Krieger?"

„Hervorragend. Karin war die ganze Zeit da. Hat mich betüttelt wie nie zuvor. Die Schwestern sind jung und hübsch. Was will ich mehr?" Er brachte tatsächlich ein Lächeln zustande.

„Wir müssen reden."

„Ja. Müssen wir."

Sebastian nahm sich einen Stuhl von der Sitzgruppe am Fenster und war froh, dass Reinhard als Polizeibeamter Anrecht auf ein Einzelzimmer hatte. Er setzte sich, sah Reinhard an und schwieg. Der kontrollierte unnötigerweise den Sitz der Braunüle mit dem Schlauch in seiner Hand. Die Infusionsflasche an dem Ständer neben dem Bett war fast leer.

„Das war die letzte. Wird auch Zeit. Ich muss langsam immer häufiger pinkeln."

„Hast du Schmerzen?"

„Nein." Wieder schwiegen sie.

Plötzlich rutschte Reinhard mit dem Oberkörper weiter nach oben und sah Sebastian ins Gesicht. „Hey. Ich find's wirklich nicht toll, dass du offenbar eingepennt bist. Aber an der Sache hat das wenig geändert. Also sollten wir diese Kleinigkeit am besten vergessen. Es ist ja dann auch alles gut gegangen. Außerdem: Danke!"

„Wofür? Dass ich nicht gemerkt habe, dass sie dich hopsgenommen haben, während ich ..."

Reinhard ließ ihn nicht ausreden. „Quatsch. Dafür, dass du dann doch gekommen bist. Er war gerade dabei, mich in den Keller zu schleifen. Und ich denke nicht, dass er nur vorhatte, mich dort im Dunklen einzusperren. Du bist also rechtzeitig gekommen."

„Eigentlich Claudia, nicht ich."

„Ich hätte auch nicht schneller entschieden als du. Aber er hätte mich nicht erschießen können, ohne dass du ihn dann erledigt hättest. Also. Was soll's? Du hattest alle Zeit der Welt."

Sebastian überlegte, ob er damit sagen wollte, dass Claudia nicht hätte schießen müssen, aber Reinhard sprach bereits weiter: „Trotzdem. Aus ihrer Warte war es die einzige Möglichkeit. Sie konnte nicht abschätzen, ob der Typ nicht spätestens dann durchdrehen würde, wenn du tatsächlich die Waffe niedergelegt hättest. Claudia hätte auch warten können, bis die Kollegen da waren. Allerdings wusste sie nicht, ob du sie bereits verständigt hattest. Sie musste entscheiden und es hätte so oder so falsch sein können. So ist unser Job."

Sie schwiegen eine Weile.

„Hättest Du?", fragte Reinhard.

„Was?"

„Deine Waffe weggeworfen?" Zum ersten Mal seit letzter Nacht konnte Sebastian eine Frage aus Überzeugung beantworten: „Auf keinen Fall, bevor die Kollegen da gewesen wären. Solange hätte mein Arm auf jeden Fall ausgehalten."

Reinhard grinste. „Ich hätte darauf vertrauen müssen und dich nicht quasi auffordern, einen so gefährlichen Befreiungsschuss zu setzen. Aber Mann. Ich hatte echt Schiss. Der Typ war total abgebrüht, und ich habe ihm geglaubt, dass er nicht vorhatte, mich am Leben zu lassen. In diesen Minuten hatte ich einerseits gehofft, du würdest kommen, andererseits dachte ich nur: *Mann, hoffentlich bleibt Sebastian weg. Sonst gibt's zwei tote Kripobeamte."*

„Ah, ich hätte also länger schlafen sollen, ja?" Sebastian wagte ein kurzes Lachen.

Reinhard stimmte ein und reichte seine linke Hand quer über das Bett. Sebastian nahm sie glücklich an.

„Nee, nee. War schon gut so. – Aber deine Prioritäten bei den Ermittlungen solltest du überprüfen. Du hattest doch gestern am Tag überhaupt nicht geschlafen, oder?"

Sebastian nickte ehrlich und erzählte von dem aktuellen Stand in seinem Fall, besonders von der offenen Kampferklärung Michael Sengers. Reinhard hörte zu und sagte nur: „Lass dich bloß nicht auf solche persönliche Ebene ein. Hörst du? Dann gib den Fall lieber ab. Es geht nie gut, wenn man sich persönlich angesprochen fühlt."

Sebastian nahm sich vor, diese Warnung ernst zu nehmen. Aber den Fall gleich abgeben? Das konnte er sich wiederum überhaupt nicht vorstellen.

Es klopfte, und Claudia trat ein. „Ah, meine Helden sind schon beisammen." Sie ging an die andere Seite des Bettes und griff

Reinhards schlauchfreie Hand, während sie Sebastian freundlich zunickte. Sie sah wieder völlig normal aus: Jeans, Turnschuhe und ein weißes, langärmliges Baumwoll-T-Shirt. Ihre Haare waren zu einem Pferdeschwanz gebunden.

„So, wir sind alle ausgeschlafen, nehme ich an? Dann will ich jetzt endlich hören, was überhaupt los war. Ihr wisst, ich bin neugierig."

Reinhard erzählte von dem Mercedes-Cabrio, der Abfrage zu den Bewohnern des Hauses, das an das Grundstück des Bankers grenzte, und von seiner letzten Runde kurz vor halb sechs heute Morgen. „Ich lief zunächst zum Bäckerladen. Mit einer Brötchentüte in der Hand war meine erneute Runde um den Häuserblock, die Sebastian und ich bereits mehrere Male in der Nacht gemacht hatten, unauffälliger. Der Mercedes stand noch immer da. Als ich am Grundstück vorbeiging, konnte ich nichts entdecken, was irgendwie anders war als vorher. Also lief ich vorbei und wieder zurück zum Bäckerladen, um den Kaffee zu holen. Ja, und das war offenbar der Fehler. Ich hatte keine Chance. Als ich wieder zurückkam, ist aus den Büschen hinter mir der Kerl auf mich gesprungen und hat mich sofort gewürgt und mir die Pistole an den Kopf gehalten." Reinhard wandte sein Gesicht zu Sebastian. „Ich hatte also gar keine Chance, nach meinem Handy zu greifen und dich zu wecken." Er grinste.

„Zu wecken?" Verständnislos sah Claudia sie an. Reinhard machte ein betretenes Gesicht, aber er fing sich gleich wieder. „Das klärt ihr am besten nachher. Ich kenne ja die Geschichte schon. Ihr noch nicht ganz. – Also: Er zwang mich, in ein Auto zu steigen, und wir fuhren den kurzen Weg zurück zu dem hinteren Grundstück. Von dort verschleppte er mich über die Gärten ins Haus. Weil er dabei meinen Kopf nach unten gedrückt hielt, konnte ich nicht sehen, was sich um uns herum tat, aber ich hörte kurz hintereinander zwei Fahrzeuge wegfahren. Ich nehme an, der Mercedes und noch ein anderes. Einen Moment hatte ich gehofft, Meyer würde mich nun laufen lassen. Aber er machte keine Anstalten, sein Gesicht vor mir zu verstecken. Deshalb habe ich dann wirklich Schiss gekriegt. Ab da kennt ihr die Geschichte ja. Ich habe Tischler und Schirowski offenbar unterschätzt. Hätte nicht gedacht, dass sie mit so einem harten Typen zusammenarbeiten."

Reinhard ließ seine Worte eine Weile wirken, bevor er weitersprach: „Dieter war vorhin kurz hier. Er sagt, sie haben den Typen identifiziert. Er sei auf dem besten Wege gewesen, ein Auftragskiller zu werden."

Sebastian überlegte, ob das der Grund gewesen war, dass Tarassow ihm die Information über den Geschäftspartner in Spanien hatte zukommen lassen. Vielleicht weil Tischler sich in Kreise begeben hatte, mit denen Tarassow nichts zu tun haben wollte?

Sie blieben noch eine Weile an Reinhards Bett sitzen, bis die Schwester sie wegschickte, um Reinhard zu einer Abschlussuntersuchung zu bringen. Verlief die positiv, würde Reinhard spätestens morgen früh entlassen werden. Claudia und Sebastian suchten unterdessen die Cafeteria des Krankenhauses auf.

Es war Wochenende, und viele Patienten, hatten gemeinsam mit ihren Besuchern die gleiche Idee. Kein einziger Platz mehr war frei. Also holten sie sich den Kaffee am Tresen ab und setzten sich auf eine der vielen Bänke in der gepflegten und mit Blumen bepflanzten Außenanlage. Die Sonne stand bereits tief, und doch waren es noch angenehme 20 Grad. Sebastian erwartete, dass Claudia näher nachhaken würde wegen der Vorfälle des gestrigen Tages. Aber sie war auffallend still.

Ihm fiel ein, woran er eigentlich schon vorher hätte denken müssen: Auch, wenn er Claudia anfangs wie einen verlängerten Arm der Technik gesehen hatte – hatte sehen wollen –, so wusste er doch, dass sie keine Maschine war. Es musste ihr selbst ziemlich mies gehen. Schließlich hatte sie den tödlichen Schuss abgegeben. Sie hatte die Entscheidung getroffen, nicht mehr auf die Ankunft der Kollegen zu warten, was er vielleicht getan hätte. Wie egoistisch von ihm, nur daran zu denken, wie sie wohl auf sein Fehlverhalten mit dem Einschlafen reagieren würde, statt zu fragen, wie es ihr selbst ging.

Doch bevor er dazu kam, sprudelte es plötzlich doch aus ihr heraus. Sie löcherte ihn mit Fragen, wie es zu seinem eklatanten Fehler hatte kommen können. Er erzählte ihr vom Pullover und von der entwendeten Krankmeldung aus der Akte Dr. Kirchhoffs und von Michael Sengers Besuch in seinem Büro.

Sie schüttelte den Kopf. „Es ist kaum zu glauben. So langsam verstehe ich deinen Ehrgeiz, die Sache mit Burkhard Senger aufzuklären. Aber trotzdem ..."

„Ich weiß. Musst es gar nicht aussprechen."

Netterweise unterließ sie es tatsächlich.

„Hast du deinen Bericht schon geschrieben", fragte er.

„Nein. Und deshalb sollte ich jetzt auch gehen. Hast du schon?"

„Ja."

„Und auch ...?"

„Ja. Auch das. Wir werden sehen, was Jagusch macht."

„War das nötig? Ich glaube nicht, dass Reinhard gegenüber Dieter etwas erwähnt hat."

Sebastian zuckte mit den Schultern. Nach Reinhards Aussage war kein direkter Schaden durch sein Einschlafen entstanden. Aller Wahrscheinlichkeit nach würde Jagusch ihm eine offizielle Verwarnung oder Abmahnung oder so etwas erteilen. Keine Ahnung. Er wusste nicht genau, wie ein Vorgesetzter zu verfahren hatte. Aber er hatte es nicht nötig, in seinem offiziellen Bericht von der Nettigkeit zweier Kollegen abhängig zu sein, die die Wahrheit verschwiegen. Außerdem käme es ihm unfair Reinhard gegenüber vor.

Sie brachten ihre Tassen zurück und verabschiedeten sich. Sie musste zum anderen, entgegengesetzten Ausgang. Morgen war Sonntag, und Jagusch hatte frei. Sebastian hatte also noch eine Galgenfrist von einem Tag. Er würde sie nutzen, indem er sich auf den Wohnzimmerfußboden setzte, dieses Mal das Handy direkt neben sich, und Zettel sortierte, um sich einen Plan für die nächsten Tage zu machen.

Auf halben Weg nach Spandau klingelte sein Handy. Er fummelte auf dem Beifahrersitz nach dem Kopfhörerkabel, fand es nicht, fluchte und nahm das Handy direkt in die Hand. „Ja?"

„Michael Senger hier."

„Verdammt Senger! Woher haben Sie meine Handynummer?"

„Von Simone Ahrend."

Er biss sich auf die Unterlippe. Er hatte ihr auf seine Karte auch seine Handynummer geschrieben für den Fall, dass ihr doch noch ein weiterer Gegenstand oder ein Schriftstück von Burkhard Senger einfallen sollte.

„Was wollen Sie?"

„Ich wollte Sie nur bitten, dass Sie mir vielleicht freundlicherweise das Ergebnis der DNA-Untersuchung mitteilen könnten, sobald Sie es haben. Wissen Sie: Andreas und ich, wir haben uns öfter schon gefragt, ob wir alle drei wirklich eineiig sind. Burkhard war manchmal, sagen wir mal, anders als wir."

„War's das?"

„Wir wollten das immer schon mal untersuchen lassen. Aber irgendwie sind wir nie dazu gekommen. Und jetzt, wo sozusagen die Behörden das für uns klären ..."

„Ihr Anwalt kann jederzeit Akteneinsicht beantragen. Das weiß er aber bestimmt selbst."

„Ich dachte, die Ermittlungen seien schon beinahe abgeschlossen? Sitzt nicht Schubert immer noch in U-Haft?"

Sebastian schwieg.

„Verstehe. Sie dürfen mir ja keine Auskunft geben. Ach! Was ich Ihnen noch mitteilen wollte: Ich habe das Mandat zu der Krampitz oHG abgegeben. Wissen Sie, das Vertrauensverhältnis ist doch irgendwie gestört und die Zusammenarbeit mit Schubert empfinde ich als unzumutbar. Also, für den Fall, dass er doch noch herauskommen sollte aus dieser unschönen Sache. Außerdem habe ich bei meinem Arbeitgeber gekündigt. Aber ich will Ihre Zeit nicht länger in Anspruch nehmen. Sie hatten schließlich zwei anstrengende Tage. Ein schönes Wochenende. Sie haben doch frei, oder?“

Sebastian beendete das Gespräch mit einem heftigen Tastendruck und schmiss das Telefon auf die Rückbank.

Montag, 27. August

Kapitel 24

Sie saßen beide an ihren Schreibtischen und brüteten über ihrem eigenen Schriftkram. Vorhin hatte Sebastian Claudia nach dem Ergebnis der Untersuchungen an der Krankheitsmeldung aus der Akte des Dr. Kirchhoff gefragt. Sie hatte nur abwesend den Kopf geschüttelt, dann aber versprochen, dass sie heute Mittag zu Claudius in die IuK gehen würde, auch, um das Ergebnis der DNA-Untersuchung am Pullover zu beschleunigen. Seine Aufgabe sollte sein, vorher eine großzügige Portion Sushi zu besorgen.

Der Vormittag zog sich hin wie ein Kaugummi, der bereits keinen Geschmack mehr hatte. Bisher liefen alle ihre Bemühungen im eigenen Fall ins Leere beziehungsweise eher an eine Wand. Und die hatten die Brüder Senger aufgestellt, die beide dahinter standen, durch ein kleines Loch lugten und sich diebisch freuten, wenn Sebastian der Mauer entlang nach einem Schlupfloch suchte.

Bei jedem Klingeln erwartete Sebastian, dass Jagusch ihn zu sich zitierte. Aber dessen Besprechung außerhalb des Präsidiums dauerte offenbar länger als geplant. Deshalb war er auch nicht bei dem morgendlichen Runden Tisch anwesend gewesen.

Sebastian freute sich, als die Uhr halb eins zeigte, und er sich auf den Weg zum Sushi-Restaurant machen konnte, obwohl er nicht verstand, wie jemand in Europa rohen Fisch auf saurem Reis für eine Delikatesse halten konnte. Er staunte jedes Mal über die mit Schlipsträgern und Kostümträgerinnen besetzten Theken und Tische. Da er telefonisch vorbestellt hatte, war er pünktlich um eins wieder im Büro, übergab die Plastiktüte an Claudia, die sich mit der wertvollen Fracht in Richtung Labor in Bewegung setzte.

Er selbst ging derweil zu Dieter, um sich nach Reinhards Befinden zu erkundigen. Gott sei Dank hatte es keine Komplikationen gegeben. Reinhard war also schon bei Karin zu Hause und würde in ein paar Tagen wieder zum Dienst erscheinen. Eine gute Nachricht! Er atmete tief durch und lehnte sich gerade zufrieden zurück, als ihm Dieter jedoch die nächste Nachricht mitteilte: Der im Koma liegende Postbote Ullrich Wegener war am Vormittag gestorben. Nun ermittelte die Kripo also wegen Totschlags beziehungsweise schwerer Körperverletzung mit Todesfolge.

Sebastian empfand durchaus Mitgefühl mit der Familie Wegener, der Ehefrau und zwei Söhnen, die er zwar nicht persönlich kannte, für die aber heute die letzte Hoffnung aufgehört hatte zu existieren. Aber gleichzeitig freute er sich auf seinen längst fälligen Gegenbesuch bei Michael Senger. Er war gespannt, ob der bei dieser Nachricht so cool wie sonst bleiben würde.

Auf dem Gang stieß er beinahe mit Claudia zusammen, die mit geröteten Wangen aus dem Fahrstuhl schoss. „Ey, dieser Fall fängt langsam an zu nerven. Es passt einfach gar nichts!", schimpfte sie auf dem Weg in ihr Büro vor sich her.

Wieder klingelte das Telefon. „Bitte, was passt nicht?" Er hielt sie am Arm fest, der sich gerade in Richtung Telefon ausstreckte. „Nein, lass! Sag erst!"

„Hast Recht. Ich muss selbst erst mal kapieren, was das nun schon wieder bedeutet. Willst du erst die gute oder erst die schlechte Nachricht?"

Er hatte die letzten Tage ausreichend schlechte Nachrichten gehabt und entschied sich für die gute.

„Die Fingerabdrücke auf dem Anschreiben und der Krankmeldung stimmen mit einer Wahrscheinlichkeit von 70% mit dem Teilabdruck auf dem Rückschein überein."

„Und was heißt 70%?" Er war wie elektrisiert, denn trotz der Einschränkung, die mit Sicherheit jetzt gleich kommen würde, war das der Beweis, dass Burkhard Senger noch lebte, und damit beinahe schon die Lösung des gesamten Falls.

„Sie sagen, dass erstens die Qualität des Teilabdrucks nicht sonderlich gut sei, und außerdem bestünde theoretisch die Möglichkeit, dass zwei Menschen in den Bereichen des Fragments, also des unteren Daumens, einen nahezu identischen Abdruck haben könnten und sich die natürlichen Abweichungen vorwiegend auf die hier fehlende Daumenkuppe erstreckten."

„Wie groß ist diese Wahrscheinlichkeit?" Claudia schmunzelte. „Ich würde sagen: 30%." Erst mit Verzögerung begriff er, warum sie lächelte und schnitt eine Grimasse. Zum ersten Mal seit zwei Tagen entspannte er sich und forderte sie auf, ihm nun die schlechte Nachricht zu sagen, gelassen und zuversichtlich, dass die gute Nachricht mit Sicherheit überwog. Das tat sie nicht, denn Claudia verkündete: „Die DNA-Proben dauern normalerweise wesentlich länger. Aber die am Pullover waren so eindeutig, dass Claudius jetzt schon mit Sicherheit sagen kann, dass die gefundenen Hautpartikel am Pullover identisch sind mit den DNA-Proben von Michael und Andreas Senger. Die Drillinge sind, waren, also alle eineiig."

Sebastian sackte zusammen. Sowohl körperlich auf seinem Stuhl als auch innerlich. Es hätte so einfach sein können. Wieder klingelte das Telefon. Claudia sah ihn fragend an. Er nickte. Wie erwartet, oder besser befürchtet, war Jagusch dran.

„Wir kommen beide", antwortete sie und legte sofort auf. „Er wollte wohl noch etwas sagen", grinste sie. „Los, komm! Bringen wir's hinter uns."

„Er wird dich gleich wieder rausschmeißen", wandte Sebastian skeptisch ein.

„Warten wir's ab."

Jagusch schmiss Claudia nicht wieder aus seinem Büro heraus, sondern fragte im unauffälligen Ton: „Es scheint Neuigkeiten zu geben? Schießen Sie los!"

Seine Aufforderung war eigentlich nur an Claudia gerichtet. Sebastian beachtete er kaum. Das konnte nichts Gutes heißen.

Claudia setzte sich und berichtete: „Burkhard Senger, der angeblich vor einem Vierteljahr tödlich verunglückte Drillingsbruder von Andreas und Michael Senger, lebt mit ziemlicher Gewissheit noch. Damit kommt er nach den bisherigen Ermittlungsergebnissen als Haupttäter in Frage. Wir sollten alle entsprechenden Maßnahmen einleiten."

„Ziemlicher Gewissheit? Können Sie das konkretisieren?“ Noch immer sah Jagusch nur Claudia an.

„Wir wissen es.“

„Ich habe bisher keinen Bericht über Ihr Wissen erhalten.“

„Es handelt sich um ganz neue Anhaltspunkte.“

„Welche?“

Jetzt schaltete Sebastian sich in das Gespräch ein: „Es sind zunächst nur Vermutungen, die sich auf eine ganze Reihe von kleineren Anhaltspunkten stützen. Wenn wir Gelegenheit erhalten würden, noch einmal die Wohnungen zu durchsuchen und bei den Telefongesellschaften der Brüder Auskünfte über Telefonate, aber auch Bankverbindungen und Ähnliches des Verstorbenen, des angeblich Verstorbenen, zu beantragen, werden wir mit Sicherheit ...“

Jagusch unterbrach ihn. Aber wenigstens blickte er ihn jetzt direkt an: „Tatverdacht gegen einen Toten? Hatten wir lange nicht mehr.“

„Es wurde keine Leiche gefunden.“

„Und?“

Claudia kam Sebastian zuvor: „Die Täterbeschreibungen bei den Banken in Luxemburg, in Genf, die der Mitarbeiterin beim Notar und des überfallenen Postboten decken sich und passen exakt auf die Brüder Senger.“

„Außerdem haben die Ermittlungen in Sachen Schubert nicht die geringsten Hinweise auf eine Täterschaft ergeben“, ergänzte Sebastian. „Sein Leumund ist einwandfrei. Seine Fingerabdrücke passen nicht zu dem zugestellten Einschreiben. Es ist zwar theoretisch möglich, dass er die Dienstreise nach München benutzt hat, um in die Schweiz und nach Luxemburg zu reisen. Das konnten wir nicht ganz ausschließen. Aber die Personenbeschreibung passt nicht auf ihn. Außerdem war er derjenige, der im Auftrag des Opfers bei den betroffenen Banken war. Man hätte ihn wiedererkannt, wäre er der Täter.“

„Komplize?“

„Wir haben keine Anhaltspunkte gefunden. Keinerlei Kontakte.“

Jagusch sah sie beide abwechselnd an und fragte dann: „Sie sind sich einig in Ihrer Einschätzung?“

Sofort antwortete Claudia: „Ja, ich halte weitere Untersuchungen für dringend erforderlich, schon allein, weil ich es für unsere Pflicht halte. Schließlich müssen wir auch einer Unschuldsvermutung Schuberts, der noch immer in U-Haft sitzt, nachgehen. Die Zigarettenkippen könnten ihm relativ leicht untergeschoben worden sein.“

„Ihre Anhaltspunkte bleiben trotzdem reichlich dünne“, antwortete Jagusch. Aber sein Blick verriet, dass er nach einer Möglichkeit suchte. Sebastian und Claudia warteten schweigend.

Endlich verkündete Jagusch seine Entscheidung: „Wir beantragen zunächst einen Beschluss nur im Hinblick auf Beweismittel aus dem Besitz des verstorbenen Burkhard Senger, um eine mögliche Täterschaft auszuschließen. Sollten Ihnen hierbei noch andere Dinge in die Hände fallen, haben Sie ja die Möglichkeit, sie sicherzustellen.“

Ein Wink mit dem Zaunpfahl. Ausschließlich die Tatsache, dass die Kriminalpolizei auch hinsichtlich der Entlastung eines Beschuldigten verpflichtet war zu ermitteln, würde im Moment bei dem Richter als Grund für einen erneuten Durchsuchungsbeschluss durchkommen. Andererseits war es immer möglich, bei einer Durchsuchung Beweismaterial jeglicher Art sicherzustellen und hierüber nachträglich den Richter zu informieren.

Zufrieden standen sie auf und wandten sich zum Gehen, als Jagusch zu Claudia sagte: „Frau Pandura, gehen Sie doch bitte schon vor. Ich habe mit dem Kollegen Hochgräber noch wegen des Falls Tischler zu sprechen. Ihr Bericht in dieser Sache liegt mir ja vor. Wir werden später darüber reden.“

Claudia nickte und warf Sebastian einen aufmunternden Blick zu, bevor sie den Raum verließ.

„Machen wir es kurz, Hochgräber. Sie haben ungeheures Glück gehabt, das wissen wir beide. Es ist bei Ihnen noch nie etwas Vergleichbares vorgekommen. Daher haken wir das ab. Ich bekomme von Ihnen einen neuen Bericht, in dem Sie bitte den letzten Satz dahingehend kürzen, dass der Kollege Górniak das Fahrzeug um 5:30 Uhr verließ und Sie um 6:10 Uhr die Suche nach ihm aufnahmen. Aaaa-ber ..." Bei diesem „Aber" zog er die Augenbrauen hoch. „Der Fall Krampitz wird von Pandura allein weiterbearbeitet und Sie steigen in den Fall Tischler als zusätzlicher Ermittler ein, besonders, weil jetzt Górniak für ein paar Tage ausfällt."

Jagusch lehnte sich an seinem Schreibtisch vor und seine Augen richteten sich auf den vor ihm liegenden Aktenstapel. Für ihn war das Gespräch offenbar beendet. Für Sebastian noch lange nicht. Ihm war noch niemals ein Fall entzogen worden. Und bei allem Respekt und allem Schuldbewusstsein, aber diese Entscheidung schien ihm unangemessen.

Jagusch sah wieder hoch und sah ihm fest in die Augen. „Hochgräber! Mal außerhalb des Protokolls: Michael Senger hat mich angerufen. Ich habe interessante Dinge von ihm erfahren. Über seine Anrufe, seine Besuche. Ach und über den Besuch einer Sabine Schubert bei Ihnen privat."

Sebastian hatte das Gefühl, sein Herz bliebe stehen. Aber es schlug weiter und füllte sich mit Zorn. Zorn auf Michael Senger. Er hatte nicht die geringste Lust, etwas zu erwidern. Er wollte nur, dass er dieses Büro schnell verlassen und er seinen Kopf durch einen langen Spaziergang wieder klarkriegen könnte. Sonst würde er die Aktenstapel von Jaguschs Schreibtisch fegen. Aber der sprach bereits weiter: „Meinen Sie allen Ernstes, Hochgräber, dass ich es zulasse, dass dieser Scheißkerl einen meiner besten Männer persönlich attackiert und ihn in Schwierigkeiten bringt?"

Sebastian starrte ihn an.

Jagusch lächelte kurz und wandte sich dann wieder seinen Unterlagen auf dem Schreibtisch zu. Sebastian blieb noch immer sitzen.

„Ist noch was?", fragte Jagusch, schon wieder dabei, seine Augenbrauen hochzuziehen.

Ohne ernsthaft nachzudenken, sagte Sebastian: „Ich hätte eine andere Idee."

„Die da wäre?"

„Ich ziehe meinen Urlaub vor. Wäre sowieso in fünf Wochen soweit. Das bringt garantiert mehr Abstand zur Sache als alles andere." Sebastian brachte ein Lachen zustande, das er sich in seiner derzeitigen Verfassung gar nicht zugetraut hatte.

„Urlaub?" Jagusch warf seinen Kugelschreiber mit Schwung auf den Tisch, lehnte sich zurück und sah ihn prüfend an. Sebastian fühlte sich unwohl, weil ihm der eigene Vorschlag gerade ziemlich idiotisch und durchsichtig vorkam. Eine lange halbe Minute später sagte Jagusch das erlösende „Von mir aus! Aber erst, wenn Górniak wieder einsatzbereit ist." Sebastian wusste nicht, ob Jagusch ihn durchschaut hatte oder tatsächlich glaubte, dass sein „bester Mann" urlaubsreif war.

Als Sebastian nach dem Gespräch bei Jagusch in sein Büro zurückkam, fand er einen Zettel vor „Lust auf einen Kaffee? Warte in der Kantine. Gruß Claudia."

Er hatte Lust auf einen Faustschlag, nicht auf einen Kaffee. Aber die arme Claudia konnte nun wirklich nichts dafür. Logisch ging er in die Kantine. Als er sich ihr gegenüber an den Tisch setzte, hielt sie ihren Kopf schräg und studierte prüfend sein Gesicht.

„Ich glaub', ich habe gerade eine etwas vorschnelle Entscheidung getroffen", begann er und erzählte vom Gespräch mit Jagusch.

„Wir haben noch mindestens drei Tage, bis Reinhard wieder im Dienst ist. Keine Sorge, dein Handy funktioniert auch im Urlaub, wenn's was Wichtiges geben sollte", versuchte sie offenbar, ihn zu trösten.

„Ich soll Reinhard vertreten. Mir wird keine Zeit bleiben, mich um Senger zu kümmern."

„Du hast noch nichts gehört?"

„Was?"

„Sie haben Tischler und Schirowski verhaftet. Und zwar beim gemütlichen Bier auf der Terrasse ihres spanischen Freundes in Alicante."

„Der, dessen Adresse mir …"

„… Tarassow gegeben hat. Ja. Entweder Tarassow mag dich oder er hatte noch ein Hühnchen mit Tischler zu rupfen."

„Wusste das Jagusch nicht eben schon?"

„Kann ich mir nicht vorstellen. Dieter hat mich angerufen, da warst du noch bei Jagusch drinnen."

Sebastian freute sich, und zwar in doppelter Hinsicht. Damit war sein Fehler endgültig ausgebügelt. Na ja, nicht ganz. Reinhards Schmerzen im Bein würden die Erinnerung daran schon noch ein paar Tage wachhalten. Aber nun gab es bis zu einer möglichen Auslieferung der spanischen Polizei in dem Fall hier nicht viel zu tun, jedenfalls nichts Eiliges. Nur Schreibtischermittlungen und sture Arbeit durch die Aktenberge, die beschlagnahmt worden waren, und die vorwiegend von den steuerrechtlichen Beratern der Polizei beurteilt werden mussten.

„Du sagst gar nichts?", holte ihn Claudia aus seinen Gedanken.

„Entschuldige. Klar. Super! Freut mich, dass die Adresse von mir kam."

„Aber?" Ihr herausfordernder Blick sprach Bände. Sie hatte ihn in den Tagen offenbar schon so weit kennengelernt und ahnte wohl, dass seine Pläne schon längst wieder bei Michael Senger waren.

„Kümmerst du dich um die Beschlüsse für die Durchsuchung der Senger-Wohnung?", fragte er.

Sie nickte.

„Kannst du es einrichten, dass du dabei bist?"

Wieder nickte sie.

„Wobei ich ehrlich nicht weiß, wonach wir suchen sollen", überlegte er laut.

Es frustrierte ihn, dass ihre Suche mehr und mehr einem Fischen im trüben Wasser glich. Und wenn sich nicht bald das Wasser aufklarte, würde Michael Senger ungeschoren in einen großen Jahresurlaub davonfahren, nachdem die fristgerechte Beendigung seiner Tätigkeit in der Steuerberatungskanzlei zum Ende September wirksam sein würde.

„Find mal heraus, ob Andreas Senger bei der Meldestelle gekündigt hat“, bat er Claudia auf dem Weg zurück ins Büro.

„Mach ich. Wo willst du denn hin?“, fragte sie ihn. Sie waren an ihrer Bürotür angelangt. Er machte keine Anstalten, mit hineinzugehen.

„Wohin wohl? Zu Dieter. Mir meine Hausaufgaben abholen.“

Er war sich sicher, dass er ihr in diesem Moment ein wenig leidtat.

Kapitel 25

Michael drückte entschlossen die Klinke herunter. Es war an der Zeit für den nächsten Schritt, und er würde ihn jetzt ohne großes Tamtam hinter sich bringen. Susanne blickte von ihrem PC auf und sah ihn erstaunt an. Es war ungewöhnlich, dass er sie zu dieser Tageszeit im Sekretariat besuchte. Sie lächelte ihn an. Er blieb ernst.

„Hast du eine Minute?"

„Für dich immer, mein Liebling. Krampitz ist zu Tisch. Ich könnte auch Pause machen. Wollen wir in die Kantine gehen oder lieber ein bisschen raus an die frische Luft. Es ist so schön draußen."

„Susanne", unterbrach Michael mit einer Stimme, die zu ernst war für einen fröhlichen Mittagsspaziergang. Prompt erlosch das Strahlen in ihrem Gesicht.

„Was ist? Geht es dir nicht gut?", fragte sie besorgt. Sie stand auf, kam zu ihm und umarmte ihn fürsorglich.

Er machte sich frei. „Nein, setz dich bitte wieder. Wir müssen reden. Besser hier als unter den lauschenden Kollegen." Er drehte sie um und schob sie zurück in Richtung Schreibtisch; er selbst setzte sich auf den Besucherstuhl ihr gegenüber. „Ich ziehe aus."

„Wie bitte, was?" Susanne wollte sich auf ihren Stuhl fallen lassen, der durch die plötzliche Bewegung nach hinten rollte. Ehe sie sich versah, saß sie auf dem Fußboden. Ungerührt stand Michael auf, ging um den Schreibtisch herum und bot ihr den Arm. Sie griff nach seiner Hand und starrte ihn fassungslos an, während er sie hochzog und ihr auf den Schreibtischstuhl half, den er dieses Mal festhielt, bis sie sicher auf ihm saß. Mit gleichbleibender Miene kehrte er zu seinem Besucherstuhl zurück.

„Machen wir uns doch nichts vor, Susanne. Es klappt nicht zwischen uns. Du meckerst ständig über den Sex, du meckerst ständig, wenn ich Zeit mit meinem Bruder verbringe. Du stehst nicht hinter mir in dieser leidigen Sache mit dem verschwundenen Geld. Du redest ständig vom Heiraten, während ich nicht weiß, wo mir der Kopf steht und wie es mit mir beruflich weitergehen soll."

„Ich habe doch nie wieder vom Heiraten gesprochen." Susannes Stimme war ein verständnisloses Hauchen, in ihren Blicken ungläubiges Staunen.

„Vielleicht nicht direkt ausgesprochen. Aber ich weiß doch, wie du darüber denkst", entgegnete Michael ungehalten, „Glaub mir, Susanne, ich habe über alles reiflich nachgedacht. Ich will nicht, dass wir uns weiter wehtun, und deshalb werde ich jetzt nach Hause fahren und die notwendigsten Sachen packen. Den Rest hole ich später. Ich ziehe zu Andreas." Michael stand auf.

„Warte!" Es war ein entsetzter Aufschrei. Sie war aufgesprungen. „Das kann doch nicht sein. Du hast nie etwas gesagt. Wir hätten doch reden können. Wieso stehe ich denn nicht hinter dir? Ich liebe dich doch. Und mit Andreas, ich habe doch nur ..."

Er unterbrach sie. „Lass es gut sein." Sie standen unmittelbar voreinander und er packte sie an beiden Armen, die kraftlos an ihrem Körper herabhingen „Mach's gut, Susanne. Du wirst es schon schaffen." Er drückte ihre Oberarme noch kurz, drehte sich um und verließ das Büro.

Als er die Tür hinter sich zugezogen hatte, lächelte er. Das war leichter gelaufen, als er gedacht hatte. Es war gut gewesen, sie so zu überraschen und im wahrsten Sinne des Wortes sprachlos zu machen. Er beeilte sich, das Gebäude zu verlassen, bevor Susanne vielleicht ihre Fassungslosigkeit überwinden und ihm nachlaufen würde. Noch heute Morgen hatte er kurz gezweifelt, ob er mit der Trennung nicht noch warten sollte. Ob es nicht zu gefährlich war, Susanne als liebende Verbündete zu verlieren. Aber sie war der Typ Frau, der gekränkt in sich zusammenfällt, die Fehler bei sich selbst sucht und noch grauer werden würde als schon bisher. Keinesfalls würde sie um ihn kämpfen oder gar zu einer Gefahr für ihn oder Andreas werden. Was wusste sie denn schon? Er hatte zu sorgfältig darauf geachtet, dass die dumme Trutsche völlig arglos war, was ihn und seinen Bruder anbelangte. Es war also richtig gewesen, sich dieser nervigen Beziehung sofort zu entledigen.

Kapitel 26

Mit Dieter als Aufpasser auf der anderen Seite des Schreibtisches las Sebastian sich durch den Wust an Geschäftspapieren und machte Notizen und klebte Merkzettel bei allem, was ihm nicht ganz koscher erschien. Die Finanzierungsanträge der Firma Tischler für den Neubau eines Geschäftshauses im Prenzlauer Berg waren in Schirowskis Bankhaus bearbeitet worden. Jeder Auszubildende hätte beim Studieren der Unterlagen gemerkt, dass hier gemauschelt wurde. Auszahlungsanweisungen wurden seitens des Bankers Schirowski ohne weitere Kontrolle freigegeben und alles in viel zu kurzen Abständen – so schnell konnte überhaupt kein Bau fortschreiten.

Was Dieter und er hier machten, war reine Fleißarbeit, die notwendig war, um die Ermittlungsarbeiten sauber an den Staatsanwalt abzugeben. Um Schuld oder Unschuld ging es nicht mehr im Entferntesten. Deshalb hatten ja auch Tischler und Schirowski versucht, sich nach Spanien abzusetzen. Sebastian nahm sich zusammen, weil er an Reinhards Wundschmerz dachte und er sich schuldig fühlte, seinem verletzten Kollegen diese nervige Aktenarbeit abzunehmen. Aber er freute sich, als Claudia ihn mit einem Anruf dabei unterbrach. Sie teilte mit, dass tatsächlich auch Andreas gekündigt hatte. Aber seine Kündigungsfrist war länger und er konnte erst Ende Oktober bei der Meldestelle aufhören.

Es überraschte Sebastian keineswegs. In Gedanken ging er die Länder durch, die keinen Auslieferungsvertrag mit Deutschland hatten, und überlegte, wo die Drillinge freudig wiedervereint ihr neues Leben ins Saus und Braus verbringen könnten.

In diesem Moment wurde ihm bewusst, dass Claudia längst weitergesprochen hatte.

„Was hast du gesagt? Ich habe nicht richtig zugehört."

„Das habe ich gemerkt. Ich sagte, du solltest dich noch mal mit Susanne Menzel unterhalten." Er konnte das amüsierte Lächeln in ihrer Stimme hören.

„Wieso das?"

„Sie hat hier angerufen und wollte dich sprechen."

„Weshalb?"

„Hat sie nicht gesagt. Aber sie schien ziemlich fertig mit den Nerven."

Wenn passiert war, was er vermutete, hatte sie auch allen Grund dafür. Er ließ sich Susannes Rückrufnummer geben und versprach Claudia, sich jetzt erst einmal brav weiter durch die Hunderte von beschlagnahmten Akten zu wälzen, wozu ihn Jagusch verdonnert hatte.

Natürlich rief er trotzdem sofort bei Susanne Menzel zurück. Sie verabredeten sich für den späten Nachmittag nach Büroschluss in einem Café am Roseneck.

Susanne war knapp angebunden und so musste er sich also gedulden, Näheres zu erfahren.

Endlich war es spät genug, um zu dem Termin mit Susanne Menzel aufzubrechen. Als er das Café betrat, sah er sie am letzten Tisch am Fenster sitzen. Sie wirkte blass, noch blasser als sonst. Allerdings trug sie ihre Haare offen. Das allein machte sie schon um Meilen attraktiver als ihr Dutt bei ihren bisherigen Treffen in der Firma oder im Präsidium. Vor ihr stand eine Tasse grüner Tee, er bestellte sich einen Latte Macchiato.

„Haben Sie es schon gehört?"

„Was meinen Sie?"

„Dass Michael Senger nicht länger das Mandat bei der Firma Krampitz betreuen will? Er hat sogar bei seiner Kanzlei gekündigt."

„Ja, selbstverständlich", antwortete er.

„Gut. Aber es ist nicht das Einzige, das er gekündigt hat."

Ohne dass sie es aussprechen musste, wusste er, was sie meinte: die Beziehung zu ihr. Dieser Arsch! Erneut ein Beweis, dass alles, was Michael Senger in den letzten Jahren angefasst hatte, einzig und allein aus Berechnung geschehen war.

„Gab es einen Grund?" Er wusste, dass es keinen gab, jedenfalls keinen, der in der Beziehung lag.

„Nicht, dass ich wüsste. Nein. Wir waren glücklich – dachte ich.“ Die Stimme zitterte, und Tränen füllten ihre Augen.

Dieses Häufchen Elend tat ihm leid. Er drückte kurz ihre Hand und sagte, was man immer sagte: „Weinen Sie nicht. Er ist es nicht wert.“

„Warum sagen Sie so etwas?“

Er zog erschrocken seine Hand zurück und nippte an seinem Latte Macchiato.

„Entschuldigen Sie!“, sagte sie nach einer Weile.

Es gab nichts zu entschuldigen. Er verstand, dass es nicht leicht war, sich einzugestehen, dass man nur Mittel zum Zweck gewesen war. Deshalb erwiderte er nur: „Ist schon in Ordnung.“

„Wissen Sie. Ich bin nicht dumm. Ich habe die letzten zwei Jahre seit gestern wieder und wieder in meinem Kopf vorbeiziehen lassen. Es kann keinen Plan gegeben haben. Es macht absolut keinen Sinn. Alles nicht.“

Er horchte auf. Da war ein Unterton in ihrer Stimme, der von einem Verdacht sprach, der ihm nur zu vertraut war.

„Was genau meinen Sie damit, dass nichts einen Sinn macht?“

Sie hatte ihren Rücken von der Lehne gelöst und ihren Oberkörper gerade aufgerichtet. Ihre Augen glänzten, nicht nur durch die Tränen, und waren weit geöffnet. Das erste Mal fiel Sebastian an dieser grauen Maus auf, dass auch sie etwas Wunderschönes besaß: ihre großen ausdrucksstarken Augen.

„Ich weiß doch genau, dass Sie denken, Burkhard Senger lebt noch und die Brüder haben es gemeinsam gemacht.“

„Was gemacht?“, fragte er völlig überflüssigerweise. Sie sah ihn dann auch strafend an, so als wolle sie nochmals bekräftigen, dass ihre Intelligenz schließlich ihr Hauptpotential sei.

„Einmal ...“, fing sie an, „... da war Michael etwas, sagen wir mal, angetrunken. Er trank normalerweise nie etwas. Und da hat er mir eine Sache aus seiner Jugend erzählt. Etwas völlig Verrücktes. Ich weiß. Aber es musste damals den Brüdern schon etwas bedeutet haben.“

Am liebsten hätte er sie geschüttelt. *Komm auf den Punkt* wollte er gerne rufen, aber er schwieg.

„Die Jugendzeit der Brüder muss ziemlich schwierig gewesen sein. Sie sind in einem kleinen Dorf im Frankenland aufgewachsen und mussten unter den Hänseleien der Mitschüler ganz schön leiden. Der Vater war irgendwann weg und die Mutter früh verstorben. Ich glaube, deshalb war der Zusammenhalt auch sehr stark zwischen ihnen. Jedenfalls haben sie sich, als sie 16 waren, geschworen, später einmal ein *ganz großes Ding*, wie er es nannte, zu drehen."

Ach, guck an. Das war ihnen ja wohl auch geglückt, schoss es Sebastian durch den Kopf.

„Jedenfalls haben sie wohl einen richtigen Blutschwur daraus gemacht. In einer Höhle ums Lagerfeuer herum, mitten in der Nacht. So ganz auf Abenteuer. Ich habe darüber sehr gelacht und Michael dann auch, Tränen hat er gelacht. *Wie Jungs in diesem Alter eben so sind*, hat er gesagt."

Ach ja?, dachte Sebastian amüsiert. Vielleicht 16-jährige Jungs in einem Dorf im Frankenland. Berliner Jungs waren in diesem Alter aus irgendwelchen Blutschwurgeschichten Tom Sawyers und Huckleberry Finns schon lange heraus. Er stellte sich gerade die Senger-Brüder von heute vor, wie sie in einer Höhle im Wald zusammenhockten. So völlig anders hatte das damals sicher auch nicht ausgesehen.

„Natürlich musste ich an diese Geschichte denken, als Krampitz' Geld gestohlen wurde."

„Warum haben Sie mich heute treffen wollen?"

Sie sah überrascht auf. Dann schüttelte sie den Kopf. „Ich weiß einfach nicht mehr, was richtig und was falsch ist. Ich kann mir zwar immer noch nicht vorstellen, dass ich mich in Michael so getäuscht haben sollte, aber wenn doch …"

„Wenn doch, dann möchten Sie mir helfen. Das ist sehr anständig von Ihnen."

„Aber es ist bestimmt alles Blödsinn. Denn bei der Trauerfeier habe ich etwas gehört. Zufällig. Also Andreas und Michael konnten gar nicht wissen, dass ich zuhörte."

„Bitte erzählen Sie, und versuchen Sie, sich an jede Einzelheit zu erinnern“, bat Sebastian.

„Es waren nicht viele Menschen zu der Trauerfeier in der Friedhofskapelle gekommen. Aber es gab ja auch keinen Sarg, keine Urne. Die Strömungen, hatten die Behörden Michael zu erklären versucht. Vorn im Altarraum stand nur das Foto Burkhards auf einer Art Staffelei, über Eck mit einem schwarzen Seidenband gesäumt, und zu den Füßen der Staffelei lagen die Blumensträuße und Gestecke, die die wenigen Freunde mitgebracht hatten. Michael kümmerte sich darum, dass Andreas den Tag überstand. Sie wissen ja bestimmt, dass Andreas ein schwaches Herz hat.“

Nein, das wusste Sebastian nicht, nickte aber, um sie ja nicht aus ihren Erinnerungen zu bringen.

„Im Anschluss an die Rede des Pfarrers liefen wir zu der von Michael gekauften Urnenstelle. Es gab ja keine Urne, aber die Leute sollten wenigstens einen bestimmten Ort haben, um Burkhard zu gedenken, wenn schon seine Überreste längst Fischfutter waren. So hatte Michael das begründet. Nur der engste Kreis der Trauergesellschaft begleitete uns in Michaels und meine Wohnung. Wir saßen im Wohnzimmer und ich servierte Kaffee und Kuchen. Irgendwann musste ich mal auf die Toilette. Als ich aus dem Bad kam, hörte ich aus unserem Schlafzimmer, wie sich Michael und Andreas dort leise unterhielten. Die Tür war angelehnt. *Was machen wir denn nun mit unserem Schwur? Wir hatten gesagt: zehn Jahre. Inzwischen sind es schon 20 Jahre. Und? Was haben wir bisher erreicht?*, hat Andreas gefragt und Michael hat geantwortet: *Nichts und jetzt, wo Burkhard ... fehlt, klappt unser Plan doch sowieso nicht mehr.*

Es gibt also doch keinen Sinn, dass die beiden vom Tod des Bruders sprechen und sich darüber unterhalten, ob sie an dem Dummen-Jungen-Schwur festhalten wollen oder nicht, wenn sie gewusst hätten, dass Burkhard noch lebt, mehr noch, wenn der Unfall schon Bestandteil des Planes gewesen sein soll.“

„Und wenn es inszeniert war?“, fragte Sebastian „Extra für Sie?“

„Warum? Wie sollten sie ...“, stotterte sie.

„Damit Sie das irgendwann irgendwem erzählen sollten. Zum Beispiel heute mir.“

Ungläubig sah sie ihn an und schüttelte den Kopf.

„Waren Sie vorher alle zusammen im Wohnzimmer gewesen?“

„Ja.“

„Haben Sie da vielleicht erwähnt, dass sie auf Toilette müssten.“

„Kann ich mir nicht vorstellen. Normalerweise kündige ich das nicht an“, antwortete sie, jetzt etwas entspannter.

„Sie kamen direkt vom Friedhof? Wie lange ging diese Trauerfeier?“

„Etwa eine Stunde. Vielleicht etwas knapper. Wieso fragen Sie?“

„War es das erste Mal, dass Sie nach Eintreffen in die Wohnung zur Toilette gingen?“

„Ja.“

„Kann man also sagen, dass Sie zu diesem Zeitpunkt, als sie in der Wohnung das Badezimmer aufsuchten, schon geraume Zeit nicht mehr auf einem WC gewesen waren?“

„Ach so“, sagte sie nur und nahm mit beiden Händen die Teetasse hoch. Ohne zu trinken, sah sie gedankenverloren in das Innere der Tasse.

„Sie meinen also, die beiden haben mich beobachtet, als ich aufstand, um auf die Toilette zu gehen und sind absichtlich dann ins Schlafzimmer gegangen und haben dort diese Unterhaltung inszeniert?“

Sebastian nickte und die Enttäuschung im Gesicht der jungen Frau tat ihm richtig weh.

Sie verabredeten sich, in Kontakt zu bleiben, und Sebastian machte sich auf den Weg zu den Senger-Brüdern. Er stellte den Motor seines Wagens aus und lehnte sich in den Sitz zurück. Er sammelte mit geschlossenen Augen alle Sicherheit und Stärke, die er aus der Erinnerung an die diversen erfolgreichen Fälle seiner Laufbahn ziehen konnte. Als er sich sicher war, dass ihm der Erfolg ins Gesicht geschrieben stand, machte er sich auf den Weg in den neunten Stock.

„Ach, die Polizei schon wieder. Kommen Sie rein!“ Senger ließ die Tür geöffnet und kehrte langsam in Richtung Wohnzimmer um. Sebastian wusste nicht, wen er vor sich hatte. Andreas oder Michael. In seiner Sicherheit entstand ein erster Haarriss. Er schloss die Wohnungstür und folgte Senger, der auf einen freien Sessel im Wohnzimmer deutete. Der Fernseher lief. Der Senger, der die Tür geöffnet hatte, setzte sich auf die Zweiercouch, der Bruder saß auf dem Dreier und nickte Sebastian kurz zu. Zwei Bierflaschen standen auf dem Tisch und zwei leere Pizzakartons lagen auf dem Fußboden neben dem kurzen Sofa. Sebastians Augen suchten nach einem benutzten Aschenbecher im Raum, den es geben müsste, da Andreas Senger ja angeblich Raucher war. Er entdeckte keinen und auch der Geruch des kalten Rauches, der bei der ersten Durchsuchung der Wohnung so deutlich wahrnehmbar gewesen war, war kaum mehr zu riechen.

Michael, welcher von beiden das nun auch war, hatte seine Berufskleidung, einen Anzug mit Hemd und Krawatte, abgelegt und trug wie sein Bruder Jeans und Sweatshirt.

„Es ist schon spät. Was ist denn so eilig?“, sagte der eine.

„Wir sind gerade fertig mit dem Aufräumen des Chaos’, das ihre lieben Kollegen hier veranstaltet haben“, fuhr der andere vorwurfsvoll fort. Der auf der Zweier-Couch griff nach der Bierflasche und trank. Der andere nahm Sekunden später die seine.

„Na, bald können Sie so oft kommen, wie Sie wollen. Wir sind dann weg“, sagte der auf dem Zweier-Sofa; der andere Bruder fuhr fort: „Oh, das tut mir leid. Wir haben Ihnen noch gar nichts zu trinken angeboten. Wie unhöflich von uns.“

Sebastian machte eine abweisende Handbewegung. Der letzte Satz stammte von Michael, da war er sich ziemlich sicher. Die übertriebene Höflichkeit, der Sarkasmus in seiner Stimme, das klang unverkennbar nach Michael.

Sebastian holte in Gedanken tief Luft. „Hat man Sie bereits darüber informiert, dass gegen Sie wegen Mordes ermittelt wird?"

„Wegen *Mordes*?", der Zweier-Sofa-Bruder verschluckte sich beinahe an seinem Bier, während der Dreier-Sofa-Bruder stumm blieb, aufstand und zum Fenster des kleinen Wohnzimmers ging. Mit dem Rücken zu Sebastian sagte er: „Eine herrliche Aussicht über Berlin hat man hier. Haben Sie schon einmal gesehen? Kommen Sie! Wir sind hier im neunten Stock. Das ist schon ziemlich hoch." Er sah über seine Schultern und forderte Sebastian mit wiederholten Handbewegungen auf, mit ihm den Blick auf das neonbeleuchtete Berlin zu werfen.

Spätestens jetzt war sich Sebastian sicher, dass es Michael war. Er blieb sitzen, ignorierte Michael am Fenster und beobachtete stattdessen Andreas, der seinen Körper sichtlich anspannte, um seine ebenso erkennbare Unsicherheit zu überspielen.

„Warum haben Sie eigentlich bei der Meldestelle gekündigt? Bei Ihrem Bruder sind die Gründe ja noch halbwegs nachvollziehbar. Aber bei Ihnen? Niemand in der Meldestelle wusste von den Vorwürfen gegen Sie", fragte Sebastian ihn. Andreas blickte zu seinem Bruder am Fenster.

„Er wird mich begleiten", antwortete Michael.

Aus den Augenwinkeln nahm Sebastian wahr, dass sich Michael ruckartig umgedreht hatte und nun zum Tisch zurückkehrte.

„Aha. Wohin wollen Sie denn reisen?" Sebastian ließ Andreas nicht aus den Augen.

Michael setzte sich demonstrativ dicht neben seinen Bruder und lächelte. „Das wissen wir noch nicht so genau. Nur weg aus diesem engen Deutschland."

„Lassen Sie immer Ihren Bruder entscheiden?", fragte Sebastian Andreas, dessen Blicke immer hilfloser zwischen ihm und seinem Bruder hin und her wanderten.

„Nein, wieso? Wir haben das gemeinsam entschieden." Seine Empörung fiel ziemlich dünn aus.

„Wann ist es denn so weit?“, wollte Sebastian wissen. Diese einfache Frage durfte denn auch Andreas selbst beantworten: „In zwei, drei Monaten.“

„Das ist gut“, entgegnete Sebastian lächelnd und erhob sich.

„Und verraten Sie uns auch, was daran für Sie gut sein soll?“, fragte Michael abschätzig.

„Das reicht mir für die Ermittlungen. Ich hatte schon befürchtet, Sie könnten früher fahren. Wissen Sie, so Hals über Kopf ...“, grinste Sebastian die beiden an.

„Das hätten Sie wohl gerne, Herr Kriminalhauptkommissar. Tut mir leid. Aber wir werden Ihnen keinen Grund für einen Haftbefehl geben. So oder so nicht. Damit sollten Sie sich doch langsam abgefunden haben.“

Nun mischte sich doch noch Andreas ein: „Aber ich möchte jetzt wissen, warum wegen Mordes ermittelt wird. Was für ein Blödsinn! Was sollen wir denn mit einem Mord zu tun haben?“ Nur mühsam unterdrückte er seine Aufregung, was ihm einen vorwurfsvollen Blick und einen druckvollen Schultergriff seines Bruders einbrachte.

„Ihr Bruder hat ein wenig zu heftig zugeschlagen. Der Postbote ist heute Vormittag verstorben.“ Der Satz war Sebastian eine innere Freude, und die Angst, die er in Andreas Gesicht erkennen konnte, eine noch viel stärkere.

„Welcher Postbote? Was haben wir denn mit irgendeinem Postboten zu tun?“, wandte Andreas lautstark ein. Er war inzwischen aufgestanden und Michael versuchte erfolglos, ihn am Ärmel zurückzuziehen. Also stand auch er auf.

„Fragen Sie Ihren Bruder!“, forderte Sebastian Andreas auf, der sich ruckartig zu Michael umdrehte.

„Nicht *den* Bruder“, sagte Sebastian, „Ich meine Burkhard.“

Michael brachte nur ein hämisches Grinsen zustande. Andreas blieb stocksteif stehen.

Mit den Worten *Ich finde den Weg allein* ließ Sebastian die beiden im Wohnzimmer zurück und verließ die Wohnung.

Obwohl er fand, dass sein Auftritt gar nicht schlecht gewesen war, stellte sich das erhoffte Gefühl der Genugtuung nicht ein. Zwei, drei Monate hatte Andreas Senger gesagt. Er wusste, dass kein Staatsanwalt der Welt ein Verfahren gegen die Brüder eröffnen würde, wenn sie nicht bald irgendwelche überzeugenden Beweise dafür liefern konnten, dass der Dritte im Bunde noch lebte. Es war nicht strafbar, seinen Arbeitsplatz zu kündigen. Es war nicht strafbar, ins Ausland auszuwandern. Das taten jedes Jahr Tausende. Mit dem schalen Beigeschmack eines letztlich wirkungslosen Punktsieges gegen Michael Senger durch den heutigen Besuch fühlte sich der Frust noch bitterer an.

Sebastian verzichtete auf einen schnellen Heimweg nach Spandau über die Stadtautobahn und fuhr durch die Innenstadt. Als er den Ernst-Reuter-Platz überquerte, fiel ihm ein, dass Claudia hier ganz in der Nähe wohnte: in einer Seitenstraße der Otto-Suhr-Allee, ganz in der Nähe des Landgerichts Berlin. Sie hatte ihm ihre Wohnung irgendwann am Anfang ihrer Partnerschaft geschildert – war das wirklich erst zwei Wochen her? Er sah auf die Uhr im Armaturenbrett: 21 Uhr. Er entschloss sich spontan, ihr einen Besuch abzustatten.

Vor ihrer Tür zögerte er dann doch. Es gab keinen wirklich überzeugenden Grund für seinen Besuch. Er hatte Angst, sie würde die Augenbrauen hoch – und ihren Mund verächtlich herunterziehen, was ihn im Dienst wenig beeindruckte. Aber heute Abend hätte er es nur schwer ertragen. Was sollte er sagen? Und was würde sie denken? Eigentlich war es egal. Sie wollte sowieso nichts von ihm außer Freundschaft. Und jetzt brauchte er einen solchen Freund. Wenn er ihr einer sein sollte, dann war es nicht ganz so komisch, wenn sie jetzt einer für ihn sein konnte.

Er drückte den Klingelknopf. Das Klingeln dauerte nur kurz. Aber zu lang, um einfach abzudrehen und die Treppe wieder hinunterzusteigen. Schneller als er sie eben hochgeschlichen war. Schon war die Tür offen und Claudia stand im Licht ihrer kleinen Diele. Sie sah aus wie immer: Jeans und eine enge Bluse.

Aber sie war barfuß. Ihre Fußnägel waren rosa lackiert. Er hatte noch nie ihre Fußnägel gesehen.

Sie starrte ihn an. „Du?“ Sie lächelte ihr Grübchenlächeln. „Komm rein!“ Sie trat beiseite. Mit einem Mal verschwand ihr Lächeln und erschrocken fragte sie: „Ist was passiert? Alles in Ordnung?“

Er nickte. „Alles gut. Entschuldige den Überfall. Nur ganz kurz, ja?“

„Uff. Ich dachte schon, irgendetwas mit Reinhard.“

Mit Reinhard? Wieso denn mit ihm? Was hatte er denn mit diesem Besuch zu tun? „Nein, wieso? Wie kommst du darauf? Hast du etwas von ihm gehört?“

Sie antwortete nicht und er bildete sich wahrscheinlich nur ein, dass sie ein schuldbewusstes Gesicht machte.

Sie standen noch immer in der engen Diele. Er wusste nicht, wohin. Es gab drei Türen und sie hatte noch keine Anstalten gemacht, ihm eine davon zu zeigen. Sie schüttelte den Kopf und ging durch die letzte Tür. Er folgte ihr.

„Setz dich! Möchtest Du ein Glas Wein? Ich habe gerade eine Flasche aufgemacht.“

„Weißen?“ Erika hatte immer Weißen getrunken.

„Nein. Roten.“

„Dann ja.“

Das Zimmer war klein. Alter Dielenfußboden und rote Stoffe an den Fenstern und auf dem Sofa verliehen ihm einen warmen Charakter. Claudia verschwand zurück in den Flur und nach einer Minute kam sie mit einer Weinflasche und zwei Gläsern wieder. Sie stellte die Gläser auf dem modernen Glastisch ab, der inmitten all der Holzmöbel wie ein Fremdkörper wirkte, und schenkte ein. Von dem Sofa, auf dem er saß, schnappte sie sich eines der großen Kissen, warf es auf den Boden auf der anderen Seite des Tisches und setzte sich im Schneidersitz darauf. Er kam sich blöd vor. Er hier oben und sie da unten. Es hätte anders herum sein müssen. Es war ihre Wohnung und er war zu ihr gekommen, nicht umgekehrt, unangemeldet sogar. Sie hätte ja auch Besuch haben können.

„Bist du allein?“, fragte er.

„Ja, warum?“ Sie schüttelte ein wenig ihren Kopf. „Sag schon: was ist los?“

„Hast du was dagegen, wenn ich mich ebenfalls auf den Boden setze? Oder du dich zu mir hier hoch setzt. Ich find das ziemlich dämlich so.“

Es war ihr sichtlich peinlich und sie entschuldige sich damit, dass sie noch keine Zeit gefunden hätte, zu dem Sofa noch einen Sessel dazuzukaufen. Er verkniff sich die Frage, ob die Möbel aus der ehelichen Wohnung in Hannover waren. Sie an ihren Ex zu erinnern, war das letzte, was er gerade vorhatte. Sie setzte sich neben ihn.

Er fühlte sich allerdings keineswegs besser. Denn jetzt machte er sich Gedanken, ob sie den Vorschlag, sich zu ihm setzten, falsch verstanden haben könnte. Sie hob ihr Glas und hielt es ihm entgegen. In belustigtem Ton rief sie, für die kurze Distanz zwischen ihnen viel zu laut: „Zum Wohl, Herr Hauptkommissar. Womit habe ich den Besuch verdient?“

„Gar nicht verdient. Mein Besuch ist ein Geschenk“, nahm er dankbar ihren Blödelton auf.

Nach fünf Minuten zwanghaft lustigem Gesprächsgeplänkel wurde es langsam besser. Er erzählte ihr von seinem Besuch in der Wohnung der Senger-Brüder, sie ihm von der Durchsuchung derselben Wohnung am Nachmittag. Nach einer Weile hatten sie sich beide entkrampft und sprachen normal miteinander. Sie fragte auch nicht mehr, warum er eigentlich gekommen war. Gut so. Er hätte keine Antwort gehabt.

Weil er heute noch kaum etwas gegessen hatte, haute der für ihn ungewohnte Rotwein richtig rein. Es löste nicht nur seine Zunge, sondern auch seine Gedankenknoten im Fall Senger. Als sie beide die zweite Flasche zur Hälfte geleert hatten, war ihm klar, dass er ab morgen den Fall der Drillinge angehen würde wie jeden anderen Fall seiner bisherigen Laufbahn: als eine dienstliche Aufgabe, eine Ermittlungsaufgabe, die mit seinem eigenen Leben nichts, aber auch gar nichts zu tun hatte. Michael Senger mochte den Staat herausfordern, aber ihn persönlich ab heute nicht mehr.

Wenn er mit seinen Machenschaften durchkommen sollte, weil ihnen die Hände gebunden waren ... bitte! Sollte er. Entweder ihre Gesetze reichten für diesen Fall nicht aus oder aber Michael Senger war eben klüger und geschickter. Punktum! Klüger als er, Sebastian. Schließlich hatte auch er die Weisheit nicht mit Löffeln gefressen, sondern war ein durchschnittlich intelligenter Vertreter des Staates. *Durchschnittlich* war ein wenig *fishing for compliments*, aber eben auch nicht IQ 140 plus.

Plötzlich war Claudias Gesicht ganz nah. Welchen IQ hatte sie wohl? Schönheit und Intelligenz? Galt diese Kombination nicht allgemein als ungerecht an der großen Masse der Mitmenschen? Er sah ihr Grübchen und fragte sich, ob es noch mehr davon gab. Er wollte es sich gern genauer ansehen, aber konnte es nicht richtig erkennen. Er war zu dicht dran. Ihre Lippen berührten sich und gingen wieder auseinander. Sie waren so sanft wie die Stimme, die ihn trotzdem brutal in die Realität zurückriss. „Du solltest jetzt lieber gehen, Sebastian. Ich ruf dir ein Taxi."

„Nein. Kein Taxi."

Sie waren noch keinen Zentimeter zurückgewichen und er bemühte sich gerade herauszufinden, wer von ihnen beiden dem anderen so nahegekommen war. Die Haltung seines Oberkörpers war leicht zur Seite geneigt. Zu ihr. Aber ihre Haltung war auch nicht mehr ganz senkrecht. Er schielte an sich herunter und sah ihre schlanken langen Finger um das Glas gewunden. Sie versuchte, es auf dem Tisch abzustellen, ohne Erfolg. Sie hätte sich von ihm weg beugen müssen. Aha! Sie tat es nicht. Er sah wieder hoch direkt in die vor ihm verschwimmenden Augen, strich mit der Hand ihren Arm entlang, bis er ihre Hand mit dem Glas fühlte, und gab ihr die richtige Richtung, um es abstellen zu können. Sie wandte den Blick nicht ab. Erst, als das Weinglas mit einem hellen Klirren auf der Glasplatte zersprang.

Das Taxi war schon fünf Minuten nach ihrem Anruf da. Sie sahen es kommen, als sie schweigend nebeneinander aus dem Fenster sahen. Aber es war kein unangenehmes Schweigen, sondern ein übereinstimmendes. Sie wussten beide, dass es gut war, wenn er jetzt ging. Sie hätten sich an diesem Abend nur gegenseitig benutzt.

Dienstag, 28. August, bis Donnerstag, 30. August

Kapitel 27

Es war erst halb acht. Sebastian lief den Flur hinunter, an seinem Büro vorbei, und entschwand in Dieters Büro. Erleichtert, auch dort niemanden anzutreffen, stürzte er sich in das Studium der Akte, mit der er gestern aufgehört hatte. Er versuchte, sich zu konzentrieren und einfach nur seine Arbeit zu tun. Sein Kopf schmerzte. Rotwein! Wie konnte er bloß darauf kommen, Rotwein zu trinken? Er war Biertrinker und das eigentlich schon immer. Ab und zu trank er auch Wein, aber dann weißen, wie Erika.

Das Telefon klingelte. Dieter teilte mit, dass er gleich von zu Hause aus zum Steuerberater Tischlers führe wegen weiterer Befragungen. Sebastian würde also den Vormittag über erst einmal alleine bleiben. Schön! Claudia würde mit Sicherheit auch nicht kommen. Warum auch? Es gab nichts zu besprechen. Die Ergebnisse der in der Wohnung Senger sichergestellten Beweismittel ließen noch auf sich warten. Und wenn sie doch früher als erwartet fertig sein sollten, könnte Claudia ja anrufen.

Vorsorglich holte er sein Handy aus der Jackentasche und legte es gut sichtbar auf dem Schreibtisch ab, um es gleich danach wieder in seine Jacke zu stecken. Als ob die akustischen Signale nicht ausreichen würden. Oder hatte er es gestern Abend auf Vibrieren gestellt? Wieder nahm er es in die Hand. Nein, es würde klingeln. Er ließ es auf dem Schreibtisch liegen.

Wieder begann er, sich in die Geschäftspraktiken dieses Tischlers hineinzudenken, eines Mannes, den er persönlich nie gesehen hatte. Er kannte ihn nur von einem Foto in der Akte. Aber er hatte ja auch den Banker Schirowski nie gesehen und hatte dann sogar in seinem Wohnzimmer gestanden, nach der Sache mit Meyer sogar seine Toilette benutzt. Warum sollte er also nicht auch die Geschäftspapiere von Tischler untersuchen?

Es war schon eine merkwürdige Tätigkeit, die sie von der Kripo hier machten. Immer auf der Suche nach etwas, was die anderen falsch gemacht hatten, immer auf der Hut, ob sie jemand anlog. War deshalb der eigene Partner so wichtig? Außer bei Volker hatte er bei den anderen immer den Eindruck, die sahen das viel lockerer als er. Aber vielleicht täuschte das. Schließlich hatte ihn Claudia bereits nach einer Woche um seine Freundschaft gebeten. Wann machte man das schon in einer neuen Stadt nach einer Woche bei einem noch völlig Fremden? Oder gerade deshalb?

Das Telefon klingelte erneut, und Sebastian erschrak, denn die Uhr zeigte bereits halb neun. Reinhard war es, der wissen wollte, wie Sebastian vorankäme, und außerdem sei ihm langweilig. Karin sei aus dem Haus und ihm ginge es wieder gut. Sebastian riss sich zusammen und überschüttete seinen Freund mit allen möglichen wichtigen und unwichtigen Details der Ermittlungen, erzählte von den Ereignissen der letzten Tage und redete und redete. Er steigerte sich richtig hinein in diesen Fall, der inzwischen auch seiner war. Schließlich war es sein Verdienst gewesen, dass Tischler und Schirowski bereits hinter spanischen Gittern saßen.

Da fiel ihm ein, dass er noch Tarassow anrufen wollte. Man sah sich immer zwei Mal im Leben und der Russe war mit Sicherheit einer von den Typen, die bei einer Gefälligkeit auch ein Wort des Dankes erwarteten, sonst würde er beleidigt sein. Russen waren schnell beleidigt. *In ihrer Ehre gekränkt*, so würden sie es ausdrücken.

„Hey! Bist du noch dran?“, rief Reinhard.

„Ja. Klar. Entschuldigung. Hat nur gerade an der Tür geklopft“, log er.

„Ist Claudia gekommen? Sag mal meiner schönen Retterin: Sie fehlt mir, und ob sie mich nicht mal besuchen will?“

„Nein, es war nicht Claudia. Aber ich werde es ausrichten. Wie geht’s eigentlich Karin?“

„Spielverderber!“ Reinhards Lachen klang gut gelaunt, fast schon übermütig. „Tschüss, mein Alter.“ Reinhard legte auf.

Frechheit! *Mein Alter*, so hatte er immer Volker genannt und der war 65 und pensioniert. Außerdem würde er den Teufel tun und Claudia ausrichten, sie solle Reinhard zu Hause besuchen.

Es wäre total schäbig Karin gegenüber. Wenn die beiden schon keine Skrupel hatten, sollten sie ihn wenigstens außen vorlassen. Warum war Claudia ihm gestern so zugeneigt gewesen – im wörtlichen Sinne sogar? Sie würde ja wohl kaum gleichzeitig ... meine Güte! Warum konnte sich Claudia nicht irgendeinen anderen Kollegen aussuchen? Er würde sich sogar freuen für sie. Nach dieser Höllenehe, die sie offenbar hinter sich hatte, hätte sie wirklich ein bisschen Glück verdient, aber dieses Glück konnte nicht Reinhard heißen. Auf gar keinen Fall! Und es konnte auch nicht Sebastian heißen. Blödsinn. Oder er müsste sich versetzen lassen. Aber zusammenarbeiten und in einem Bett, das ging gar nicht.

Die Tür öffnete sich und er zuckte zusammen – mein Gott, war er heute schreckhaft. Claudia trat ein. Sie lächelte, etwas befangen schien ihm, aber wahrscheinlich bildete er sich das genauso ein wie ihr Interesse an Reinhard. Sie setzte sich auf Dieters Platz ihm gegenüber.

„Ich habe Neuigkeiten! – Gute. Für dich."

„Für dich nicht?"

„Natürlich. Ich dachte nur. Weil dir der Fall ja schon irgendwie wichtiger ist als mir, oder?"

Erst in diesem Moment begriff er, dass sie nicht den Fall Tischler meinte, sondern den Senger-Fall, der jetzt nur ihrer war. Jagusch hatte ihn, Sebastian, schließlich „strafversetzt".

„Und?"

„Sieht so aus, als könntest du doch noch einen Senger verhaften. Also wieder verhaften. Aber dieses Mal so, dass es für den Haftrichter ausreicht."

In dieser Minute hasste er sie, dass sie ihn so auf die Folter spannte. Er stand auf, ging um den Schreibtisch herum und sah über ihre Schulter auf das von ihr mitgebrachte Papier. Es war ein Bericht des Labors und er endete mit dem Satz: *Daher kann mit hoher Wahrscheinlichkeit davon ausgegangen werden, dass der am Tatort sichergestellte Abdruck von dem zur Untersuchung übergebenen Gummistiefel stammt.*

„Gummistiefel? Wessen? Habt Ihr den etwa ...", stammelte er. In die Freude, dass Bewegung in die festgefahrenen Ermittlungen kam, mischte sich schlagartig die Erinnerung an die Situation vom Vorabend, als ihm Claudias Gesicht so nah gewesen war wie jetzt gerade. Also beinahe. Sie musste ihren Kopf weit nach hinten beugen, um ihn ansehen zu können, und ihre Haare berührten sein Hemd. Sie freute sich offenbar darüber, Überbringerin dieser guten Nachricht zu sein.

Und was für eine gute Nachricht! Er nahm ihr das Blatt aus der Hand, ging damit wieder an seinen Platz, um in sicherem Abstand den Inhalt noch einmal genau zu studieren. In dem Kellerraum, der zur Wohnung Andreas Sengers gehörte, war ein Paar schwarze Gummistiefel sichergestellt worden.

„Ich hatte bei meiner Anweisung, die mitzunehmen, eigentlich gar nicht an die Tatortspuren des Postbotenüberfalls gedacht. Ich hatte mir nur überlegt, dass Gummistiefel vielleicht etwas sein könnte, das sich die Brüder nicht unbedingt zwei Mal kaufen würden", erklärte sie, während er schon weiterlas.

Klar! Sie hatte, wie mit Jagusch besprochen, bei der Durchsuchung auf alles geachtet, was eventuell aus dem Besitz des angeblich toten Bruders stammen könnte oder aber eventuell von ihm gebraucht worden war. So waren auch zwei gleiche Pullover aus dem Schrank mitgenommen worden – die einzigen Kleidungsstücke, die noch doppelt vorhanden waren –, einige Dinge aus den Badezimmerregalen und eine Kiste aus dem Kleiderschrank, in der nach Angabe der Brüder Gegenstände aus dem Besitz Burkhard Sengers verwahrt gewesen seien.

Die DNA-Analysen und sonstigen Untersuchungen waren längst noch nicht abgeschlossen. Aber den Technikern war das Profil der Gummistiefel aufgefallen und aufgrund des Querverweises beider Ermittlungsaktenzeichen hatten sie einen Abdruck der Stiefel genommen. Sie hatten ihn mit dem verglichen, der neben den Schuhabdrücken der Zeugin Marion Diefenbach, die den zusammengeschlagenen und inzwischen verstorbenen Postboten Ullrich Wegener gefunden hatte, sichergestellt worden war. Dadurch, dass Marion Diefenbach nur Stoffschuhe mit einer Bastsohle getragen hatte, war das Profil des Täterschuhs in großen Teilen erhalten geblieben und der Vergleich ergab eine überraschende Übereinstimmung.

„Und nun? Was schlägt die Chefin dieses Falls vor?", fragte Sebastian halb spöttisch, halb ernst gemeint.

„Und nun gehen wir zu Jagusch. Er erwartet uns schon."

„Uns?"

„Ja, es ist schließlich unser Fall, oder? Daran ändert auch wenig, dass du vorübergehend Reinhard vertrittst." Sie schüttelte missbilligend den Kopf und stand bereits wartend an der Tür.

„Das sehe ich aber anders. Und Jagusch auch. Da kannst du drauf wetten." Er folgte ihr. „Außerdem bin ich morgen den letzten Tag da. Dann fängt mein Urlaub an", fuhr er auf dem Gang fort.

„Ja, morgen. Und jetzt hör auf, dich selbst zu bemitleiden."

Er blieb stehen. Das waren ganz neue Töne an ihr. Doch nicht nur Gummiwand? Aber vielleicht wollte sie ihm nur nicht wieder so nahekommen. Weder real noch im Geist. Könnte er verstehen. Das ging ihm ebenso.

Sie betraten Jaguschs Büro, der daraufhin aufstand und einladend in Richtung der kleinen Besprechungssitzgruppe in der Ecke seines Büros zeigte.

„Also? Wie stellen Sie sich die weiteren Schritte vor?" Merkwürdigerweise sprach er tatsächlich sowohl Claudia als auch ihn an und sah ihnen auch abwechselnd direkt in die Augen. Sebastian machte eine Armbewegung in Richtung Claudia. So als würde er ihr das Wort erteilen. Jagusch sah erst ihn fragend an, dann sie. Dann zog er die Brauen etwas hoch. „Hochgräber, seien Sie keine Zicke! Sie bearbeiten den Fall wieder gemeinsam." Dann wandte er sich wieder zu Claudia. „Schießen Sie los!"

„Ich habe ab übermorgen Urlaub."

„Ach so. Ja. Was haben Sie denn nun?"

Sebastian ärgerte sich. Er war keineswegs zickig und schon gar nicht *eine Zicke*. Wer hatte denn die Fälle neu verteilt? Doch jetzt war nicht der Moment, um das zu diskutieren, und er hörte wie Jagusch erst einmal zu, was Claudia vorschlug.

„Wir haben jetzt ausreichend Futter für alle Beschlüsse, um die Telefon- und Bankverbindungen, zumindest von Andreas Senger, zu überprüfen. Wenn wir Glück haben, wegen der hundertprozentigen Ähnlichkeit der Brüder, kriegen wir die Beschlüsse auch gegen Michael Senger."

Der letzte Satz war eher eine Frage als eine Feststellung. Jagusch bewegte langsam den Kopf hin und her, schüttelte ihn dann aber: „Sie vergessen Schubert."

„Sie meinen, erst Tatortspuren bei Schubert, jetzt Tatortspuren bei Andreas Senger, das sieht zu sehr nach untergeschobenen Beweisen aus?", fragte Sebastian.

Jagusch nickte. „Davon mal abgesehen, denke ich, dass Sie so fair sein und Schuberts Anwalt informieren sollten. Er kann einen neuen Haftprüfungstermin beantragen und ich könnte ihm vorstellen, dass Schubert, vielleicht gegen Kaution, aber auf jeden Fall erst einmal aus der U-Haft kommt."

„Dann sollten wir aber auch von einer Verhaftung Andreas Sengers vorerst Abstand nehmen", schlug Claudia vor und sie stimmten ihr zu. Zwar belastete der Abdruck des Stiefels Andreas Senger. Aber zum einen hatte er nach wie vor unumstößliche Alibis für die Tatzeit und zum anderen war der Stiefel im Kellerraum gefunden worden. Also einem Ort, der relativ leicht zugänglich für einen Dritten war, der sie dort vielleicht deponiert hatte. Genau das würde auch Sengers Anwalt sofort behaupten. Und der Haftrichter würde ihm Recht geben müssen.

„Ist es möglich, aus dem Inneren der Stiefel DNA-Material zu nehmen?", fragte Jagusch Claudia. Sie zuckte mit den Achseln und sah etwas ratlos erst ihn und dann Sebastian an.

„Keine Ahnung. Ich bin da auch nicht so bewandert. In Gummistiefel steigt man ja normalerweise nicht barfuß. Also wegen irgendwelcher Hautpartikel sehe ich schwarz. Und sonst? Ich wüsste nicht, wo an Gummistiefeln noch DNA-Material sein könnte. Sie untersuchen auf jeden Fall jetzt noch den Staub, der an den Schuhen ist, und vergleichen den mit dem am Tatort."

„Gut. Belassen wir's also bei den Beschlüssen für Telefon, Handy, Bank. Das Übliche halt und erst mal nur für Andreas. Und warten ansonsten die weiteren Ergebnisse ab. Vielleicht gibt's ja noch eine weitere so nette Überraschung."

Jagusch war aufgestanden. Für Sebastian und Claudia das Zeichen, sein Büro wieder zu verlassen.

Auf dem Flur fragte Sebastian: „Ist dir eigentlich bei der Kleidung ein Pullover wie der, den ich von der Ahrend bekommen habe, aufgefallen?"

„Für wie blöd hältst du mich?"

Er hielt sie für alles andere als das. Zugegeben, er hätte die Frage eben auch anders formulieren können. Zerknirscht sah er zu ihr herüber. Sie musste bei seinem Anblick lachen.

„Ich habe Senger sogar direkt danach gefragt und nach den restlichen angeblich doppelten Kleidungsstücken, von denen der Nachbar sprach. Aber er meinte nur, das sei alles in der Altkleidersammlung gelandet und nur diesen einen hätte er behalten, weil es angeblich Burkhards Lieblingspullover gewesen sei und da hätte er es nicht über Herz gebracht und so weiter und so weiter. Ob sie den blau-weiß-gestreiften auch doppelt gehabt hätten, daran konnte er sich angeblich nicht mehr erinnern."

„Und daran, dass er diesen der Simone Ahrend geschenkt hat?"

„Daran hat er sich natürlich ganz genau erinnert. Aber er tat so, als wüsste er das nicht mehr genau, von wegen der Aufregung rund um die Trauerfeier."

Sie verzog abschätzig ihr Gesicht. Sie mochte offenbar die Senger-Brüder inzwischen ebenso wenig wie er. Das tat gut. Sehr gut. Er ermahnte sich, an seinem gestrigen Vorsatz festzuhalten und die ganze Angelegenheit um die verdammten Drillinge nicht mehr so persönlich zu nehmen.

Es zeigte Wirkung, denn es tat ihm nicht einmal mehr leid, dass er das Gesicht von Michael nicht würde sehen können, wenn

Claudia ihn und seinen Bruder morgen zu den Gummistiefeln befragen würde. Viel mehr tat ihm leid, dass er Claudia allein in ihr eigentlich gemeinsames Büro gehen ließ. Dabei gab es gar keine Notwendigkeit dafür. Jagusch hatte ganz klar vorhin gesagt, dass es wieder ihr gemeinsamer Fall sei.

Aber er musste sich beweisen, dass die Senger-Brüder für ihn nichts anderes als Tischler und Schirowski waren: Verdächtige, Beschuldigte, Täter oder wie immer man sie nennen wollte. Nicht mehr und nicht weniger! Mit einem knappen Gruß und einem hoffentlich nicht zu verräterischen Blick ließ er Claudia zurück und ging weiter in sein Interimsbüro.

Er hielt sich gegenüber Wort und arbeitete fleißig und gewissenhaft eine Reihe von Akten durch und schrieb beziehungsweise diktierte Berichte. Er verbrachte den Rest des Tages und den nächsten, der der letzte vor seinem dreiwöchigen Urlaub war, ausschließlich mit Reinhards Fall. Claudia sah er nur zweimal: einmal am Runden Tisch und einmal in der Kantine beim Mittagessen.

Sie setzte sich zu ihm und sie unterhielten sich sogar über ihren gemeinsamen Fall. Aber es gab kaum etwas zu besprechen, weil die Mühlen der Behörden nun einmal langsam mahlten und seit der Nachricht über die Übereinstimmung des Abdrucks gerade einmal knapp zwei Tage vergangen waren. Schließlich war der Feierabend da. Die Kollegen wünschten ihm einen schönen Urlaub, auch Reinhard, der seit heute wieder im Dienst war und der neben Claudia stand.

„Wir haben leider noch keinen Feierabend. Jagusch will bis morgen einen vorläufigen Abschlussbericht für meinen Fall auf dem Tisch haben. Wird bestimmt noch ein langer Abend“, rief Reinhard ihm grinsend zu und verschwand mit Claudia in seinem Büro. Sebastian versuchte, seine Gedanken von der Vorstellung, wie die beiden jetzt stundenlang in einem Büro zusammen saßen, ab- und seinem Urlaub zuzuwenden.

Er verließ das Gebäude und lief in den lauen Abend hinaus zu seinem Wagen. In den letzten beiden Tagen war es wieder so heiß geworden, dass der Monat den Namen August verdiente. Traumhaftes Sommerwetter. Und die Berliner und ihre Gäste strömten in Scharen nach draußen, auf die Straße, in die Cafés, Restaurants und Biergärten.

Die Stimmung der fröhlichen Menschen auf der Straße steckte ihn an. Mit heruntergekurbelten Fensterscheiben fuhr er nach Hause. Sein Auto hatte eine Klimaanlage, aber er wollte lieber den warmen Fahrtwind spüren, und vor allen Dingen wollte er die Gerüche und Geräusche der Straße wahrnehmen. Er schaltete sogar das Radio aus.

Aber statt den angenehmen Fahrtwind genießen zu können, musste er sich mühsam durch den Feierabendverkehr quälen.

Er überlegte, was er mit seinem Urlaub anfangen sollte. Fünf Wochen zu früh. Er könnte zu Erika nach Spanien fahren. Sich ihren neuen Typen ansehen und dessen Kinder, ein bisschen beobachten, wie es in der neu gebackenen Familie so lief, sich die Sonne auf den Pelz scheinen lassen, im Meer schwimmen. Oder er könnte mit dem Auto nach Italien an den Gardasee fahren. Griechenland! Erika und er wollten immer einmal nach Griechenland, auf antiken Pfaden wandeln, die originale Küche mit ihrem Lieblingsgriechen in der Spandauer Altstadt vergleichen.

Es war toll, Urlaub zu haben. Es war toll, an einem Sommerabend durch Berlin zu fahren. Keine Ahnung, warum er sich trotzdem ein wenig verloren vorkam. Also rief er Volker und Elke an, was er immer machte, wenn er sich subjektiv schlechter fühlte, als es objektiv sein sollte. Das kam nicht oft vor, in den letzten drei Wochen dafür umso häufiger.

Kaum zu Hause angekommen, rief er Erika an.

„Du, das tut mir wirklich leid. Ich hätte mich gefreut. Glaub mir“, versuchte sie, ihn am Telefon zu trösten, nachdem sie ihm gerade mitgeteilt hatte, dass Sebastian zwar gerne nach Spanien kommen könne, sie aber im Begriff sei, mit ihrem neuen Lebensgefährten und den Kindern zu seinen Eltern nach München zu fliegen. Sebastian wünschte ihr viel Glück bei diesem wichtigen Antrittsbesuch als neue „Schwiegertochter“ und begrub seine

Spanienpläne. Merkwürdigerweise waren damit auch gleich seine Griechenland-Ambitionen weg. Die würde er sich aufheben, bis er mit einer neuen Freundin, wer immer und wann immer das sein würde, dorthin reisen konnte.

Mittwoch, 5. September

Kapitel 28

Das traumhafte Wetter in Berlin erschwerte Sebastian die Entscheidung wegzufahren. Seine Haut hatte nach nur fünf Tagen Balkonsonne eine attraktive Bräune. Also verbrachte er die Zeit neben Lesen auf dem Balkon, mit dem längst überfälligen Grundputz des Terrariums und der Wohnung und mit der Kontaktpflege zu vernachlässigten Freunden.

Gerdas Eier entwickelten sich prächtig. Er hätte ein schlechtes Gefühl, ausgerechnet jetzt den Brutkasten und die Tiere seiner Schwester Doris zur Pflege zu überlassen. Obwohl sie sich ihm zuliebe mit Max und seinen Frauen angefreundet und ihre Furcht vor dem Öffnen der Terrarientür längst überwunden hatte.

Sein Handy klingelte. Rasch schloss er die Terrarientür. Er erwartete Claudias oder Volkers Anruf. Über beide würde er sich freuen. Stattdessen drang die Stimme Michael Sengers an sein Ohr. Er sollte sich dringend eine neue Handynummer besorgen. Keine Ahnung, wie man das machte, aber irgendjemand würde ihm schon dabei helfen.

„Was wollen Sie schon wieder, Senger?"

„Nur fragen, wie es meinem Lieblingskommissar geht. Sie haben doch Urlaub, nicht wahr?"

„Und?"

„Nichts und. Wir sind mit den Vorbereitungen für unseren Umzug beschäftigt. Ein Stress ist das, sage ich Ihnen: Nachmieter suchen, packen, Autos verkaufen. Und dann die Wahl eines geeigneten Ziels. Und da wollte ich Sie fragen, ob Sie vielleicht eine Idee haben?"

„Ich bin gerade in Griechenland. Ein schönes Land. Und vor allem: es gehört zur EU. Vielleicht möchten Sie ja hierhin auswandern?"

„Ach, Sie sind verreist? Und ich dachte, ich hätte Sie vorgestern noch auf Ihrem Balkon sitzen sehen. Na dann, schönen

Urlaub. Nein! In die EU-Länder wollten wir eigentlich nicht, mein Bruder und ich. Wir dachten an ein Land weiter weg."

So langsam verlor Sebastian den Glauben an den Sinn der Gesetze. Da konnte ein Täter ganz offen gegenüber einem Kriminalbeamten seine Schuld an einem Verbrechen zeigen, konnte ihn privat beobachten und er durfte ihn nicht zur Rechenschaft ziehen. Selbst, wenn er ihre bisherigen Gespräche aufgenommen hätte, würde ihm das nichts nutzen. Der Staatsanwalt würde ihn auslachen und darauf verweisen, dass Michael Senger sich eben gerne in den Vordergrund spielte und Gefallen an dem Gedanken hatte, dass man ihn für den Täter hielt, das Ganze allerdings damit eher ein Fall für einen Psychologen oder sogar Psychiater sei, nicht aber für ihn, den Staatsanwalt.

Sebastian trat auf den Balkon hinaus und sah die Straße nach links und rechts hinunter. Es hätte ihn nicht gewundert, wenn Michael Senger ihm aus irgendeinem Auto zugewunken hätte. Eine unbändige Wut stieg in ihm hoch. Er verdammte alle guten Vorsätze. Michael Senger forderte ihn heraus? Gut, dann sollte er jetzt eine passende Antwort erhalten.

Sebastian schloss die Balkontür, schnappte sich seinen Autoschlüssel und verließ die Wohnung, um zu Volker zu fahren.

„Volker?"

„Was willst du?"

Sebastian musste lachen. Nach zehn Jahren wusste Volker den unterschiedlichen Tonfall bei seinem Namen zu deuten, wusste, dass Sebastian sich jetzt etwas von ihm wünschte.

„Würdest du die Autos mit mir tauschen?"

„Häh? Wie? Warum?"

Nach seiner Pensionierung hatte sich Volker ein Auto gekauft und sich für einen älteren Mercedes entschieden. Sebastian hatte sich den Mund fusselig geredet, es gäbe doch schon so viele preisgünstige moderne Autos. Aber Volker war in manchen Sachen so konservativ, dass es schon schmerzte. Er habe sein Leben lang deutsche Autos gefahren und er würde jetzt auf gar keinen Fall damit anfangen, sich in diese japanischen Blechkisten zu setzen.

Elke hatte keinen Führerschein und deshalb in dieser Sache bei ihm auch kein Mitspracherecht. Aber sie hatte sich ein Handy angeschafft, das erste in ihrem Leben, weil sie in drei Wochen bereits zweimal mit dem Auto liegen geblieben waren und Volker seit seiner Pensionierung demonstrativ sein Handy zu Hause ließ.

Kürzlich hatte Volker geschworen, das Auto sei jetzt generalüberholt und würde nie wieder liegen bleiben. Elke behielt ihre Zweifel. Sebastian auch. Aber ihm fiel kein anderer ein, der mit ihm einfach mal den Wagen tauschen würde. Und wenn Michael Senger sogar seinen Balkon kannte, würde er mit Sicherheit auch sein Auto kennen.

„Also, für was brauchst du ihn?", stellte Volker die berechtigte Frage, die Sebastian lieber nicht beantworten wollte. Er druckste ein wenig herum und fragte dann: „Vertraust du mir, mein Alter?"

Volker grinste nur und machte dann mit der Hand eine wegwerfende Bewegung. „Der Schlüssel hängt am Bord."

„Danke. Du bist ein Kumpel!"

„Halt!"

Sebastian war schon aufgestanden und sah Volker zweifelnd an. Hatte sein Freund es sich doch anders überlegt?

„Den Schlüssel für deine Kiste?"

Erleichtert kramte Sebastian ihn aus der Hosentasche und warf ihn Volker zu, der im Sessel sitzen blieb, während Elke ihn umarmte und zur Tür brachte.

„Du siehst gut aus. Der Urlaub bekommt dir", sagte sie und hängte noch ungefragt einen guten Rat hintendran: „Pass auf dich auf, ja? Keine Dummheiten!"

Er nickte, „Ja, Mama!", und warf ihr eine Kusshand zu.

Sie kam von Herzen. Ein schönes Gefühl zu sehen, dass es noch so etwas Dauerhaftes wie Elke und Volker gab. Volker hatte Glück. Und sie hatte Glück, dass Volker das auch wusste.

Als Sebastian gerade in einer Buchhandlung am Tauentzien auf der Suche nach ein paar guten Romanen stand, klingelte erneut sein Handy. Dieses Mal sah er erst aufs Display. Claudia. Erfreut nahm er das Gespräch an.

„Störe ich dich bei irgendeiner Urlaubsaktivität, um die ich dich wahrscheinlich beneiden werde?", fragte sie fröhlich.

„Du störst nie. Außerdem kaufe ich nur gerade Bücher. Was gibt's?"

„Michael Senger hat mich angerufen."

„Ach nee. Was wollte er?"

„Vordergründig wollte er sich nach dem Sachstand erkundigen, in Wirklichkeit, ob du im Urlaub seiest und ob ich wüsste, wohin du gefahren bist."

„Na, klappt doch prima!"

„Bitte was klappt? Kannst du mal deutlicher werden?" Sie räusperte sich deutlich.

„Er hat mich auch angerufen. Heute Vormittag. In etwa das Gleiche wie bei dir und ich habe ihm gesagt, ich sei in Griechenland, und er solle mich in Ruhe lassen. Ich sei nicht im Dienst."

„Und? Bist du wirklich weg?"

„Für ihn schon. Für dich natürlich nicht." Eine winzige Hoffnung schwang in seinen Worten mit, dass sie darauf eingehen könnte und so etwas wie eine Verabredung vorschlug. Aber sie erzählte nur munter drauf los, wie weit ihre Recherche und Aktenarbeit in Reinhards Fall gediehen war. Egal. Wenn er ehrlich war, hatte er das Bedürfnis nach ihrer Nähe auch nur deshalb, weil er sich Unterstützung erhoffte. Und zwar bei einem neuen Plan, der ihm selbst noch ziemlich irre erschien.

„Guten Tag, Herr Hochgräber!"

Er fuhr herum. Einen kurzen Moment dauerte es, bis er Susanne Menzel erkannte, die vor ihm stand und ihn anlächelte.

Rasch beendete er das Telefonat mit Claudia.

„Hallo. Wie geht es Ihnen?", fragte er und beobachtete misstrauisch die Umgebung. Sie wäre nicht die erste Frau, die sich wieder mit einem Saukerl wie Michael Senger einließe und jetzt von ihm benutzt wurde, um etwas über Sebastian auszuspionieren. Andererseits hatte sie ihm beim letzten Gespräch versichert, mit Michael kein einziges Wort mehr gewechselt zu haben, seitdem sie seine Sachen aus der gemeinsamen Wohnung gepackt und ihn aufgefordert hatte, diese abzuholen. Sodann habe sie das Schloss gewechselt und das Thema Michael für sich als beendet erklärt.

Sebastian hatte ihr geglaubt. Er betrachtete sie. Die Trennung von diesem Mistkerl tat ihr offensichtlich gut. Sie hatte ein buntes kurzes Sommerkleid und Ledersandaletten an. In ihren offenen Haaren steckte eine moderne Sonnenbrille.

Ohne nachzudenken, fragte Sebastian, ob sie gemeinsam einen Kaffee trinken gehen wollten, und war ebenso überrascht, dass sie freudig zusagte. Sie habe ein paar Tage Urlaub genommen, um klarzukommen, und wäre dabei, einige Einkäufe für sich und ihre Psyche zu machen.

Eine halbe Stunde lang war Sebastian während ihrer Unterhaltung noch auf der Hut, dann siegte die Überzeugung, dass Susanne mit Michael nichts mehr zu tun hatte. Deshalb wagte er es, ihr von den Anrufen und Besuchen ihres ehemaligen Lebensgefährten und von Sabine Schubert zu erzählen.

„Das schockiert mich jetzt weniger, als es eigentlich müsste“, antwortete sie ruhig und gefasst.

„Haben Sie eine Erklärung dafür?“ wollte er mit ernsthaftem Interesse wissen, denn diese Frau überraschte ihn immerhin zum zweiten Mal am heutigen Tage.

Sie sah ihn an und ihm kam es vor, als sei sie noch immer die ängstliche graue Maus, hinter deren Fassade allerdings etwas durchleuchtete, was farbig und kraftvoll schien.

„Ich habe die letzten Tage nichts anderes zu tun gehabt, als zu überlegen, was zwischen Michael und mir da wirklich gelaufen ist. Und ich musste zu dem Schluss kommen, dass ich es hätte merken müssen, an dutzenden Situationen, in tausenden Momenten. Und dass ich so naiv und blind war und das alles nicht sehen wollte, ist mein Problem, nicht seines.“

„Ist das jetzt nicht ein wenig zu bitter?“ fragte Sebastian und versuchte, in ihrem Gesichtsausdruck zu lesen, was sie wirklich dachte.

„Nein. Das meine ich völlig ernst. Er hat mich ausgenutzt. Aber ich habe mich ausnutzen lassen. Verstehen Sie. Ich bin intelligent und auch nicht mehr 17 Jahre alt. Und doch habe ich offenbar nur gesehen, was ich sehen wollte. Wenn es alles stimmt, was Sie vermuten und was Sie mir jetzt erzählt haben, dann ist er ein Schwein, also menschlich gesehen. Aber ich war einfach nur dumm. Meinen Sie, ich bin stolz darauf?"

„Sie sind sehr streng mit sich. Man kann doch in einer Beziehung nicht ständig zweifeln, ob man eventuell ausgenutzt wird", wandte Sebastian ein, fasziniert von ihrer für ihn völlig neuen Sicherheit in ihren Worten und ihrem Auftreten.

„Kann man nicht. Keine Frage. Ich rede auch nicht von einem Misstrauen sozusagen als vorsorgliches Mittel. Das dürfte wohl für jede Beziehung tödlich sein. Nein, ich meine die Wahrnehmung, die da ist und die man vor sich selbst verschweigt, weil sie unbequem ist und nicht in den eigenen Plan passt."

Ein paar Minuten später trennten sie sich, er lief in Richtung KaDeWe, weil dort sein Auto im Parkhaus stand, sie in Richtung Kurfürstendamm, um weitere Besorgungen zu machen. Er drehte sich noch einmal um und sah ihr hinterher. Wieder stellte er fest, dass sie äußerlich völlig unauffällig in der Menschenmenge unterging. Niemals würde er sie als Fremde dort bemerken. Aber wow! Er hatte sich in ihrer Anwesenheit so wohl gefühlt wie schon lange nicht mehr.

Auf dem Nachhauseweg fuhr er am Supermarkt vorbei, um Vorräte einzukaufen, und machte sich dann in seiner Wohnung an die notwendigen Vorbereitungen. Um vier Uhr nachmittags nahm er seine Sporttasche, in die er Wolldecke, Bücher, Taschenlampe, Fernglas und diverse andere nützliche Dinge packte, verstaute die belegten Brote und einige CDs und Saftflaschen und machte sich wieder auf den Weg zum Auto und in Richtung Wilmersdorf, wo Michael Senger noch bis zum Ende des Monats in der Steuerberaterkanzlei arbeiten musste.

„So, lieber Michael, nun drehen wir den Spieß einmal um. Konntest du herausfinden, wo ich wohne, mich auf meinem

Balkon beobachten und hinter mir her telefonieren, dann kann ich dies schon lange – und besser." Voraussichtlich um 17 Uhr würde Michael sein Büro in der Kanzlei verlassen. Mit ausreichendem Abstand zum Hauseingang der Kanzlei parkte Sebastian Volkers Mercedes und hörte bei offenem Fenster genüsslich Musik, während er darauf wartete, dass Michael zu seinem schwarzen Saab laufen würde, den Sebastian schon beim Vorbeifahren auf dem kleinen Parkplatz neben dem Bürogebäude entdeckt hatte.

Um fünf Minuten nach fünf kam Michael denn auch; wie immer im grauen Anzug und mit schwarzer Aktentasche. Er zog das Jackett aus, faltete es sorgsam zusammen und legte es auf die Rückbank. Seine Aktentasche stellte er hinter den Fahrersitz. Sebastian machte sich bereit, ihm zu folgen.

Vorsorglich hatte er ein Bascap und eine Sonnenbrille dabei, falls er mit seinem Auto einmal direkt hinter Michaels gelangen würde. Aber es war nicht nötig. Die Fahrt ging geradewegs zur Stadtautobahn, Auffahrt Halensee, und ab da hatte er nicht die geringsten Probleme, Michael weit vor sich fahren zu lassen und dennoch jederzeit zu sehen, welche Ausfahrt er nahm.

Michael schien auf dem Weg nach Hause zu sein. Wenige Querstraßen vor seinem Ziel fuhr er allerdings in eine kleinere Seitenstraße, bog dann noch zwei weitere Male ab und parkte schließlich den Saab vor einer Reihe Geschäfte gegenüber einer Parkanlage. Sebastian blieb mit dem Mercedes in zweiter Reihe stehen. Michael lief nicht, wie von Sebastian vermutet, in einen kleinen Supermarkt am Ende der Ladenzeile, sondern stattdessen in einen Copyshop, der, wie man den Reklameschildern entnehmen konnte, gleichzeitig als Internetcafé diente, ein Angebot, das heute fast schon ausgestorben schien.

Michael nickte beim Hineingehen dem jungen Mann am Counter zu und der machte nur eine kurze einladende Handbewegung in Richtung Ladeninneres. Es war offensichtlich, dass der Angestellte diesen Kunden nicht das erste Mal begrüßte.

Sebastian setzte das Auto zurück in eine gerade freigewordene Parklücke, griff sein Fernglas und spazierte in den Park auf der anderen Straßenseite. Dort suchte er sich eine Stelle, die ihm ausreichend Tarnung versprach, und spähte mit dem Fernglas in das Internetcafé. Doch die Schaufenster spiegelten zu stark. Er konnte lediglich schemenhaft erkennen, dass Michael an einem der PC-Plätze mit dem Rücken zu ihm saß und offenbar auf der Tastatur schrieb.

Sebastian prägte sich ein, an welchem der Computer Michael saß. Dann kehrte er zurück zu seinem Wagen und wartete, bis der Observierte nach einer Viertelstunde herauskam. Mit ausreichend Abstand folgte er ihm und nun fuhren sie tatsächlich zur Fritz-Erler-Allee 120. Sebastian blieb am Straßenrand zurück und beobachtete Michael, bis er in den Parkplatz eingefahren, den Saab dort abgestellt hatte und im Hauseingang verschwunden war. Erst dann fuhr Sebastian selbst auf den Parkplatz und suchte nach dem roten Audi des Bruders Andreas. Auch der parkte bereits, was Sebastian nicht wunderte, denn Andreas' Dienst endete außer donnerstags früher, als Michael gewöhnlich aus seinem Büro heimkehrte.

Sebastian verließ den Parkplatz wieder und suchte sich einen Platz am Straßenrand, von dem er den Hauseingang beobachten konnte. Dann ging er auf das Nachbargrundstück, zählte von dort aus die Stockwerke und suchte mit den Augen die Fenster, die zu der Wohnung der Brüder gehören mussten. Perfekt.

Sebastian war zufrieden. Keiner der Brüder würde heute Abend noch wegfahren können, ohne dass er es merkte. Und sobald sämtliches Licht in der Wohnung erloschen sein würde, könnte auch er schlafen gehen. Zufrieden setzte er sich wieder in den Mercedes – so ein breiter Sitz hatte schon seine Vorteile – und nahm sich den ersten Roman aus seiner Sammlung, *Die Säulen der Erde* von Ken Follett.

Es war der einzige, den er nicht erst heute gekauft, sondern aus seinem Wohnzimmerregal entstaubt hatte. Das Buch gehörte eigentlich Erika. Eine Freundin hatte es ihr geschenkt, und sie hatte es in einem ihrer letzten gemeinsamen Urlaube regelrecht verschlungen, sehr zu Sebastians damaligem Missfallen. Jetzt schien ihm die Zeit gekommen, die Reize dieses Wälzers zu erkunden, gegen die er damals kaum angekommen war, egal welche Urlaubsaktivität er vorgeschlagen hatte.

Schon um halb elf gingen erst die Lichter im Wohnzimmer der Brüder aus, dann die im danebenliegenden Schlafzimmer. Sebastian startete den Wagen. Bevor er sich auf den Nachhauseweg machte, fuhr er erneut zu dem Internetcafé, das tatsächlich noch geöffnet hatte.

Er hatte noch niemals einen solchen Laden benutzt und kam sich ziemlich dämlich vor. Aber der junge Mann am Counter zeigte sich mitleidig und hilfsbereit. Sebastian ging zielstrebig voran zu dem Platz, an dem Michael gesessen hatte, und der Mitarbeiter zeigte ihm, was er tun müsse, um den PC zu nutzen. Dann ließ er ihn allein. Sebastian konnte ihn schlecht fragen, wie man herausbekommen würde, welche Verbindungen ein vorheriger Nutzer gewählt hatte.

Er unterdrückte den Drang, Claudia anzurufen und sie herzubitten. Sie hatte ihm mal etwas von dem „Verlauf" erzählt. Keine Ahnung. Er suchte eine Weile herum und wählte dann doch ihre Festnetznummer. Sie war überrascht und schien irritiert. Er spürte es, er hörte es. Mit einem Mal wusste er auch, warum. Sie war nicht allein. Während sie mit ihm sprach, hörte er Hintergrundgeräusche „Ich störe dich, oder?"

„Nein. Doch. Aber es ist eine angenehme Störung. Reinhard und ich saßen bis eben noch über den Akten. Aber er wollte gerade gehen."

Reinhard war bei ihr zu Hause? Was gab das denn?

„Grüß ihn schön. Ich melde mich morgen. Ist nicht so wichtig." Ohne ihr Zeit für eine Erwiderung zu lassen, legte er auf. Er sah auf die Uhrzeit auf dem Monitor. Es war kurz vor 23 Uhr und Reinhard war bei ihr. Ihm fiel ein, dass es nicht viel früher war, als er sie spontan besucht hatte. Aber das war etwas völlig anderes gewesen. Rasch verließ er das Internetcafé.

Im Auto drehte er die Musik laut auf und summte mit, um nicht nachdenken zu müssen. Er würde nur fünf Stunden schlafen können, um wieder pünktlich morgen früh vor der Wohnung der Senger-Brüder zu stehen.

Dienstag, 11. September

Kapitel 29

So konnte es nicht weitergehen. Er konnte sich schließlich nicht zerteilen. Außerdem musste er vorsichtig sein und wusste nie, ob er nun Andreas oder Michael Senger folgen sollte, abgesehen davon, dass er ohnehin nie ganz sicher sein konnte, wen er gerade observierte.

Seit einer Woche sahen seine Tage nun schon ziemlich gleich aus. Früh morgens stand er rechtzeitig vor dem Haus der Brüder, wartete, bis als Erstes Andreas zur Arbeit fuhr. Kurzerhand hatte er Susanne angerufen und sie gebeten, sie besuchen zu dürfen. In einem Gespräch in ihrer Wohnung hatte er sie eingeweiht und offen mit ihr über seinen Verdacht und sein Vorhaben gesprochen. Sein Bauchgefühl gab ihm die Gewissheit, dass diese Frau privat ebenso unbestechlich ehrlich war wie in ihrem Job für Krampitz.

„Wenn Michael tatsächlich schuldig sein sollte, werde ich Ihnen gerne helfen, und wenn er unschuldig sein sollte, werde ich Ihnen damit helfen, seine Unschuld zu beweisen. Ich nehme mir einfach ein paar Tage Urlaub", war ihre pragmatische Entscheidung.

Seitdem hatten sie jeden Tag telefoniert und sich gegenseitig mit Informationen bedient. Und ein paar Mal schon hatte Sebastian sie dabei aus Versehen geduzt. Sie hatte es jedes Mal ignoriert. Trotzdem hatte er das Gefühl, der Ton zwischen ihnen wurde mit jedem Mal warmherziger und vertrauter.

Mit ihr hatte er auch vereinbart, dass er morgens Andreas observierte und sie in einem Café gegenüber der Steuerberatungskanzlei wartete, bis sie bestätigen konnte, wann Michael in seinem Büro eingetroffen war und ob dazwischen theoretisch Zeit für eine andere Aktion Sengers geblieben war. Abends geschah das ganze Spiel anders herum.

Nur am Wochenende war es ihnen unmöglich gewesen, den Aufenthaltsort beider Brüder lückenlos zu überwachen. Einmal waren die Brüder zusammen weggefahren, zu einer Adresse in Berlin-Mitte, offenbar zu einer Party bei Freunden, die anderen Male aber immer getrennt, und er hatte sich entscheiden müssen, wem er folgte. In den vielen Stunden des Wartens hatte Sebastian den Wälzer *Die Säulen der Erde* ausgelesen und war nun bei *Der Dritte Zwilling* gelandet, ebenfalls von Ken Follett, ein passender Titel, wie er fand.

Sebastian hatte wieder einmal morgens das Grundstück erreicht und seinen üblichen Platz eingenommen. Er wartete darauf, dass Andreas wie üblich als Erster das Haus verließ. Es war bereits kurz nach acht, viel zu spät für Andreas' Aufbruch. Sebastian blieb nichts anderes übrig, als Michael, der inzwischen an seinem Saab angelangt war, unverfolgt fahren zu lassen und zu warten, ob und wann Andreas aus dem Haus kam. Sein Kopf sagte ihm, Andreas könnte einen freien Tag haben, sein Bauch signalisierte, dass etwas Unvorhergesehenes geschehen war.

Susanne rief an. Michael sei im Büro angekommen, aber nach einer halben Stunde, sie sei gerade im Begriff gewesen, das Café gegenüber wieder zu verlassen, sei er aus dem Gebäude gekommen und habe bleich ausgesehen. „Ich bin ihm vorsichtig gefolgt und habe gesehen, dass er ein paar Häuser weiter in der Uhlandstraße Ecke Düsseldorfer Straße ein Haus betreten hat, an dessen Eingang ein Arztschild hing."

„Super, Susanne. Ich komme dorthin. Verschwinde lieber von dort. Nicht dass er dich noch sieht."

„Mach ich. Pass auf dich auf."

Sebastian startete seinen Wagen und fuhr mit einigen riskanten Überholmanövern, die ihn davon ablenkten, dass Susanne ihn gerade das erste Mal ebenfalls geduzt hatte, zu der genannten Kreuzung. Noch bevor er einen freien Parkplatz entdecken konnte, sah er Michaels Saab gerade vom Grundstück der Steuerberaterkanzlei fahren. *Scheiße!*, fluchte er und setzte blitzschnell Sonnenbrille und Basecape auf. Er schob den Oberkörper soweit es ging nach rechts. Aber er hätte sich keine Sorgen machen müssen, denn als er ihn passierte, sah Michael mit starrem Blick nur geradeaus.

Sebastian beeilte sich, die nächste Querstraße für einen Richtungswechsel zu nutzen, musste aber mindestens zehn Autos abwarten, bis er endlich erfolgreich wenden konnte.

Er konnte den Saab nicht mehr lokalisieren und wusste nicht, welche Richtung er einschlagen sollte.

Er gab auf und entschied, zur Wohnung der Brüder zurückzufahren, in der Hoffnung, Michael sei wirklich krank geworden und würde nach dem Arztbesuch nach Hause fahren. Seit dem Anruf Susannes waren gerade einmal 35 Minuten vergangen. Michael musste Privatpatient sein. Kein anderer Patient wäre so schnell wieder aus der Arztpraxis heraus. Hatte sich Michael nur eine Pseudokrankschreibung abgeholt, um Zeit zu haben? Aber Zeit für was? Telefonisch informierte er Susanne und bat sie, in der Meldestelle anzurufen und nach Andreas zu verlangen, um hoffentlich zu erfahren, ob auch der Bruder sich krankgemeldet hatte.

Dann fuhr Sebastian auf die Stadtautobahn in Richtung Süden, auf der relativ dichter Verkehr herrschte. Sebastian wechselte auf die linke Spur. Plötzlich entdeckte er vor sich auf der mittleren Spur Michaels Saab. Super! Glück gehabt.

Wieder klingelte das Handy. Susanne teilte mit, dass sich tatsächlich auch Andreas krankgemeldet hatte.

Michael fuhr auf dem kürzesten Weg nach Hause und verließ das Gebäude vorerst nicht mehr. Sebastian warf einen Blick auf seine Tankanzeige. Verdammt, er musste demnächst, nein, sehr bald, tanken. Diese Fahrerei kreuz und quer durch Berlin. Aber jetzt seinen Platz verlassen? Er spürte, dass heute eine entscheidende Wende in seiner bisher ergebnislosen und langweiligen Observation bevorstand. Beide Brüder am selben Tag krank? So viele Zufälle gab es einfach nicht.

Etwas musste passiert sein, und er würde deshalb gerade jetzt besonders am Ball bleiben. Doch dafür bräuchte er dringend Unterstützung. Susanne fiel ihm ein. Aber er verwarf diese Idee gleich wieder. Sie hatte sich in den letzten Tagen zwar überraschend cool gezeigt, immerhin lief sie ständig Gefahr, von Michael entdeckt zu werden und gleichzeitig versorgte sie Sebastian mit Informationen. Aber einen der Brüder mit dem Auto zu beschatten, würde sie bei Weitem überfordern.

In diesem Moment sah er Michael aus der Haustür kommen. Er musste es sein, denn er trug noch denselben Anzug wie zuvor. Sebastian duckte sich blitzschnell. Sein Auto stand zwar weit entfernt und es wäre ein außerordentlicher Zufall gewesen, hätte Michael exakt in seine Richtung geschaut. Aber man wusste ja nie, selbst bei mehr als hundert Autos auf dem Parkplatz nicht.

Mit gebührendem zeitlichen Abstand parkte er nach ihm aus, wartete, bis Michael vom Parkplatz in die Fritz-Erler-Allee einbog und folgte ihm dann. Nach drei Kreuzungen ahnte er, wohin Michael fuhr: zum Internetcafé, in das er bisher beinahe jeden Abend gefahren war. Nur, dass es an diesem Tag erst elf Uhr am Vormittag war. Es bestärkte Sebastian in seiner Ahnung, dass etwas passiert war oder demnächst passieren sollte.

Mit dem Fernglas verfolgte er, wie Michael Senger ausstieg und hineinging. Sein Gesicht sah in der Tat grauer aus als sonst und unter seinen Augen schienen deutliche Ringe zu sein. Aber das konnte durch die Gläser auch täuschen.

Dieses Mal rief Sebastian ohne Zögern Claudia an. Er gab ihr eine Kurzfassung der Situation und sie sagte zu, so schnell wie möglich zu kommen. Er teilte ihr die Adresse des Internetcafés mit und bat sie, dorthin zu fahren, auch wenn er selbst seinen Standpunkt noch vor ihrer Ankunft verlassen müsste, um Michael weiter zu observieren. Er würde sich über Handy bei ihr melden und versuchen, wieder umzukehren, sobald er eine Ahnung hatte, wohin Michael als Nächstes fahren würde.

Nach nur zehn Minuten kam Michael heraus und stieg in sein Auto. Sebastian sah auf seine Armbanduhr. Claudia brauchte noch mindestens fünfzehn Minuten hierher. Gott sei Dank fuhr Michael wieder zu seiner Wohnung zurück. Sebastian blieb in der Fritz-Erler-Allee, weit vor der Einfahrt zum Grundstück am Straßenrand stehen, wartete, ob Michael tatsächlich einbog und einparkte und wendete dann. Gerade als er einen Parkplatz vor dem Internetcafé gefunden hatte, klingelte sein Handy.

„Wo bist du?“, fragte Claudia.

„Parke gerade ein.“

„Senger schon weg?“

„Ja leider. Ich hoffe, es sitzt noch kein anderer an dem Platz.“

„Dann komm ich jetzt rüber.“

Er sah sie auf der gegenüberliegenden Straßenseite aus der Parkanlage heraustreten. Sie kam auf ihn zu und lächelte ihn an. Als sie ihn erreicht hatte, hielt sie ihm die flach ausgestreckte Hand entgegen und er schlug dankbar mit seiner dagegen.

„Die Katze lässt das Mausen nicht, oder?“ sagte sie lachend.

Der Satz hätte glatt von Volker sein können. „Toll, dass du kommen konntest. Komm! Ich zeig dir den Platz, wo Senger gesessen hat.“

„Ich finde es nach wie vor ziemlich verrückt, was du machst. Aber wenn du mal wieder eine deiner Ahnungen hast, was soll man machen.“

Sie knuffte ihn freundschaftlich in die Seite. Er war sich nicht sicher, ob er sich darüber freuen oder ärgern sollte.

„Versuch dein Bestes, ja? Ich muss wieder los. Du rufst mich an, sobald du hier fertig bist?“

„Klar! Tschüs, bis nachher.“

Sebastian beeilte sich, wieder das Wohnhaus der Brüder zu erreichen. Vor dem Haus stand Andreas’ roter Audi an unveränderter Stelle. Drei Parkplätze daneben konnte er den Saab ausmachen. Dieses Mal fand er einen Parkplatz auf der Straße, von dem er zwar die Haustür nicht überblicken konnte, wohl aber die Ausfahrt des Parkplatzes und, was bequemer war, weil es zu regnen anfing, auch den Balkon und alle Fenster der Wohnung.

Wenige Minuten später klingelte sein Handy. Claudia erstattete Bericht. „Er hat Facebook genutzt. Ganz klar. Aber leider ordentlich abgemeldet. Und die Systemordner an den Geräten sind natürlich für die Besucher gesperrt. Ebenso die temporären Ordner. Keine Chance."

„Und sonst? Irgendwelche interessante Infoseiten?"

„Nur zwei verschiedene Stadtpläne von Berlin beziehungsweise Landkarten von Brandenburg. Hast du eine Idee, was er damit anfangen könnte?", fragte sie.

Er verneinte. Keinen blassen Schimmer. Hatte er eine bestimmte Adresse gesucht? Aber Claudia mutmaßte, dass er dann eher einen Stadtplan mit Suchfunktion oder einen Routenplaner benutzt hätte.

Er war also nicht viel schlauer als vorher. Denn dass Michael die täglichen Besuche im Internetcafé nutzte, um mit irgendjemand Kontakt zu halten, wahrscheinlich mit Burkhard, war ihm schon vorher klar gewesen. Er musste sich dringend etwas anderes einfallen lassen. Er rief Krampitz an und fragte, ob er heute spät abends noch bei ihm vorbeikommen könne. Dann wählte er Susannes Nummer. Sie war sofort bereit, während seines Besuches bei Krampitz für ihn die Stellung vor dem Haus der Senger-Brüder zu halten.

Hartmut Krampitz öffnete ihm in Jeans und Cashmere-Pullover. Er wirkte deutlich jünger als in seinen üblichen Anzügen. „Herr Hochgräber! Freut mich, Sie zu sehen. Ich hoffe, Sie bringen gute Nachrichten?"

„Ich bin mehr oder weniger privat hier."

„Ach so." Krampitz war einer der Menschen, deren fragender Gesichtsausdruck unmittelbar mit der Aufforderung zur Beantwortung verbunden war, ähnlich wie bei Claudia. Wie sie würde er bei einer Missachtung äußerst mürrisch reagieren. Sebastian setzte deshalb zu seiner Ansprache an. Auf dem Weg hierher hatte er einige Worte über seine Motivation einstudiert, den Jahresurlaub für Ermittlungen zu nutzen. Er glaubte allerdings selbst nicht, dass das überzeugend wirken könnte.

Krampitz führte ihn an der Sitzecke vorbei auf die Terrasse seines beinahe schon parkähnlichen Grundstücks hinter dem Haus. Wieder war Krampitz allein. Jedenfalls sah Sebastian weder andere Personen noch Anhaltspunkte, dass außer dem Hotelier noch jemand hier lebte. Sie setzten sich auf die Teakholzstühle. Krampitz überließ ihm den Sitz mit Blick in den Garten und dem in den Rasen eingebetteten Pool.

„Gestatten Sie mir die Indiskretion. Aber müssen Sie dieses herrliche Anwesen allein genießen oder sind Sie liiert?"

Krampitz schmunzelte. „Ja, das bin ich. Aber meine Lebensgefährtin ist für drei Monate in den USA." Als Sebastian schwieg, erzählte er weiter: „Sie ist Schauspielerin. Sie ist nicht unbekannt. Einmal habe ich sie begleitet, aber es war die Hölle für mich. Diese Hektik am Set und die fehlende Organisiertheit dieser Leute ... Nein! Das gefällt mir nicht. Wir telefonieren täglich und lange. Und ab und zu fliege ich mal während ein paar drehfreier Tage hinüber oder sie kommt hierher."

Sebastian war sich sicher, dass Krampitz auf keinen Fall ihren Namen preisgeben würde. Warum auch? Das würde er an seiner Stelle auch nicht. Allerdings kam er sich jetzt umso blöder vor, ihm erklären zu müssen, dass er in seinem Jahresurlaub offenbar nichts Besseres zu tun hatte, als freiwillig zu arbeiten.

Er holte sich seinen geistigen Spickzettel ins Gedächtnis und legte los: „Ich fasse einmal zusammen: Alle Indizien sprechen dafür, dass der angeblich verstorbene Drillingsbruder Burkhard Senger gemeinsam mit seinen Brüdern Andreas und Michael Senger die Tat jahrelang vorbereitet und dann auch durchgeführt hat."

Krampitz, der gerade dabei war, Mineralwasser in Gläser einzugießen, hielt in seinen Bewegungen inne und sah überrascht auf.

„Michael Senger war doch sicherlich als Ihr Betreuer in der Steuerberatungsgesellschaft als einem der Ersten bekannt, dass sie vorhatten, Ihre Firma in absehbarer Zeit zu verkaufen und sich zur Ruhe zu setzen, nicht wahr?"

Krampitz überlegte. „Ja, ich bin mir ganz sicher. Die ersten Gespräche darüber fanden mit Sengers Chef statt, aber Senger war ebenfalls anwesend."

„Haben Sie jemals seine Brüder kennengelernt?"

„Nein. Zuerst wusste ich nicht einmal, dass er welche hatte, geschweige denn, dass es Drillinge waren. Erst durch den Segelunfall erfuhr ich davon. Ich glaube, Susanne wollte damals gerade Senger heiraten, als es passierte. Warum wollen Sie mit mir über alte Zeiten plaudern?", fragte Krampitz mit einem verschmitzten Lächeln auf seinem braungebrannten Gesicht.

„Wir haben keine Beweise dafür, dass Burkhard Senger noch lebt. An seine Brüder kommen wir nicht heran. Es ist uns gelungen, einiges an belastendem Beweismaterial zu finden, das uns aber nichts nützt, wenn ihre Alibis nicht widerlegbar sind und wir null Anhaltspunkte für Komplizen im privaten oder geschäftlichen Umkreis finden können. Außerdem befürchten wir, dass alle drei Brüder eineiig sind."

„Was bedeutet?"

„Die wenigen Spuren, die wir haben, haben eine andere DNA, was also meine Theorie mit dem gefakten Unfall nicht gerade stützt. Es sei denn ..."

„Es sei denn, es gelingt Ihnen zu beweisen, dass der angeblich Tote eine andere DNA hatte, besser gesagt hat?"

Sebastian nickte erneut. Es war angenehm, es mit einem mitdenkenden Gesprächspartner zu tun zu haben.

„Meine Kollegin Claudia Pandura hat eine Reihe von richterlichen Beschlüssen erwirkt, wonach die Kollegen in Kürze Auskunft der Telefongesellschaft der Brüder und der Kontenbewegungen ihrer Banken erhalten werden. Wenn Burkhard Senger leben sollte, muss es in irgendeiner Weise Kontakt zwischen den Brüdern gegeben haben und wir finden vielleicht etwas von ihm, das nicht manipuliert wurde."

„Aber viel Hoffnung haben Sie offenbar nicht?"

„Nein."

Sebastian erzählte ihm von dem bei Simone Ahrend gefundenen Pullover. „Ich hatte wirklich gedacht, dass hier eine Manipulation nicht möglich war. Aber als mich Michael Senger kurz darauf anrief und mich bat, ihm das Ergebnis der DNA-Untersuchung mitzuteilen, hätte mir schon klar sein müssen, dass auch die Sache mit dem angeblich von Burkhard stammenden Pullover von Senger initiiert worden war. Er ist sehr ehrgeizig darin, mir bei jeder Gelegenheit zu zeigen, dass er schlauer als alle Ermittler zusammen ist. Und leider muss ich zugeben, dass er in der Tat sehr klug zu sein scheint. Deshalb denke ich auch, dass er nicht so dumm gewesen sein wird, mit Burkhard oder zu irgendeiner Festnetznummer in der Schweiz oder in Luxemburg telefoniert zu haben, jedenfalls nicht nachweisbar. Ich weiß, dass er täglich ein Internetcafé nutzt. Wahrscheinlich wurde der Kontakt über anonyme E-Mail-Anschriften oder Chaträume und über Internetcafés gehalten. Aber für einen Durchsuchungsbeschluss beziehungsweise eine Beschlagnahme aus dem Internetcafé reichen die Verdachtsmomente vorne und hinten nicht."

„Keine doppelten Handys? Kein privater Laptop?"

„Die Handyverbindungen sind noch nicht vollständig ausgewertet, sein Laptop ist sauber. Auf jeden Fall ist von dem aus nicht der Zugriff auf den Server in Ihrem Büro erfolgt."

„Welcher Zugriff? Sie meinen ..."

„Ja, ein Unbekannter hatte sich vor dem Diebstahl an mehreren Tagen Zugriff auf die Schreiben Ihrer Sekretärin verschafft. Wir nehmen an, um zum einen zu wissen, wann das Anschreiben mit der Kontoverbindung herausgegangen ist, und zum anderen, um es entsprechend zu fälschen."

„Ich sollte unbedingt eine PC-Firma beauftragen, mein Netzwerk sicherer zu machen." Mit besorgter Miene sah Krampitz ihn an.

„Burkhard Senger war Informatiker, Lehrer an einer Berufsschule. Er hätte sicher auch einen höheren Sicherheitsstandard Ihrer Anlage geknackt, zumal er ja auch Zugang zu Ihrem Büro hatte."

„Wieso das denn?"

Sebastian lächelte. Jetzt war Krampitz doch etwas überfordert. „Drillinge", antwortete er nur und Krampitz tippte sich an die Stirn.

Sie schwiegen eine Weile und Sebastian sah fasziniert zu, wie sich nach und nach die automatische Außenbeleuchtung einschaltete und den Garten und besonders den Pool in eine märchenhafte Stimmung eintauchen ließ.

„Armer Schubert!", sagte Krampitz plötzlich.

Sebastian nickte nur, denn der Pool zog ihn gerade magisch an. Diese unberührte Oberfläche mit einem Kopfsprung zu durchbrechen, stellte er sich gerade als Gipfel des Wohlgefühls vor. Reiche Leute hatten einfach die besseren Karten, was Lebensqualität anging.

„Sie haben doch einen Sohn, nicht wahr?"

„Ja, Daniel. Er lebt in Südamerika. Wenn er noch lebt."

Sebastian horchte auf. Er wusste aus den Akten, dass Krampitz' Sohn vor ungefähr einem Jahr Deutschland verlassen hatte. Es hatte einige Ermittlungsverfahren, hauptsächlich wegen Drogenbesitzes, Drogenhandels und Prostitution gegeben. Dass Krampitz offensichtlich keinen Kontakt mehr zu seinem einzigen Sohn hatte, war neu.

„Man kann sich eben nicht alles kaufen", sagte der Hotelier bitter, „Daniel war ein ganz normaler Junge, intelligent, patent, gutaussehend."

„Was hat ihn aus der Bahn geworfen?"

„Meine Dämlichkeit. Nicht nur, aber auch." Er schwieg und Sebastian traute sich nicht zu fragen.

Nach einem Moment sprach Krampitz von selbst weiter. „Ich hatte es wirklich nicht gemerkt, glauben Sie mir. Ich wäre zwar geschockt gewesen, das gebe ich zu. Aber meine Güte, in der heutigen Zeit ... ich wäre schon damit klargekommen."

„Sie meinen seine Homosexualität?"

Krampitz nickte. „Ich hatte zu wenig Zeit und er hatte keine Mutter mehr. Aber trotzdem frage ich mich heute, wieso ich es nicht selbst erkannt habe."

„Er hat nie mit Ihnen darüber gesprochen?"

„Erst, als es zu spät war."

„Zu spät?"

„Er hat sich nicht getraut, es offen zu leben. Er ist heimlich in die Szene gegangen. Ich dachte, er zöge mit Gleichaltrigen um die Häuser. Normal für sein Alter, dachte ich. Der Ernst des Lebens kommt früh genug. Aber es waren die falschen Kreise. Als ich von den Drogen erfuhr, wollte ich ja helfen. Aber da lehnte er schon jede Hilfe ab."

„Wie haben Sie es erfahren?"

„Durch die Polizei und die Verfahren gegen Daniel. Ein früherer Geschäftsfreund hat viel zwischen Daniel und mir vermittelt, ihm Unterschlupf gewährt, weil er nicht nach Hause kommen wollte."

Wieder schwieg der Hotelier und starrte an die gegenüberliegende Hauswand. „Letztlich war auch Tarassow hilflos", murmelte Krampitz.

Sebastian war, als hätte sein Gehirn einen Blitzschlag getroffen. „Tarassow? Artjom Tarassow?"

Krampitz sah Sebastian verstört an. „Ja, woher kennen Sie ihn?"

„Von einem anderen Fall."

Sebastians Gedanken rasten. Wie passte das zusammen? So einen Zufall gab es einfach nicht. „Stehen Sie heute noch in Kontakt mit Tarassow?", fragte er.

„Eigentlich nicht, Tarassow kommt aus der Baubranche und wegen des Verkaufs meiner Firma habe ich keine neuen Bauprojekte mehr begonnen."

Sebastian wollte Hilfe von dem Hotelier und überlegte, ob er ihm im Gegenzug anvertrauen sollte, was er über Tarassow vermutete. Dass der nämlich ebenfalls homosexuell, mindestens aber bisexuell war und zumindest in einigen Ermittlungsfällen eine sehr zwielichtige Rolle gespielt hatte. Er entschied sich dagegen. Wie hatte Krampitz gesagt? Man konnte sich nicht alles kaufen. Warum sollte er das private Unglück des so sympathischen

Mannes zusätzlich belasten ohne jeglichen Nutzen für Vater oder Sohn.

„Es gibt da eine kleine Sache, die wir in Ihrem Fall beziehungsweise im Fall der Senger-Brüder vorher klären sollten", erklärte er stattdessen den eigentlichen Grund seines späten Besuches.

„Das wäre?"

„Ich bin wie gesagt privat hier, nicht dienstlich. Ist das ein Problem für Sie?"

„Sollte es das?"

„Es ist nicht gerade üblich, dass ein Kriminalbeamter seinen Urlaub nimmt, um weiter zu ermitteln."

„Und Sie würden das gerne honoriert bekommen?", fragte Krampitz.

„Honoriert? Nein! Wie kommen Sie denn darauf? Auf keinen Fall. Michael Senger hat mich persönlich ... sagen wir mal ... herausgefordert. Er macht keinen Hehl daraus, dass er Dreck am Stecken hat. Natürlich achtet er dabei verdammt gut darauf, dass ich das nicht beweisen kann. Er denkt im Moment, ich sei in Griechenland, und seit einer Woche beschatte ich ihn beinahe rund um die Uhr, weil ich mir sicher bin, dass es einen Kontakt zu Burkhard Senger gibt. Das Problem ist nur, dass ich nicht beide Brüder gleichzeitig observieren kann. Ich brauche Unterstützung. Und ich kann sie mir nicht vom Präsidium holen. Im Gegenteil. Ich würde ziemlichen Ärger bekommen, wüssten mein Vorgesetzter oder meine übrigen Kollegen, außer Frau Pandura selbstverständlich, von meinen Aktivitäten."

Krampitz hatte ihm ruhig und hoch konzentriert zugehört. „Machen Sie sich keine Sorgen. Weder um das eine noch das andere. Geben Sie mir Ihre Handynummer. Es wird sich jemand bei Ihnen melden. Er wird sagen, er käme vom *Old Hardy*. Wann brauchen Sie ihn?"

„Gut wäre morgen früh um sechs Uhr. Vorher verlasst eigentlich keiner von beiden die Wohnung."

„So früh?" Krampitz sah auf seine Armbanduhr. „Es ist bereits kurz vor Mitternacht."

„Damals kam er auch ziemlich spät zu Ihnen." Diesen Seitenhieb konnte sich Sebastian nicht verkneifen.

„Damals? Wer?"

Sebastian lachte und erzählte von seinem ersten Besuch, bei dem er beobachtet hatte, dass Krampitz einen späten Besucher verabschiedet hatte, um Sebastian wenige Minuten später weismachen zu wollen, er hätte den ganzen Tag über mit keinem Menschen gesprochen. Auch Krampitz lachte.

„Sie scheinen vom Erfolg Ihrer Urlaubsaktivitäten sehr überzeugt zu sein?", fragte er.

Sebastian nickte. „Leider muss ich zugeben, dass Michael Senger die Sache wirklich gut im Griff hat und sehr vorsichtig agiert. Möglich, dass er sich ungestraft ins Ausland absetzen kann. Aber ich will wenigstens alles versucht haben. Und die einzige Chance sehe ich darin, ihn ohne sein Wissen zu observieren. Irgendwann muss er einen Kontaktweg zu seinem angeblich toten Drilling preisgeben oder in anderer Weise unvorsichtig werden. Er denkt, ich bin gerade im Urlaub, und meine Kollegin hat mit einem anderen Fall alle Hände voll zu tun. Er wiegt sich bereits in Sicherheit und so etwas macht erfahrungsgemäß unvorsichtig."

„Ich werde Sie unterstützen, wo ich kann. Schließlich sind es meine zwölf Millionen, die der Kerl geklaut hat", antwortete der Hotelier und nickte Sebastien anerkennend zu.

„Was mir noch einfällt ...", sagte Sebastian, während Krampitz ihn zur Tür begleitete, „Ihre Mitarbeiterin Susanne Menzel weiß ebenfalls Bescheid."

Krampitz betrachte ihn mit großen Augen, dann nickte er zustimmend. „Ich habe immer schon gesagt: eine tolle Frau. Sie ist leider ein klein wenig zu jung für mich ... obwohl ..." Wieder lachte Krampitz und das erste Mal empfand Sebastian ihn als unsympathisch. Trotzdem rief er „Danke für Ihre Hilfe", bevor er das Gartentor hinter sich schloss.

Er rief Susanne an. Sie hatte vor dem Haus der Brüder ausgeharrt, ohne etwas Auffälliges bemerkt zu haben.

„Fahr jetzt nach Hause. Ich bin gleich da und übernehme wieder."

Normalerweise wäre Sebastian jetzt ebenfalls nach Hause gefahren, um ein paar Stunden zu schlafen. Aber das Gefühl, dass in dem Fall möglicherweise eine entscheidende Wendung unmittelbar bevorstand, war den gesamten Tag über nicht gewichen. Er war zwar todmüde, aber er würde diese Nacht vor dem Haus bleiben.

Mittwoch, 12. September

Kapitel 30

„Old Hardy hat mir die Nummer gegeben. Um was geht's und wo soll ich hin?" Die Stimme des Mannes klang heiser. Sie tauschten Adressen, ihre Auto- und Personenbeschreibungen aus, und zehn Minuten später sah Sebastian den beschriebenen weißen Golf auf der gegenüberliegenden Straßenseite einparken. Mit dem Fernglas inspizierte er den Mann, den Hartmut Krampitz ihm da auf die Schnelle geschickt hatte. Anfang Vierzig schätzte er ihn, dunkle kurze Haare, ein Durchschnittsgesicht. Wunderbar. Nur die zerknitterte Jacke von ihrer ersten Beinahe-Begegnung fehlte. „Mein Name ist übrigens Thomas", hatte er mitgeteilt.

Im Radio liefen gerade erst die Acht-Uhr-Nachrichten und von den Brüdern hatte sich noch keiner blicken lassen; nur die Balkontür stand offen, was bei seiner Ankunft nicht der Fall gewesen war. Mindestens einer der Brüder war also bereits aufgestanden.

Um viertel vor neun kam einer der Brüder zur Haustür heraus. Sebastian informierte über Handy seinen neugewonnenen Kollegen Thomas, so dass er sich das Aussehen der zu observierenden Person einprägen konnte, die Jeans und Polohemd trug und die er deshalb nicht als Michael oder Andreas benennen konnte, die aber zu Andreas' rotem Audi ging, den Wagen startete und in Richtung Gropiusstadt davonfuhr. Thomas würde ihn verfolgen, während Sebastian weiter auf den Bruder wartete.

Eine Stunde später kehrte der Audi wieder auf den Parkplatz zurück, Senger stieg aus und öffnete den Kofferraum.

„Er war im Baumarkt. Hat einen Spaten, eine Schaufel, einen Fächerbesen, Kleberollen und Filz vom Meter gekauft", berichtete Thomas.

„Filz vom Meter? Was ist das denn?", fragte Sebastian überrascht.

„Aus der Teppichbodenabteilung. Ist so dünner dunkelgrauer Filz, den man häufig unter dem Teppichboden oder Laminat verlegt oder als zusätzlichen Trittschall oder Wärmedämmung verwenden kann", klärte Thomas ihn leidenschaftslos auf.

Seine Stimme klang bislang bei allen Gesprächen so, als machte er stur einen Schreibtischjob. Es war ja auch nur ein Job. Für diesen Thomas waren die Brüder Observationsobjekte, mehr nicht. Er hatte sie zu beobachten und festzuhalten, was diese Objekte taten oder sagten. Ohne Wertung, ohne Mutmaßungen, ohne Emotionen. Wenn er, Sebastian, die Sache ebenso sehen könnte, säße er jetzt nicht hier, sondern irgendwo in einem Urlaubshotel an einem Pool oder an einem weißen Sandstrand unter einem Bastschirm. Recht hatte Thomas.

Krampfhaft versuchte Sebastian, eine logische Erklärung dafür zu finden, was Andreas mit Schaufel, Spaten und einem Fächerbesen wollte. Bis auf den Filz und eine Plastiktüte hatte er den Einkauf im Auto gelassen. Die Brüder wollten weg aus Deutschland. Also würde mit großer Wahrscheinlichkeit auch das Geld außerhalb von Deutschland sein. Noch in der Schweiz oder bereits in dem Land ihrer traumhaften Zukunft. Jedenfalls sicher nicht zurückgebracht nach Deutschland, um es hier zu vergraben, selbst wenn Berlin eine der waldreichsten Großstädte Europas war. Das wäre kompletter Unsinn.

Einer der Brüder trat auf den Balkon. Sebastian nahm an, dass es Andreas war, denn seine Kleidung war dieselbe wie eben am Auto. Senger suchte mit den Augen die Straße und den Parkplatz ab. Scheiße! Hatte er doch vielleicht Verdacht geschöpft? Aber seine Suche war bereits wieder beendet und er ging in den Wohnraum zurück. Er hätte Sebastian auch unmöglich erkennen können, allein die Spiegelung der Windschutzscheibe verhinderte das aus diesem Blickwinkel vom neunten Stock.

Sebastian überlegte weiter, was der Sinn dieses Einkaufes gewesen sein konnte, als sich ein Taxi der Einfahrt näherte und auf den Parkplatz bis vor die Eingangstür fuhr. Sebastian traute seinen Augen nicht. Ein Senger-Bruder stieg aus. Mit einer kleinen

Ledersporttasche und einer Jacke über den Arm nickte er dem Taxifahrer freundlich zu und ging dann ins Haus.

Sebastian kochte innerlich. Da hatte er sich nun über eine Woche die Zeit hier um die Ohren geschlagen und doch musste Michael oder Andreas irgendwann in der Zeit von gestern Abend um kurz vor elf Uhr bis heute Morgen um sechs das Haus verlassen haben und kam nun mit einem Taxi zurück. Weshalb hatte er nicht den Saab benutzt, der an unveränderter Stelle geparkt stand? Was hatte er in der Reisetasche und wo war er gewesen? Sebastian versuchte, mit der einen Hand das Fernglas zu greifen, während er mit der anderen Hand Thomas anrief. „Wir brauchen das Nummernschild des Taxis. Ich kann's nicht erkennen. Bei mir sind zu viele Autos und Buschwerk davor. Siehst du es?"

Ein Moment Stille, dann das erlösende „Ja, ich hab's. Schreibst du mit?"

Sebastian fummelte aus der Ablage Stift und ein altes Parkticket und schrieb das Kennzeichen auf, das Thomas ihm diktierte. „Super! Danke Mann."

„Welcher von beiden war das? Kannst du das sagen?"

„Wenn mich nicht alles täuscht, keiner von beiden. Ich glaube, wir haben jetzt alle drei im Nest", antwortete Sebastian und hatte Mühe, den Stolz in seiner Stimme zu unterdrücken, der gerade seine Brust ausfüllte. Seine Beharrlichkeit hatte sich endlich ausgezahlt. Sebastian war sich sicher, dass es sich bei dem Neuankömmling um Burkhard handelte. Thomas quittierte seine Vermutung mit einem anerkennenden Pfiff, bevor sie das Gespräch beendeten.

Sebastian rief Claudia an. Er informierte sie und gab ihr die Nummer des Taxis durch, Uhrzeit und Adresse. „Sei so lieb und bring in Erfahrung, woher der Fahrer kam. Ach, und frag, ob derselbe Fahrer ihn vielleicht bereits abgeholt hat, irgendwann heute Nacht oder ganz in der Früh. Dass es sich um Burkhard handelt, ist ja bisher nur eine Hoffnung."

Egal, ob Burkhard oder ein anderer Senger, sein Gefühl trog ihn nicht. Etwas war bei den Brüdern im Gange und so langsam keimte ein Funke Hoffnung in ihm, dass die Urlaubsverschwendung der letzten Tage nicht umsonst gewesen war.

Es dauerte eine Stunde, bis Claudia anrief und mitteilte, dass das Taxi Senger am Wartestand des Hauptbahnhofes aufgenommen und der Fahrer den Gast noch nie zuvor gesehen habe. Der habe, außer um die Zieladresse zu nennen, weder gesprochen noch sich irgendwie auffällig verhalten. Das Erste, das Sebastian bei Bahnhof einfiel, war ein Schließfach. Zwölf Millionen Euro waren eine Menge Geld. Aber sah man sie dann tatsächlich in gebündelten Scheinen, egal ob in Schweizer Franken oder in Euro, nahmen sie überraschend wenig Platz ein. Die kleine Ledertasche, die der Ankommende bei sich getragen hatte, wäre absolut ausreichend. Nur, was machte das für einen Sinn? Noch dazu, wo die Brüder in Kürze das Land verlassen wollten? Trug man dann in heutigen Zeiten die Beute als Bargeld mit sich herum? Oder war Beweismaterial in der Tasche, und war es nun an der Zeit, dieses verschwinden zu lassen? Damit es keine späteren Zufälle und Entdeckungen gab?

Gut, er würde sehen, was weiter passierte. Er würde dieses Mal jedenfalls wieder nicht über Nacht in seine Wohnung fahren. Jetzt, wo er dank Hartmut Krampitz Verstärkung hatte, konnte er die Observierung vorsorglich ohne Unterbrechung durchführen. Er rief Thomas an und bat ihn, für eine Weile die Augen zumachen zu können. Stattdessen schlug Thomas vor, dass Sebastian zunächst nach Hause fahren und ein paar Stunden schlafen würde, er würde solange seinen Platz einnehmen und Sebastian solle ihn um elf Uhr nachts wieder vor Ort ablösen.

Sebastian, dankbar für diesen Vorschlag, fuhr nach Spandau. Seine Balkontür aufzumachen, wagte er nicht, obwohl die Temperaturen in den letzten Tagen bei 25 Grad und mehr lagen und es dementsprechend stickig in der Wohnung war. Er öffnete nur die Fenster im Schlafzimmer zum Hof hin und kümmerte sich dann um die Wasseragamen.

Es dauerte einen Moment, bis die Tiere begriffen, dass es zur ungewöhnlichen Mittagszeit Heuschrecken gab, die er auf dem Weg noch schnell besorgt hatte. Aber als er das erste Futtertier Max vor die Nase setzte und er es blitzschnell fing, kamen auch Gerda und Emma eilends auf den Ast geklettert, der der Terrarientür am nächsten lag. Gerda fixierte Sebastians Schulter und sprang. Sie war die einzige, die das durfte. Emma würde sich das niemals trauen und bei Max würde er es sich verbitten. Max war als Männchen mindestens ein Drittel größer als die beiden weiblichen Agamen. Entsprechend kräftiger waren auch seine Krallen, die keine Probleme hatten, durch ein T-Shirt zu dringen und unsanft Spuren auf der Haut zu hinterlassen. Außerdem würde eine Handfütterung bei ihm mit blutenden Fingern enden.

Die Beschäftigung mit seinen Agamen tat ihm gut. Sie lenkten seine Gedanken von dem Fall ab. Allein schon die erforderliche Geduld im Umgang mit ihnen gab ihm die notwendige Ruhe, um bis zur Ablösung heute Abend ein paar Stunden erholsam zu schlafen.

Kapitel 31

Mit frisch zubereiteten belegten Broten und einer großen Thermoskanne mit starkem Kaffee machte er sich wieder auf den Weg zur Fritz-Erler-Allee. Thomas hatte nicht angerufen und Sebastians Handy, das er direkt neben seinem Kopfkissen deponiert hatte, klingelte zum ersten Mal, als Susanne anrief. „Mein Chef hat mir von Ihrem ... ähm ... deinem Besuch und deiner Bitte um personelle Unterstützung erzählt. Ich habe ein richtig schlechtes Gewissen, weil du dir deinen ganzen Urlaub um die Ohren schlägst."

„Das musst du nun wirklich nicht haben."

„Ich war so lange mit Michael zusammen und irgendwie fühle ich mich deshalb mit verantwortlich. Und du als wildfremder Mensch engagierst dich jetzt so, alles wieder gerade zu biegen."

Es war süß, wie sie das formulierte, und das erste Mal hatte Sebastian das Empfinden, es war richtig, was er hier tat, ohne den Beigeschmack, den er verspürte, wenn er mit Claudia über den Fall sprach.

„Ich mache mir Sorgen", sprach Susanne weiter und klang fast schüchtern dabei. Auch das tat gut. Nicht um den Fall, nicht um irgendwelche Überschreitungen von Kompetenzen, nicht um seinen Geisteszustand, nein, sie war in Sorge um ihn. Wann hatte das das letzte Mal jemand zu ihm gesagt, außer der mütterlichen Elke vielleicht?

„Kann ich irgendwie helfen", fragte sie.

„Im Moment nicht. Aber ich verspreche, ich rufe an, wenn wir noch eine Person brauchen, okay? Und jetzt schlaf gut."

Mit einem Lächeln auf den Lippen beendete er das Gespräch.

Kurz bevor er die Fritz-Erler-Allee erreichte, hielt er an einer Tankstelle und holte ein Sixpack Bier. Wie nach einem freien Parkplatz suchend, fuhr er mit seinem Mercedes in zweiter Spur neben Thomas und reichte es ihm als kleines Dankeschön zum Feierabend durch das Beifahrerfenster.

Nach einer Überraschungssekunde nahm Thomas das Bier grinsend an. „Tut gut nach der Langeweile. Die beiden saßen stundenlang auf dem Balkon und haben einige Male aufgeregt diskutiert oder gestritten. Ich konnte es ja leider nicht hören. Aus dem Haus war jedenfalls keiner der Brüder."

Sebastian fuhr weiter und fand einen günstigen Platz auf der anderen Seite, von wo aus er die Fenster der Wohnung unbemerkt durch die Bäume hindurch beobachten konnte. Erneut spürte er, dass etwas Besonderes vor sich ging, denn das Licht in den Räumen blieb länger als gewöhnlich an. Im Schlafzimmer waren die Gardinen zugezogen, aber im Wohnzimmer blieb die Balkontür unverändert geöffnet und eine Stehlampe direkt am Fenster leuchtete bis ein Uhr nachts. Dann wurde alles dunkel.

Mit Sorge betrachtete er den Himmel, wo sich immer mehr Wolken bildeten. Er hoffte, dass es in dieser Nacht nicht regnen würde und die Scheiben nicht beschlugen. Er lehnte sich bequem zurück und durchsuchte mit den Augen den Bücherstapel auf dem Beifahrersitz, während er sich einen Kaffee aus der Thermoskanne eingoss.

Er verschluckte sich beinahe an dem heißen Kaffee, denn in diesem Moment traten die Brüder, leider nur zwei, wie Sebastian enttäuscht feststellte, aus dem Eingangsbereich des Gebäudes. Einer hatte einen alten Farbeimer mit diversen Malerutensilien in der einen Hand. Der andere war mit einem ehemals weißen Overall bekleidet, der zahlreiche Farbflecken aufwies. Gemeinsam trugen sie einen großen geflochtenen Wäschekorb. Sie gingen zu Andreas Audi und gemeinsam hievten sie den Wäschekorb in den Kofferraum und legten die übrigen Dinge dazu. Die offenstehende Kofferraumklappe banden sie mit Seilen über dem Korb an der Stoßstange fest. Dann stiegen sie ein und fuhren los.

Was um Himmels Willen hatten die Brüder mitten in der Nacht in Malersachen vor? Ein Blick auf seine Tankanzeige beruhigte Sebastian. Egal, wohin die beiden wollten, er würde erst einmal ausreichend Benzin haben.

Sie fuhren in Richtung Schönefeld und verließen dann das Stadtgebiet. Sebastian machte sich Sorgen. Denn in der Stadt jemanden mit dem Auto zu verfolgen, ohne bemerkt zu werden, verlangte nur wenig Übung. Man ließ unterschiedlich großen Abstand, so dass ständig andere Fahrzeuge hinter dem observierten fuhren. Aber auf einer einsamen Landstraße mitten in der Nacht wurde es schwierig. Weit und breit keine anderen Fahrzeuge, die zur Deckung dienen konnten.

Er vergrößerte den Abstand so weit, dass Andreas' Auto nur noch zwei rote Punkte in der Ferne war. Als die Landstraße durch ein größeres Waldgebiet führte, blieb der Wagen am Fahrbahnrand stehen. Querstraßen, Häuser oder gar Ortschaften waren in keiner Richtung in Sicht. Sebastian blieb nichts anderes übrig, als mit unveränderter Geschwindigkeit an den Brüdern vorbeizufahren. Er hatte sich seine Brille und sein Basecap aufgesetzt und starrte stur geradeaus, als er den Wagen passierte.

Sobald er vorbei war, warf der die Brille auf den Beifahrersitz und starrte beharrlich in den Rückspiegel. Doch nichts tat sich. Der Wagen hatte den rechten Blinker gesetzt, doch niemand war ausgestiegen. Um nicht aufzufallen, musste Sebastian der Straße folgen, bis sie eine Biegung nach rechts machte, die sein Auto vor Blicken der Brüder schützte. Er hielt am Straßenrand und schaltete das Licht aus. Dann griff er das Fernglas, verließ das Fahrzeug und rannte in der Deckung des Waldrandes zurück. Gerade noch rechtzeitig, denn der Audi bog in diesem Moment links in einen Waldweg ein.

Sebastian rannte zurück zum Wagen, wendete und fuhr mit mäßiger Geschwindigkeit die Strecke zurück, an dem Forstweg vorbei, auf dem er das Fahrzeug der Brüder schon einige hundert Meter tief im Wald erkennen konnte. Er fuhr eine ausreichende Strecke weiter, so dass sein erneutes Wendemanöver aus dem Wald heraus nicht bemerkt werden konnte. Dann legte er, dieses Mal ohne Schweinwerfer und mit sehr geringer Geschwindigkeit, die Strecke ein weiteres Mal zurück. Als er Einblick in den Forstweg hatte und erkannte, dass Andreas Wagen nicht mehr zu sehen war, bog er ebenfalls ein.

Der Waldweg schien ewig weiterzugehen und nichts war zu erkennen. Sebastian ließ den Wagen stehen. Er durfte nicht riskieren, dass sie den Motor oder das Türklappen hören konnten. Er stellte sein Handysignal auf Vibrieren und steckte es zurück in seine Hosentasche.

Vorsichtig lief er den Waldweg weiter, sorgsam darauf bedacht, dass seine Schritte möglichst keine Geräusche verursachten. Links und rechts spähte er zwischen den Bäumen hindurch. Aber in dem spärlichen Licht des Mondes am stark bewölkten Nachthimmel, das nur durch die Beleuchtung der nahen Großstadt unterstützt wurde, konnte er nur schwarze Schemen erkennen. Vor ihm kreuzte ein weiterer Weg, ebenfalls breit genug für ein Fahrzeug. Er näherte sich ihm noch langsamer.

Links konnte er mit den Augen den schnurgeraden Weg mehrere hundert Meter weit verfolgen, da der Himmel auf dieser Seite heller und am Horizont offenbar eine Lichtung war. Rechts dagegen sah es im wahrsten Sinne des Wortes finster aus. Vielleicht bildete er es sich nur ein, aber dort stand seiner Meinung nach etwa zweihundert Meter entfernt der Audi von Andreas Senger. Er war heilfroh, dass jetzt im Spätsommer die Bäume und Büsche noch in voller Blätterpracht standen. Sonst wäre es überhaupt nicht möglich, weiter in die Richtung des Autos zu laufen, ohne bemerkt zu werden.

Sollte er wieder umkehren, um die Kollegen zu informieren? Denn dass die Brüder hier im Wald nicht vorhatten, nachtaktive Tiere zu beobachten, war sonnenklar. Andererseits wüsste er zunächst einmal gerne, um welche Straftat es sich hier handelte, die die Brüder vorhatten, bevor er sich bei Kollegen völlig lächerlich machte.

Plötzlich spürte er Regentropfen und wenigen Sekunden später regnete es tatsächlich. Sebastian wollte sich erst ärgern, aber dann war er dankbar für diese zusätzliche Hilfe. Denn so wurde jedes Geräusch übertönt, das er möglicherweise trotz aller Vorsicht machen würde.

Je dichter er sich in den Weg hineinarbeitete, umso deutlicher konnte er die Konturen des Wagens vor sich sehen, und jetzt hörte er auf der rechten Seite auch leise Stimmen zwischen den Bäumen. Automatisch duckte er sich, obwohl die Brüder ihn wahrscheinlich ebenso wenig sehen konnten wie er sie. Er setzte einen Fuß vor den anderen, jedes Mal wartend, ob eine Reaktion erfolgte. Er blieb dicht am Wegrand, damit die Brüder ihn nicht gegen die hellere Schneise des Weges erkennen konnten. Allerdings musste er dadurch noch mehr aufpassen, nicht auf totes Holz zu treten.

Nach weiteren drei vorsichtigen Schritten konnte er die Brüder auf der anderen Seite des Weges ausmachen. Jetzt war er ganz nah am Audi, der ihm Deckung versprach. Er nahm alle Konzentration zusammen und ging in Zeitlupe die letzten drei Schritte. Vorsichtig kniete er sich auf den feuchten Boden hinter der schützenden Karosserie und atmete ein paar Mal tief ein und aus.

Er roch den Rauch einer Zigarette. Auch hier hatte er sich also geirrt: Andreas rauchte tatsächlich. Er vermutete, dass keiner der Brüder eine Waffe bei sich trug. Aber vielleicht irrte er hier ja ebenso. Michael traute er inzwischen alles zu. Was um Himmels Willen war in der Wäschetruhe?

Sebastian schob seinen Oberkörper etwas weiter hoch, bis er durch die Autoscheiben auf die andere Seite sehen konnte. Aber die Regentropfen an den Scheiben machten diesen Versuch sinnlos. Er robbte ein wenig vor, um über die Motorhaube zu sehen. Dichter dran wäre der Kofferraum gewesen. Aber dort stand auch der Wäschekorb, den die Brüder über kurz oder lang holen würden, egal was darin war. Der Korb war zugebunden, sonst hätte Sebastian der Versuchung kaum widerstehen können, den Deckel anzuheben.

Aber wozu die Farbeimer und Pinsel? Sie konnten nur zur Deckung gedient haben. Die freundlichen Brüder aus der neunten Etage halfen irgendwelchen Freunden beim Malern ihrer Wohnung.

Er hörte keine Stimmen mehr. Die Konturen der Brüder zeigten, dass sie ein Loch schaufelten. Er wusste nicht, wie tief sie bereits gegraben hatten, aber der Erdhaufen neben dem Loch wuchs beachtlich. Er musste sich langsam Gedanken machen, wie er hier wegkam, denn die beiden zu überraschen, schien ihm die schlechteste aller Möglichkeiten. Der Regen ließ etwas nach und damit auch die natürliche Geräuschquelle.

Plötzlich legten die Brüder die Schaufeln beiseite und bewegten sich auf das Auto zu. Sebastian robbte vorsichtig in Richtung vordere Stoßstange. Er wagte nicht, den Kopf über die Motorhaube zu heben. Zum ersten Mal konnte er verstehen, was die näher kommenden Brüder sprachen:

„Das müsste jetzt tief genug sein. Lass uns ihn hinbringen."

Ihn?

Siedend heiß durchfuhr Sebastian die Erkenntnis: In der Wäschetruhe lag eine Leiche. Nicht, wie er gedacht hatte, etwas, das die Brüder verschwinden lassen wollten, bevor sie Deutschland verließen. Vielleicht Kleidung, Gegenstände oder Papiere des toten Bruders, die nicht manipuliert waren und die beweisen könnten, dass Burkhard lebte. Nein, in der Truhe lag ein Toter. Seitlich zusammengekrümmt wahrscheinlich. Denn die Truhe war zu kurz für einen Menschen.

Er musste so schnell wie möglich unbemerkt auf demselben Weg zurück, den er gekommen war, um die Kollegen zu informieren. Doch das bedeutete erst einmal zu warten, bis sie sich mit dem Korb vom Auto wieder ausreichend entfernten. Sie waren immerhin zu zweit und hatten bei dem Überfall auf den Postboten gezeigt, dass sie nicht gerade zimperlich waren. Sebastian hatte wenig Lust, neben dem Korb mit seinem ominösen Inhalt in dieser einsamen Waldgegend begraben zu werden.

„Auf die rechte Seite, Burkhard", hörte er einen der Brüder sagen. Sebastian hielt erneut die Luft an, obwohl er wegen der Nähe schon die ganze Zeit nur flach geatmet hatte.

„Kannst dich schon mal an *Andreas* gewöhnen."

„Spinnst du? Er ist noch nicht einmal unter der Erde. Und so lange sollten wir ihm wenigstens seinen eigenen Namen lassen, oder?"

Sebastian traute sich kaum zu glauben, dass seine Vermutungen wirklich der Wahrheit entsprachen. Er hatte es hier nicht mit Michael und Andreas zu tun, sondern mit Michael und

Burkhard. Alles passte. Das Taxi war deshalb am Bahnhof genommen worden, weil Burkhard dort mit dem Zug angekommen war, wahrscheinlich aus der Schweiz oder aus dem Land, in dem die Brüder nach der Sache hier sich treffen und leben wollten. Und er war gekommen, weil sein Bruder Andreas tot war, warum auch immer. Hatte Michael ihn umgebracht? Sebastian hegte nun wirklich keinerlei Sympathien für diesen arroganten kleinen Mann, aber einen Brudermord traute er ihm dann doch nicht zu.

„Wenn du meinst." Sebastian hörte das Klicken eines Feuerzeuges und roch kurz danach den Rauch einer weiteren Zigarette. „Kannst du nicht jetzt wenigstens das Rauchen sein lassen? Weiß du eigentlich, welche Überwindung ihn das gekostet hat? Vielleicht ist er sogar deshalb gestorben."

„Quatsch! Von ein paar Zigaretten stirbt man nicht."

„Aber irgendetwas muss es doch gewesen sein. Mit sechsunddreißig stirbt man doch nicht einfach im Schlaf. Das kann doch nicht sein. Ich versteh es nicht. ... versteh ... einfa... nicht." Seine letzten Worte waren nur noch Gemurmel und Sebastian bildete sich ein, ein Schluchzen dazwischen zu hören.

„Hast du seine Herzoperation vergessen?"

„Nein, natürlich nicht. Aber das ist doch so lange her. Es ging ihm doch gut die ganzen Jahre mit den Tabletten. Dass er einfach so stirbt, das ist nicht gerecht."

„Was ist schon gerecht im Leben", knurrte der andere. „Wir müssen eine Lösung finden, wie wir Andreas' lange Abwesenheit in seinem Büro erklären können."

„Wieso? Ich bin doch da."

„Du hast keine Ahnung von seinem Job."

„Ach, das kriege ich schon irgendwie hin."

„Auf keinen Fall. Wenn dieser Hochgräber noch mal mit einem Durchsuchungsbeschluss ankommt? Der lässt doch nie locker. Oder was ist, wenn Tarassow redet?"

„Hör bloß auf, du Idiot. Warum konntest du nicht einfach stillhalten? Du kannst froh sein, dass dieser Typ, den Tarassow angeheuert hat, von deinem Hochgräber erschossen wurde und jetzt nicht mehr quatschen kann und nicht umgekehrt. So ein ausgemachter Unsinn. Musstest dich wieder mal aufspielen. Der große Michael." Burkhards Stimme klang zornig und kalt.

Wieder beschleunigte sich Sebastians Puls, dass er meinte, die Sengers müssten seinen Herzschlag hören. Es war also tatsächlich kein Zufall gewesen. Tarassow hatte in Reinhards Fall manipuliert. Wahrscheinlich, um Claudia und Sebastian zu beschäftigen. Und als Reinhard zufällig zum falschen Moment vorbeilief, sollte dieser Meyer die Drecksarbeit zu Ende bringen. Sebastian spürte, wie eine unbändige Wut in ihm hochstieg. Wollten die Senger-Brüder ihn sogar eiskalt umbringen lassen? Sozusagen im Dienst gestorben? Aber warum hatte Tarassow ihm dann mit der Adresse in Spanien geholfen, Reinhards Fall zu lösen, wenn er andererseits nicht davor zurückschreckte, ihn und Reinhard töten zu lassen? Sebastian musste sich zusammenreißen, um nicht spontan seine Waffe zu ziehen und aus der Deckung auf die beiden Brüder zuzuspringen. Doch Wut war ein schlechter Ratgeber. Aber eines war klar: Den Zusammenhang zwischen Tarassow und den Senger-Brüdern würde er noch herausfinden. Jetzt aber musste er erst einmal wieder sicher zu seinem Auto zurückkommen, um Michael und Burkhard hier auf frischer Tat das Handwerk zu legen.

Unterdessen schimpfte Burkhard weiter: „Aber das bist typisch du: Selbstverliebt und eitel. Wie schon immer. Musst der ganzen Welt zeigen, dass du intelligenter und gewiefter bist als alle anderen, besonders als die Polizei. Warum hast du dich nicht einfach ruhig verhalten, den beleidigten zu Unrecht Verdächtigten gespielt und gut ist. Nein, stattdessen reizt du diesen Hochgräber bis aufs Blut. Super gemacht. Brüderchen. An den Aufregungen der letzten Zeit ist Andy gestorben, nicht an den paar Zigaretten."

„Du hast gut reden. Sitzt die ganze Zeit in der Schweiz und ruhst dich aus", zischte Michael.

„Außerdem hast du doch gesagt, Hochgräber sei jetzt in Griechenland?"

„Ein Urlaub, der irgendwann auch mal zu Ende ist. Stell dir mal vor, die kriegen von dir doch noch eine DNA-Probe?"

„Ich habe nur die Sachen mit, die ich hier anhabe. Gib mir ein paar Sachen von dir und ich geh in ein Hotel. Und meinen Laptop habe ich in der Schweiz gelassen. Außerdem: Nach der Sache mit dem Segelpullover zweifeln die doch gar nicht mehr daran, dass wir alle drei eineiig sind. Die Idee unseres Bruders, seinen eigenen Pullover dieser blöden Simone als Andenken zu schenken, war genial gewesen.“ Burkhard gab ein heiseres Lachen von sich.

„Dafür hat er uns mit den Gummistiefeln fast in den Knast gebracht. Schmeißt alles aus der Wohnung weg, putzt wie ein Meister und vergisst dann den Keller. Ich hätte ihn erwürgen können“, entgegnete Michael.

„Das ist ja nun nicht mehr nötig.“ Die Mischung aus Traurigkeit und Sarkasmus in seiner Stimme ließ das erste Mal hören, dass auch Burkhard der Tod seines Bruders alles andere als gleichgültig war.

„Du weißt ganz genau, wie ich das meine“, antwortete Michael.

„Wahrscheinlich wäre er auch sonst gestorben“, seufzte Burkhard.

Die Brüder schwiegen und Sebastian hörte das Knarren des Weidenkorbes, den sie in diesem Moment anhoben und mit ihm in Richtung des ausgehobenen Erdloches liefen. Es war jetzt wirklich an der Zeit zu verschwinden. Burkhard und Michael würden ausreichend abgelenkt sein, um ihre schwere Fracht in das Loch zu bugsieren, und Sebastian wagte den Rückzug in der gleichen Form, wie er gekommen war. Er hatte den vom Regen aufgeweichten Boden des Weges auf seiner Seite. Geduckt und mit der Dienstwaffe in der Hand ging er rückwärts Schritt für Schritt in Richtung Kreuzung der Waldwege zurück. Erst als er diese erreicht hatte, wagte er, seine Waffe zu entsichern. Mit der einsatzbereiten Waffe in der Hand verharrte er einen Moment und horchte zurück, ob irgendetwas darauf hindeutete, dass er doch bemerkt worden war. Aber alles blieb ruhig und ohne sichtbare Bewegung. Nun traute er sich, sich in Laufrichtung zu drehen, und setzte schnellere Schritte in Richtung Straße, wo hundert Meter in den Wald hinein sein Auto stand. Er nahm sein Handy aus der Hosentasche und betete, dass er hier in dieser gottverlassenen Gegend Empfang hatte. Sein Herzschlag verlangsamte sich erst, als er die Stimme des Kollegen von der Einsatzzentrale hörte. Leise informierte er sie über die Situation und den Standort.

Als das Gespräch beendet war, setzte er sich, mit dem Rücken an Volkers Mercedes gelehnt, auf den Boden, wo sich inzwischen Pfützen in den Fahrrillen gebildet hatten. Es war ihm egal. Mit der Pistole in der einen Hand und dem Handy in der anderen wusste er mit einem Mal, was er mit dem Rest seines Urlaubs anstellen würde. Er konnte der Frage auf den Grund gehen, was in seiner Psyche so verquer gelaufen war, welches Defizit er offenbar auszufüllen hatte, dass ihn dieser Michael Senger dermaßen aus seiner üblichen Gelassenheit gerissen und der Fall seine Gedanken und Gefühle so beherrscht hatte.

Trotzdem empfand er auch Genugtuung. Dass sein Bauchgefühl richtig gewesen war. Wieder einmal. Trotz sicherer Alibis, trotz der vielen manipulierten Beweismittel. Und seine Beharrlichkeit hatte sich ausgezahlt, wenn ihm letztlich auch nur ein Zufall zu Hilfe gekommen war. Wäre Andreas Senger nicht gestorben, wäre Burkhard nicht nach Berlin zurückgekehrt und Sebastian hätte möglicherweise die Brüder niemals überführen können. Aber hätte, hätte, Fahrradkette. Seine Intuition hatte jedenfalls wieder einmal richtig gelegen.

Als das erste Einsatzfahrzeug mit Standlicht und ohne Blaulicht und Sirene hinter ihm auftauchte, hatte Sebastian noch einen Entschluss gefasst: In wenigen Minuten würde das alles hier für ihn zu Ende sein. Und dann würde er, so dreckig und nass er war, nicht nach Hause fahren, sondern zu Susanne, von der er in puncto Selbstanalyse offenkundig eine Menge lernen konnte. Aber nicht nur deshalb würde er zu ihr gehen. Sondern, weil er sich in diesem Moment keinen anderen Menschen vorstellen konnte, mit dem er jetzt lieber frühstücken wollte als mit ihr.

Ende